그가
나를
다루는 법

그가
나를
다루는 법

1판 1쇄 찍음 2015년 7월 1일
1판 1쇄 펴냄 2015년 7월 7일

지은이 | 윤이영
펴낸이 | 정 필
펴낸곳 | (주)뿔미디어

편집장 | 이재권
기획 · 편집 | 이은정, 조미연

출판등록 | 2002년 9월 11일 (제1081-1-132호)
주소 | 경기도 부천시 원미구 소향로 17, 303(두성프라자)
전화 | 032)651-6513 / 팩스 032)651-6094
E-mail | scarlets2012@hanmail.net
블로그 | http://blog.naver.com/dahyangs
홈페이지 | http://bbulmedia.com

값 9,000원

ISBN 979-11-315-6549-0 03810

※파본은 구입하신 서점에서 교환하여 드립니다.

그가
나를
다루는 법

윤이영 장편 소설

SCARLET ROMANCE STORY

Contents

1. 시선

생각해 보면 그때 그 자리에서 그 사람을 만나면 안 되는 것이었다. 평소엔 시끄러운 것도 싫어하고 술 마시는 것도 좋아하지 않던 내가 하필이면 그날, 왜 그곳에 가게 된 걸까.

"작가님! 여기요!"

저 멀리서 손을 흔드는 남자는 모델 출신의 신인 배우, '한재경'이다. 저번 달에 마지막 회를 끝으로 유종의 미를 장식한 미니시리즈의 조연이기도 했다. 신인의 패기인지, 타고난 성격인지 살가움의 정석을 보여 주는 참으로 신기한 사람이다.

처음 대본 리딩 때 전화번호를 가져가더니 드라마가 끝난 지 한 달이 넘도록 수시로 연락하고 있다. 아, 내가 만나지 말았어야 할 사람은 이 사람이 아니고 이 사람의 친구인 '김지원'이다. 늘 영화만 찍는 사람이라 특별히 만날 일은 없었지만 대한민국 사람이라면 이 남자를 모를 리 없었다.

남자다운 카리스마와 여성스러운 얼굴선이 제대로 조화를 이룬 그의 얼굴에 여자들은 열광했고, 흠잡을 것 없이 탄탄한 몸매는 뭇 남자들의 탄식을 자아냈다. 그는 화려하다는 연예계 안에서도 단연 돋보이는 존재감의 스타였다.

"늦어서 죄송해요. 재경 씨, 오랜만이네요."

"그러니까요. 작가님이 좀 튕기셔야죠."

넉살 좋은 재경의 투정에 나는 자연스럽게 무리에 합류할 수 있었다. 낯을 많이 가리는 내 성격을 모를 리 없는 재경은 늘 조용한 분위기에서 나를 찾았지만, 오늘만큼은 사람도 많고 시끄러운 것이 영 적응하기 어려웠다.

"오늘 제 친구 생일이에요. 제가 작가님 초대한 건데 괜찮죠?"

"네?"

"지원이요, 김지원. 작가님도 아시죠?"

재경은 커다란 소파에 한껏 파묻혀 앉아 있는 남자를 향해 손짓했다. 누가 오건 말건 세상만사 관심 없다는 표정의 그는 간신히 눈꺼풀을 들어 올려 나를 쳐다보았다. 잘생긴 얼굴 그렇게 쓸 거면 나나 주지. 재경이 그를 향해 날 소개시켰다.

"이번에 나 출연했던 미니시리즈의 '유현주' 작가님이셔."

"......."

"아, 안녕하세요. 생일 축하드려요."

그 짧은 타이밍에도 나는 그가 왜 사람들이 탐내지 못해 안달하는 인물인지 깨달을 수 있었다. 처음 보는 사람을 앞에 두고 무례하기 짝이 없는 그의 태도는 분명 불쾌했지만 또한 매력적이기도 했다. 느리게 움직이는 눈동자는 아름다웠고 모든 것을 초월한 듯

한 특유의 분위기는 묘하게 섹시했다.

나는 낯선 환경에 차마 긴장을 풀 수 없었다. 외국어를 한 마디도 하지 못하는 사람이 아무런 연고도 없이 외국으로 떠나온 것과 다르지 않았다.

이름만 대면 알 만한 사람들이 카메라 앞에서라면 절대로 쓰지 않을 거친 언사로 말하는 것을 보고 있자면 참으로 기가 빨리지 않을 수 없었다. 나는 그들의 말을 이해할 수 없었고 그들 역시 나를 동격의 사람으로 인지하는 것 같지는 않았다.

스치는 시선은 무관심했고 그랬기에 더욱 몸은 빳빳해졌다. 이곳에 어울리지 않는 사람을 걸러 내는 술래잡기를 하는 것만 같았다.

"작가님, 저 잠깐 나갔다 올게요. 혼자 있을 수 있죠?"

"어, 저, 저기."

설상가상으로 유일하게 아는 사람이었던 재경도 자리를 뜨자 나는 주섬주섬 옷가지를 챙겼다. 아무리 맛있는 음식에 질 좋은 와인이 눈앞에 있다 해도 이런 자리는 여간 불편한 것이 아니었다.

"어디 가요?"

첫 인사를 제외하고는 내게 아무런 말도 건네지 않았던 지원이 물었다.

"아, 조금 피곤해서⋯⋯. 먼저 일어날게요."

나는 최대한 자연스러운 미소를 만들어 냈다. 내가 이 화려한 분위기에 압도당했다는 사실을 실토하고 싶지는 않았다. 그 역시 잘 만들어진 미소를 지어 보였다. 목소리는 그처럼 부드럽지 않았지만.

"앉아요."

"네?"

"앉아요. 아직 내 생일파티 안 끝났어요."

그는 어린아이 같은 깔끔한 미소를 짓고 있었다. 안절부절 미운 오리 새끼처럼 어색해하는 나와 달리 그는 주변의 모든 화려함을 더해도 밀리지 않을 분위기를 갖추고 있었다.

"아…… 저 술도 잘 못하고 이런 자리는 좀 불편해서요."

내 말이 뱉어지기 무섭게 그는 내 손목을 잡고 제 곁으로 끌어당겼다. 훅 하고 풍겨 오는 그의 향수 냄새가 코끝을 자극했다. 나는 순식간에 그의 옆자리에 앉은 꼴이 되어 버렸다. 내가 황당한 표정으로 그를 쳐다보자 그는 내 귀에 대고 속삭였다.

커다란 음악소리에 다른 사람들은 듣지 못했겠지만 나는 여전히 그날의 그 말을 떠올리곤 했다.

"말동무라도 해 줘요. 지루하단 말이야."

"……."

레스토랑의 vip라운지를 통째로 빌린 사람치고는 할 말이 아닌 것 같았지만 그는 정말 지루해 보였다. 사람들의 시시콜콜한 이야기에 따분하다는 듯 대놓고 하품하는 건 기본이고, 누군가 정성스레 포장된 선물을 내밀 때면 성의 없는 몸짓으로 받기 일쑤였다. 나는 그렇게 또 몇 분이란 시간을 민망함과 어색함 속에서 보내야만 했다.

"죄송해요. 저 내일 할 일도 있고 진짜 일어나야 할 것 같아요."

나는 그가 다른 사람과 말을 나누던 틈을 타 자리에서 일어났다. 그는 좀 전과 달리 알았다는 듯 고개를 끄덕였다.

예의 바르게 고개를 숙이고 라운지 아래층으로 내려가려는데 내

두 발목을 꽁꽁 동여매는 장면을 마주하고 말았다. 일 년 전, 내게 찬란함과 슬픔 모두를 선물했던 지난 연인이 다른 여자와 나란히 앉아 식사를 하고 있는 모습이었다.

높은 하이힐이 불안하도록 다리는 후들거렸고, 심장은 얼음처럼 빳빳하게 식어 가고 있었다. 그가 고개를 돌리려는 찰나에 나는 다시 계단 위로 오를 수밖에 없었다. 지금 이대로 그를 마주할 자신이 없었다.

"안 갔어요?"

"으아악!"

비련의 여주인공이라도 된 양 서 있는 내게 누군가 속삭였다. 아까도 맡았던 향수 냄새, 김지원이었다. 내 비명에 그는 재미있다는 듯 웃었다.

"왜 이렇게 놀라요?"

"아, 아뇨. 그냥."

"안 가요?"

"……."

그의 눈이 내 얼굴을 샅샅이 살피는 기분이 들었다. 눈에 레이저라도 이식했는지 여간 끈덕진 것이 아니었다. 나는 아무 말도 하지 않았고 어떤 기분도 드러내지 않았다고 확신하지만, 그는 내가 원하는 질문을 알고 있는 듯했다.

"들어갈래요?"

"……네."

내가 대답하자 그는 씨익 웃으며 나와 나란히 복도를 걸었다. 라운지에 다시 들어서고부터 나는 제정신이 아니었다. 나는 내 몸이 보라색이 되도록 와인을 삼켰다.

나 아닌 다른 사람을 앞에 두고 행복한 듯 웃고 있는 그 사람의 얼굴을 잊을 수가 없었다. 다른 연인이 생긴 그가 나쁘다는 것은 당연히 아니다. 그와 나의 헤어짐에는 그의 탓보다 나의 탓이 더 컸으니까. 하지만 사랑했던 사람의 새로운 연인을 보는 건 그리 기분 좋은 일은 아니었다.

2. 순간

"작가님, 취한 것 같은데 그만 드세요!"

재경은 처음 보는 현주의 모습에 잔을 뺏어 들고 말했다. 손에서 와인 잔을 뺏긴 현주는 입술을 쭉 내밀고 칭얼거렸고, 곁에 있던 지원은 그녀가 재미있다는 듯 새 와인 잔을 다시 쥐여 주었다.

"야, 왜 계속 줘. 이러다 작가님 취하면 어떡해."

재경의 잔소리에 지원은 아랑곳하지 않았다. 그저 눈앞에 있는 새로운 여자가 궁금할 뿐이었다. 연예계 특성상 늘 보던 인물만 보며 자란 탓에 그는 평범한 사람에게 이상한 호기심이 일었다. 지원에게 있어서 현주는 평범한 사람들 중에서도 특히나 새로웠다. 그녀는 연예인은 아니었지만 연예계에 종사하는 사람이고, 연예계에 종사하는 사람이지만 수줍음이 많았다.

새벽 네 시가 넘어가자 사람들은 하나둘 취했고 소리 없이 사라졌다. 파티의 주인공인 남자와 그의 어깨에 기댄 한 여자만 빼고 다들 이 모든 것이 즐거운 듯 보였다. 한껏 사람들과 웃고 떠들던 재경도 제 코트를 챙기며 지원에게 말했다.

"작가님 내가 데려다 드릴게. 주소는 아니까 매니저 시키면 돼."

재경이 현주를 향해 손을 뻗자 지원은 자연스레 그녀의 어깨를 감쌌다. 재경이 뭐냐는 듯한 표정을 지었다.

"주소 알려 줘. 나 아직 일어나기 싫어."

일어나도 현주와 같이 일어나겠다는 뜻이었다. 이해할 수 없었지만 언제나 독특한 고집을 부리는 그였기에 재경은 순순히 주소를 넘겼다.

"잘 모셔다 드려. 나 잘 보여야 될 사람이야."

지원은 귀찮다는 듯 고개를 끄덕였다. 재경이 라운지 문 밖으로 벗어나자 그는 그녀의 주소가 적힌 종잇조각을 곱게 접어 와인 잔 안으로 던졌다. 붉은빛의 와인이 잠식하듯 종이를 적셨다.

"나갈래요?"

"……아뇨."

"더 마시고 싶어요?"

"아뇨."

"그럼…….."

나가자는 지원의 말에 현주는 계속해서 싫다고 대답했다. 아까는 제 눈치를 보며 어색해하던 그녀가 지금은 제 품에 안기다시피 한 채 칭얼거리니 꽤 귀여웠다.

"밑에 그 사람 없어요?"

"네?"

"그 사람이요. 여전히 잘생기고 멋있어서 아쉬워 죽겠는 내 전

남친이요."

지원은 그녀가 복도 끝에서 다시 돌아올 수밖에 없었던 이유를 알게 되었다. 이렇게 인사불성이 되도록 술을 퍼마신 것도 어느 정도 이해가 되었다.

"아, 신파는 싫은데."

그가 장난기 가득한 목소리로 중얼거렸다. 그는 그녀의 귓가에 열심히 속삭였다. 밑에는 그 사람이 없을 거라며, 그 사람은 이미 가고 없으니 어서 나가자고. 그는 오늘 하루 종일 단 한 모금의 술도 입에 대지 않았다. 오랜 연예계 생활을 통해 터득한 음주의 법칙이었다.

'보는 눈이 많을 땐 술을 먹지 않는다.'

사실 대중이 바라보는 제 이미지가 딱히 모범적이지는 않아서 상관없긴 했지만, 데뷔 17년 차, 서른두 살이 되도록 지키고 있는 생활의 규칙이었다.

휘청거리는 그녀를 조수석에 태우고 차를 몰았다. 많이 마시긴 했지만 완전히 취한 건 아니었는지 그녀는 간간이 말을 걸었다.

"어디 가요?"

"내 집이요."

"아아, 그렇구나아―"

진짜 알아듣고 있는지는 알 수 없었지만 나름 나쁜 반응은 아니었다. 집 앞에 도착하고도 제 발로 차에서 내려 제 발로 엘리베이터를 타는 그녀였다. 휘청거리는 그녀의 어깨를 단단히 쥐고 번호키를 누르자 그녀는 다시 한 번 물었다.

"어디예요?"

"우리 집이요. 들어갈래요?"

그녀는 라운지 복도에서처럼 고개를 끄덕이며 대답했다.

"……네."

"나중에 발 빼지 마요."

그는 그녀의 작은 귓바퀴에 속삭이며 말했다. 그의 손가락이 번호 키의 마지막 버튼을 눌렀다. 마치 장엄한 음악이라도 나와야 할 것처럼 무게감 있게 열린 문은 지원과 현주를 집어삼킨 후 다시 닫혔다.

그는 집 안에 들어서자 곧바로 등을 돌려 현주의 입술을 집어삼켰다. 여태 정신없이 헬렐레하던 그녀의 이성이 딩동 소리를 내며 제자리를 찾았다. 그녀의 양손이 그의 가슴을 힘껏 밀어냈다.

"뭐, 뭐 하는 거예요?"

"아, 신파는 싫다니까."

그는 그녀의 반응에 짜증스럽다는 듯 손을 들어 머리를 헝클었다. 제멋대로 흐트러진 머리카락이 그의 섹시함을 한층 더 배가시켰다. 그가 천천히 그녀를 향해 걸음을 옮겼다. 현주가 마찬가지로 뒷걸음질 쳤다. 하지만 이내 등과 문이 닿고 말았다. 취기로 오른 체온 때문인지 긴장 탓인지 모를 식은땀이 차가운 문과 닿아 소름이 끼쳤다.

소리라도 질러야 하건만 집 안 전체를 휘어잡고 있는 그의 분위기에 차마 입이 떨어지지 않았다. 그의 양손이 그녀를 가두고는 천천히 입을 맞췄다.

"싫어요?"

"……."

그가 그녀의 목에 나른한 숨소리를 뱉으며 다시 물었다.

"싫어?"

키 차이 때문에 한참을 올려다보고 있던 현주는 그의 잘생긴 얼굴에 차마 싫다는 말은 하지 못했다. 더 정확히 말하면 그의 입술 때문이었다. 작게 호선을 그린 그의 입술은 분명 미소를 띠고 있었지만 어딘지 모를 위압감을 드러내고 있었다.

"……아뇨."

그의 입술이 장난스럽게 말리며 부드러운 목소리가 흘러나왔다.

"착하네."

커다란 손으로 그녀의 얼굴을 감싸 쥐던 그는 이내 짙은 키스를 퍼부었다. 그녀의 정신은 분명 점점 뚜렷해졌다. 아니 감각이 뚜렷해졌다. 문 앞에서의 키스가 그녀의 술기운을 깨웠다면 지금의 키스는 다시 한 번 취기를 불어넣고 있는 듯했다.

현주는 원나잇은 안 된다는 조신한 마음가짐과 달리 그를 향해 몸을 점점 밀착하고 있었다. 그녀가 그의 목에 팔을 두르고 급하게 달려들자 지원은 푸스스 바람 소리를 내며 웃었다. 그는 그녀의 귓바퀴를 깨물며 혀로 살짝살짝 간질였다.

"뭐가 이렇게 급해."

"……."

현주는 자신이 더 원하는 것 같은 상황에 민망해졌다. 어색함에 그의 목에 두르고 있던 팔을 내리고 방어적인 형태를 취했다.

그는 잠시 물러나 입고 있던 재킷을 벗어 던지며 그녀의 허리를 감싸 안았다. 그의 입술이 쫀득한 소리를 내며 현주의 목에 닿았다. 길고 가는 그녀의 목이 간지러움에 옆으로 휘어지자 이번에도 그의 손은 그녀의 목을 잡고 도망가지 못하도록 잡아 두었다.

그의 손길은 현주의 혼을 빼놓기 딱 좋았다. 부드럽게 허리를 간질이는 그의 손길에 절로 신음이 나오고 온몸의 힘이 풀렸다. 그녀는 지금 자신이 술에 취해서 그런 것이라고 믿고 싶었다.

지원은 현주의 입술을 열렬히 탐하며 침실을 향해 걸음을 옮겼다. 순진하게도 건드리는 족족 달아오르는 이 여자의 몸을 조금이라도 빨리 탐하고 싶었다.

침대로 미끄러지듯 쓰러진 그녀는 생각보다 육감적인 몸매를 갖고 있었다. 잘록하게 들어간 허리선하며 잘 익은 사과처럼 둥근 곡선을 자랑하는 엉덩이까지. 애초에 가졌던 흥미보다 더 큰 욕망이 생기자 그는 혀끝으로 천천히 입술을 적셨다.

입고 있던 검은색 니트를 벗어 던지자 그의 잘 만들어진 근육들이 드러났다. 지원은 그녀에게 다가가 손끝으로 그녀의 부드러운 얼굴선을 쓸었다. 현주의 작은 떨림이 느껴졌다.

"긴장돼?"

"……."

현주는 차마 목소리를 내지 못하고 꼴깍, 침을 삼켰다. 그는 특유의 끈적거리는 눈으로 현주의 머리카락, 눈, 코 그리고 입술을 살폈다. 그저 바라보는 것뿐이었는데도 그 어떤 애무보다 위험하고 위태로웠다. 지원은 손가락을 들어 그녀의 입술을 문질렀다. 키스한 뒤여서 그런지 충분히 젖은 모습이 먹음직스러웠다.

"하―"

현주는 자신도 모르게 깊은 숨을 뱉었다. 긴장된 마음이면서 동시에 흥분되어 있던 그 숨소리에 지원은 아이처럼 웃었다. 그러곤 손가락 하나를 그녀의 입술 안으로 집어넣었다. 그녀의 말캉한 혀 끝이 손가락에 닿자 그의 표정은 들끓는 욕망으로 천천히 굳어졌다.

"앗."

현주는 주체할 수 없는 긴장에 지원의 손가락을 깨물었다. 의도하지 않은 상황이라 놀란 현주는 그의 눈치를 살폈지만 그는 아무렇지도 않은 듯 보였다. 오히려,

"유혹도 할 줄 아네."

라고 말했다.

"그, 그게 아니라."

"긴장 안 해도 돼. 내가 알아서 할 거니까."

그는 그녀가 자신과의 하룻밤을 앞두고 긴장하는 것이라 생각했다. 그는 그녀의 가늘고 긴 목에 다시 한 번 고개를 파묻고 입을 맞췄다. 현주는 발끝까지 퍼지는 아찔한 전율이 싫지 않았지만 온힘을 다해 그를 밀어냈다.

평소의 그녀는 이런 식의 감정적인 상황을 즐기지 않았기 때문이었다. 그녀는 예술가였지만 그녀가 솔직해지는 순간은 오로지 그녀의 글 속에서만이었다. 반면에 하고 싶은 것, 갖고 싶은 것 앞에서 망설여 본 기억이 없는 그의 표정엔 짜증스러움이 역력했다.

"밀어내지 마. 참기 힘들어."

그는 증명하듯 단숨에 그녀 위로 올라갔다.

그녀가 뭐라 말하기도 전에 달려드는 그의 입술은 굶주림에 헐떡이는 늑대처럼 거칠고 매서웠다. 현주는 태어나 그토록 본능에 충실한 형태의 사람을 처음 보았다. 그 모습이 흡사 사냥감을 눈앞

에 둔 맹수 같아서 두렵기는 했지만, 그의 마음이 너무도 선명하게 드러나 순수하게 자극적이었다.

그녀는 그 자극이 싫지 않았지만 아주 조금 남아 있는 이성으로 지원을 다시 한 번 밀어냈다. 지원은 일어나려는 현주의 양손을 잡아 쥐고 거칠게 밀어붙였다.

"왜. 뭐가 문제야."

"……"

그녀를 바라보는 그의 눈은 계산이나 생각 따위는 없는, 오로지 본능과 욕구만 있는 뚜렷하고 투명한 것이었다. 세상 어느 여자도 그 깊은 눈에 빠지지 않을 수는 없을 것이다. 그것이 침대 위라면 더욱이 말할 것도 없다. 하지만 현주는 목소리에 힘을 주어야 했다.

"처음이에요."

"뭐가."

그는 그녀가 무슨 말을 하는지 이해하지 못하는 것 같았다.

"나 남자랑 처음 자 보는 거라고요."

"……"

지원은 여자의 말을 곱씹으며 그게 무슨 의미인지 되뇌었다. 그녀의 손목을 결박한 그의 손에서는 아직 힘이 풀리지 않았다.

"왜?"

"뭐…… 내가 아직 처녀인 거에 이유도 필요해요?"

"나이 스물여덟에 처녀인 거면 이유가 필요해."

그의 목소리는 단호했고 한편으론 화도 나 있는 것 같았다. 현주는 이전 연인들에게 해 오던 말이 떠올랐다.

'지금은 아니야.'

왜 그랬는지 정확히는 모르지만 늘 그렇게 말해 왔었다. 그 말을
존중해 주는 사람들도 있었지만 오래도록 이해해 주는 사람은 없었
다.

'넌 날 사랑하는 게 아니야.'

모두들 그렇게 말하며 그녀를 떠났다. 현주는 제 처지에 뜬금없
는 회환이 밀려왔다. 지원이 손가락을 들어 그녀의 이마를 꾸욱 짚
었다.

"나랑 얘기할 때 딴생각하지 마."

"네?"

"물었잖아. 이유가 뭐냐고."

현주는 눈알을 굴리며 무어라 대답을 해야 할지 고민했다.

"······그냥 자야 할 이유가 없었어요."

지원의 미간이 미세하게 구겨졌다.

남자와의 잠자리를 피하는 성인 여자들의 이야기는 그 수만큼
다양했다. 두려운 것이 이유가 되기도 했고, 종교적인 신념이 이유
가 되기도 했다. 하지만 술에 취한 채 낯선 남자 집까지 들어온 여
자가 자신은 한 번도 남자와 자 보지 못했고, 그 이유를 '잘 이유
가 없어서'라고 답할 확률은 흔치 않았다.

현주도 제 대답이 누군가를 이해시킬 만큼 설득력 있지 않다고
생각했다. 민망한 표정을 짓는 현주를 보며 생각을 마친 지원의 입
술이 벌어졌다.

"그럼 지금은?"

"······."

"지금도 잘 이유가 없어?"

그는 천천히 상체를 숙여 현주의 목에 숨을 박아 넣었다. 그의 불규칙한 숨은 델 만큼 뜨겁기도 하고 소름이 돋을 만큼 차갑기도 했다.

"하아—"

현주의 입에서 자연스러운 탄식이 흘러나왔다. 그를 처음 본 순간, 그와 첫 키스를 한 순간 느껴졌던 이성이 차단되는 느낌이 다시 한 번 되살아났다.

"어때?"

그는 이를 세워 곧게 뻗은 그녀의 쇄골을 깨물었다.

"아얏."

그가 잡고 있던 손은 자유로워진 지 오래였지만 전혀 힘이 들어가지 않았다. 그의 커다란 팔은 그녀의 허리를 으스러지도록 끌어안고 있었고, 그의 얼굴은 목과 가슴팍에 파묻혀 여린 살결을 뜯어내느라 정신이 없었다. 그의 거부할 수 없는 목소리가 다시 흘러나왔다.

"싫어?"

현관에서 키스하기 전 물었던 물음이었다. 그녀가 핑계 댈 것은 많았다. 그녀는 술에 취해 있었고, 헤어진 연인과 그의 새로운 연인을 만났으며 그녀를 유혹하는 남자는 대한민국이 사랑하는 김지원이었다.

현주는 제 인생에서 한 번쯤은 즉흥적으로 하고 싶은 것을 해 보는 것 또한 나쁘지 않을 것 같다고 생각했다. 그녀는 그의 얼굴을 끌어안으며 대답했다.

"아니요."

목에 닿은 그의 입술이 둥글게 말리며 낮은 웃음소리가 그녀의 귓가로 흘러들어 갔다. 그는 다시 열렬하게 키스했다. 좀 전보다 더 깊고 더 부드러운 입맞춤이었다. 그의 혀가 입안을 휘젓고 있는 동안 현주의 셔츠는 조금씩 벌어져 부드러운 속살을 드러내고 있었다. 맨살에 그의 손이 닿자 그녀는 이질감에 몸을 움찔거렸다. 그가 다정하게 속삭였다.

"익숙해질 거야."

지원은 능숙하게 속옷의 후크까지 풀어냈다. 적나라하게 드러난 그녀의 상체가 부끄럽다는 듯 몸을 비틀었다. 흥분한 탓에 복숭아처럼 분홍빛으로 물든 가슴은 제 손에 맞춘 것처럼 딱 들어왔다. 아직 낯선 손길이 익숙하지 않은 탓에 작게 솟은 정점은 벌써부터 빳빳하게 달아올라 있었다. 지원은 현주의 가슴을 입안 가득 베어 물었다.

"하앗!"

현주는 두려움과 긴장감 그리고 묘한 쾌감이 한데 섞여 비명이 터져 나왔다. 가슴께에 붙어 있는 그의 어깨에 솜방망이 같은 주먹질을 하기도 했지만 그는 단단한 바위처럼 요지부동이었다.

그는 혀끝으로 그녀의 가슴을 촉촉이 적셨다. 쫀득거리는 소리가 어두운 방 안 전체를 가득 채웠다.

이윽고 그의 손길이 그녀의 치마로 향했다. 지퍼를 내리는 손길에서 애정이 느껴질 만큼 조심스럽고 또 부드러웠다. 그녀는 팬티를 제외하고 다 벗겨져 버린 제 몸을 감싸며 곁에 있는 이불을 끌었다.

"추워요."

그는 감추는 것을 좋아하지 않는 사람이었기에 보란 듯이 이불을 들어 바닥으로 던져 버렸다. 현주가 황당하다는 듯 쳐다보자 그는 잘빠진 청바지를 벗으며 말했다.

"곧 더워질 거야."

깔끔하게 벗어 버린 덕에 현주는 지원의 완전한 나신을 볼 수 있었다. 처음 보는 남자의 딱딱해진 욕망에 그녀는 두 눈을 질끈 감아 버렸다. 지원의 낮은 웃음소리가 새어 나왔다. 그의 커다란 손이 파고들 듯 여자의 허벅지를 움켜쥐었다.

"으읏……."

지원의 손은 그녀의 팬티에 닿을 듯 말 듯 장난치듯 움직였다. 분명 끈적거리는 눈빛과 손길로 여자의 온몸을 훑고 있었지만 오직 그곳만큼은 건들지 않고 있었다.

그럼에도 현주는 아래에서 시작되는 뻐근한 무언가를 분명하게 느낄 수 있었다. 그의 입술이 골반에 닿아 혀끝으로 할짝일 때는 거의 비명을 지를 뻔했다. 간지러움도 아닌 짜릿한 촉감이 자동으로 허리를 튕기게 만들었다.

지원은 그런 그녀의 반응이 꽤 만족스러웠다. 그가 그녀의 입술을 머금고 이리저리 농락했다. 그녀의 몸이 떨리는 만큼 그녀의 부푼 가슴 역시 흔들렸다. 그 모습은 숨 막히도록 야한 장면이었다. 지원의 손이 그녀의 허리와 허벅지를 오가며 간지럼을 태웠다.

"하앗."

그녀의 짧은 신음도 그 주기가 계속해서 짧아지고 있었다.

"참지 마. 듣기 좋아."

현주는 듣기 좋다는 그의 말에 더욱 부끄러워졌다. 자연스럽게 들썩이는 제 허리와 입술을 깨물어도 새어 나오는 신음이 민망할 뿐이었다.

그가 불쑥 상체를 세우고 그녀의 다리를 양쪽으로 벌렸다. 현주가 부끄러움에 손을 들어 눈을 가렸다. 그의 입술이 그녀의 은밀한 곳과 가까운 허벅지 안쪽을 씹어 먹듯 빨아 대는 것이 느껴졌다.

안달 난 그녀의 다리가 그의 상체를 조이며 가깝게 밀착시켰다. 그러자 그는 기다렸다는 듯 팬티 위를 지분거렸다. 뜨거운 숨을 내뱉던 그녀의 은밀한 곳이 참지 못하고 애액을 쏟아 냈다.

"하아— 하, 더워요."

"알아."

아까는 춥다고 하더니 지금은 덥다고 말하는 현주의 말에 지원은 참으로 솔직한 여자라고 생각했다. 그는 익숙하게 그녀의 팬티를 벗겨 내렸다. 모습을 드러낸 그녀의 작은 숲에 그의 혀끝이 닿았다.

"아앗, 하지 마요."

놀란 현주가 그를 밀어내자 그는 쉽게 물러났다. 지원은 그녀의 허리와 엉덩이를 쓸며 한가득 쥐었다가 다시 놓기를 반복했다. 그녀의 뻣뻣한 다리가 부드러워지자 그는 손가락 하나로 그녀의 작은 숲을 침범했다.

이미 젖을 대로 젖은 그녀의 숲은 미끄러웠다. 굳이 눈으로 클리토리스를 찾을 필요는 없었다. 동그랗게 부푼 그것이 손에 닿자 그녀는 쾌락의 비명을 내질렀다.

"하앗!"

질척이며 부푼 그곳을 천천히 자극하자 그녀의 입에서 쉼 없이 신음이 쏟아졌다. 지원 역시도 이토록 즉각적이고 야릇한 풍경을 본 적이 없었다. 그는 손가락 하나를 누구도 지나가지 않았을 좁은 길에 집어넣었다.

"아앗!"

"……괜찮아."

"아파요……."

손가락 하나임에도 단단하게 조이는 힘을 느낄 수 있었다. 그녀의 팔이 침대 위에서 부들부들 떨렸다. 생소한 것에 두려움을 느끼는 모습이 퍽이나 안쓰러웠지만 또 가련했기에 아름답기도 했다. 그는 손가락을 빼지 않고 상체만 숙여 부드럽게 중얼거렸다.

"날 믿어. 힘 빼."

그가 다시 한 번 입을 맞추며 뜨거운 체온을 전하자 현주의 몸은 조금씩 이완되었다. 손을 뺄 수 있을 만큼 느슨해졌을 땐 그도 손가락을 움직이며 길을 만들었다.

"하아, 하. 나, 나 좀 잡아 줘요."

여전히 손가락으로 자신을 농락하고 있는 그를 향해 그녀는 손을 뻗어 애원했다. 어디라도 의지할 곳이 있어야만 지원이 전하는 아찔한 쾌감을 오롯이 견딜 수 있을 것 같았다. 지원은 거절하지 않고 그런 그녀의 품에 안겼다. 그녀의 가녀린 팔이 자신을 끌어안고 신음을 내뱉자 더 이상 견딜 수 없을 만큼 커다란 욕망이 솟아올랐다.

"하, 지금보다 조금 더 아플 거야."

"하아, 하……."

그는 잔뜩 인상을 찌푸리고는 몸을 일으켜 그녀의 두 다리를 넓게 벌렸다.

"아프면 말해. 최대한 노력해 볼게."

뭘 노력한다는 것인지는 알 수 없었지만 현주는 그의 말이 꽤 믿음직했다. 그리고 바로 다음 그 생각을 취소했다. 그는 번들거리는 그녀의 여성 앞에 딱딱한 자신을 문지르더니 이내 깊게 찔러 넣었다.

"아악!"

현주의 짧고 굵은 비명이 터져 나왔다. 지원이 생각해도 이것은 너무한 것이었다. 그녀의 안은 생각한 것보다 비좁고 숨 막혔다. 그녀 역시 고통에 고개를 비틀고 있었다. 지원은 몸을 숙여 그녀를 부드럽게 껴안았다. 그녀는 그의 품에 갇힌 것마냥 작게 웅크리고 있었다.

"눈 떠 봐."

"……."

"내 말 들어. 눈 떠."

현주는 그의 말에 천천히 눈을 떴다. 그의 짙고 깊은 눈이 자신을 마주하고 있었다.

"착해."

그는 그녀의 탐스러운 허벅지를 천천히 쓰다듬었다. 오로지 방어하기 위해 굳어 있던 그녀의 하체가 뜨거운 손길에 점차 정신을 잃었다. 그는 천천히 허리를 움직였다. 그녀가 다시 눈살을 찌푸리려 하자 그가 움직임을 멈추고 말했다.

"나한테 집중해."

그녀는 분명 지원에게 익숙해지고 있었다. 지원은 현주의 고통과 쾌감 그 어디쯤을 달리고 있는 듯한 표정이 마음에 들었다. 아직 그녀의 얼굴에 남아 있는 고통을 어서 빨리 쾌감으로 돌리고 싶었다. 그의 손이 그녀의 허벅지를 쥐고 더 넓게 벌렸다. 다시 허리를 움직였다. 아까보다는 수월해진 감이 있었다.

"하아, 하. 으윽."

신음이기도 하면서 비명이기도 한 그녀의 소리는 지원을 점차 흥분시켰다. 그녀가 손톱을 세워 등을 흠집 내고 있어도 그는 아무렇지 않았다. 그의 움직임이 점차 거칠어졌다.

"아앗, 천천히. 천천히요. 제발."

그녀의 절규는 오히려 역효과를 만들 뿐이었다. 지원의 귓가엔 더, 더 해 달라는 애원으로 들렸다. 그녀는 그가 치고 올리는 대로 몸을 움직였다. 허리는 들렸고 몸은 흔들렸다. 찰싹이는 살 소리가 계속해서 빨라졌다. 그는 그녀의 허벅지를 들어 올리고 제 허리를 말았다. 둘의 모습이 동그랗게 변했다.

"흐응……."

지원은 그녀가 자신이 느끼는 기쁨을 즐길 수 있도록 최선을 다했다. 벅차하면서도 입을 벌려 자신을 삼키고 있는 그녀의 작은 숲이 매혹적이었다. 그는 그녀의 음핵을 천천히 문질렀다. 뿜어내는 뜨거운 기운이 제 남성을 태울 만큼 위협적이었다.

"하아, 지원 씨."

정신없는 와중에도 제 이름을 찾아 부르는 그녀가 귀여웠다. 처음임에도 열심히 따라오고 있었다. 관계 도중에 끊임없이 팔을 뻗어 저를 안으려는 그 몸짓도 마음에 들었다. 그는 더 강하게 허리를 움직였다.

"으앗, 지, 지원 씨."

"응…… 말해."

"하아, 하아……."

좋은 매트리스건만 침대도 격렬하게 출렁였다. 덩달아 그녀의 가슴도 둥글게 원을 그리며 탱글탱글 움직였다. 찌푸린 미간, 저를 부르는 입술, 빼어난 곡선을 이루는 그녀의 몸매가 더할 나위 없이 매력적이었다. 그의 손이 거칠게 그녀의 허리를 잡았다. 세상이 끝날 것처럼 빠르게 움직이는 그의 허리는 마지막을 향해 내달렸다.

"하앗!"

지원이 짧은 신음을 뱉으며 제 남성을 빼냈다. 그의 욕망이 왈칵왈칵 쏟아졌다.

"하아……."

"하……."

이미 혼이란 혼은 다 빨린 것 같은 표정의 현주 곁으로 지원은 쓰러지듯 누웠다. 그녀의 몸은 작은 경련을 일으키며 떨고 있었다. 그가 그녀의 귓가에 짧은 입맞춤을 전했다. 그녀가 다시 한 번 움찔거렸다. 그의 낮고 부드러운 목소리가 흘렀다.

"아직 가르쳐 줄 게 많아."

하지만 현주에게는 아무 말도 들리지 않았다. 오직 처음 맛본 커다란 충격을 받아들이기에도 충분히 바빴다.

현주는 강렬하게 부서지는 태양빛에 힘겹게 눈을 떴다. 먼지 하나 앉지 않았을 것 같은 하얀 이불, 한쪽 벽면을 채운 커다란 창까지, 무엇 하나 익숙한 것이 없었다. 그중 가장 익숙하지 않은 것은 허리와 그 아래에서 느껴지는 생소한 통증이었다.

"으……."

몸을 뒤척이며 천천히 기억을 되짚었다.

"오, 이런."

육성으로 욕지거리가 나올 뻔했다.

머릿속엔 잊을 수 없이 선명한 기억들이 난무했다. 28년을 살면서 가장 강렬하다 칭할 수 있던 움직임, 끓어오르는 욕망, 거북할 정도로 적나라했던 남자의 육체까지. 흐릿한 기억이라곤 단 한 가지도 없었다.

평소보다 많이 마신 편이기는 했지만 사리분별을 못 할 정도는 아니었다. 그런데 왜. 대체 왜 그런 몰지각한 행동을 하게 된 걸까.

"결국 기다리고 기다린 게 이거냐."

현주는 자책 섞인 한탄을 중얼거렸다.

'헤어진 지 일 년이 지나도록 아련한 기억의 전 연인에게도 내어 주지 않았던 하룻밤을 처음 만난 사람에게, 그것도 타락하고 타락해도 저 끝까지 타락한 것만 같은 그 남자와 나누다니.'

현주는 괴로운 자아비판 속에서 중요한 사실을 깨달았다. 지금 자신이 전라로 누워 있는 침대와 그 침대가 놓여 있는 이곳은 그녀의 방이 아님을. 뒤늦은 깨달음에 몸을 일으킨 그녀는 욱신거리는 통증에 또 한 번 얼굴을 찡그렸다. 고개를 돌려 이곳저곳을 살펴도 지원은 보이지 않았다.

"뭐야……. 여기 호텔인가."

일단 옷이라도 입어야 할 것 같아 침대 옆 서랍을 뒤지는데 방문이 열리고 어제의 그보다 훨씬 더 근사한 그가 들어왔다.

"일어났어?"

가라앉은 목소리가 탁했다. 그는 한 손에 머그잔을 쥐고 그대로 문에 기대섰다. 분명 음기라고는 하나도 느낄 수 없는 쾌청한 아침이었지만, 그의 눈에는 일렁이는 불꽃이 또 한 번 타오르고 있었다.

"뭐, 뭘 봐요."

그의 눈은 이상하리만큼 그녀를 솔직하게 만들었다.

타락하긴 했지만 어떤 숨김이나 가식 없이 투명하기 때문일 것이다. 현주는 그런 그의 눈과 거짓이라면 거짓투성이인 제 눈동자를 마주하기가 두려웠다. 지원은 더듬거리며 말하는 그녀를 향해 미간을 찡그리며 다가갔다. 침대 한쪽에 걸터앉은 그가 말했다.

"아침에 하는 것도 궁금하지 않아?"

그는 매우 진지한 표정으로 물었다. 바지만 걸치고 있는 탓에 여실히 드러난 그의 상반신이 유혹의 노래를 불렀다. 그러나 그녀는 똑같은 실수를 반복하지 않기 위해 단호히 대답했다.

"안 궁금한데요."

그는 그녀의 대답엔 관심도 없다는 듯 들고 있던 머그잔을 건넸다.

"물이에요?"

이번에도 그는 그녀의 물음에 관심이 없었다. 그저 그녀 입가에 머그잔을 대고 뚫어져라 바라보고 있을 뿐이었다. 현주는 마시라는 말인가 싶어 손을 들어 머그잔을 쥐려 했지만 그는 잔뜩 찡그린 얼굴로 고개를 저었다.

"입 벌려. 먹여 줄게."

"혼자 먹을 수 있어요."

"알아. 그래도 벌려."

지원은 오동통하게 부어 있는 그녀의 입술에 안달이 나고 있었다. 그 입술이 물기를 머금는 순간을 꼭 보고 싶었다. 현주는 지원의 고집에 하는 수 없이 살짝 입술을 벌렸다. 지원은 중요한 시험이라도 보는 사람마냥 뚫어져라 그 모습을 쳐다보았다.

잔을 기울이자 담겨 있던 물이 그녀의 입술로, 그리고 입술 밑으로 흘렀다.

"에이, 흘렸잖……!"

지원은 그녀의 목을 타고 흐르는 물줄기를 받아 마시듯 핥았다. 그의 끈적한 움직임에 현주는 이불을 끌어올려 몸을 움츠렸다.

그는 연인의 피를 마시는 흡혈귀처럼 손을 뻗어 그녀의 목을 끌어당겼다. 지원의 입이 목에서 입술로 점차 움직였다. 말캉하게 빨려 오는 부푼 입술이 사탕처럼 달았다.

그는 아쉬움이 역력히 느껴지는 몸짓으로 그녀에게서 떨어졌다. 현주 역시 자신도 모르게 손을 뻗어 그를 잡을 뻔했다. 그가 자리에서 일어나며 말했다.

"스케줄 때문에 곧 나갈 거니까 쉬다 가."

그 순간, 영화 같던 어제와 오늘의 아침은 현실이 되었다. 그녀의 눈에는 바닥에 널브러진 옷가지와 속옷이 보였고 헝클어진 머리카락이 신경 쓰였다. 좀 전까지만 해도 부드러웠던 이불의 촉감도 그저 답답하게 느껴졌다. 현주는 고개를 저으며 생각했다.

'하룻밤이야. 하룻밤.'

현주는 지원이 욕실로 들어간 사이 옷을 갈아입고 집을 나왔다.

"정신 차려, 유현주! 해야 할 일이 산더미야."

높디높은 지원의 펜트하우스에서 나오자 그녀는 제 처지를 보다 더 확실히 느낄 수 있었다. 생각만 해도 다리가 떨리는 밤을 보낸 것은 사실이었지만 그 또한 그리 생각할지는 알 수 없었다. 보나마나 그의 많고 많은 여자들 중 하나일 것이다.

3. 전화

그 생각은 아주 옳은 것이었다. 처음 하루 이틀은 기대하기도 했었다. 그에게 특별한 감정을 느끼는 것은 아니었지만 내 자신을 하룻밤용으로 취급하고 싶지는 않았다. 하지만 그에겐 아무런 연락도 없었고 나 역시 그에게 연락할 전화번호나 여타 다른 것들이 있지는 않았다.

시간은 흘렀고 순간순간 떠오르던 기억들도 점차 꿈처럼 잊혀져 갔다. 단 한 가지 아쉬운 점은 시작부터 끝까지 그 사람에게서 단 한 번도 주도권을 빼앗지 못했다는 점이었다. 그날 아침으로 돌아간다면 당신 참 별로였다며 영화 속 대사를 해 볼 법할 텐데. 물론 그것은 사실이 아니었지만 말이다.

"으아, 내일 미팅인데 아무것도 준비 못 했네."

요즘은 설 특집 단막극을 위한 미팅 준비가 한창이었다. 2부작 정도로 구성된 단막극은 그 짧은 틀 안에 기승전결을 모두 구겨 넣어야 하는 고도의 작업이었다. 내일 바로 배우 미팅이 있다고 하니 여간 신경 쓰이는 것이 아니었다.

— Rrrrr.

"……여보세요."

— 안녕하세요, 고객님…….

"바빠요."

방송국 피디의 전화인 줄 알았던 나는 놀란 가슴을 쓸어내리며 다시 컴퓨터 앞에 앉았다.

— Rrrrr.

"……."

이번에도 모르는 번호였다. 평범한 번호처럼 보였지만 요즘 광고 회사들도 머리가 좋아져 저런 것쯤은 기본으로 하고 있는 행태였다. 전화가 끊겼다. 이제 좀 집중하려나 싶어 키보드 위에 손을 올리는 순간 다시 한 번 전화가 울렸다.

"아이 참…… 끈질기시네."

무심코 통화버튼을 누른 나는 준비한 멘트를 읊었다.

"죄송한데 제가 바빠서요. 다음에……."

— 많이 바빠?

방금 전 보았던 커피 광고에서 나온 목소리, 김지원이었다. 무슨 말을 해야 할지 도무지 알 턱이 없는 나는 종료버튼을 누를 것인가에 대해 진지하게 고민했다.

"……."

— 안 끊은 거 알아.

다시 만나면 네깟 거 별거 아니라며 한 방 날려 주고 싶었지만 나는 그럴 수 없었다. 기억 속에서의 김지원은 눈동자 하나로 자신을 제압했지만 사실 목소리로도 제압할 수 있는 모양이었다. 커피 광고를 통해 지원의 목소리를 듣는 사람들 귀가 안쓰러웠다. 실제 지원의 목소리는 그보다 더 부드럽고 더 매혹적이었다.

"왜, 왜요."

— 보고 싶어.

현주는 들이마시던 숨을 멈췄다.

— 네 몸이.

현주는 얼굴을 붉히며 목소리를 높였다.

"왜 그쪽이 내 몸을 보고 싶어 해요? 저 그런 사람 아니거든요?"

— 그런 사람이 뭔데?

"……막 몸 함부로 굴리고 그런 여자 아니라고요. 저번엔 제가 술에 취해서 실수를 좀 했는데……."

— 후회해?

콩닥콩닥 말대답을 이어 가던 나는 그 물음에 아무런 답도 할 수 없었다. 저 멀리서 지원의 웃음소리가 들리는 듯했다.

— 화보 촬영 때문에 발리 다녀왔어.

"그래서요."

— 서운했을까 봐.

"……아니거든요."

— 어디야?

"집이요."

현주는 그렇게 답하며 제 머리를 쥐어뜯었다. 이 남자에게 고분 고분 말 잘 듣는 어린이처럼 구는 자신이 형편없게 느껴졌다.

― 거기가 어딘데.

"안 알려줄 거예요."

그녀는 나름의 방어를 한 것이었지만 그에겐 그렇게 느껴지지 않는 모양이었다. 오히려 그의 웃음소리가 선명히 들리는 결과를 낳았을 뿐이었다.

― 알았어. 당신이 싫다면 말아야지 뭐.

"……."

― 오늘은 그만 놀릴게. 내일 봐.

그는 그렇게 전화를 끊었다. 실컷 놀리고 나서 선심 쓰듯 그만 놀린다고 말하는 그가 얄미웠다. 그래도 웃음소리와 같이 들린 '당신'이라는 말은 충분히 설레고도 남을 말이었다.

'아, 이 인간 생각을 알 수가 없네. 내가 연애를 너무 오래 쉬었나.'

현주는 그렇게 생각한 자신에게 어이가 없었다.

'연애라니? 연애라니! 원나잇이야, 원나잇. 썩어 빠진 연예계를 몰라서 그래?'

다음 날 아침이 될 때까지 나는 단 하나의 문장도 완성하지 못했다. 나름대로 작가의 의도를 적어 배우들에게 전달하는 것이 목적이었지만 말로 하는 수밖에 없었다. 밤을 새운 탓에 늦잠까지 자버렸기 때문이었다.

"이게 다 김지원 때문이야. 그 인간이 어제 전화만 안 했어도 내가!"

이럴 때 가장 유용한 방법은 남 탓을 하는 것이었다. 공들여 화장할 시간은 더더욱 없었다. 대충 파운데이션만 찍어 발라 예의를 갖추고 하이힐은 깔끔하게 포기했다. 뛰쳐나가 택시를 잡는 데 걸린 시간은 5분, 원래 약속 시간까지 아슬아슬하게 도착할 수 있었다.

"안녕하세요, 유현주 작가입니다."

문을 밀며 고개를 숙인 나는 운명의 장난에 또 한 번 괴로워했다.

"김지원이라고 합니다."

빨간색의 두꺼운 니트를 입은 그는 어린 악마처럼 웃었다. 놀란 내 표정을 본 피디님이 껄껄 웃으며 설명했다.

"아, 유 작가가 놀랐나 보네. 미리 말 못 해서 미안. 나도 어제 연락받았어. 남자 주인공이 계속 캐스팅이 안 돼서 이거 엎어야 하나 고민 많았는데, 잘됐지? 지원 씨면 시청률 1위는 따 놓은 거지. 안 그래?"

"하하하……."

나는 기괴한 표정으로 웃어 보였다. 나와 달리 그는 짜증스러울 정도로 평안해 보였다. 내일 보자는 얘기가 이 얘기였나. 그가 가까이 다가와 악수를 청했다. 내가 망설이자 그는 내 손을 잡아채 부드럽게 쥐었다.

순간적으로 몸이 움찔했다. 그가 못 느꼈길 바랐지만 그의 미간은 그날의 밤처럼 섹시하게 구겨졌다. 내 손에 핏기가 사라질 쯤이 되어서야 손을 놓아준 그는 천천히 자리에 앉았다. 나는 최대한 그와 떨어지기 위해 의자 끝으로 달아났지만 그런 시도는 다 소용없게 되었다.

그의 손이 탁자 밑으로 내려와 내 허벅지를 어루만졌다. 그날의 밤과 똑같은 움직임에 온몸의 세포가 짜릿한 긴장 상태에 **빠졌다**. 힘을 주었다가 빼는 그의 리듬감에 절로 몸이 노곤해졌다. 나는 그를 제지하려 했지만 그는 오히려 내 손을 잡고 더 농밀한 스킨십을 이어 나갔다.

"그래서 이 부분에선 지원 씨가 신경을 써 줬으면 해."

"네, 걱정 마세요. 작품이 좋네요."

그는 고개를 돌려 내게 웃어 보였다. 배우는 배우인 모양이었다. 지원은 탁자 밑에서 일어나는 모든 행위를 모른 척하며 젠틀한 가면을 쓰고 있었다. 미팅이 끝나자 나는 온몸의 에너지가 방전된 듯 의자에 쓰러졌다.

"유 작가, 많이 긴장했었어?"

"……네."

"그럴 만하지. 단막극에 김지원이라니. 센세이셔널하네. 그치?"

"그러네요…… 센세이셔널."

"뭐, 우리한테는 좋은 기회니까 잘해 보자고!"

피디는 열의에 찬 표정으로 미팅룸을 벗어났다. 몸값으로 수억을 불러도 캐스팅하기 힘든 김지원이 제 발로 들어오니 기쁜 것은 당연했다. 핸드폰에서 진동이 울렸다. '경고'라고 저장된 이름을 보니 지원이었다. 심호흡을 한 나는 천천히 통화버튼을 눌렀다.

"무슨 짓이에요?"

— 뭐가?

"왜 우리 단막극에 당신이 출연하냐고요."

— 글쎄.

농담으로라도 작품이 좋다거나, 캐릭터가 마음에 든다거나 하는 말 따위는 하지 않았다.

"인생이 너무 쉬워서 재미없어요? 그래서 그래요?"

— 대체로 쉬운 편이긴 해.

"하—!"

나는 어이가 없었지만 그는 그런 것과 상관없이 대뜸 목소리의 결을 바꾸고 단호하게 말했다.

— 이제 당신 집 어딘지 말해.

"내가 그걸 왜 말해야 돼요?"

— 일하면서 흥분하기 싫어. 오늘처럼.

말리지 않으려고 정신을 똑바로 차리고 있어도 자연스럽게 말리는 기분이 들었다. 더 전화를 이었다가는 없던 약점까지 생길 판이었다. 나는 일방적으로 전화를 끊고 붉어진 얼굴을 식히려 애썼다. 그에게서 전화가 다시 온다거나 하는 일은 일어나지 않았다.

마음을 가라앉히고 조용히 생각에 잠겼다. 나는 아직 올라갈 일이 많은 신인 작가였고 그는 더 이상 올라갈 곳 없는 정상의 배우였다. 우린 연인이 아니었지만 연인이 하는 일을 했다. 매사에 얼렁뚱땅, 애매모호한 것들을 싫어하는 나였다. 핸드폰을 들어 주소를 찍었다.

[만나요.]

그는 빠르고 분명하게 답을 보냈다.

[9시, 기다려.]

지금 시간은 이제 겨우 오후 1시였다. 약속 시간까지 여덟 시간이나 남았지만 서둘러 몸을 일으켰다.

버스에 몸을 실은 채 단막극 시놉시스를 꺼내 들었다. 야망에 눈이 멀어 가족을 뒤로한 채 살아가던 남자가 진정한 사랑을 만나 가족애에 눈을 뜬다는 전형적이고 한국적인 드라마였다. 머리 끝부터 발끝까지 여유가 넘치는 지원은 이런 역할에 어울리지 않았다.

집에 돌아와서도 그 생각은 변하지 않았다. 그가 이 배역에 애정이 있고, 작품에 순수한 관심이라도 있다면 모를까 불장난처럼 덤벼드는 건 싫었다. 식탁 위를 깨끗이 치우고 시놉시스와 극작노트를 올려 두었다. 창문을 열고 햇빛을 받으며 널린 옷가지를 잘 개어 옷장 속으로 집어넣었다. 하늘은 어두워졌고 초인종이 울렸다.

"누구세요?"

"나야."

집 안에 발을 들인 그의 모습은 낮의 모습과 또 달라져 있었다. 빨간색 니트 대신 잘 다려진 흰색 셔츠와 짙은 회색 코트를 입은 그는 장난기 어린 웃음 대신 피곤함에 지칠 대로 지친 건조한 눈가를 드러내고 있었다.

"스케줄 있었어요?"

"난 늘 스케줄 있어."

그는 표정 없는 얼굴로 말했다. 방송국에선 그리 생글생글 잘 웃더니 아주 다 연기인 모양이었다. 나는 그런 지원을 주방의 식탁으로 이끌었다.

"밥해 줄 거야?"

그가 식탁 의자를 빼며 물었다. 나는 고개를 저으며 말했다.

"아니요. 할 말 있어서 부른 거예요. 그쪽 집은 위험하니까."

"여긴 안 위험해?"

여전히 건조한 표정의 그가 작은 장난기를 베어 물고 물었다. 또 다. 마음 깊은 곳에 품은 것이 흑심이든, 선심이든 그는 가리지 않고 드러내어 사람을 곤란하게 했다. 나는 눈을 감고 숨을 들이쉬었다.

'그의 말에 대답하지 마. 내 할 말만 해. 할 말만.'

그래서 뱉은 말이,

"나 좋아해요?"

라는 말이었다. 이번엔 지원이 당황한 듯 보였다. 눈살을 찌푸린 지원은 찬찬히 내 눈을 살피듯 훑었다. 내 말이 숨긴 의도와 감정 과 모순을 샅샅이 알아내고 싶어 하는 듯 보였다.

사실 이번 질문에서의 내 의도는 중요하지 않았다. 나는 그의 생 각이 궁금한 거였으니까. 어울리지 않게 배짱 좋은 눈으로 그를 쳐 다보자 그는 단호한 목소리로 대답했다.

"아니."

나는 그럴 줄 알았다는 듯 고개를 끄덕였다.

"그럼 우리 이쯤하죠."

"지금 우리가 어디쯤 하고 있는데?"

"말장난할 기분 아니에요."

"나도 그래."

그와 나 사이에 침묵이 오갔다. 그것은 어떠한 외침보다 시끄러 운 소란이었다. 그의 뜨겁고 어쩌면 차가운 눈빛을 끊어 내며 나는 입을 열었다.

"그쪽은 어떤지 모르겠지만……."

"지원."

"네?"

"내 이름, 그쪽이 아니라 지원이야. 모르는 것 같아서."

마치 주제 파악을 하라는 듯 이름을 말해 주는 그의 태도는 한없이 고고했다.

'휘둘리지 마. 당황하지 마. 내 할 말만 해. 할 말만.'

나는 그렇게 다시 한 번 주문을 외워야 했다.

그의 고고한 태도가 오만하게 느껴지기는 했지만, 그것이 무척이나 잘 어울렸다는 점과 나도 모르게 그에게 숙이고 싶었다는 점 정도는 사실이기 때문이었다.

"지원 씨는 어떨지 모르겠지만 나는 신중한 사람이에요. 흥미와 순간보다는 약속과 지속이 더 중요해요."

"그래서?"

"그래서……. 지금 우리 관계가, 지원 씨가 저한테 하는 행동이 저는 부담스럽고 불편해요. 특히나 일적으로 만난다면 더욱 그래요."

그는 생각보다 잘 들어 주었다. 중간중간 마음에 들지 않는 구석이 있는지 미간을 찌푸리거나 탁한 한숨을 뱉기도 했지만, 나는 아랑곳하지 않고 계속해서 말을 이었다.

"혹시 이번 단막극도 저 때문에 합류하기로 결정한 거면…… 철회하셔도 괜찮아요. 아직 계약서도 쓰기 전이니까 피디님께는 제가 말씀드릴게요."

그는 선선히 고개를 끄덕였다. 상식이 통하지 않는 사람은 아닌 모양이었다.

"싫어."

놀란 눈으로 지원을 바라보았다. 자신의 정중한 부탁에 어떠한 고민도 없이 거절하는 그가 놀라웠다.

"왜요? 난 이 작품이 정말 중요해요. 그냥 장난으로⋯⋯."

"내가 장난이라고 한 적 있어?"

"⋯⋯."

"당신이 당신 작품을 소중히 하는 것처럼 나도 내 작품 중요해."

그는 자신이 그의 커리어를 무시라도 한 것처럼 싸늘하게 말했다. 그의 긴 손가락이 매끄럽게 잘생긴 이마를 짚었다.

"프로답지 못하네, 당신."

"⋯⋯."

그는 실망했다는 듯 내게 향했던 눈길을 돌리며 차가운 목소리로 말을 이었다.

"나는 배우로서 당신 작품을 선택한 거야. 당신이랑 하룻밤 보낸 남자로서가 아니라."

"⋯⋯."

"착각은 내가 아니라 당신이 하는 것 같은데. 말했잖아. 난 일터에서 흥분하기 싫다고."

순간 강력한 수치심이 발끝에서부터 머리끝까지 차올랐다. 그의 말이 배려 없고 노골적이어서가 아니라 그의 말이 모두 맞는 말이기 때문이었다.

'왜 그가 나 때문에 이 작품을 선택했을 거라고 단정 지은 걸까.'

서로의 사생활을 일터로 끌고 온 건 바로 나였다. 부끄러움에 고개를 숙이고 있는 내 뒤통수 위로 그의 단단한 음성이 들려왔다.

"당신이 생각하는 것보다 훨씬 만족스러운 연기를 보게 될 거야. 걱정하지 마."

남자의 목소리가 아닌 배우의 목소리였다. 나는 또 한 번 그에게 말렸다는 것을 부인할 수 없었다.

"……고마워요."

"우리 관계도 오늘로서 끝날 거야. 상대방이 싫은 건 나도 싫어."

"……네."

잔뜩 쭈구리가 되어 있는 나를 향해 그는 자상한 미소를 지었다. 어떠한 말도 하지 않았지만 그 어떤 말보다 유혹적인 것이었다. 그 미소에 홀려 아무 말이라도 건네 볼까 했던 시점에 그는 천천히 자리에서 일어났다.

"가요?"

"응."

내가 자초한 짤막하고도 멍청한 대화는 그렇게 끝이 났다. 나는 그가 문 밖으로 완전히 사라지고 나서야 가쁜 숨을 몰아쉴 수 있었다.

"괜찮아. 나쁘지 않았어."

나는 스스로를 토닥이며 칭찬과 위로를 곁들였다. 그러곤 그의 곧은 눈빛과 다정했던 미소를 떠올렸다가 고개를 저었다.

"또 넘어갈 뻔했어. 잘했어."

악마의 유혹이라도 견뎌 낸 것처럼 스스로가 대견해진 나는 이제 마음껏 일에 집중할 수 있을 거라 생각했다. 지원도 작품을 계속하기로 했고 둘의 모호한 관계 역시 청산되었으니 더할 나위 없었다. 그리고 그 기분은 딱 그다음 날 저녁까지 유지되었다.

4. 배신

　다음날 현주는 작품에 도움이 될 만한 책과 자료를 찾기 위해 서점을 찾았다. 그녀는 늘 서점에서 나무 향이 난다고 생각했다. 푸른 잎을 자랑하는 나무들의 활력 넘치는 향기만큼은 아니었지만 조용히 잠들어 있는 나무들의 얌전한 대화가 그녀에게 편안함을 주었다.

　"아, 책 냄새. 너무 좋다."

　준비하는 작품이 시대극이었던지라 그녀는 역사코너를 서성였다. 그리고 그녀는 거기서 자신의 역사를 마주했다.

　"……."

　"현주야."

　3년을 함께하고 헤어진 지 일 년이 되도록 잊지 못한 과거의 연인이 실물이 되어 현주 앞에 서 있었다. 빼어난 외모나 재력을 가진 남자는 아니었지만 늘 다정하고 따뜻한 미소로 그녀의 삶의 버팀목이 되어 준 사람이었다.

"수, 수현 오빠……. 오랜만이야."

"그러게. 좋아 보인다. 별일 없지?"

"응, 잘 지내고 있어. 오빠도 잘 지내지?"

"그럼. 그렇게 책 좋아하더니 여기서 보네."

익숙한 것은 편안함을 주기 마련이었다. 현주는 수현의 목소리를 들을수록 몸과 마음이 편안해지는 것을 느꼈다.

"그러는 오빠는 서점 지루해했잖아. 어쩐 일이야?"

"아, 친구 놈이 살 게 있다 그래서."

마침 한 남자가 두꺼운 잡지를 여러 개 들고 나타났다. 그는 수현과 어색한 대화를 나누는 현주를 호기심 어린 눈으로 쳐다보았다.

"다 샀어. 가자."

"어? 어……."

"이 여자분은 누구셔?"

"아, 예전에 알던 동생. 현주야, 그럼 다음에 차라도 한잔 마시자. 가 볼게."

그는 다급히 친구를 챙겨 서점 밖으로 달아났다. 현주는 예전에 헤어졌을 때처럼 이번에도 자신이 그를 내쫓는 것 같은 기분이 들어 슬퍼졌다. 씁쓸해진 그녀는 자리를 옮기려 했고 발걸음을 내딛는 순간 구두 앞코에 무언가가 걸려서 가만히 내려다보았다. 수현의 지갑이었다. 그녀는 재빨리 그것을 들고 서점 밖으로 나섰다. 그리 멀리 떨어지지 않은 곳에 그와 그 친구가 있었다.

"그러니까 저 여자가 누군데."

"아, 누구긴 누구야. 전에 만나던 여자지."

"에이, 아쉽다. 소개시켜 달라고 하려 했더니. 완전 내 스타일인데."

"모르는 소리 마라. 조금만 만나면 금방 질릴걸."

그의 뒷모습을 따라 걸음을 내딛던 그녀의 몸이 딱딱하게 굳었다. 현주의 영혼은 깊은 진흙탕 속에 침식하듯 가라앉고 있었다.

"왜 질려? 집착 뭐 그런 거 심해?"

"아니, 지루해. 차라리 집착이라도 좀 하면 좋을 텐데. 결혼하기엔 딱 좋은 여자지만."

"아, 너 양다리일 때도 전혀 눈치 못 챘다던 그 여자구나?"

수현과 그의 친구는 자신들의 도마 위에 현주를 눕혀 두고 잔인하게 난도질했다.

'전에 만나던 여자지.'

'금방 질릴걸.'

'지루해.'

'양다리일 때도 전혀.'

'전혀.'

현주는 그들의 경박한 웃음소리를 뒤로한 채 다시 서점 안으로 들어갔다. 그의 지갑을 쓰레기통에 처박은 그녀는 흔들리는 다리를 부여잡으며 화장실 가장 깊숙한 칸으로 들어가 억누른 눈물을 쏟아냈다.

그녀는 과거 자신의 사랑이 불타는 사랑은 아니었지만 따뜻한 사랑이었다고 자부했었다. 그는 늘 다정했고 그녀는 늘 그런 그가 고마웠다. 육체적 사랑이 부재한 탓에 그는 힘겨워했지만 그녀가 원한다면 끝까지 지켜 주겠노라, 맹세했었다.

그의 결혼하자는 프러포즈 앞에서 차마 승낙을 하지 못했던 것은 작가로서 채 꿈을 펼치기도 전에 한 사람의 아내, 한 아이의 엄마가 될 자신이 없었기 때문이었다.

현주는 자신과 수현이 운이 없었을 뿐이라고 생각했었다. 보다 안정적인 시기에, 보다 의지할 수 있던 시기에 만났다면 둘은 당연히 한 가정을 꾸리고 살았을 것이라고 생각하며 말이다. 하지만 이제는 인정할 수밖에 없었다.

수현과 현주가 거짓과 인내로 버텨 온 3년은 사랑의 시간이 아닌, 그저 그런 시간이었던 것이다. 한참 동안 고통 속에서 몸부림치던 현주는 엉망이 된 얼굴을 문지르며 택시를 잡았다. 그녀는 헤어진 지 일 년이 넘어서 또 한 번의 실연을 겪고 있었다.

5. 약속

현주는 집에 들어와 무거운 책들을 집어 던지고 욕실로 직행했다. 이리저리 번진 화장이 참으로 가관이었다. 클렌징크림의 하얀 거품이 그녀의 얼굴과 눈물을 씻어 냈다.

현주는 자신의 무엇이 이토록 참담한 비극을 가져왔는지에 대해 생각하고 싶었다. 사랑의 실패는 감내할 수 있었지만 사랑이 아닌 것을 사랑이라고 착각하는 것은 문제가 있었다. 그녀는 신중했지만 감성적인 사고의 예술가였다.

현주는 수현과의 추억이 담긴 앨범과 그 당시 썼던 일기장을 꺼내 제 모습을 살폈다. 여성스러운 옷차림, 깔끔한 화장, 편안한 미소까지 판에 박힌 것처럼 천편일률적이었다. 생각해 보면 현주는 수현과의 연애뿐만 아니라 그 누구와의 연애에서도 격정적이거나 격렬한 무엇을 느껴 본 적이 없었다.

드라마 작가로서 열렬한 사랑에 대한 이상향이 있기는 했지만 그것은 이상향일 뿐이었다. 사랑이 늘 뜨거울 수는 없다고, 심장이 늘 요동칠 수는 없다고, 미지근한 지금의 감정도 사랑일 수 있다고 위로하며 말이다.

하지만 단 한 번도 뜨겁지 않았고, 단 한 번도 요동치지 않았던 것은 문제가 있는 것 같았다.

그러다 문득 최근 들어 가장 격렬하고 짜릿했던 순간을 떠올렸다. 가장 최근이랄 것도 없었다. 그녀 인생을 통틀어 가장 즉흥적이고 비이성적인 순간이었다.

극심한 실연의 고통은 판단력을 흐리기 마련이었다. 그녀는 핸드폰을 들고 통화버튼을 눌렀다. 답답할 정도로 긴 통화음이 이어졌다.

— 어.

"바빠요?"

— 괜찮아.

"만날 수 있어요?"

— 어디서?

"지금 어디예요?"

지원은 갑자기 전화한 그녀의 목소리에 아무런 당황도 하지 않았다. 아주 태평하게 그럴 줄 알았다는 듯 대답을 이어 나갔다. 그가 웃으며 말했다.

— 우리 집, 기억해?

"조금만 기다려요."

강남 한복판에 세워진 커다란 빌딩을 잊을 리 없었다. 현주는 느려 터진 엘리베이터를 원망하며 손톱을 깨물었다. 불안감이나 후회 때문이 아니었다. 그를 만나야 한다는 생각이 너무 강해 마음이 급한 것이었다.

초인종을 누르자 문이 열렸다. 들어선 현관엔 긴 다리의 그가 재미있다는 듯 서 있었다.

"고작 하루 만에 내가 보고 싶어졌어?"

"물어볼 게 있어요."

"울었어?"

"아니요. 대답이나 해요."

지원은 퉁퉁 부은 현주의 얼굴을 향해 손을 뻗었지만 그녀는 그의 손을 쳐냈다. 한참 재미있어지려던 찰나 관계를 끊자고 하더니, 고작 하루 만에 나타난 그녀가 못 견딜 만큼 흥미로운 그였다. 지원은 그녀의 다급함을 달래려 퍽 다정한 목소리로 물었다.

"뭐가 그렇게 궁금해."

"나랑 왜 잤어요?"

현주는 아주 진지하고 진실한 얼굴로 물었다. 지원의 얼굴이 불쾌함으로 일그러졌다. 첫 만남부터 지금까지 단 한 번도 예상과 일치한 적 없던 것이 현주였다. 하지만 이번 질문은 뻔하고 지루하며 고루한 것이었다.

"대답했잖아. 당신 안 좋아한다고."

"그거 말고요. 뭐 꼭 좋아서 자는 건 아니잖아요. 왜 하필 저였어요?"

그녀는 자신이 얼마나 이상한 물음을 던지고 있는지 알지 못했다. 지원이 그녀에게 다가가 고개를 숙였다.

"술 마셨어?"

"아니요, 완전 멀쩡해요."

지원은 자신의 대답을 기다리는 그녀의 간절한 눈을 쳐다보며 생각에 잠겼다. 왜 잤냐고 묻는 그녀의 질문이 어려운 것은 아니었다.

그날 눈앞에 있던 그녀는 특별했다. 눈이 부실 만큼 화려한 사람들 사이에서 그녀는 단연 돋보일 수밖에 없었다. 오직 현주만이 하얗고 평범했기 때문이었다. 물론 자세히 들여다본 그녀의 눈이 너무도 숨기고 있는 것이 많아 궁금증이 일어난 것은 덤이었다. 지원은 그녀가 궁금했다.

지원은 현주가 그랬던 것처럼 그녀를 이끌고 식탁에 앉혔다. 자꾸만 마른침을 삼키는 그녀가 그날의 밤처럼 다시 한 번 궁금해졌다.

"무슨 일이야."

"대답부터……."

"무슨 말인지 모르겠어서 그래. 설명해 줘."

그는 부드럽고 다정한 얼굴로 물었다. 기다리겠다는 듯 눈을 맞추고 고개를 끄덕이는 그의 모습은 어딘지 믿음직스러웠다.

"다는 말 못 해요. 그냥…… 저는 원래 그런……."

"그런?"

그의 눈은 그녀를 향해 분명히 전하고 있었다. 군더더기 없이 깔끔하게 있는 그대로의 사실을 말해 달라고. 현주는 발가벗겨진 기분을 느끼며 크게 숨을 들이마셨다.

"그러니까…… 즉흥적이고, 적나라하고, 쾌락적인 그런……."

"아, 섹스?"

"하…… 네. 그거요."

체념한 듯 고개를 끄덕이는 현주의 모습에 지원은 빙그레 웃으며 눈을 접었다.

음란하기 짝이 없는 대화를 하면서도 어쩜 저렇게 천연덕스러울 수 있는지 현주는 도무지 이해할 수 없었다. 어찌 됐든 지원은 그녀의 아리송한 말들이 꽤 즐거운 모양이었다. 그는 다음 말을 듣기 위해 그녀를 재촉했다.

"아무튼 그게 왜."

현주는 이왕 이렇게 된 거 솔직하게 말하자고 마음먹었다. 어차피 그의 직설적인 눈앞에선 거짓말이고 돌려 말하기고 아무것도 통하지 않을 것이기 때문이었다.

"제가 평소에 그런 식의 매력을 갖고 있는 것도 아니고, 어떤 사람은…… 지루하다고까지 얘기하는데……."

"……."

"아무리 술을 먹었다고 해도 그렇지……. 처음 만난 당신이랑…… 남자 친구도 아닌데 그런 일을 했다는 게 너무 이해가 안 되잖아요. 남자 친구랑은 하고 싶어도 안 됐는데……. 왜 당신이랑……."

현주는 생각할수록 억울해 목소리가 높아졌고 지원은 그런 그녀가 귀여웠다.

"그게 그렇게 이해가 안 될 일인가."

"네?"

"당신 말대로 즉흥적이고, 적나라하고, 쾌락적인 거잖아. 이유가 분명한 게 이상한 거 아니야?"

지원은 마치 과외 선생님처럼 차분한 목소리로 설명했다.

"그리고."

"······."

"누가 그래? 당신 지루하다고."

지원은 대충 감이 왔다. 잔뜩 웅크린 몸, 불안한 눈, 떨리는 입술까지, 그녀의 모습은 상처받은 영혼의 전형적인 모습이었다.

그는 상체를 멀찍이 떨어뜨리고 그녀를 훑었다. 현주는 그의 노골적인 시선에 전율이 일었다. 그의 눈빛이 살아 움직이는 손길이 되어 온몸을 어루만지는 것 같았다. 그의 낮고 단호한 목소리가 흘러나왔다.

"당신은 매력적이야."

"······."

"내 손이 닿는 대로 긴장하는 당신 몸도 좋고, 내 눈이 닿는 대로 붉어지는 당신 뺨도 좋아."

"그쪽한테만 매력적인 걸까요?"

"뭐?"

"그쪽이 날 매력적으로 생각해서 내가 이렇게 흥분하는 거예요? 내가 이전 남자 친구들한테 못 느꼈던 건 그 사람들이 날 매력적으로 생각하지 않아서 그래요?"

지원은 개구쟁이처럼 웃음을 터트렸다. 그는 볼수록 독특한 여자를 만났다고 생각했다. 적나라한 건 못 한다더니 말하는 모양새는 꽤 직설적인 현주였다.

"모두에게 매력적이길 원해?"

"당신은······ 그렇잖아요."

"……."

"당신처럼 모두가 탐내는 사람이길 원해요."

지원의 눈이 날카롭게 빛났다. 첫 만남에서 느꼈던 여유와 섹시함, 그리고 모든 것을 초월한 분위기까지 순식간에 그대로 재연되었다.

"당신은 도화지 같아. 아무도 손대지 않은 도화지. 주인을 잘못 만나면 한낱 낙서 신세를 면치 못하겠지만 제대로 된 화가를 만나면 범접할 수 없는 예술작품이 되겠지."

"……."

"그리고 난……."

그의 깊고 투명한 눈이 모든 것을 다 이루어 줄 것처럼 빛이 났다. 매혹적으로 말린 입꼬리에서 마지막 말이 뱉어졌다.

"꽤 괜찮은 화가야."

"야, 너 표정 되게 이상해."

지원과 나란히 앉은 재경이 도저히 못 참겠다는 듯 말했다. 늘 미용실에서 지원이 취하는 자세는 두 눈을 감고 세상 가장 피곤한 표정을 짓고 있는 것이었다. 그런데 어찌 된 영문인지 아까부터 지원의 얼굴은 피식피식 웃음이 새어 나왔다.

"무슨 좋은 일 있어?"

"아니, 신경 꺼."

지원은 들썩이는 입술을 간신히 억누르며 말했다. 평범한 사람이라면 그 까칠한 반응에 후퇴하는 것이 일반적이었지만 재경은 그렇지 않았다.

"어쭈? 그러니까 더 궁금해지네. 천하의 김지원이 웃을 일이 다 있어?"

지원은 조용히 하라는 듯 눈썹을 찡그렸다. 아니나 다를까 머리를 만져 주던 헤어샵 직원들이 그들의 대화를 들으려 귀를 쫑긋하고 집중하고 있었다. 재경은 어쩔 수 없다는 듯 고개를 돌려 거울을 쳐다봤다.

지원은 이틀 전의 대화를 떠올렸다.

'당신이 날 위해 뭘 해 줄 수 있는데요?'

그녀의 두 눈은 간절함과 절망감이 고루 어우러져 빛나고 있었다. 그런 현주의 물음에 나는 어이없고 허망한 약속을 하고 말았다.

'당신을 도와줄게.'

'……'

'조건이 있어.'

그녀는 눈에 띄는 미인은 아니었지만 눈이 가는 분위기를 가진 여자였다. 특히나 조용히 내뱉는 말투와 차분한 목소리는 절로 발칙한 상상이 될 만큼 유혹적이었다.

현주는 제게 자신을 좋아하냐는 물음을 던진 적이 있었다. 나는 아니라고 대답했고 그녀는 단 하나의 상처도 받지 않은 표정으로 덤덤히 고개를 끄덕였었다.

하지만 무턱대고 찾아온 그녀의 두 번째 질문에서는 바닥까지 가라앉은 슬픔이 보였다.

'조건이 뭔데요.'

'내가 가르치는 모든 것에 편견 갖지 마.'

'알았어요.'

지금 생각해 보면 자존심이 상했던 것 같다. 내가 어떤 짓궂은 장난을 쳐도 어이없다는 듯 웃던 그녀가 대체 누구에게 그런 상처를 받아 온 것인지 궁금했다.

'하루 한 번, 나한테 전화해.'

'왜요?'

'당신을 알아야 당신을 가르치지.'

사람은 자기 자신이 어떤 사람인지 아는 것만으로도 매력적으로 변하기 마련이었다. 그 자신이 착하고 정의롭거나, 악하고 교활한 것과는 상관이 없었다.

'나도 전화할 거야. 일부러 안 받고 그런 거 하지 마.'

그녀는 그 말에 인상을 찌푸렸었다. 그러곤 말했다. 내가 들었던 말 중 가장 흥미롭고 가장 기분이 이상했던 말.

'나도 조건이 있어요.'

'말해.'

'우리 관계는 서로에게 소중한 사람이 생기면 끝나는 거예요.'

'……'

'그럴 리는 없겠지만…… 서로에게 마음이 생겨도 끝나는 거예요.'

그녀는 '그럴 리는 없겠지만.'이라고 말했지만 그리 확신이 넘치진 않았다. 내 눈을 피했고 목소리는 평소보다 더 조용해졌다. 모든 조건이 그녀와 나의 끝을 얘기하고 있었다.

그녀는 그날 최초의 여자가 되었다. 내 집에 들어와 아무것도 하지 않고 나간 여자. 그녀는 여전히 흥미로웠다.

"야, 김지원."

"……."

"야."

재경은 계속해서 정신이 나가 있는 지원을 향해 목소리를 높였다. 지원이 고개를 돌리며 이를 갈았다.

"아, 왜."

"너 우리 작가님 작품 들어간다며?"

"유현주?"

"어. 단막극 그거 뭐랬더라. '월광' 맞지?"

지원은 거칠게 잡지 페이지를 넘기며 대꾸했다.

"어. 왜."

"거기 '강민서'도 합류한대."

"걔가 누군데."

지원의 진심 어린 무관심에 한숨을 내쉰 건 비단 재경뿐이 아니었다. 뒤에 서 있던 매니저는 물론 헤어 디자이너들까지도 지금 이 자리에 강민서가 없음을 안도했다.

"누구긴 누구야. 요즘 그 향수 광고로 빵 뜬 여자 배우 있잖아. 신인."

"그래서 뭐."

재경은 상체를 길게 빼고 지원의 귓가에 속삭였다. 지원은 다가오는 재경의 얼굴에 질겁했지만 재경은 포기하지 않았다.

"친해지면 나한테 소개 좀 해 줘."

"아, 저리 가."

지원은 긴 팔을 이용해 제 귓가에 닿아 있는 징그러운 얼굴을 멀리 쫓아 버렸다. 그럼에도 재경의 얼굴에선 장난기가 가시지 않았다.

"너랑 눈 맞으면 죽는다. 알았지?"

"아, 진짜!"

지원의 짜증이 분노로 변할 쯤 재경은 그제야 몸을 낮추고 알았다는 듯 고개를 끄덕였다. 뒤에 선 매니저와 헤어샵 원장이 대화를 나눴다.

"두 분이 친구 사이라는 게 신기하네요."

"왜요?"

"재경 씨는 장난기가 넘치고 지원 씨는 과묵하니까요. 완전 다르잖아요."

매니저의 얼굴이 순식간에 일그러졌다가 이내 한숨을 뱉어 냈다.

"지원이가 더 심해요."

지원은 재경의 머리를 쥐어박고 있었다. 재경이 제 머리를 감싸며 낑낑거리자 지원은 짜증스러운 말투로 말을 이었다.

"그리고 누가 우리 작가님이야?"

"어?"

"유현주 말이야. 그냥 작가님이라고 불러. 사람 오글거리게 하지 말고."

지원은 목에 두르고 있던 헤어보를 집어 던지며 자리에서 일어났다. 매니저는 늘 있던 일이라는 듯 뒤따랐고 재경은 따가운 정수리를 움켜쥐고 다양한 욕을 중얼거렸다. 지원이 긴 다리로 성큼성

큰 걸으며 매니저에게 물었다.

"다음 스케줄 뭐야."

"방송국 들어가서 '월광' 리딩하고 저녁에 광고 후시 녹음 있어. 녹음은 금방 끝날 거니까 오늘 쉴 수 있을 거야."

"늦게 끝나기만 해봐."

지원은 긴 목에 목젖을 드러내며 고개를 젖혔다. 매니저는 그의 협박을 애써 모른 척하며 차를 몰았다.

6. 싸움

"현주 씨, 진짜 다행이지?"

"그러네요."

캐스팅 난항을 겪던 단막극 '월광'은 지원의 합류를 시작으로 모든 캐스팅이 완료되었다. 영화판에서 움직이지 않던 그가 선택했다는 소식만으로도 엄청난 광고효과와 흥행이 보장된 것이기 때문이었다.

여주인공에는 떠오르는 신예 여배우, 강민서가 낙점되었고 남자 조연으로는 요즘 십 대들에게 한창 인기가 많은 아이돌 출신의 이연석이 합류했다.

현주는 두근거리는 가슴을 안고 조심스럽게 대본을 테이블 위에 올려놓았다. 미니시리즈의 서브 작가로 일하며 많은 리딩 현장을 봤었지만 온전한 제 작품의 리딩을 보는 것은 처음이었다.

"안녕하세요, 이연석이라고 합니다."

청량한 소년 같은 분위기의 청년이 미팅룸의 문을 열고 들어왔다. 매니저로 보이는 남자가 피디와 인사를 나눴고 연석은 현주를 향해 다시 한 번 깊게 고개를 숙였다.

"작가님, 대본 재밌게 읽었습니다. 열심히 하겠습니다."

"아, 저, 저도 열심히 하겠습니다."

이런 대접이 익숙지 않은 현주는 자신도 모르게 같이 고개를 숙였다. 연석의 얇은 입술이 호선을 그리며 완만하게 휘어졌다.

"작가님이 미인이셔서 좋네요."

현주는 요즘 아이돌의 능청스러운 처세술에 감탄을 마지않았다. 꽤 인기 있는 아이돌이라 해서 거만할 줄 알았는데 편견인 모양이었다.

이어 문이 열리고 지원이 들어왔다. 지원과 현주의 눈이 아주 잠시 동안 서로를 담았다. 가볍게 고개를 끄덕인 둘은 사무적으로 인사를 나눴다.

"안녕하세요, 김지원입니다."

"아, 지원 씨. 이쪽은 이연석 씨예요. 둘이 인사해요."

지원과 연석은 서로 정중하게 악수를 나눴다. 대한민국에서 내로라하는 미남들을 눈앞에 두고 보니 현주에겐 이만한 호강이 따로 없었다.

"선배님, 정말 팬입니다. 함께 일하게 돼 영광이에요."

"고마워요."

연석의 애교 섞인 인사에도 지원은 무심하게 대꾸했다. 일적인 것 외에는 친분을 쌓지 않겠다는 암묵적인 액션이었다.

약속한 시간은 세 시였고, 지금은 세 시 삼십 분이었다. 오늘은 주연만 모이는 자리였으니 셋만 오면 되는 것이었다. 하지만 제일 중요한 여배우가 오지 않아 리딩은 시작할 수 없었다. 대놓고 불쾌한 기색이 역력한 지원과 연석의 매니저 덕분에 현주와 피디는 좌불안석이었다.

"아, 죄송합니다아— 차가 밀려서 늦었어요."

그때 한 남자가 문을 밀고 들어왔다. 궁색한 변명을 늘어놓는 그의 뒤에 커다란 선글라스를 낀 여자가 따라 들어왔다. 밝은 갈색 머리에 갸름한 턱선, 훤칠한 키까지 시원시원한 그녀는 누가 보아도 화려한 여배우였다.

"안녕하세요, 선배님. 강민서라고 합니다."

그녀는 앞에 앉은 현주와 피디는 안중에도 없다는 듯 지원에게 먼저 인사한 후 자리에 앉았다. 데뷔한 지 얼마 되지 않은 신인의 행동이라고는 믿을 수 없는 건방지고 미련한 처신이었다. 지원은 물론 연석까지도 그 예의 없는 모습에 심기가 불편한 모양이었다. 피디가 재빨리 상황을 수습했다.

"늦었으니까 바로 리딩 시작합시다. 다섯 장씩 끊으면서 리딩하고 의견 나누죠."

매니저들까지 대본을 들고 첫 장을 넘기는 판에 민서는 팔짱을 끼고 요지부동이었다. 현주는 그녀가 급히 들어온 탓에 준비가 되지 않은 건가 싶어 걱정스러웠다.

"시간을 조금 드릴까요?"

"음…… 작가님이시죠?"

도도함을 흉내 낸 민서의 목소리에는 상대를 얕보는 뉘앙스가 잔뜩 깔려 있었다. 자신이 출연하는 작품의 작가가 누구인지도 모르는 백치미가 지원을 웃게 했다. 그런 지원의 성격을 알 리 없는 민서는 그가 자신을 돕는 것이라 착각하며 어깨에 잔뜩 힘을 주었다.

"시놉시스는 나쁘지 않은데…… 작가님이 워낙에 신인이셔서 좀 불안하네요."

현주는 민서의 도발에 머릿속이 하얘졌다. 피디는 물론이고 연석도 현주의 눈치를 살폈다. 민서의 매니저는 제 연예인의 성격을 감당할 수 없는 모양이었다. 그저 제 주변에 선 다른 매니저들에게 연신 고개를 숙일 뿐이었다.

지원은 현주의 떨리는 입술과 핏기가 가신 얼굴을 보았다. 그는 그녀가 이런 상황을 견디지 못할 것이라 생각했다.

"신인이랑 하는 건 나도 불안한데."

지원의 낮고 단단한 목소리가 미팅룸을 메우던 민서의 분위기를 휘어잡았다. 모두들 지원이 언급한 '신인'이 현주를 지칭하는 것이라 생각했다. 연석은 망부석이 되었고 피디는 현주를 불쌍한 눈으로 쳐다보았다. 민서는 고개를 끄덕이며 새초롬한 표정을 지었다.

곧 지원의 얼굴에서 웃음기가 빠지고 눈에선 날카로운 분위기가 서렸다. 그의 고개가 민서를 향해 돌았다.

"너 말이야."

"네?"

"신인, 너."

"……."

지원은 민서와 민서의 매니저를 번갈아 쏘아보며 말을 이었다.

"여기선 네가 제일 신인이야. 연기라곤 30초짜리 광고에서 해

본 게 다인 주제에 어디서 대배우인 척 건방을 떨어."

"아니, 그게 아니고……."

"이 나라에 여배우가 너 하난 줄 알아?"

현주는 지원을 말리려고 했지만 지원의 기세가 워낙 강해 끼어들 틈이 없었다. 피디도 현주를 향해 가만히 있으라 눈짓했다. 당황한 기색이 역력한 민서가 제 매니저를 향해 구원의 눈길을 보냈지만 그 역시 지원 앞에서 목소리를 높일 군번이 되지 못했다.

"이 작품 하기 싫으면 나가. 너 아니어도 할 사람 많아."

"제, 제가 언제 하기 싫다고……."

"그럼 똑바로 해. 괜히 옆에 있는 사람 열 받게 하지 말고."

"……."

민서는 거의 울기 직전으로 눈망울이 촉촉해졌다. 잘빠진 광고 하나로 사람들의 추앙을 받던 그녀가 지원의 몇 마디로 처참히 무너진 것이었다. 지원이 피디를 향해 정중히 물었다.

"죄송한데 오늘 리딩 취소하고 다시 시간 잡을 수 있을까요?"

"어, 어?"

"캐릭터 분석할 시간은 필요할 것 같아서요."

지원의 눈이 민서를 향했다. 민서는 자신이 시놉시스만 읽고 대본에 대한 분석은 조금도 되어 있지 않음을 들킨 것 같아 다급히 대본을 움켜쥐었다. 피디는 어색하게 고개를 끄덕였다.

"그, 그래. 그러지 뭐."

지원이 다시 한 번 민서를 향해 말했다.

"다음에도 지각할 거면 그냥 오지 마."

그가 미팅룸을 벗어나자 현주는 다급히 일어나 그를 쫓았다. 그는 아직 문 앞에 서 있었다.

"지원 씨!"

좀 전까지만 해도 살벌한 표정이던 그가 장난기 어린 얼굴로 돌아보았다.

"밥 먹으러 가자."

"네?"

"시간 비었잖아. 배고파."

현주는 그의 천진한 미소에 마법처럼 고개를 끄덕일 수밖에 없었다. 자연스럽게 등을 돌려 미팅룸으로 들어가 남은 사람들에게 어색하고 짧은 인사를 건넸다. 연석은 다 잘될 거라며 성숙한 위로를 전했고 피디 역시 멋쩍은 웃음과 함께 긍정적인 말들을 쏟아 냈다. 그렁그렁한 눈망울을 감추려 선글라스를 쓴 민서는 현주를 향해 짧은 고갯짓을 끝으로 빠르게 미팅룸을 벗어났다. 어쩐지 이번 단막극은 꽤 힘든 작업이 될 것 같은 기분이 들었다. 두꺼운 대본을 가방에 구겨 넣고 문을 나선 그녀는 사방을 두리번거렸다. 있어야 할 그가 보이지 않았다.

— Rrrrr.

"여보세요."

— 주차장으로 내려와.

지원은 자기 할 말만 투박하게 던져 놓고는 전화를 끊었다. 잠시나마 그가 다정한 사람이라 착각한 자신을 멍청이라 자책했다.

어두운 지하주차장에 내려오니 수많은 자동차가 빽빽하게 들어차 있었다. 기가 막힌 타이밍에 핸드폰이 진동했다.

"어디예요? 나 주차장인데."

— 앞으로 직진.

"네?"

현주는 그의 그런 목소리를 잘 알았다. 강압적이지만 장난스럽고, 단순하지만 복잡한 생각을 하게 만드는 그의 말투를 어느 날 밤에도 들은 적이 있었다. 현주는 그의 말대로 앞으로 걸음을 옮겼다. 전화기 너머로 그의 낮은 웃음소리가 들렸다.

— 오른쪽으로 돌아.

"……."

고작 차를 타려는 일에도 그와 함께라면 이런 식의 조심성이 필요했다. 이해할 수 없는 이상한 남자라 생각하다가도 이런 순간엔 그가 어마어마한 스타라는 걸 실감했다. 짙은 선팅으로 가려진 차들 사이로 유선형의 세단이 빛났다.

— 타.

그의 전화가 끊기고 현주는 차에 올라탔다. 한눈에 보아도 고급스러운 그의 차와 한 몸으로 태어난 듯 잘 어울리는 그가 고개를 돌렸다. 가까이에서 그를 마주하는 일은 탄식이 나올 만큼 감탄스러운 일이었다. 스크린 속에선 다 보이지 않던 길고 수려하게 뻗은 눈썹, 쌍꺼풀 없이 깊은 눈, 조각한 듯 날렵한 콧날까지 어디 하나 신경 써 만들어지지 않은 곳이 없었다. 그를 만든 이가 신이라면 그는 분명 일생의 역작을 만든 것이 분명했다.

"뭐 먹을래?"

"사람들 있는 데 가도 괜찮아요?"

차 내부를 호기심 어린 눈으로 관찰하던 현주는 조심스럽게 물었다. 사람들이 오가는 식당에 그와 마주 앉은 자신을 상상하고 있자니 영 어색하고 찜찜했다. 무엇보다도 그에게 좋지 않을 것이었다.

"아니."

"그럼요?"

"우리 집 가서 배달 음식 먹거나, 당신 집 가서 배달 음식 먹을 거야. 골라."

오랜 자취 생활로 배달 음식이라면 이골이 난 현주였다. 돈 잘 버는 연예인한테 비싼 밥이라도 얻어먹는 것인가 기대했건만 다 헛물이었다.

"에이, 난 또 비싼 거 사 주는 줄 알았지. 갈래요."

"내가 왜 사 줘. 당신이 날 사 줘야지."

"내가 왜요?"

"구해 줬잖아. 완전 멋있게."

그가 긴 손가락으로 가방을 삐져나온 대본을 가리켰다. 민서와 자신의 기 싸움을 얘기하는 모양이었다. 현주는 물론 그가 멋있었고 고마웠다. 그는 적절한 순간에 나서 줬고 적당한 정도로 힘을 발휘했다.

하지만 그가 기고만장해지는 모습은 보고 싶지 않았다. 이때가 아니어도 그는 충분히 그녀에게 있어서 갑이기 때문이었다.

"안 멋있었는데요?"

"안 멋있어?"

"네."

그는 되도 않는 튕기기를 시도하는 그녀가 가소로웠다. 그의 커다란 손이 현주의 뒷목을 감쌌다. 그녀의 살결에 오소소 소름이 돋

는 것이 느껴졌다. 그의 미간이 찡그려지며 장난스러운 목소리가
흘러나왔다.

"그럴 리가 없는데."

"……."

"안 멋있었어?"

"그냥 고, 고마웠어요."

현주는 간신히 고마웠다는 말을 뱉어 냈다. 멋있었다는 말보다는
고마웠다는 말이 그나마 덜 자존심이 상했다. 그는 그럼 그렇지,
하고 고개를 끄덕이며 물러났다. 현주는 아랫입술을 내밀며 미팅룸
에서의 상황을 떠올렸다. 앞으로도 민서와 오늘과 같은 기 싸움을
반복해야 한다고 생각하니 머리가 아팠다.

타고난 천성이 불협화음을 싫어하는 현주였다. 좋은 게 좋은 거
였고, 싸움보다는 희생이 편했다. 아이러니하게도 그런 그녀가 선
택한 직장은 세상에서 가장 기 세고, 질 줄 모르는 사람들이 모인
다는 방송국이었다. 거기까지 생각이 미치자 그녀는 깊게 한숨을
내쉬었다.

"다음부터는 제가 알아서 할게요. 그렇게 나서서 안 도와줘도 괜
찮아요."

현주의 고개가 힘없이 떨어졌다. 풀 죽은 모습이 비 맞은 어린아
이마냥 처량했다. 그는 그 모습이 썩 마음에 들지 않았다. 고마웠
으면 됐지 우울해할 필요는 없었다. 그는 자신의 커다란 손을 뻗어
그녀의 등을 가볍게 두드렸다.

"오늘처럼 하라고 알려 준 거야."

"뭐를요."

"다음부터는 내가 한 것처럼 해. 어차피 이 바닥은 온 천지가 비밀이야. 애써 착한 사람 될 필요 없어. 못되게도 굴고, 미친년처럼도 굴어. 너 아니어도 미친것들 많아."

"당신도 미쳤어요?"

지원의 긴 속눈썹이 그의 짙고 깊은 눈동자를 가렸다. 하얀 피부 위에 조각된 빨간 입술이 놀랍도록 솔직한 대답을 뱉어 냈다.

"완전 미쳤지."

현주는 그 말에 전적으로 수긍했다. 작가생활을 시작하며 별 희한한 사람들을 다 보았지만 이렇게 묘한 사람은 보지 못했다. 가벼운 듯 보이면서 무겁고, 생각이 없는 것 같으면서도 가끔은 너무 많은 생각을 하는 것 같은 그는 누구보다도 특이하고, 누구보다도 특별한 사람이었다.

"어디 갈래? 정해야 운전을 하지."

"진짜 배달 음식 먹을 거예요?"

"그거 말고는 먹을 수 있는 게 없어. 둘이 먹으려고 매니저도 보냈단 말이야."

"돈도 잘 벌면서 그렇게 살면 안 억울해요?"

"억울해."

그는 일순간 진지하고 서글픈 표정을 만들어 냈다. 현주는 처음으로 그가 가엾다고 느껴졌다. 수많은 사람들의 사랑과 애정을 독차지하고 그만한 부를 누리는 그였지만 그만큼의 시간과 권리들을 빼앗기며 사는 모양이었다.

그녀는 그에게 전이된 듯한 배고픔과 피로를 강하게 느꼈다.

"우리 집 가요. 밥해 줄게요."

7. 수업

　아직 이른 시간인 덕에 교통체증 없이 도착한 현주의 집은 훈훈한 온기로 둘을 반겼다. 지원은 마치 자기 집 들어가듯 익숙하게 구두를 벗고 코트를 정리했다. 짙은 남색 코트로 가리고 있던 그의 매끈하고 탄탄한 몸매가 여실히 드러났다.

　"밥 안 해 줘?"

　지원은 넋 빠진 사람처럼 미동 없는 그녀를 향해 물었다. 그의 완벽한 몸매에 속으로 감탄에 감탄을 연발하던 현주는 정신을 차리고 급히 주방으로 들어갔다. 그녀의 작은 몸이 집 안 이곳저곳을 돌아다니는 모습은 안정적이고 편안해 보였다. 주방에서 그녀의 목소리가 들렸다.

　"그런데 우리 수업은 언제 해요?"

　"수업?"

　"나 가르쳐 준다고 했잖아요."

지원은 못 말린다는 듯 소리 내어 웃었다. 현주가 왜 웃느냐는 표정으로 그를 바라보자 지원은 간신히 웃음을 참으며 말했다.

"내가 무슨 수학 선생님이야? 수업을 하게?"

"그럼요?"

"그냥 내가 하는 대로 따라와. 그것뿐이야."

현주는 무슨 말인지 모르겠다는 듯 인상을 찌푸렸다. 지원이 다가가 그녀의 어깨를 잡아 돌렸다. 그녀의 등을 껴안듯 몸을 기울인 그가 나긋한 목소리로 속삭였다.

"뭐 만들어 줄 거야?"

"된장찌개 좋아해요?"

"응. 좋아."

현주는 자신의 등에 붙어 있는 그가 불편해 이리저리 몸을 움직였지만 그는 아랑곳하지 않았다. 오히려 온몸에 힘을 풀어 체중을 실었다. 현주가 무거움에 낑낑거리며 말했다.

"이러면 불편해서 요리 못 해요."

"프로는 장비 탓하는 거 아니랬어."

"장비 탓하는 게 아니라 그쪽 탓하는 거예요."

현주가 뒤집개를 들고 흔들자 지원은 그제야 두어 걸음 뒤로 물러났다. 그는 스스로 제 머리를 헝클며 중얼거렸다.

"심심한데……."

"소파에 앉아서 TV라도 볼래요?"

"맨날 보는 얼굴들을 뭐하러 봐."

이럴 때면 그는 꼭 말 안 듣는 남자아이 같았다. 잔뜩 피곤한 얼굴을 하고선 심심하다고 중얼거리던 그는 가뜩이나 작은 집 안을 이리저리 돌아다니며 구경했다. 바다 장판의 결이라든지, 햇빛을 가리는 암막이라든지 그의 눈에는 모든 것이 신기한 모양이었다. 그는 TV 위에 놓인 작은 액자 앞에 섰다.

"당신, 어릴 땐 예뻤네?"

"지금도 꽤 예쁘거든요."

"에이, 그건 아니지."

지원은 푸스스 소리를 내며 웃었다. 사진 속 그녀는 지금 모습과 똑 닮은 채 몸집만 작았다. 또래보다 성숙한 분위기에 가지런히 모은 두 손이 자연스럽게 그녀의 어린 시절을 떠오르게 해 웃음이 나왔다.

그는 그녀의 집이 마음에 들었다. 좁다면 좁은 공간에 있을 건 다 있는 것이 귀엽고 또 따뜻했다. 벽 한 면을 가득 채운 책 더미와 그녀에게 나는 비누향이 가득한 욕실, 그리고 보기에도 무거워 보이는 묵직한 이불이 펼쳐진 침대까지 참 그녀다웠다.

현주는 보글보글 끓는 찌개를 떠 맛을 봤다. 시원한 끝 맛이 만족스러운지 그녀는 고개를 끄덕이며 미소를 지었다. 하얀 다기 그릇에 현미밥을 담고, 심심하게 간을 한 달걀말이를 썰었다. 두터운 주방장갑을 끼고 찌개까지 식탁에 올리고 나니 소박하지만 그럴듯한 식사가 준비되었다.

"지원 씨."

"……"

"지원 씨, 밥 다 됐어요."

현주의 부름에도 지원은 기척이 없었다. 화장실에 있나 싶어 욕실 문을 두드렸더니 지원은 없었고 거실 소파에도 그는 없었다. 남은 곳은 딱 하나, 침실뿐이었다. 평소의 그라면 무슨 장난이라도 칠 것 같아 급히 문을 연 침실엔 평소와 다른 그가 있었다.

침대 위로 쓰러지듯 누워 있는 그는 깊게 잠이 들어 있었다. 현주는 천천히 그에게 다가갔다. 얼굴에 핏기가 없는 듯 보여 이마에 손을 대니 열이 있는 것은 아니었다.

얼마나 피곤하면 짧은 순간에 잠이 들었을까 싶어 안쓰러워지던 찰나 그녀의 입에서 미소가 새어 나왔다. 안하무인에 제멋대로인 그도 잠들었을 때만큼은 온순해 보이는 것이 신기했다.

창밖은 해가 멀어져 음기가 가득했고 방 안은 어두웠다. 잠기운으로 체온이 올라간 탓에 그의 체취가 은은하게 퍼졌다. 첫 만남의 그날, 그에게 안겨 느꼈던 향기가 떠올라 정신이 몽롱해졌다.

마침 그의 앞머리가 흘러내렸다. 그도 불편한지 눈가를 찡그렸다. 그녀의 작은 손가락이 꼬물거렸다. 현주의 마음속에선 두 개의 강렬한 욕구가 충돌했다. 하나는 그를 만지고 싶다는 노골적인 욕망이었고, 다른 하나는 어서 이 방을 나가야 한다는 방어적인 욕망이었다.

쥐고 있던 주먹이 풀리며 그녀의 손이 그에게로 천천히 뻗어 나갔다. 허공에서도 한참을 망설인 그녀의 손끝이 그의 뺨 위로 사뿐히 내려앉았다.

"으앗!"

그의 살결이 손끝으로 전해지려는 순간 그녀의 몸은 붕 떠서 그의 위로 포개졌다. 그의 팔이 그녀의 허리를 감쌌다. 감겨 있던 그의 눈이 천천히 모습을 드러냈다. 그의 잠긴 목소리가 흘러나왔다. 낮게 깔린 목소리가 마치 뱀처럼 그녀의 정신을 꽁꽁 감쌌다.

"왜 이렇게 늦어."

"……"

"밤새는 줄 알았네."

그는 그녀의 가는 목을 휘감으며 끌어당겼다. 그의 입술이 그녀와 닿을 듯 말 듯 애를 태웠다.

"가르쳐 줄게."

그의 두 눈이 짙은 욕망으로 뜨거움을 뿜어냈다. 현주는 높아만 가는 긴장에 몸을 떨었다. 첫날밤의 호기심과 급작스러운 분위기가 자아냈던 유혹과는 다른 것이었다.

낯설기만 하던 그의 집이 아니었고 낯선 그가 아니었다. 매일 같이 잠드는 자신의 침대였고 이제는 제법 가까워진 그였다. 술에 취하지도 않았고 무책임한 쾌락이나 암담한 슬픔에 빠진 것도 아니었다.

오로지 그가 보였고, 오로지 그의 손길에 민감해졌다. 지배하는 자는 많은 말이 필요하지 않은 법이다. 지원은 그런 섭리를 누구보다 잘 아는 사람이었다.

"잘 따라와."

본능적으로 그녀가 긴장하고 있음을 안 그는 입을 맞추며 그녀의 작은 머리통을 부드럽게 쓰다듬었다. 말캉한 혀가 뒤엉키고 그의 손은 그녀의 연둣빛 카디건을 움켜쥐었다. 그의 손길 따라 부드럽게 흘러내린 카디건이 바닥으로 떨어졌다. 현주의 거친 숨결이 지원의 뺨에 닿았다.

"아까 배고프다고……."

"당신이 더 고파."

그는 그대로 현주의 귓가에 얼굴을 묻었다. 삼키면 삼킬수록 움
찔거리는 그녀를 더 괴롭히고 싶었다. 지원의 낮고 위압적인 목소
리가 흘러나왔다.

"그리고 그런 말은 이럴 때 하는 거 아니야."

그는 무엇 하나 쉽게 넘어가는 법이 없었다. 그는 그녀가 어색함
에 부리는 방어기제를 하나하나 집어냈다. 현주의 얼굴이 부끄러움
에 붉어졌다. 지원은 그런 그녀의 콧등을 살짝 깨물었다.

"아앗, 내가 무슨 강아지예요?"

"강아진 귀엽기라도 하지."

"아, 진짜!"

지원을 밀어내려는 현주의 두 팔은 꽤 간절했지만 그럴듯한 힘
을 발휘하지는 못했다.

하얀 블라우스의 단추가 톡, 톡 풀렸고 연분홍빛 속옷이 드러났
다. 봉긋하게 솟은 가슴이 탐스러운 복숭아처럼 얼굴을 붉히고 있
었다. 지원은 제 옷을 벗어 던지며 그녀의 쇄골에, 가슴에, 납작한
배에 달려들었다.

"하앗—"

부드럽던 지원이 거칠게 달려들자 현주는 몸을 비틀며 신음을
토해 냈다. 그의 뜨거운 숨결이 이리저리 토해져 몸에 닿았고, 그
럴 때마다 그녀는 견딜 수 없을 만큼 아찔해졌다. 지원은 그녀의
허리를 안아 들고 제 허벅지 위에 앉혔다. 갑자기 마주 앉게 된 상
황이 어색한 현주는 아무런 행동도, 말도 하지 못했다. 그가 부드
럽게 웃었다.

"당신이 움직이는 거 보고 싶어."

지원은 현주가 자신의 아래에서 그저 이끄는 대로 움직이는 것도 좋았지만 그녀를 위해 '수업'이라는 것을 해 보기로 마음먹었다.

그는 그녀의 허리를 지탱하듯 끌어안고 가슴에 얼굴을 묻었다. 등을 어루만지던 손으로 후크를 풀고 아슬아슬하게 매달려 있는 브래지어를 미련 없이 풀어냈다. 긴장으로 빳빳하게 고개를 든 그녀의 가슴을 아프지 않게 잘근거렸다.

현주는 같은 애무임에도 자세에 따라 자극이 다름을 깨달았다. 누워 있을 때도 지원의 몸에 갇혀 자유롭지는 않았지만 이렇게 구속받지는 않았다. 둘의 상체는 빈틈없이 붙어 있었다. 그의 단단한 두 팔이 강한 힘으로 어깨와 허리를 쥐고 있으니 움직일 수 있는 곳은 가냘프기만 한 목과 손가락뿐이었다.

현주의 고개가 아찔한 쾌락에 젖혀졌다. 지원은 그때를 놓치지 않고 먹잇감의 하얀 목을 움켜쥐었다. 그의 뜨거운 혓바닥이 영역을 표시하듯 이리저리 흔적을 남겼다.

"하아, 하…… 그, 그만."

현주는 그만하라 외쳤지만 그 말이 통하지 않을 것임을 알고 있었다. 손에 닿은 그의 탄탄한 피부가 뜨거울 정도로 달아올라 있었다. 그녀는 점점 다시는 올라올 수 없을 것 같은 구덩이에 빠지는 기분이었다. 정신은 없고 몸은 불이 붙은 것처럼 활활 타올랐다.

지원은 안고 있던 그녀 위로 무너졌다. 다시 눕게 되자 현주는 안심했지만 이내 더 강력한 쾌락이 덮쳐 왔다. 그가 그녀의 청바지 버클을 풀고 손을 집어넣었다.

"아앗! 하, 하지 마요."

"당신 아래는 벌써 뜨거워."

그는 아랑곳하지 않고 손가락을 움직였다. 둥글게 솟은 작은 돌기가 느껴졌다. 미끈거리는 애액으로 부드러워진 그곳은 그의 욕망을 자극하기에 충분했다. 위아래로 누르기도 했다가 양옆으로 휘젓기도 하는 그의 움직임은 그녀를 거의 혼절 상태로 이끌었다.

"하앗…… 하……. 지, 지원 씨. 제발요."

"섹시해."

"아앗, 제, 제발……."

"더 빌어 봐."

그는 오히려 그녀의 애원에 자극을 받은 것 같았다. 몸을 일으킨 그가 그녀의 청바지를 말끔하게 벗겼다. 애액으로 젖은 하얀 팬티가 뜨거운 숨으로 들썩였다. 지원이 그녀의 골반을 잡고 들어 올렸다.

"뭐, 뭐 해요?"

그는 그녀의 팬티를 벗기고 그대로 입술을 가져다 댔다. 손가락보다 더 예민하고, 그보다 더 부드러운 혀의 움직임은 수치심과 황홀함을 동시에 가져다주었다.

"하앗, 하…… 지원 씨, 그, 그만하고 다른 거……."

그게 어떤 것이든 지금 이것보다는 나을 것 같았다. 아직은 이 모든 것을 감당하기에 그녀는 뻔뻔하지 못했다. 무엇보다도 그의 혀가 닿을 때마다 전율하며 진동하는 자신의 아래를 더 이상 들키고 싶지 않은 마음이 가장 컸다. 그는 그녀의 허벅지에 입을 맞추며 말했다.

"다른 건 괜찮아?"

"아니…… 으앗!"

지원은 그녀의 대답이 끝나기도 전에 현주를 뒤집었다. 가볍게 뒤집혀진 그녀의 모습은 가히 명화 속 한 장면이라 할 만했다. 둥근 어깨와 잘록한 허리, 탱탱한 엉덩이까지 어디 하나 아름답지 않은 곳이 없었다.

지원은 그 경이로운 광경을 눈에 담으며 눈살을 찌푸렸다. 그의 손이 그녀의 등에 닿았다. 움찔거리는 작은 움직임이 느껴졌다.

"소리 내면 지는 거야."

"……."

그는 그녀의 어깨부터 등허리에 걸쳐 긴 입맞춤을 전했다. 지원은 혀를 쓰지 않고 오로지 입술만으로 애무했지만, 그녀는 온몸의 세포가 날카롭게 곤두서는 것을 느낄 수 있었다. 소리 내지 말라는 그의 장난스러운 말에도 왠지 반드시 지켜야 할 것 같은 기분에 그녀는 이불을 입안 가득 물었다.

그는 그런 그녀의 입에서 어쩔 수 없이 터져 나오는 신음을 듣고 싶었다. 그의 입술이 쏙 들어간 허리에서 둥글게 솟은 엉덩이를 향해 내려갔다. 그는 이를 드러내고 잘 익은 과일을 베어 먹듯 깨물었다.

현주의 미간이 깊게 주름졌다. 그는 혀를 세워 곡선과 곡선 사이를 파고들듯 움직였다. 그녀는 참을 수 없다는 듯 주먹을 쥐고 몸을 뒤틀었지만 그는 그녀의 허리를 꼭 잡아 쥐고 놓아주지 않았다. 그의 입술이 그녀의 작은 숲과 가까운 곳까지 내려가자 그녀는 항복을 외칠 수밖에 없었다.

"으아앗……! 지원 씨…… 하, 하아……."

그는 만족스러운 얼굴로 고개를 들었다.

"당신이 졌어."

"하아, 하……."

"벌칙 있어."

그는 그녀를 돌려 눕히며 말했다. 현주의 검은 두 눈은 총기를 잃고 쾌락에 번져 있었다. 지원은 현주의 입술을 찾아 깊은 키스를 나눴다. 아까보다 더 뜨거워진 그녀의 숨이 그를 기쁘게 했다. 그녀가 지친 목소리로 중얼거렸다.

"벌칙이 뭔데요."

"원한다고 말해."

"……."

"원한다고 말할 때까지 난 당신 안으로 들어가지 않을 거야."

그의 얼굴에 익숙한 미소가 떠올랐다. 사악한 악마 같기도 하고 천진한 소년 같기도 한 그 미소는 어떤 면에서 위협적이기도 했다.

현주는 그가 정확히 무엇을 원하는지 알 수 없었다. 그런 그녀를 향해 지원은 매혹적으로 웃었다. 아마도 그는 마음을 읽는 재주를 가진 것 같다고 현주는 생각했다. 그는 옆에 누워 딱딱해진 그녀의 가슴을 부드럽게 움켜쥐었다. 강한 자극이 오간 후라 현주는 깊은 갈증을 느끼기 시작했다. 그가 그녀의 귓불을 빨며 말했다.

"당신 안에 들어가고 싶어."

"하아……."

"부드러울 거야. 따뜻하고."

"……."

"잔뜩 젖었으니까."

노골적인 말을 쏟아 낸 그는 그럼에도 더 이상의 액션을 취하지 않았다. 그저 손가락으로 장난을 치듯 가슴과 배꼽, 골반 아래를 끊임없이 지분거릴 뿐이었다.

현주는 아래로부터 시작되는 커다란 결핍에 짜증이 올랐다. 그녀의 미간에 주름이 잡힐수록 즐거운 것은 지원이었다. 지원은 그녀의 오른손을 움켜쥐고 자신의 아래로 가져갔다. 단단하게 달아오른 그의 것이 만져졌다.

"장난치지 말고……."

"장난 같아?"

"……."

가장 중요한 때에 이상한 집착을 부리는 그를 향해 그녀는 짜증스럽게 말했다.

"이미 말한 거나 다름없잖아요."

"생각은 아무런 힘이 없어. 말해. 당신이 원하는 걸."

그는 단호했다. 그의 욕망은 눈에 보일 만큼 적나라함에도 그의 얼굴은 하염없이 평온해 보였다. 오히려 이 상황을 잔뜩 즐기는 것처럼 보였다. 철저한 그는 현주의 뜨거움이 식을까 손으로는 여전히 그녀를 자극하고 있었다.

부푼 젖가슴과 움찔거리는 골반, 뒤틀리는 다리까지 그의 손이 닿지 않는 곳은 없었다. 현주는 입술을 깨물고 그의 목에 팔을 둘렀다. 그의 입꼬리가 부드럽게 말렸다.

"들어와요."

"어디를."

"……나한테."

그는 주인의 명령을 받은 맹수처럼 거칠게 입술을 부딪치며 키스를 퍼부었다. 그녀의 하얀 팔이 그의 얼굴을 감싸고 그는 억누르던 욕심을 풀어내듯 격렬하게 움직였다. 그는 그녀의 목에 자국을 남기며 말했다.

"다시 말해 봐."

"나한테…… 들어와요."

"다시."

"들어와요, 제발."

지원의 이성은 거기서부터 끊겼다. 그녀의 다리를 들어 올려 끈적이는 액체가 흘러나오는 작은 구멍을 향해 자신의 욕망을 구겨 넣었다. 현주의 입에서 비명 같은 신음이 터져 나왔다.

"아앗! 아, 아파요."

"하아."

골반을 조이는 뻐근함과 몸속 깊은 곳에서 느껴지는 짜릿한 전율이 섞여 그녀는 고개를 가누지 못했다. 지원이 그녀의 턱을 잡고 눈을 맞췄다.

"나 봐. 고개 돌리지 마."

"하아…… 하앗."

그는 자신을 있는 대로 조이고 있는 그녀 때문에 거의 미칠 지경이었다. 그는 그녀의 두 다리를 자신의 어깨 위로 올렸다. 덕분에 현주의 엉덩이는 그의 살과 더 밀착해 찰싹이는 외설스러운 소리를 만들었다.

"하아, 하…… 지원 씨."

"힘 풀어. 허리 다쳐."

그는 따뜻한 손으로 그녀의 허리를 어루만졌다. 단단히 긴장하고 있는 그녀의 허리가 걱정스러웠다. 상체를 숙인 그가 그녀의 귀에 다정하게 속삭였다.

"괜찮아. 천천히 할게. 힘 풀어."

그는 몰아붙이던 제 허리의 속도를 줄이고 그녀와 합을 맞추기 시작했다. 그의 손은 끊임없이 그녀의 허리를 달랬고 그만큼 그녀의 허리는 조금씩 안정을 찾아 갔다.

"나한테 집중해."

현주는 눈을 감고 그의 움직임에 집중했다. 그가 밀어붙이고 나갈 때 서로 다른 촉감의 자극을 느꼈다.

"하앗, 하…… 지원 씨."

"응."

"좋아요……."

현주가 편해지는 걸 느낀 그는 다시 속도를 올리기 시작했다. 그녀의 허리가 들썩이자 그는 그녀의 엉덩이를 움켜쥐고 인상을 찌푸렸다. 절정의 순간이 다가오는 것 같았다.

그는 상체를 숙이고 그녀를 품 안에 가두었다. 그의 허리가 점점 더 강하고 빠르게 움직였다. 현주는 제 어깨에 안겨 거친 숨을 뱉어 내는 그를 꼭 끌어안고 밀려드는 쾌감을 맞이했다.

"하앗! 하앗…… 아……."

"하……."

지원은 몸을 굴려 그녀를 제 몸 위에 눕혔다. 땀을 흘려 끈적거리는 그녀의 머리카락과 등허리를 만지는 것이 좋았다. 현주가 색색거리며 지친 숨소리를 뱉어 냈다. 그는 그녀의 등을 끌어안으며 중얼거렸다.

"잘했어."

"……."

"원하면 원한다, 싫으면 싫다. 솔직하게 얘기해."

지원은 그녀의 이마에 짧게 입 맞췄다.

"그래야 다른 사람도 당신을 존중해."

"……."

"다루기 어려울수록 섹시한 거야."

그는 그녀가 제 말을 곧이곧대로 따르는 것이 좋았다. 가르친다는 핑계로 이런저런 말을 늘어놓는 그였지만 그 역시 백 마디 말보다 분명한 황홀감을 느끼고 있었다. 다음엔 그녀 입에서 또 어떤 말이 흘러나올까 생각하던 그는 땀에 젖은 그녀의 몸을 천천히 쳐다보았다.

그의 눈가가 짙은 욕망으로 다시 붉어졌다. 다정하던 손길은 또다시 뜨거워졌고 그의 목소리는 또 한 번 낮아졌다.

"한 번 더 하자."

8. 거짓말-1

두 사람의 열기가 더해 갈수록 애써 준비한 식사는 차갑게 식었다. 그는 혼을 뺏어 갈 만큼 능숙하고, 또 치명적이었다. 그의 타오르는 뜨거움에 그녀는 흐물흐물 녹았고 결국엔 완전한 항복을 외치며 침대로 쓰러졌다.

"잘 자."

지원은 낮은 목소리로 주문을 걸듯 속삭였다. 그는 이불을 끌어 현주의 몸을 감싼 다음 몸을 일으켰다. 그의 등에 조각난 작은 근육들이 흐릿한 빛에 모습을 드러냈다. 현주는 아직 온기가 가득한 그가 멀어지는 것이 아쉬웠다.

"어디 가요?"

"……."

그는 그저 웃을 뿐이었다. 그의 커다란 손이 머리를 쓸어 줄 때면 그녀는 까마득한 잠의 세계로 빨려 드는 기분이 들었다. 현주는 잠을 떨치듯 그의 손을 잡았다.

"어디 가요."

지원은 그녀의 젖은 입술에 말을 잇지 못했다. 나갈 일이 있다고 하면 그뿐인 것을 왜 이리 망설이는지 자신조차도 알 수 없었다. 스케줄까지 아직 조금의 시간이 더 있었지만 그는 서둘러 몸을 일으켜야만 했다. 조금만 더 시간을 지체하다가는 그녀를 안고 함께 잠들고 싶을 것 같았기 때문이었다.

그는 방 안의 따뜻함이, 그녀의 비누향기가 자신을 매혹시켰다고 생각했다.

"일하러."

"……."

"전화할게."

지원은 최대한 덤덤히 말했고 현주는 잠에 빠져들었다. 그 어느 때보다 뜨겁고 훈훈하던 집 안은 그가 나감으로써 다시 한 번 차가워지고 외로워졌다. 그녀는 몸을 일으킬 수 없었다. 그가 전한 성적인 쾌락과 전율 때문이기도 했지만, 그가 없는 공허함 때문이기도 했다. 침대를 벗어날 수 없었고 이불을 걷어낼 수 없었다.

무심히 달이 찾아왔고 또 무심하게도 해가 떴다. 그의 집에서 맞았던 따가운 태양만큼 환한 아침, 그에게서 전화가 왔다.

"여보세요."

— 자고 있었어?

눈도 뜨지 못한 현주에 비해 그의 목소리는 활기가 넘쳤다.

"이제 일어날 거예요."

— 오늘 뭐 해.

그의 간결하고 부드러운 목소리가 유혹하듯 물었다.

"피디님이랑 회의하기로 했어요."

새로 잡힌 리딩은 내일이었고, 오늘 해야 할 일은 그리 많지 않았지만 사실대로 말하고 싶지 않았다.

— 그다음은?

"친구 만나서 저녁 먹어요."

— 친구, 누구?

"그냥 친구요."

— 아, 잠시만. 다시 걸게.

그의 주변은 이른 아침부터 소란스러운 듯 보였다. 시끌시끌한 사람들의 목소리, 투박한 물건들이 지나는 소리들이 겹쳐 그의 바쁨을 설명하고 있었다. 그는 그렇게 전화를 끊었고 다시 전화하지 않았다. 그녀의 핸드폰은 그녀와 마찬가지로 심심해 보였다.

현주는 자리에서 일어나 욕실로 향했다. 저번 달에 선물 받은 입욕제를 욕조에 넣고 뜨거운 물을 받았다. 연한 연둣빛의 입욕제가 거품을 만들며 향기를 뿜어냈다.

'서운해하지 마.'

그의 손길이 닿았던 온몸을 구석구석 깨끗이 씻어 냈다.

'그 사람은 날 가르쳐 주기로 한 거야.'

그럼에도 머릿속을 가득 채우는 영상은 그가 자신을 갖지 못해 안달이었던 지난밤의 모습이었다. 다신 없을 열망처럼 자신을 옭아매고, 다신 없을 사랑처럼 열렬했던 그의 모습이 연달아 떠올랐다. 현주는 강하게 고개를 가로저었다.

'우린 연인이 아니야.'

목욕을 마친 그녀는 온몸에 밴 향기에 기분이 좋아졌다. 지원에게 말한 대로 방송국 나들이나 갈 참이었다. 피디님이야 항상 그곳에 계셨고 안 계신다 해도 회의실에서 글을 쓰면 되니 상관없었다.

우울한 기분을 떨쳐 내기 위해 그녀가 선택한 방법은 한껏 치장하는 것이었다. 부드러운 하얀색 블라우스와 와인색의 하이웨이스트 치마를 걸쳐 잘록한 허리와 골반을 자랑했고 긴 머리를 풀어 우아함을 뽐냈다. 너무 크지 않은 눈에 작은 코, 갸름한 턱 선의 현주는 여성스러움의 극치를 자아내며 거울 앞에 섰다. 지금 당장 어떤 남자가 추근거려도 이상하지 않았다.

'다루기 어려울수록 섹시한 거야.'

그녀는 지금 당장이라도 속삭일 것만 같은 그의 목소리가 들리는 듯했다.

"대놓고 어려워져 봐?"

현주는 단순한 오기가 치솟았다. 모든 관계에서 우위를 독점하는 그에 대한 반항심이 원인이었다.

날씨도 그녀를 돕는 듯 너무 춥지 않고 선선했다. 방송국까지 가는 동안 늘 같은 거리, 같은 풍경이었지만 버스 안의 사람들조차 오래 만나 온 친구처럼 반갑게 느껴졌다.

현주는 앞으로도 계속 '신경 쓴 차림'으로 다녀 볼까 하는 생각을 했다. 얇은 블라우스, 짧은 치마가 불편하기는 했지만 그녀의 기분이나 마음, 주변의 시선은 편한 옷차림보다 더욱 좋은 쪽이었다. 방송국의 대리석 바닥과 부딪혀 또각또각 소리를 내는 하이힐

소리가 리드미컬했다.

"어, 작가님!"

뒤에서 맑고 청량한 목소리의 남자가 그녀를 불렀다.

"어, 연석 씨구나. 안녕하세요."

드라마 '월광'의 서브 남자 주인공을 맡은 연석이었다. 그는 회의실에서 딱 한 번 마주했을 뿐인 현주에게 무척이나 반갑다는 듯 생글생글 웃어 보였다.

"방금 작가님 생각하고 있었는데 딱 만났네요."

그는 일찍이 아이돌 그룹의 리더로 사회생활을 해서 그런지 능숙하게 친절을 베풀고, 자로 잰 듯 일정한 미소를 짓는 연예인이었다. 그런 그의 속 빈 칭찬과 미소에도 기분이 좋은 건 그가 참으로 사랑스럽게 생겼다는 이유 때문일 것이다.

연석은 여성스러운 얼굴에 휘어지는 눈웃음을 가진 사람이었다. 지원의 차가움과는 본질적으로 다른 따뜻함 때문에 절로 사람을 기분 좋게 하는 마력을 지니고 있었다.

"제 생각했어요?"

"네. 어제 하루 종일 대본 읽었거든요."

"우와, 열심이네요. 저도 긴장해야겠어요."

"연기 경험은 별로 없으니까 욕 안 먹으려면 열심히 해야죠."

그는 어깨를 으쓱이며 말했다. 현주는 그 말이 계산된 사회생활의 방편이라 해도 좋다고 생각했다. 직접 대본을 쓴 사람으로서 하루 종일 대본을 읽었다는 연석의 말은 고마움을 넘어서 감동스럽기까지 했기 때문이었다.

고개를 숙이고 바라보는 그의 눈길이 위에서부터 아래로 부드럽게 맞닿아 있었다. 뒤늦게 현주의 색다른 옷차림을 발견한 연석은 눈을 동그랗게 뜨고 물었다.

"오늘 어디 가세요?"

"뭐…… 딱히 계획은 없는데. 왜요?"

"예뻐서요."

그는 과장된 손짓과 눈짓으로 기분 좋은 칭찬을 쏟아 냈다. 현주는 수줍은 듯 눈을 내리깔며 작게 미소 지었다. 대한민국의 소녀 팬들이 열광하는 연석이 예쁘다는 말을 했으니 그것이 빈말이래도 꾸미는 데 들인 시간과 정성이 아깝지 않았다.

"어색하진 않고요?"

"전혀요. 진짜 예뻐요."

연석은 진짜라는 걸 증명하려는 듯 두 눈에 진실함을 가득 담아 쳐다보았다. 현주는 마음이 따뜻하게 데워지는 것을 느낄 수 있었다. 고마움에 미소를 지은 그녀가 말했다.

"고마워요. 오늘 기분 좀 별로였는데 연석 씨 만나고 다 풀렸네요."

"안 좋은 일 있었어요?"

"아니 뭐 그냥요. 아, 근데 매니저는 어디 두고 혼자 다녀요?"

"화장실 갔어요. 장염이라도 걸린 건지 자꾸 가네요."

연석은 어색하게 화장실을 가리켰고 현주는 고개를 끄덕였다. 모든 연예인이 연석의 반만 닮았어도 그 숱한 싸움과 비방은 막을 내렸을 것이라 생각했다.

"저 그럼 먼저 가 볼게요. 내일 만나요. 연석 씨."

안 그래도 높은 하이힐에 다리가 아파진 그녀는 손을 흔들며 인사를 건넸다. 하지만 연석은 눈치가 없는 것인지 그러고 싶지 않은 모양이었다.

"저, 작가님!"

"네?"

"시간 비시는 김에 저 좀 도와주실래요?"

말하는 연석의 얼굴은 어색한 듯, 또 애처롭게 보였다.

"어떤 걸 도와주면 되는데요?"

보통 '시간 비는 김에'로 시작하는 문장은 밥을 먹자, 영화 보자 와 같은 것들과 어울리지만 그는 영 지루해 보이는 제안을 했다.

"대본이요. 사실 시대극은 처음이라 무섭거든요. 워낙에 기대작 이잖아요. 기사도 많이 나고. 뭐, 지원 선배님 덕분이지만."

"음……. 그렇죠."

"제 소속사엔 가수들뿐이라서 절 도와줄 사람이 별로 없어요. 매 니저도 오늘 컨디션이 영 아닌지 집중을 못 하고요. 대사 연습하는 거 조금만 봐주세요. 괜찮죠?"

연석은 안달이 난 아이처럼 촉촉한 눈으로 쳐다보았다. 현주는 흔쾌히 고개를 끄덕이며 웃었다. 제 작품에 저렇게 열심인 사람을 외면할 수는 없었다. 오히려 기쁜 일이었다. 그게 외부의 관심과 대 선배들 사이에서의 부담감 때문일지라도, 제 배우가 작품에 심 혈을 기울인다면 작가로서 당연히 도와야 할 일이었다.

"잠깐 기다릴 수 있어요? 이왕 방송국까지 온 거 피디님이랑 내 일 미팅 얘기 좀 하려고요."

"6층 대기실에서 기다릴게요."

연석은 밝게 웃으며 꾸벅 인사했고 현주는 피디를 만나 대본에

대한 얘기를 나눴다. 지원을 필두로 한 호화 캐스팅으로 인해 방송
국에서도 주목하는 작품이 되었고, 피디와 현주는 물론 모든 제작
진들이 긴장하고 있는 상태였다. 작품의 전체적인 분위기와 캐릭터
의 비중을 조정하는 회의가 진행됐다.

"기다리는 전화 있어?"

"아, 아뇨. 죄송해요."

그녀는 회의 내내 핸드폰을 손에 쥐고 있었다. 혹시나 지원의 전
화가 오지는 않을까, 하는 무의식의 엉큼한 속내 때문이었다. 피디
가 걱정스럽게 물었다.

"내일 괜찮겠어?"

"내일이요? 왜요?"

내일 리딩이 잡혔으니 민서와의 갈등을 걱정하는 것이었다. 현주
역시 걱정하는 바였지만 고민한다고 해결되는 일은 아니었다.

"이미 계약까지 다 됐는데 안 한다고 도망가지는 않겠죠."

"그러니까 문제야. 계약까지 다 했으니 무슨 망나니 같은 짓을
할 줄 알고."

"제가 잘 할게요. 너무 걱정 마세요."

"너무 숙이고 그러지 마. 본인이 신인이니까 세 보이려고 더 발
악하는 거야."

사실 지원만 있다면 문제 될 일은 없었다. 아무리 성격이 거지
같고 다혈질이어도 지원에 비하면 모두들 귀여운 수준이기 때문이
었다. 이미 지원에게 한 번 당한 경험이 있으니 또 한 번 어리석은
짓을 할 것 같지는 않았다.

"걱정 마세요."

현주는 미팅룸을 나오며 손목시계를 살폈다. 연석과 헤어진 지 벌써 한 시간이 훌쩍 지난 시간이었다. 급하게 핸드폰을 들었지만 그의 번호를 모른다는 사실에 좌절했다.

엘리베이터는 느렸고 6층에 도착해서도 갈 길은 막막했다. 이 커다란 6층 안에 대기실이라 불리는 공간은 단 하나가 아님을 깨달았던 것이다.

"으아, 어쩌지."

일일이 열어 보는 수밖에 없었다.

대기실 안에는 음악방송을 준비하는 가수, 예능 녹화 중 쉬러 나온 출연자들, 촬영대기 중인 여타 배우들이 있었다. 쉬고 있는 모습을 들킨 연예인들의 반응은 무관심이 대부분이었지만 드물게 기분 나쁜 티를 내는 사람들도 있었다.

약 12개의 대기실 문을 열고 난 후 하이힐의 고통이 느껴지는 찰나 13번째 문 안에서 반가운 사람이 보였다.

"어, 작가님이다!"

"연석 씨, 미안해요! 많이 기다렸죠. 미팅룸에 마침 촬영팀도 있어서 얘기가 길어졌어요."

"괜찮아요. 대본 읽느라 시간 가는 줄도 몰랐는데요. 뭐."

그는 너덜너덜해진 대본을 한 장, 한 장 넘기고 있었다. 노력파라는 기사를 꽤 읽기는 했지만 연예 기사라는 것이 늘 그렇듯 이미지 메이킹이라고만 생각했던 현주는 스스로의 편견에 실망했다. 눈앞에 있는 연석은 진실로 노력하는 인기 아이돌이자 신인배우였다.

둘은 꽤 합이 잘 맞는 연습 파트너였다. 연석은 한 여자만을 사랑하는 순정파 고등학생 역을 맡았는데 굵은 눈물을 뚝뚝 흘리며 사랑을 고백하는 모습이 그의 고민과 노력의 시간을 여실히 드러냈다.

"누나가 사랑하는 사람이 누구든 상관없어요. 그러니 내가 누나를 사랑하는 것도 상관하지 말아요. 누나에게 바라는 건 아무것도 없어요. 그저 울지만 말아요."

세상의 더러움이라고는 티끌만큼도 모를 것 같은 얼굴로 대사를 읊는 연석의 모습은 안아 주고 싶을 만큼 모성애를 자극했다. 현주는 만족을 넘어 찬사를 올리고 싶었다.

"우와, 연습 진짜 많이 했네요? 짧은 시간에 감정 만들기 힘들었을 텐데."

연석은 현주의 칭찬에 어색하게 미소를 지었다.

"진짜 괜찮아요? 발연기 같지 않아요?"

"발연기는 무슨. 딕션이야 아직 익숙하지 않아 좀 어색하지만 이건 금방 좋아질 거예요. 중견 배우들도 발음 연습은 끊임없이 하는 거 알죠?"

"아, 다행이다. 얼마나 걱정했다고요."

연석은 두 다리를 쭉 뻗으며 기쁨의 미소를 지었다. 호기심 많은 그에게 현주는 만물의 진리가 적혀 있는 백과사전과 다를 바 없었다. 그는 물 만난 물고기처럼 너덜너덜한 대본을 휙휙 넘기며 어려웠던 장면의 감정이나 캐릭터의 당위성에 대해 끊임없이 질문을 퍼부었다.

한참을 그러던 연석은 일순간 한숨을 쉬며 말했다.

"아, 배고프다."

현주는 그 말에 누구보다 동의했다. 일어나서 지금까지 어떤 음식도 입안에 가져가지 못한 탓이었다.

"우리 뭐 좀 시켜 먹을까요?"

"저는 아무거나 잘 먹으니까 누나가 먹고 싶은 거 시켜요."

현주는 순간 제 귀를 의심했다. 방송국도 사람 사는 동네라고 하지만 군대보다 더한 선후배 질서가 존재하는 곳 역시 방송국이었다. 그런데 그런 곳에서 누나라니. 현주는 연석의 붙임성이 어쩌면 꾸며 낸 것이 아닐 수도 있다는 생각을 했다.

그런 현주의 생각을 알 리 없는 연석은 묵묵부답인 현주를 쳐다보며 안절부절못했다.

"아, 죄, 죄송해요. 연습 때문에 자꾸 누나라고 불렀더니……."

현주는 귀까지 빨개져 헛기침을 뱉는 연석을 향해 상냥히 웃어 보였다.

"뭐가 죄송해요. 누나라고 불러도 돼요. 연석 씨처럼 잘나가는 동생은 나도 좋아요."

"정말이죠? 난 또 누나 화난 줄 알고 놀랐잖아요. 이제 누나도 말 편하게 해요."

현장에서 마음 맞는 사람 하나쯤은 있어도 될 법했다. 지원도 있긴 했지만 그와 마음까지 맞는 것인지는 확실하지 않았다. 현주는 괜한 든든함에 기분이 뿌듯해졌다.

"그럴까요, 그럼?"

연석은 기대감에 부푼 얼굴로 고개를 끄덕였다. 현주는 그를 보며 어렸을 적 키웠던 순한 강아지를 떠올렸다.

"그래. 그러지 뭐."

현주와 연석은 먹고 싶은 것들을 잔뜩 주문하기 시작했다. 짜장

면과 짬뽕에 탕수육까지 시킨 그들은 재잘거리는 수다 삼매경에 빠졌다. 아이돌 그룹의 리더가 겪는 심심한 고뇌와 괴로움과 신인 작가가 겪는 불안함과 고민이 꽤나 잘 맞았다.

특히나 대본에 대한 얘기는 끝이 날 줄을 몰랐다. 연석이 맡은 역할에 대한 이야기는 물론 극의 전체적인 흐름과 분위기에 대한 아이디어도 쓸 만한 것들이 많았다.

연석이 쉬어 가는 목을 쥐며 핸드폰 액정을 살폈다. 시간이 제법 흐른 모양인지 그의 표정에는 놀란 기색이 역력했다.

"누나랑 얘기하다 보니 시간이 이렇게 됐네."

"몇 신데?"

무심코 코트 주머니 속에 있는 핸드폰을 꺼낸 현주는 경악을 금치 못했다. 시간은 무려 다섯 시간이나 흐른 저녁 여덟 시였고 지원의 부재중 통화가 남겨져 있었다.

"여, 연석아. 너 다음 스케줄 없어?"

"저 열 시에 라디오 게스트로 나가는 거 말고는 없어요. 이제 두 시간만 대기하면 돼요. 왜요?"

"아, 아냐. 나는 이제 가 봐야겠다. 내일 리딩 준비도 좀 해야 하고."

지원의 부재중 전화는 고작 세 통뿐이었다. 남겨진 문자도 고작 한 통, [확인하면 전화해.]가 전부였다. 그럼에도 불구하고 현주는 똥 마려운 강아지처럼 식은땀을 흘렸다.

'전화할 거야. 일부러 안 받고 그런 거 하지 마.'

라고 말했던 그의 조건이 생각난 탓일까, 아님 알 수 없는 죄의식이 문제일까. 현주는 도통 답을 알 수 없었다.

'아냐, 내가 왜? 내가 뭘 잘못했다고. 일하다 보면 전화 못 받을 수도 있지.'

'근데 나 지금 일한 거 아닌데.'

'잘생긴 남자랑 놀고먹었는데.'

'아니지. 대본 연습도 일은 일이지.'

과하게 고개를 끄덕이며 스스로를 위로한 현주는 연석과 지쳐 잠든 매니저를 향해 인사를 건네고 대기실을 빠져나왔다.

하지만 이곳은 방송국이었고 언제든 지원을 만나도 이상한 곳이 아니었다. 그리고 지금 전혀 만나고 싶지 않은 그가 저 멀리 복도 끝에서 전화를 하며 걸어오고 있었다. 주머니 속 핸드폰이 울렸다. 마음과 달리 통화버튼은 눌러야 했고 흘러나오는 목소리에서는 감정이라곤 조금도 읽을 수 없었다.

— 친구 만나? 방송국에서?

"······."

대답을 하지 않는 그녀를 지원은 굳이 보채지 않았다. 그저 걸음을 옮겼고 그는 순식간에 그녀 앞까지 가까워졌다. 마치 영화의 한 장면처럼 조금씩 선명해지는 그의 모습은 흠잡을 곳 없이 완벽했고, 그랬기에 소름 끼쳤다. 그는 핸드폰의 종료 버튼을 누르며 말을 건넸다.

"지금까지 회의한 거야?"

부드러운 목소리로 걱정스러운 질문을 던지는 그의 눈빛은 아무런 감정도 없이 건조했다. 아마 피디와의 회의가 길어졌다고 생각하는 모양이었다.

"아, 네······."

고개를 끄덕이려는 순간 등지고 있던 철문이 열리며 연석의 목소리가 흘러나왔다.

"누나!"

지루해 보이던 지원은 순식간에 날을 세우며 미간을 좁혔다. 천진한 목소리의 연석이 지원을 발견하고는 허리를 숙였다.

"어, 선배님! 안녕하세요."

지원은 지금의 상황을 이해하려 길게 뻗은 눈을 날카롭게 좁혔다. 연석의 붙임성 좋은 인사에도 그는 움직이지 않고 분위기는 냉랭하기만 했다. 연석이 어색하게 웃으며 들고 있던 가방을 건넸다.

"누나, 가방 놓고 갔어요."

하얀색 가죽 가방은 언제나처럼 예뻤지만 지금 이 순간만큼은 현주의 모든 신경을 불편하게 만들었다. 연석은 현주의 손에 가방을 들려 주며 싱긋 웃었다. 연석의 매너저는 타이밍 좋게도 그를 불렀고 연석은 자연스럽게 이 모든 상황에서 빠질 수 있었다. 복도에는 다시 지원과 현주만이 남았다.

"저, 저기…… 그러니까."

현주는 자신의 치기 어린 속마음이 들킨 것 같아 숨고 싶을 만큼 창피했다. 그러나 지원은 그녀의 부끄러움과 어색함에는 관심이 없어 보였다. 여전히 그의 얼굴엔 감정이 비치지 않았고 눈에는 호기심인지, 분노인지 알 수 없는 반짝임만이 남아 있을 뿐이었다.

"누나?"

"네?"

"쟤가 너보다 어려?"

"아, 네. 저보다 두 살 어리다고⋯⋯."

"아—"

그게 전부였다. 그는 그 이상 묻지 않았다. 그저 천천히 고개를 끄덕이며 그녀의 눈을 바라볼 뿐이었다. 현주는 설명할 기회를 얻고 싶었으나 지원은 주지 않았다. 그는 입가에 미소를 띠운 채 말했다.

"내일 봐."

영락없는 그의 승리였다. 당장이라도 매달리고 싶은 넓은 등을 보이며 복도 끝으로 걸어가는 그의 뒷모습은 매혹적이었다. 현주에게서 점점 멀어지던 그는 무언가를 빠트리기라도 한 사람처럼 뒤돌아 그녀에게로 향했다. 거칠 것 없는 그의 걸음에 현주는 뒷걸음질쳤지만 이번에도 그가 더 빨랐다.

"왜⋯⋯."

현주의 마른 입에서 이유를 묻는 질문이 흘러나왔다. 그는 현주의 머리끝부터 발끝까지 세상에 없을 다정한 눈길로 쳐다보았다.

"당신, 예쁘네."

그는 그 말을 마지막으로 걸음을 옮겼다. 점차 흐릿해졌고 결국엔 사라졌다.

그의 눈길에 긴장한 그녀의 근육과 그를 붙잡고자 하는 아련한 눈빛 같은 것은 그의 어떤 관심도 끌지 못했다. 그녀 역시 그가 화날 일이라곤 아무것도 없음을 알았지만 어쩐지 불안하기만 한 죄책감이 자꾸만 피어났다.

핸드폰을 들고 통화버튼을 누르며 그가 사라진 복도를 따라 걸었다. 길지도 짧지도 않은 신호음 끝에 그의 목소리가 흘러나왔다.

— 어.

"저기…… 혹시 화났어요?"

— 왜?

"어, 그러니까……."

— 돌리지 말고 제대로 말해.

'솔직하게 말해.'

현주는 그에게 비슷한 말을 들은 적이 있었다. 그녀의 입술이 두어 번 잘근거려진 후 하고 싶었던 말들이 흘러나왔다.

"피디님이랑 회의하고 연석 씨 만난 거예요. 거짓말한 거…… 아니에요."

— …….

"연석 씨가 대본 연습 좀 도와 달라고 해서…… 작가로서 그 정도는 해 줄 수 있는 거잖아요. 연석 씨도 라디오 스케줄 때문에 밤까지 대기해야 한다고 하고……."

현주는 자신이 생각해도 이상한 변명들을 늘어놓고 있었다.

"제가 왜 이런 것들을 설명하고 있는지 잘 모르겠는데요……. 어쨌든."

— 화 안 났어.

그 짧은 한마디에 현주는 숨통이 트이는 기적과 기쁨을 경험했다.

"안 났어요?"

— 화날 일이 뭐라고. 전화야 못 받을 수도 있지.

"다행이다. 난 또 오해하는 줄 알고……."

— 우리가 무슨 사이라고 오해를 해. 나 다음 스케줄 때문에 잠

간 눈 좀 붙여야 해. 내일 봐.

"아……."

현주의 말이 채 끝나기도 전에 전화는 끝이 났다. 그의 목소리는 조금의 흔들림도 없었다. 언제나처럼 평온했고 언제나처럼 무덤덤했다. 그럼에도 그녀는 그의 전화가 아팠다.

'우리가 무슨 사이라고 오해를 해.'

'우리가 무슨 사이라고.'

현주는 스스로도 그와 자신의 관계에 선을 그었지만 이렇듯 적나라하게 현실을 직시한 것은 이번이 처음이었다.

지원의 매니저는 등허리를 곧게 펴고 긴장 상태에 돌입했다. 차에 올라탄 지원의 상태가 영 좋지 않았기 때문이다.

"방송국에서 무슨 일 있었어? 누구 찾는다더니."

"시끄러우니까 출발이나 해."

지원의 매니저는 극한 직업이라 불릴 만큼 스트레스 지수가 높은 직업이었다. 지원의 살인적인 스케줄에 동행해야 함은 물론이고 지랄맞은 그의 성격을 하나하나 맞춰 줘야 하기 때문이었다.

"핸드폰 하나 개통해 줘. 번호는 그대로."

지원은 이어폰을 귀에 걸며 무심히 말했다.

"지금 쓰는 건 어쩌고. 고장 났어?"

"어."

"이번에 바꾼 지 얼마 안 됐잖아. 수리될 거야. 줘 봐."

매니저는 손을 뻗었고 지원은 그의 손을 잡아먹을 듯 노려보았다. 그의 낮고 으르렁거리는 목소리가 흘러나왔다.

"찾아봐."

"응?"

"방송국 어딘가에 있겠지. 고칠 수 있으면 고쳐 보든가."

"아……."

매니저는 얌전히 입을 다물고 운전을 시작했다. 아무래도 말을 더 잇다가는 괜한 불똥이 자신에게 튈 것 같았다.

현주는 푸석해진 얼굴을 살피며 화장대 앞에 앉았다. 어젯밤 한 숨도 잠을 이루지 못했다. 생각할수록 그에 대한 생각이 엉켜 시작과 끝이 모호해졌다. 그에 대한 매력을 느끼느냐 묻는다면 그건 아주 쉬운 질문이었다.

그는 대한민국에서 가장 사랑받는 배우였고, 가장 섹시한 남자였다. 큰 키에 잘 만들어진 몸을 갖고 있었고, 수려한 눈썹에 신비로운 눈매를 가진 남자였다. 성격은 불편할 정도로 직설적이었지만 강약을 조절할 만큼 스스로를 통제할 줄 알았고 당근과 채찍을 제대로 다룰 줄 아는 사람이었다.

그런 남자를 마다할 여자란 이 세상에 존재하지 않았다. 적어도 그녀 자신만큼은 그의 매력을 거부할 수 없었다. 하지만 그에게 특별한 감정을 느끼느냐고 묻는다면 그만큼 어려운 질문은 없었다.

그와 그녀는 입을 맞추고 끌어안으며 섹스를 했지만 서로를 연인으로 대하지는 않았다. 그는 당연했고 그녀도 마찬가지였다. 한데 왜 그의 무심함과 차가움에 이리 오한이 들 만큼 몸을 떠는 것인지 도통 알 길이 없었다.

방송국에 가기 위해 옷을 고르는 것 역시 쉽지 않았다. 도저히 화려한 의상에 손이 가지 않았다. 그녀의 잘 차려입은 모습을 보며 부드러운 미소를 짓던 그의 모습이 이상하게도 차갑게 느껴졌기 때문이다.

결국 현주는 치마 대신 연한 스키니 진을 선택했다. 하이힐 대신 플랫 슈즈로 타협을 보고 사 두기만 했던 향수를 뿌리는 것으로 만족했다. 너무 꾸미고 가도 우습기만 할 거라는 생각이 그녀의 머릿속을 지배했다.

미팅룸에는 피디님과 연석, 그리고 민서가 있었다.

"안녕하세요, 다들 일찍 오셨네요."

"누나, 왔어요?"

연석은 여전히 생글생글한 웃음과 함께 인사를 건넸다. 도도한 표정의 민서는 다리를 꼰 채 고개를 까닥이는 걸로 인사를 대신했다.

리딩 시작 5분 전, 미팅룸의 문이 열리고 지원이 나타났다. 데님 셔츠를 걸치고 가볍게 인사를 나눈 후 자리에 앉은 그의 모습은 첫 만남의 그날처럼 나른하고 여유로워 보였다. 그가 갈색의 커다란 선글라스를 벗으며 말했다.

"대본 수정 사항 있다고 들었는데."

그는 시선을 피디에게 고정하고 물었다. 현주는 그와 작은 눈인사도 나누지 못함에, 그리고 여전한 그의 무심함에 손이 바빠지고 눈가엔 짜증이 서렸다.

"아, 별건 아니고 연석 씨 캐릭터랑 지원 씨 만나는 장면을 좀 늘렸어. 그래야 삼각관계도 덜 어색할 것 같아서."

그는 별것 아니라는 듯 고개를 끄덕였고, 연석 역시 대본을 살피며 추가된 에피소드에 관심을 보였다.

"다들 바쁘니까 바로 시작하지."

지원이 먼저 대사를 읊기 시작했다. 그가 맡은 역할은 분명 어려운 것이었다. 가족과 떨어져 오로지 돈과 권력에 눈이 먼 야망 가득한 남자를 표현할 수 있을지 걱정이었다. 매사 여유롭고 자신감이 넘치던 지원과는 본질적으로 다른 인물이었다.

하지만 그는 입을 떼는 순간부터 극 중 인물인 '지석'에게 완전히 몰입했다. 그에게도 그토록 처절한 음성과 그림자가 있을 것이라고는 상상도 하지 못했다. 문장은 움직이는 채찍처럼 그의 입에서 흩날렸고 잘생긴 그의 얼굴에서는 태양빛에 일그러진 것처럼 고통이 묻어났다.

현주는 그의 겉모습만 보고 역할과 어울리지 않을 거라 판단한 자신의 좁은 판단력을 힐책했다. 이어 민서의 차례가 왔다. 지원과의 호흡이 매우 중요한 장면이었다.

"당신이 그런 일까지 하다니 믿을 수 없어요."

"걸리적거릴 거면 가 버려. 당신이 신경 쓸 일 아니야."

"내가 어떻게 신경을 안 써요? 우리 함께하기로 했잖아요. 우리 사랑하는 사이 아니었어요?"

민서의 연기는 생각보다 심각했다. 자칫 잘못 다루면 신파가 되기 십상인 대사를 조금의 세련미도 추가하지 못하고 처리하기 일쑤였다. 리딩이 계속될수록 사람들의 표정은 굳어졌다.

과장된 말투에 한결같은 표정까지, 민서의 연기는 어떠한 감정과 상황에도 설득력을 부여하지 못했다. 그런 그녀를 상대로 호연을 펼치는 지원이 대단할 뿐이었다. 가뜩이나 신경이 날카로운 현주의 마음에 불같은 분노가 피어올랐다.

"하……."

모두들 그녀를 쳐다보았다. 현주의 한숨이 생각보다 큰 소리로 미팅룸 전체를 채웠기 때문이었다. 민서는 황당함과 불쾌함에 얼굴을 찌푸렸고 현주는 그것을 알아차리지 못했다. 지원이 물었다.

"작가님."

"……."

"유현주 작가님."

"네?"

"마음에 안 드는 부분 있으면 말하세요. 한숨 쉬지 말고."

지원의 부드러운 목소리에 현주는 그제야 자신이 마음속 불편함을 드러냈다는 사실을 알아차렸다.

"아……."

평소처럼 손사래를 치려는 찰나 지원은 그녀의 눈을 똑바로 쳐다보았다. 그는 그녀의 전전긍긍하는 손을 눈에 담으며 미간을 찌푸렸다. 그리곤 천천히 고개를 저었다. 마음에 들지 않는다는 뜻이었다. 현주는 지원의 무심하고도 현실적인 말들을 떠올렸다.

'솔직하게 말해.'

'착한 사람일 필요 없어.'

'미친년처럼 굴어.'

'그래야 다른 사람도 당신을 존중해.'

그는 입꼬리를 말며 웃고 있었다. 마치 숙제를 확인하는 선생님의 모습과 같았다. 암묵적인 응원이고, 확인이었다. 가뜩이나 지원 때문에 신경이 날카로운 현주였다. 오늘 같은 날은 미친년이 돼도 괜찮지 않을까 생각했다. 현주는 천천히 입을 열어 목소리를 뱉었다.

"민서 씨."

민서는 불쾌하다는 얼굴로 현주를 쳐다보았다. 첫 만남 때처럼 당황스럽지는 않았다. 잘해 줘도 그만, 못해 줘도 그만이라면 못해 주는 편이 이득일 것 같았다.

"맡은 역할인 '은희'는 어떤 사람인 거 같아요?"

"네?"

"우리 작품이 '은희'의 과거까지 알려 주지는 않잖아요."

현주는 민서의 과잉된 연기가 분석되지 않은 캐릭터에서 시작됐다고 생각했다. 모든 인물은 과거가 있고 상처가 있고 그렇기에 행동에 이유가 있는 것이었다. 현주는 그것을 민서에게 알려 주고 싶었다.

"다른 사람은 다 몰라도…… 역할을 맡은 배우는 알아야 하니까 묻는 거예요."

"……."

민서는 현주의 갑작스러운 질문에 말문이 막혔고 피디는 물론 연석 역시 그녀의 냉랭한 분위기에 당황스러워했다. 오로지 지원만이 그녀의 말에 착실히 집중하고 있었다.

"캐릭터 분석할 시간이 부족했던 건 이해해요. 근데 오늘 읽을 대본 정도는 분석해야 하는 거 아니에요?"

"아니, 작가님."

민서는 많은 사람들 앞에서 창피를 당한다고 생각하는지 곁눈질을 하며 목소리를 낮췄다.

"자기가 맡은 캐릭터가 어떤 사람인지 모르니까 말투가 고정이 안 되는 거예요. 하이톤이었다가 로우톤이었다가, 빠르게 얘기했다가 느리게 얘기했다가. 그러면 시청자는 피곤해요."

"제가 지금 연기를 제대로 못 하고 있다는 말씀이세요?"

민서는 모멸감에 손을 떨며 말했지만 현주는 아랑곳하지 않았다. 가뜩이나 기분도 좋지 않은 차에 분풀이하듯 부족한 부분들을 집어냈다.

"지금 우리 작품이 개화기가 시대 배경인 건 알아요? 개화기 때 신식 교육을 받은 여성이 '은희' 예요. 보수적이고 순종적인 여성상에 지적이고 깨어 있는 현대적인 여성이 결합된 인물이라고요. 근데 줄곧 격양된 목소리로만 연기하니 이게 돼요? 그렇게 연기하면 두 남자 사이에서 혼란스러워하는 장면에 개연성도 안 실리고 작품 전체가 흔들려요. 알아요?"

현주는 막힘없이 속에 있는 화를 풀어냈고, 민서를 제외한 모든 사람들이 고개를 끄덕였다. 피디 역시 말리지 않고 가만히 듣고만 있었다. 지원은 만족스러운 듯 웃으며 현주에게 향해 있던 고개를 돌렸다.

그 이후로는 순조롭게 진행되었다. 민서는 자존심이 상한 듯 보였지만 오히려 더 깊게 리딩에 집중하는 모습을 보였다. 싫은 소리하면 세상이 무너질 줄 알았던 현주도 묘한 쾌감과 시원함에 한껏 상기되어 배우들의 리딩을 살폈다.

"다음 리딩이 촬영 전 마지막 리딩이니까 잘 준비해서 합시다.

아, 회식도 있으니까 미리미리 스케줄 비워 두세요!"

리딩이 끝남을 알리자 민서와 지원은 쏜살같이 미팅룸을 빠져나
갔다. 현주는 지원을 따라 나가려 했지만 연석의 부름이 그녀를 가
로막았다.

"누나."

"아, 연석아. 오늘 수고했어."

"내가 뭐 한 게 있나요. 오늘 누나 멋있었어요."

"응?"

"촬영장은 배우 중심이 아니라 스태프 중심일 때가 편해요. 계속
그렇게 해 줘요. 지금 딱 좋으니까."

자꾸만 스태프들과 배우들 사이에 균열을 일으키는 민서로 인해
연석도 피해 본 것이 많았다. 이번 리딩도 민서로 인해 두 번의 시
간 변경이 있었고, 장면마다 각주를 달아 태클을 거는 통에 수정된
신도 많았다.

그래서 현주와 민서의 기 싸움에서 현주가 이길수록 연석은 기
뻤다. 현주는 동생을 바라보듯 천천히 미소를 지었다.

"까분다. 애들 기 싸움도 아니고. 그냥 할 말만 한 거야."

"그러니까요. 할 말 제대로 하라고요. 오늘도 그냥 당하기만 할
까 봐 노심초사했단 말이에요."

"알았어, 알았어. 얼른 가 봐. 너 다음 스케줄 있는 거 아니야?"

호들갑을 떠는 연석을 미팅룸 밖으로 밀어내며 현주는 소파에
파묻히듯 누웠다. 텅 빈 미팅룸이 외로움과 안락함을 동시에 선사
했다. 주머니 안쪽에서 미세한 진동이 울렸다. 그의 번호, 그의 이
름. 지원이었다.

"지원 씨?"

— 상 줘야겠네.

"네?"

— 오늘은 못 할 줄 알았는데. 잘했어.

그는 정말 기분 좋은 목소리였다. 현주는 지금이 기회라고 생각했다.

"저기, 지원 씨."

현주는 그를 불렀지만 지원은 그녀의 목소리는 들리지 않는 것처럼 말을 이었다.

— 솔직한 게 좋아. 그래야 일이 생겨도 수습하기 편해.

"알아요."

그녀는 선선히 긍정의 대답을 뱉어 냈다. 그의 조언 덕에 속이 후련해진 것은 사실이었다. 핸드폰 너머의 지원이 일순간 숨을 숙이고 천천히 말했다.

— 거짓말하지 마.

"……."

— 나한테.

그가 무슨 말을 하는지 현주는 알 수 있었다. 그의 고요하고 진실한 목소리에 그녀는 고개를 끄덕였다.

"미안해요."

그의 짧고도 가벼운 한숨 소리가 이어 들렸다.

— 알아.

"……고마워요."

— 오늘 늦게 끝날 것 같아. 그래도 기다려. 집으로 갈게.

미팅룸을 빠져나오는 데 일 분, 방송국에서 집까지 오는 데 삼십 분. 현주는 그가 오겠다는 말에 지저분한 집구석을 떠올렸다. 그가 집에 온다는 사실이 낯설지는 않지만, 오늘은 왠지 기분이 달랐다.

"와서 밥 먹을 건가……."

이내 얼굴이 붉어졌다. 저번에도 분명 밥을 먹겠다고 하고는 다른 일을 한 적이 있었기 때문이었다.

한걸음에 달려온 집 안은 빨리 오길 잘했다는 생각이 들 정도로 처참했다. 침대 위에는 무엇을 입을까 고민했던 흔적이 널려 있었고, 바닥엔 대본과 책들이 이곳저곳에 흩어져 있었다.

창문을 여니 찬바람이 훅 하고 밀려 들어왔다. 환기하기에 딱 좋은 날씨였다. 아이보리색의 커튼은 리본을 묶어 고정하고, 어지러이 널린 책들을 제자리에 꽂아 두는 동안 현주는 왠지 모르는 설렘에 기분이 좋았다.

"아, 나 뭐 하는 거지."

어느 순간 자책 섞인 물음이 고개를 들었다. 사실 당연하게 했어야 하는 물음이었다. 지원에게 차가운 소리를 들었을 때도 그에게 특별한 감정을 갖고 있는 것인지에 대해 확실한 답을 내리지 못했다.

현주는 그녀만큼이나 작은 소파에 몸을 맡기고 생각에 잠겼다. 이성적인 마음으로 현실을 직시하여 정확한 답을 내리고자 했지만 그것은 불가능했다. 그를 떠올리면 그의 입술과 부드러운 입맞춤, 따뜻하고 뜨거운 그의 품이 연달아 생각났다.

"이제 억지로라도 사람들 좀 만나야지."

현주는 제 머릿속을 가득 채운 그의 형상이 그를 너무 자주 만나서라고 생각했다. 어차피 2회 분량의 단막극이니 드라마 '월광'의 촬영은 금방 끝날 것이다. 리딩도 한 번밖에 남지 않았고 촬영 현장에 작가가 굳이 나설 필요는 없기도 했다. 현주는 스스로에게 다짐하듯 고개를 끄덕거렸다.

"됐어, 됐어."

그렇게 생각을 고치고 다짐하기를 어언 다섯 시간. 그는 그의 말대로 늦어지고 있었다. 집 안에 신선한 바람을 불어 넣던 창문은 걸어 잠갔고, 방 안 가득 뿌려 두었던 향수의 향기는 이내 익숙해져 사라지고 말았다.

"많이 늦네. 전화라도 해 볼까."

핸드폰을 들었지만 이내 다시 내려놓았다.

이쪽 일이라는 게 제시간에 끝나는 경우는 거의 없었다. 지원 역시 그의 스케줄이 언제 끝날지 예상하지 못할 것이었다. 너무 늦게 끝나면 오지 않을 수도 있겠다는 생각이 들었다.

현주는 천천히 옷을 벗고 샤워실의 불을 켰다. 외출복 차림으로 기다리는 것이 이제는 불편해졌다. 따뜻한 물에 피로를 푼 그녀는 집에서만 입는 헐렁한 티셔츠에 짧은 반바지를 입고 나왔다. 시간은 이미 자정을 넘겼고 그에게서 온 연락은 하나도 없었다.

그녀는 보송보송해 보이는 침대로 파고들었다. 이불은 두터웠고 따뜻했으며 그녀는 피곤했다.

— ······rr.

"······."

— ······rrr.

"······."

— Rrrrr.

언제 잠들었는지도 모르는 그녀를 괴롭히는 것은 그녀의 핸드폰이었다. 현주의 손이 간신히 이불을 빠져나와 핸드폰을 쥐고 통화 버튼을 눌렀다.

"······여보세요."

— 자?

"누구세요······."

— 나야.

그의 목소리로 알람을 맞추면 효과적일 것이라 생각했다. 그녀는 자석처럼 튀어 올라 핸드폰 화면을 살폈다. 그가 맞았다.

"이, 이제 끝났어요?"

— 끝난 진 좀 됐어.

"집에 들어가는 거예요?"

— 아니, 당신 집 앞인데.

현주는 핸드폰의 시계를 확인했다. 새벽 세 시 삼십오 분. 오늘따라 무거운 이불을 거의 내팽개치다시피 한 그녀는 현관을 향해 달려갔다. 그는 차가운 문 너머에서 그녀를 기다리고 있었다.

"언제부터 여기 있었어요?"

지원은 짙은 남색 니트를 걸친 편한 차림이었지만 사흘은 잠들지 못한 사람처럼 피곤해 보였다. 그가 느릿한 눈길로 그녀의 차림을 살폈다.

"노출하는 데 재미 붙였나 봐?"

"네? 아, 잠옷이에요. 잠옷."

현주는 민망함에 그의 팔을 잡고 집 안으로 이끌었다. 그의 손끝은 얼음처럼 차갑게 식어 있었다.

"오래 기다렸어요?"

"한 삼십 분? 집 비밀번호 알려 줘. 다음부터는 그냥 들어오게."

"미안해요. 기다리려고 했는데……."

그는 고개를 돌려 엄한 표정을 지었다. 현주의 풀 죽은 모습이 귀엽기는 했지만 꼭 해 주고 싶은 말이 있었다.

"미안하다는 말 자주 하지 마."

"네?"

"지금 새벽 세 시도 넘었잖아. 이때까지 기다리라고는 안 했어."

"……."

"당신이 미안할 거 없다고."

그는 무심히 고개를 돌려 코트를 벗고 욕실로 향했다.

"새 칫솔 있어?"

"아, 꺼내 줄게요."

현주는 욕실 찬장에 있는 새 칫솔들 중 파란색 하나를 꺼내 건넸다. 지원이 가볍게 세수와 양치를 하는 동안 현주는 집 안의 온도를 높이고 그가 벗어 놓은 코트를 정리했다. 그는 얼마 지나지 않아 물기 어린 얼굴로 모습을 드러냈다. 그녀가 물었다.

"내일 스케줄 없어요?"

"저녁 늦게 하나 있어. 아침에 깨우지 마. 그냥 계속 잘 거니까."

"알았어요. 편한 옷 줄까요?"

"나한테 맞는 게 있어?"

"아…… 없겠네요."

지원은 어깨를 으쓱이며 어쩔 수 없다는 듯 니트를 벗었다. 그의 탄탄한 상체가 적나라하게 드러났다. 현주의 얼굴이 단숨에 붉어졌다.

"왜 얼굴이 빨개져?"

"네? 뭐가요? 아닌데요?"

"아니긴."

그는 입꼬리를 말며 웃더니 이내 침대 위로 미끄러지듯 누웠다. 그가 눈을 감고 중얼중얼 말을 이었다.

"오늘은 그냥 자자. 이리 와."

지원은 제 옆의 자리를 비워 놓고 손바닥으로 탁탁 쳤다. 그녀는 못마땅하다는 듯 입을 삐죽였다.

"내가 무슨 강아지예요?"

"내가 말했잖아. 강아지는 귀엽기라도 하다고."

"아, 진짜!"

그가 그녀의 손목을 잡고 끌어당겼다. 그녀의 허리를 끌어안고 가슴에 얼굴을 묻은 그는 벌써 잠에 취한 목소리로 말했다.

"자자."

현주는 새벽 네 시를 가리키는 시계를 바라보았다. 한없이 피곤해 보이는 그의 머리카락을 조금씩 쓸었다. 주인을 잘못 만나 늘 피곤한 삶을 살 것인데도 불구하고 손가락을 빠져나가는 머릿결의 느낌은 한없이 부드러웠다.

9. 거짓말-2

방 안을 가득 채우는 태양빛이 현주의 속눈썹을 간지럽혔다. 어렴풋이 눈을 뜬 그녀에게 보이는 것은 잔뜩 찡그리고 있는 그의 얼굴이었다. 현주는 조심히 그의 뺨을 감쌌다. 잠에 깊게 든 것인지 따뜻하게 올라 있는 그의 체온이 더 자자고 유혹하는 것 같았다.

그녀는 몸을 일으켜 묶인 커튼을 풀었다. 방 안을 밝히려 애쓰던 햇살이 거두어지자 그의 미간도 부드럽게 돌아왔다.

— Rrrrr.

하지만 그의 아침잠을 방해하는 것은 햇빛으로 끝나지 않았다.

어디선가 핸드폰 진동 소리가 요란스럽게 울려 댔다. 그녀의 핸드폰이 아니었다. 그의 핸드폰이 어딘지 모르는 곳에서 끊임없이 울리고 있었다.

소리가 지속되면 지속될수록 지원의 얼굴에 짜증스러움이 가득 찼다. 현주는 재빨리 방 안을 뒤졌다. 소리의 근원지를 찾아 이리저리 배회하는 동안 지원의 뒤척임은 조금씩 커져만 갔다. 침대 아래에 박혀 있는 핸드폰을 찾은 그녀는 발신인을 확인했다.

[한재경]

어젯밤 깨우지 말라던 그의 단호한 당부와 피곤에 절어 있던 모습이 떠올랐다. 그와 핸드폰을 번갈아 보던 그녀는 핸드폰을 쥐고 방 밖으로 빠져나왔다.

"뭐, 깨우지 말라고 했으니까."

현주는 방문이 제대로 닫힌 걸 확인하고는 거실 창문을 활짝 열었다. 시원한 바람이 밤사이에 막혀 있던 공기를 환기했다. 쏟아지는 자연광은 책을 읽어도 좋을 만큼 밝고 따뜻했다.

— Rrrrr.

또다시 진동 소리가 시작됐고 그의 핸드폰에 '정 매니저'라는 글자가 떴다.

"아, 어떡하지."

현주는 매니저의 전화까지 묵인할 수는 없었다. 또 한 번 지원이 안쓰러워지는 순간이었다. 쉬는 날이 와도 이렇게 잠 한 번 제대로 못 자는 사람일까 싶어 그녀는 마음이 아팠다.

몇 번을 망설인 그녀는 방문을 열고 아직 어두운 안으로 들어갔다. 지원은 규칙적인 숨을 고르며 잠들어 있었다. 맨몸인 그에게 손을 대는 것이 부끄러웠지만 천천히 그의 팔을 흔들었다.

"지원 씨."

지원은 미간을 찡그릴 뿐 깨어나지 않았다. 절대적으로 수면시간이 부족한 그는 한번 빠진 잠에서 쉽게 헤어 나오지 못했다. 현주는 보다 더 강하게 그를 흔들었다.

"지원 씨!"

그의 숱 많은 속눈썹이 움찔거렸다. 완전히 가라앉은 그의 목소리가 힘겹게 흘러나왔다.

"벌써 저녁이야?"

없던 모성애도 솟아오를 매력적인 목소리였다. 현주는 더 자라고 말하고 싶은 마음을 힘들게 억누르며 조용히 말했다.

"아니요. 아직 아침이에요."

지원은 한숨을 내쉬며 그녀의 손목을 쥐었다. 현주는 여전히 울리는 그의 핸드폰을 보며 다시 말을 이었다.

"매니저님 전화 왔어요. 아까 재경 씨한테도 전화 오고. 보니까 부재중 전화도 몇 번 왔었던 거 같은데……. 받아야 될 것 같아서요."

"……."

그는 분명 현주의 모든 말을 들었지만 모른 척하며 다시 잠을 청하려 애썼다. 현주는 그의 머릿결을 쓸며 다시 한 번 입을 열었다.

"지원 씨—"

지원은 어쩔 수 없다는 듯 느릿느릿 손을 뻗었다. 현주가 그의 손에 핸드폰을 쥐여 주자 그는 버튼만 꾹 누르고 다시 눈을 감았다.

"왜."

상대방의 목소리가 들릴 듯 말 듯 이어졌다. 그의 눈이 잠기운을 밀어내며 점점 선명해지고 날카로워졌다. 지원은 거칠어진 목소리를 다듬으며 다시 말했다.

"그게 무슨 개 같은 소리야."

그는 이불을 밀어내며 상체를 일으켰다. 그의 잘생긴 얼굴은 일그러질 대로 일그러져 있었다. 현주는 걱정스러운 얼굴로 그를 살폈다.

"알았어. 일단 갈게."

그는 전화를 끊고 거친 숨을 뱉어 냈다.

"커튼 좀 쳐 줘."

"아, 알았어요."

그는 날카로운 눈을 통해 전에 없던 불쾌함을 드러내고 있었다. 쏟아지는 밝은 빛 때문인지, 알 수 없는 전화 내용 때문인지는 알 길이 없었다.

그는 손을 들어 이마를 짚었고 이내 일어나 욕실로 향했다. 찬물로 세수를 한 그는 잘 개인 니트를 입고 코트를 걸쳤다. 긴 다리로 빠르게 움직이는 그를 현주가 쫓았다. 그가 고개를 돌려 그녀를 살폈다. 현주는 조심스럽게 말을 건넸다.

"무슨 안 좋은 일 있어요?"

"신경 쓰지 마."

그는 괜찮다는 듯 말했지만 그의 미간에는 깊은 주름이 져 있었고 입술은 자꾸만 깨무는 탓에 붉은빛이 돌았다. 현주는 그의 팔을 잡고 다시 물었다.

"왜요, 말해 줘요. 무슨 일이에요?"

지원은 들썩이려는 입술을 깨물며 고개를 돌렸다.

"당신이 신경 쓸 일 아니야. 전화할게."

지원은 그렇게 그녀의 집을 벗어났다.

현주는 절로 불안해지기 시작했다. 매사 여유롭고 감정을 드러내지 않던 그가 저리 불쾌함을 드러내는 모습은 처음이었다. 혹시나 싶어 노트북을 열어 연예기사를 살폈지만 그에 관한 것은 새로 찍은 화보, 준비 중인 작품, 기부 내용과 같은 긍정적인 것들이 전부였다.

현주는 밥도 제대로 먹지 못한 채 그의 연락을 기다렸다. 시간은 빠르게 흘렀고 어느새 오후 세 시를 가리키고 있었다. 그가 나간 지 꼬박 여섯 시간이 넘은 것이었다.

— Rrrrr.

애타게 기다리던 전화였지만 핸드폰 액정은 그녀에게 실망만을 안겨 주었다. 지원이 아닌 다른 사람의 전화는 필요하지 않았다. 현주는 힘없이 통화버튼을 눌렀다.

"네, 피디님."

— 현주 씨, 어디야? 지금 방송국으로 와야 할 것 같아.

"무슨 일 있으세요?"

— 지원 씨 고소당했어. 기자들 연락 오고 난리야.

"네? 무슨 말이세요? 아까 오전까지만 해도……."

현주는 빠르게 노트북을 다시 열었다. 포털 사이트 메인을 장식한 그의 이름이 보였다.

〈배우 김지원, 일반인 폭행 혐의로 피소.〉

〈김지원 폭행사건, 진실은 무엇인가.〉

〈한류 스타 김지원, 내리막길 걷나.〉

현주는 몇 시간 전까지만 해도 곁에 있던 지원을 떠올렸다. 피디의 다급한 목소리가 이어 들렸다.

— 현주 씨, 현주 씨! 내 말 듣고 있어?

"지금 바로 갈게요."

현주는 살면서 가장 강하고 굳건한 침착함으로 옷을 갈아입기 시작했다. 손끝이 떨리는 이유는 두려움이 아닌 긴장의 증거였다. 지갑과 핸드폰을 가방에 구겨 넣고 밖으로 나온 그녀는 택시를 잡아 방송국으로 향했다. 가는 동안 핸드폰으로 확인한 대중의 반응은 제각각이었다.

아직 확실한 것이 없으니 기다리겠다는 반응과 그럴 줄 알았다는 시니컬한 반응까지 다양했다. 도착한 방송국은 이미 북새통을 이루어 잔뜩 뜨거워져 있었다. 유독 많이 보이는 보도국 기자들과 함께 일본과 중국에서 온 외신 기자들도 보였다.

마치 커다란 정치적 이슈가 터진 것처럼 소란스러웠다.

"피디님!"

"아, 현주 씨. 얼른 들어와."

미팅룸 안 역시 상황은 크게 다르지 않았다. 출연 배우들의 매니저들이 소속사의 입장을 전달하고 있었으며 후원하기로 했던 회사들에게서는 끊임없이 확인 전화가 쏟아졌다. 현주는 재빨리 전화선의 코드를 뽑고 피디를 쳐다보았다.

"피디님, 일이 어디까지 확인된 거예요?"

"확인이랄 게 없어. 지원 씨 소속사는 입장이 정리되는 대로 발표하겠다는 말뿐이어서."

현주는 고개를 끄덕이며 어딘가로 바쁘게 전화 중인 매니저들을 살폈다.

"저분들은 왜 오신 거예요?"

"일단은 확인 때문에 온 거지, 뭐. 해프닝이면 상관없지만 사실이면…… 어쩔 수 없으니까."

피디는 기세등등한 매니저들을 보며 목소리를 낮췄다. 현주의 미간이 조금 찌푸려졌다.

"어쩔 수 없다니요? 무슨 말씀이세요?"

"유 작가도 알잖아. 그것도 심지어 일반인 폭행인데 여론이 가만히 있겠어? 하차하는 게 맞는 거지. 제작 후원하기로 했던 회사들도 발 빼려고 난리야."

"하—"

현주는 지원의 말을 실감했다.

'애써 착한 사람 될 필요 없어.'

'어차피 이 바닥은 온 천지가 비밀이야.'

드라마 '월광'이 캐스팅 난항과 제작비 문제로 엎어지려고 할 무렵 지원의 등장은 구세주와 같은 것이었다. 그 뒤로 작품에 합류하겠다는 배우들이 앞다투어 연락을 해 왔고, 제작비를 지원하겠다는 회사들도 물밀 듯이 나타났다.

하지만 지원에게 문제가 생기고 그로 인해 피해가 생기니 그를 버리는 것 역시 빠르고 신속하게 이루어지고 있었다. 현주는 속 깊은 곳에서 역한 기운을 느꼈다. 등 뒤에서 불협화음 같은 하이힐 소리가 이어 들렸다.

"이게 대체 무슨 일이에요?"

테이크아웃 커피를 손에 들고 고개를 빳빳이 든 민서였다. 그 당돌하고 조급한 성격이 매니저만 보내는 것으로는 참을 수 없는 모양이었다. 피디가 나서 민서를 달래는 동안 현주는 짜증스럽다는 듯 고개를 돌렸다.

"민서 씨, 아직 확인된 건 아무것도 없으니까—"

"피디님, 말씀을 그렇게 하시면 안 되죠. 한 사람 때문에 우리 드라마까지 피해 입게 생겼는데. 후원사 측에서도 난리라면서요."

그녀는 자신의 첫 드라마가 순항하지 못할 분위기에 겁을 먹은 듯 보였다. 민서의 매니저도 이번만큼은 제 연예인의 편이 되어 고개를 끄덕이고 있었다.

"지원 씨도 곧 입장 발표한다 했으니까 그때까지는 기다려 보자고. 경거망동해 봤자 좋을 거 없어."

"경거망동이요? 지금 그 한 사람 때문에 다 죽게 생겼는데 가만히 있으라는 거예요? 무슨 그런 무책임한 말씀을 하세요."

현주는 참을 만큼 참았다고 생각했다.

"민서 씨."

민서는 여전히 자신을 가르치려 드는 현주의 목소리가 참으로 불쾌했다. 거만한 손짓으로 선글라스를 벗은 그녀는 현주를 똑바로 쳐다보며 대답했다.

"네, 작가님."

"그렇게 걱정이면 지원 씨 하차시킬까요?"

"네?"

"민서 씨가 원하는 게 그거잖아요. 가만히 있는 건 무책임한 거라면서요."

일순간 미팅룸 안의 모든 사람들이 조용해졌다. 아무리 신인이고 어리다 해도 드라마의 뼈대를 이루는 작가의 입에서 흐르는 말이었다. 모두가 상황의 해결을 바라고는 있었지만 지원의 하차만큼은 차마 입 밖으로 꺼내지 못했다. 현주는 다시 말을 이었다.

"지원 씨를 하차시키면 일본과 중국에서 쏟아졌던 스포트라이트는 사라질 거예요. 그만큼 후원사도 없어지겠죠. 지원 씨 잘못이라고 치고 위약금을 받는다 해도 제작비는 턱없이 모자랄 텐데. 그건 민서 씨가 책임질래요?"

"제, 제가 왜 그걸 책임져요."

"그러니까요. 그걸 책임질 수 있는 사람이 지원 씨밖에 없으니까 다들 이렇게 기다리고 있는 거예요. 무책임해서가 아니라."

괜한 소동을 만들고 있던 다른 배우들의 매니저들까지 입 다물게 만드는 말이었다. 현실을 직시하라 외치는 이기주의자들에게 가장 잘 먹히는 말은 가장 현실적인 말들이었다.

"그리고 지금 지원 씨가 정말 잘못을 저질렀다고 확인된 것도 없잖아요. 이럴 땐 기다리는 게 맞아요. 지원 씨가 잘못을 했다면 거기에 맞춰 지원 씨와 상의를 해야 하는 거고 잘못이 없다면 같이 분노해 주는 게 우리가 할 일이에요."

현주가 숨을 고르며 말을 이었다.

"어차피 한배를 탄 거라고요. 폭풍우가 불어닥친다고 조종사 한 명에게 바다로 뛰어들라 하는 건 그냥 다 같이 죽자는 거와 다를 게 없어요."

현주의 진짜 속마음이었다. 이미 그와 그녀는, 그리고 그와 그녀의 드라마는 한배를 탔다. 그가 용서받을 수 없는 죄를 지었다는 것이 아니라면 그와 운명을 함께하는 것이 맞았다. 차마 대응할 말을 찾지 못한 민서는 입술을 깨물며 말했다.

"선배님을 굉장히 믿으시나 봐요. 그렇게까지 놓치고 싶어 하지 않는 걸 보면."

줄곧 지원을 그 사람, 한 사람이라고 부르던 민서가 선배님으로
지칭을 바꾸어 물었다. 큰 키의 민서가 현주를 내리누르듯 쳐다보
았다. 민서 역시 지원과 함께하는 드라마가 얼마나 이익이 보장된
것인지 알고 있었다.

한류 스타인 만큼 아시아 전역에서의 관심은 물론이고 시청률
역시 부끄럽지 않을 것이었다. 그런 배우와 함께할 기회를 놓치고
싶어 하지 않는 마음은 온 마음으로 이해할 수 있었다. 현주는 그
런 민서의 투기 어린 시선을 모르지 않았다.

"믿는 게 아니라 지키는 거예요."

"……."

"민서 씨가 지원 씨의 입장이 되었어도, 지원 씨가 민서 씨를 하
차시키라 했어도 똑같이 말했을 거예요."

❖

한참을 떠들던 매니저들과 후원사 측의 직원들은 자기들끼리는
어떤 결론도 낼 수 없음을 인정하고 물러났다. 미팅룸에는 피디와
현주만이 남아 무거운 한숨을 나누고 있었다.

"유 작가."

"네."

"만약 지원 씨가 진짜로 일반인을 폭행한 거면 어떻게 되는 거
지?"

"……."

"잘못이 아니면 여론이야 금방 회복되겠지만 진짜면 말이야……."

피디는 젊은 작가의 첫 작품이 나쁜 일로 얼룩지는 것 같아 마음이 불편했다. 하지만 그의 걱정과 달리 현주는 어느 때보다 의연하고 이성적이었다.

"진짜라면…… 함께할 수 없겠죠. 지원 씨랑."

"그렇지."

함께할 수 없다는 현주의 말에 현주 본인도 피디도 씁쓸함을 느껴야 했다. 그녀가 민서에게 외친 동료를 지키고, 보호하는 일은 사실 쉽지 않은 일이었다. 특히나 그 모든 일이 대중에게 공개되어 있다면 더더욱 불가능했다.

"피디님, 지원 씨 측에서는 아직 연락 없어요?"

"응, 뭐…… 최대한 빨리 입장 정리하겠다는 말 외에는 없어."

"진짜다, 아니다 그런 말도 없고요?"

"그런 말할 틈도 없었어. 거기도 쏟아지는 전화 때문에 바쁜 모양이더라고."

현주는 고개를 끄덕였다. 이제는 그녀와 피디도 할 수 있는 것이 없었다. 현주는 대본이 든 가방을 손에 쥐고 자리에서 일어났다.

미팅룸을 나오며 확인한 핸드폰엔 부재중 전화와 문자가 쌓여 있었다. 모르는 번호가 대부분이었고 친한 친구들의 걱정스러운 문자와 연석의 문자도 포함되어 있었다.

[누나, 매니저 형한테 얘기 들었어요. 너무 걱정 마세요.]

고맙다는 답장도 사치스러웠다. 현주는 핸드폰 화면을 아래로 내리며 지원의 이름을 찾았다. 그에게서 온 연락은 없었다. 그러다 문득 재경의 이름이 보여서 망설임 없이 통화버튼을 눌렀다. 짧은 신호음 끝에 그의 목소리가 들렸다.

— 네, 작가님.

"재경 씨, 지금 통화 좀 가능할까요?"

— 아, 지원이 때문에 작가님도 많이 곤란하시죠.

지원과 늘 붙어 다니는 재경 역시 수많은 전화에 시달린 모양이었다. 기계적으로 나오는 지원의 얘기에 현주는 마음이 무거워졌다.

"뭐 저희 쪽은 그리 심하지 않아요. 지원 씨랑은 연락해 봤어요?"

— 아침에 잠깐이요. 그 이후로는 연락이 안 되네요.

"지원 씨는 괜찮은 것 같아요?"

— 그 새끼 성질에 괜찮겠어요? 애꿎은 매니저만 불쌍할 뿐이죠.

현주는 문득 지원의 살벌한 눈과 풀 죽은 매니저가 상상이 되어 쓴웃음이 나왔다.

"재경 씨, 미안한데…… 알고 있는 거 있으면 나한테도 얘기해 줄래요? 뭐라도 알고 있어야 대책을 세울 것 같아서요. 지원 씨가 잘못한 거면 왜 그랬는지 이유라도……."

— 지원이는 잘못한 거 없어요.

재경은 자신이 오해받는 것처럼 억울한 목소리로 말을 이었다.

— 어제 새벽에 늦게까지 스케줄 하고 차에 타려는데 웬 남자가 팬이라고 사인을 요청하더래요.

"사인이요?"

— 네. 피곤하니까 얼른 해 주고 가려는데 하이파이브도 해 달라고 하더래요. 해 봐야 십 초도 안 걸리는 거고, 요즘엔 하이파이브

만 하는 팬미팅도 따로 있을 정도니까 의심 없이 했는데 일이 꼬인 거죠. 상황이 이렇게 변할 줄은 지원이도 몰랐을 거예요.

현주는 모든 상황이 그려지기 시작했다. 연예계에 조금이라도 몸담은 사람이라면 모를 리 없었다. 연예인들의 공적인 성질을 약점 삼아 사기 치는 족속들의 수는 생각보다 꽤 많았다.

"뭐가 어떻게 된 건지 대충 알겠어요. 고마워요. 다음에 다시 연락할게요."

현주는 한결 가벼운 마음으로 전화를 끊었다. 그의 잘못이 조금도 없음을 알게 되었다. 그의 소속사에서 입장을 표명하고 지원의 결백이 밝혀지면 이 일은 그저 황당한 해프닝으로 끝날 것이다. 그녀는 그를 만나고 싶었다.

그러나 그의 전화기는 꺼져 있었고 그녀가 향할 곳은 정해져 있었다.

10. 믿음

무턱대고 오긴 왔지만 그녀는 한참을 서성이며 망설였다. 딱 두 번 와 봤던 곳인 그의 집은 여전히 으리으리하고 높았다. 그가 이곳에 있을지, 사무실에 있을지 아님 어딘가에서 억눌린 분노를 표출하고 있을지 모르는 일이었다. 기자들이 보이지 않는 것으로 보아 이곳에 없을 가능성이 컸다.

손가락을 뻗어 누른 초인종은 명랑한 소리를 내며 요란을 떨었다. 집 안은 조용했고, 아무런 기척도 느껴지지 않았다.

"사무실에 있나……."

현주는 아쉽지만 등을 돌려 발길을 옮겼다. 그때 철컥— 문이 열리는 소리가 들렸다.

"유현주?"

문 사이로 살짝 고개를 내민 그가 보였다. 지원은 이해가 안 된다는 표정으로 그녀를 쳐다보았다. 현주는 좀 전까지만 해도 당당했던 마음이 순식간에 콩알만큼 작아지는 것을 느꼈다.

"안에 있었어요?"

"인터폰 보고 당신이어서 나왔어. 여긴 왜 왔어?"

현주는 마땅히 할 말이 없어 어색하게 미소만 지을 뿐이었다. 지원은 어깨를 으쓱이며 문을 활짝 열었다. 들어오라는 말이었다. 그의 넓고 화려한 집 안에 발을 들인 그녀는 눈앞의 광경에 크게 당황하고 말았다.

지원의 매니저와 변호사가 심각한 표정으로 거실을 차지하고 있었던 것이다. 매니저는 현주를 알아보고 눈을 가늘게 떴다.

"작가님이 왜……"

현주는 적당한 말을 찾기 위해 열심히 머리를 굴렸다. 작가로서 걱정돼서라는 핑계는 적절했지만 집까지 오는 것은 아무래도 이상했다. 사실 무슨 변명을 해도 이상한 상황이었다. 지원은 그런 그녀의 어깨를 부드럽게 감싸며 조용히 속삭였다.

"방에 들어가 있어. 금방 정리할게."

현주는 매니저를 향해 어색하게 고개를 숙이며 그의 방으로 들어갔다. 자면서 이불을 뺑뺑 찰 일이었다. 그가 걱정되어 오지 않고는 견딜 수 없었던 그녀의 마음을 지원이 아닌 다른 사람에게까지 들킨 것 같아 후회가 밀려왔다.

현관문이 열고 닫히는 소리가 이어 들린 뒤 지원이 방으로 들어왔다.

"사람들 갔어."

"제가 방해한 거 아니에요? 난 지원 씨 사무실에 있을 줄 알고……"

매니저에게 뭐라고 말했냐고 묻고 싶었지만 그것보다 중요한 것은 그의 상태였다. 방해한 거 아니냐는 질문에 그는 입꼬리를 말며 아이 같은 미소를 지었다.

"사무실에 있을 줄 아는데 여긴 왜 와. 비밀번호도 모르면서."

"……"

"전화하려고 했는데 계속 바빴어. 걱정 많이 했어?"

현주는 고개를 끄덕였다. 가장 위로받아야 할 그가 자신을 달래는 이 상황이 아이러니했다. 아까는 당황스러워 보이지 않던 그의 모습이 비로소 보였다. 남색의 니트를 입은 그는 어젯밤 차림 그대로였다. 옷을 갈아입을 정신도 없었던 모양이었다.

"괜찮아요. 바쁠 줄 알았어요."

그는 가만히 그녀의 눈을 쳐다보았다. 그 어떤 걱정과 참견보다 훌륭한 위로였다. 지원이 그녀의 어깨를 살짝 쥐었다 놓았다.

"나 샤워 좀 하고 나올게. 기다릴 수 있지?"

지원은 갈아입을 옷을 들고 샤워실로 들어갔다. 쏟아지는 물소리가 한참 동안 이어지다 물에 젖은 그가 편한 차림을 하고 나타났다. 눈 밑에 앉은 그림자가 한없이 안쓰러웠다.

"계속 잠도 못 잔 거예요?"

"이제 자야지. 당신 때문에 매니저랑 변호사도 나가고 좋네."

그가 개구쟁이처럼 웃었다. 이 정도의 논란이나 스캔들 따위는 그에게 어떤 영향도 줄 수 없는 모양이었다. 조금도 위축된 모습을 보이지 않는 그는 그저 피곤하기만 한 대스타, 김지원의 모습 그대로였다. 그는 자신을 빤히 쳐다보고 있는 현주를 향해 장난스럽게 말을 이었다.

"그렇게 쳐다보지 마. 나 불쌍한 사람 아니야."

"재경 씨한테 들었어요. 지원 씨 잘못 아니라고."

지원은 아무런 표정 없이 수건으로 머리를 털었다. 짙은 샴푸향이 현주의 머리를 어지럽게 했다.

"지원 씨 잘못 아니니까 금방 해결될 거예요. 너무 걱정하지 말아요."

그는 그녀의 응원이 자못 즐거웠다. 자신보다 더 괴로운 표정으로 자신을 살피는 그녀가 어딘가 사랑스럽기까지 했다. 그는 그녀에게 더 현실적이고 어려운 것들을 공유하고 싶어졌다. 피곤으로 갈라진 그의 목소리가 담백하게 흘러나왔다.

"사진이 찍혔어."

"네?"

"내가 그 남자랑 하이파이브 하려고 손을 든 사진. 되게 절묘하더라고. 어떻게 보면 때릴 것처럼. 공범도 있었나 봐. 고작해야 사기꾼들이."

현주는 벌어진 입을 다물지 못했다. 그가 아무런 잘못도 하지 않았는데도 나서지 못하는 이유가 여기에 있었던 것이다.

"그, 그래서요?"

"변호사가 방법을 찾고 있어. 내가 잘못이 없다는 것을 증명할 방법."

"그럴 방법이 있어요?"

"아직까지는 없어."

그는 괜찮다는 듯 말을 이었다.

"내일 바로 기자회견 할 거야."

"방법이 없다면서요."

"그렇다고 해서 내가 잘못한 거는 아니니까."

이 바닥은 가십을 좋아했다. 실체가 없고 두루뭉술할수록 좋아했다. 그런 루머는 부풀려지기 쉬웠고, 모습을 바꾸기 용이했다. 그가 말하는 한 마디, 한 마디가 도마 위에 올라 재단되고 해석될 것이었다.

"너무 위험해요. 사람들이……."

"잘못했을 때나 고개 숙이고 사과하는 거야. 걱정하지 마."

그는 눈을 부비며 하품을 쏟아 냈다. 침대 위로 쓰러진 그는 금방이라도 잠들 사람처럼 무거운 눈꺼풀을 내렸다. 현주는 조용히 중얼거렸다.

"내가 해 줄 수 있는 건 없어요?"

"……."

"도와주고 싶어요."

그는 침대 모서리에 걸터앉은 그녀를 잡아끌었다. 현주의 얼굴이 그와 마주할 만큼 가까워졌을 때, 그는 조용히 너무도 지친 목소리로 말을 이었다.

"여기 있어."

"……."

"내일 기자회견 전까지 같이 있자."

그는 그녀의 손을 꼭 쥐었다. 방금 전까지만 해도 사태에 대한 어떤 걱정도 없어 보이던 그가 순식간에 여리고 나약한 존재처럼 느껴졌다. 그도 현재의 여론을 모르지 않을 터였다. 두려움이 생기는 건 당연했다. 현주는 조용히 고개를 끄덕였다.

"알았어요."

현주의 침대보다 두 배는 족히 넓어 보이는 그의 침대는 둘을 안락하게 감싸 안았다. 지원은 잠이 오지 않는 듯, 눈을 감은 채 현주의 손등을 간지럽혔다. 현주는 미소를 지으며 물었다.

"잠 안 와요?"

그는 고개를 끄덕였다.

"난 원래 잘 못 자."

"왜요?"

"그냥 불면증."

그는 정말 그래 보였다. 하루를 꼬박 새운 것과 다름없는 그는 잠을 이루지 못했다. 현주는 쉴 새 없이 움직이는 그의 손가락들을 움켜쥐며 조용히 말했다.

"그래도 자요."

"……."

"내일 기자회견에서 멋있으려면 푹 자야죠."

"난 늘 멋있어."

현주는 그의 당당함이 좋았다. 그녀에게는 없는 높은 자존감과 세상 어느 누구 앞에서도 기죽지 않는 자신감이 좋았다. 곁에 있으면 무엇이든 할 수 있게 만드는 그의 마력이 이런 와중에도 꺼지지 않아 다행이라 생각했다.

그는 평소보다 수척하고 피곤하며 예민해 보였지만 단지 그뿐이었다. 그의 견고한 정신은 어느 한 곳도 다치지 않은 것 같았다.

"지원 씨는 대단해요."

"왜?"

"이런 일에도 놀라지 않고 태연한 거 보면."

현주의 속살거림은 내내 감고 있던 그의 눈을 날카롭게 만들었다. 그는 짙고 깊은 눈을 들어 그녀를 내려다보았다. 지극히 순진한 눈동자가 그를 담고 있었다. 지원은 자신을 부러워하는 그녀의 순진함이 영 거북했다. 그는 인상을 찌푸리며 말했다.

"이런 일이 하루 이틀이 아니니까."

"……."

"놀랄 수 있는 게 좋은 거야."

현주는 서른두 살의 남자에게서 한없이 여린 씁쓸함을 읽었다.

열다섯 살에 데뷔한 그가 어린 나이에 겪었을 많은 일들을 생각하니 그가 안쓰러워졌다. 현주는 가만히 그의 머리를 당겨 안았다. 아직 다 마르지 않은 그의 머리카락이 그녀의 손끝을 시리게 했다. 그는 낮은 목소리로 들릴 듯 말 듯 한 이야기를 시작했다.

"모두에게 사랑받는 건 좋은 게 아니야."

"……."

"결국 아무에게도 사랑받지 못하는 거니까."

현주는 차마 그런 게 아니라고 말하지 못했다. 그의 가족이 있고, 그의 팬들이 있으며, 그를 진심으로 위하는 친구들이 있다고 말하고 싶었지만 그건 그를 위로하는 방법이 아니라고 생각했다. 그녀는 그저 그의 넓은 등을 쓸어 주었다.

"지원 씨는 아버님과 어머님 중에 누구 닮았어요?"

"나?"

"네. 지원 씨 얼굴을 보면 부모님 두 분 다 미남, 미녀일 것 같아서요."

그는 가만히 숨을 고르며 생각에 잠겼다.

"맞아. 나 엄마 닮았어."

"그래서 지원 씨가 예쁜가……?"

그는 길고 가는 눈을 휘며 웃었다. 현주는 그의 어머니를 만나지 않고도 그녀를 떠올릴 수 있었다. 분명 지원을 많이 닮은 아주 훌륭한 미인일 것이다.

"부모님이 지원 씨 걱정 많이 하시겠어요. 전화는 드렸어요?"

현주의 질문에 그는 불편할 정도로 일그러진 표정을 만들었다. 천진하게 미소 짓던 얼굴은 사라지고 괴로운 기억을 떠올리는 아이처럼 미간에 깊은 주름이 새겨졌다. 지원은 갈라지는 목소리를 억지로 뱉어 냈다.

"아니. 안 드렸어."

"……."

"걱정 안 하실 거야."

누구에게나 말하고 싶지 않은 고통과 기억, 과거가 있기 마련이었다.

그에게 자신을 가르쳐 달라며, 모두에게 매력적인 사람으로 바꾸어 달라고 말했을 때 그가 어떤 것도 묻지 않았던 것처럼 그녀도 그에게 묻지 않았다. 그저 자신보다 훨씬 넓은 어깨의 그를 작은 품으로 끌어당길 뿐이었다. 그녀는 그의 등을 토닥이며 끊임없이 귓가에 속삭였다.

"괜찮아요. 괜찮아."

그는 한참 동안 말이 없었다. 현주는 그가 잠들지 않았음을 알았다. 그는 이따금 눈을 깜빡였고, 불규칙적으로 몸을 떨었다. 모든 것이 조용해졌을 때 그는 다시 개구쟁이 같은 웃음과 함께 현주의 옷깃을 잡아당겼다.

"옷 갈아입어."

"왜요?"

"침대 위에서 불편하잖아."

"괜찮은데……."

"당신 부스럭거리는 소리 때문에 내가 잠이 안 와. 현관에서 제일 가까운 방이 드레스 룸이야. 아무거나 꺼내 입어."

지원은 그녀를 침대 밖으로 밀어냈다. 현주는 그의 까다로운 성격에 혀를 내두르며 알았다고 대답하고 드레스 룸으로 향했다.

그의 드레스 룸은 너무 깨끗해서 지나치게 강박적으로 보였다. 모든 옷들이 균일한 간격을 두고 정리되어 있음은 물론이고 작은 먼지 한 톨도 보이지 않았다. 현주는 그의 옷들 중 자신에게 맞을 만한 것들이 있을지 의심되었다.

"대체 뭘 입으란 거야."

현주는 하얀색의 서랍을 열었다. 다 똑같아 보이는 흰색의 면 티가 돌돌 말려 정리되어 있었다. 그중 하나를 꺼낸 그녀는 욕실로 들어가 손과 발을 씻고 세수를 했다. 마음 같아선 뜨거운 물에 목욕이라도 하고 싶었지만 잠들지 못하는 그가 걱정스러웠다.

"지원 씨."

"……."

넓은 침대 위의 그는 말이 없었다. 현주는 그의 팔이 안쪽으로 뻗어 있는 것을 보았다. 장난스럽게 웃은 그녀가 이불을 밀어내며 그의 팔을 베고 누웠다. 그의 다른 팔이 자연스럽게 그녀의 허리를 감쌌다. 지원은 그녀의 쇄골에 얼굴을 묻었다.

"당신한테서 내 냄새 난다."

"그래요?"

"응, 좋아."

지원은 그로부터 한참 동안 잠을 자지 못했다. 어느새 곁에서 새근새근 숨을 내쉬는 그녀가 보였다. 걱정된답시고 찾아온 그녀에게 형언할 수 없는 고마움을 느꼈다. 그녀가 아니었다면 지원은 지금까지도 매니저와 변호사의 끊임없는 당부와 걱정에 시달렸을 것이다.

그는 긴 손가락을 뻗어 그녀의 코끝을 쓸었다. 간지러움에 찡긋거리는 그녀의 표정이 어린 강아지 같았다. 지원은 그녀의 고른 숨소리를 자장가 삼아 그녀를 품에 안고 잠에 들었다.

❖

"안녕하세요, 배우 김지원입니다."

지원의 기자회견은 오전 11시에 시작되었다. 수많은 취재기자들이 몰렸고 근처의 교통이 마비될 정도의 팬들이 운집했다. 보통의 기자회견이라면 넥타이를 하지 않은 검은 정장 차림에 수수한 얼굴이 기본이겠지만 지원은 그러지 않았다. 그날 아침, 그녀도 그에 대해 걱정스러운 속내를 내비쳤다.

'기자회견치고 좀 화려한 거 아니에요? 사람들은 괜한 거에도 이러쿵저러쿵 말이 많을 텐데.'

그는 그런 것에 겁을 내어 좋을 것이 없음을 알았다. 여론이란 것은 불과 같아서 모든 것을 태울 만큼 뜨겁기도 하지만 바람의 방향에 따라 꺼지기도, 다른 곳으로 옮겨붙기도 하는 것이었다. 겁을 내서는 아무것도 할 수 없었다.

'말했잖아. 잘못했을 때만 고개 숙이는 거라고. 괜찮아.'

지원의 단호한 말에도 그녀는 걱정스러운 눈을 거두지 못했다. 그는 그런 그녀의 머리를 헝클이며 장난스럽게 말했다.

'다녀올게. 여기 있어.'

'그럴게요. 보고 있을게요.'

지원은 TV로 보고 있을 그녀를 떠올렸다. 초라하게 보이고 싶지 않았다. 짙은 파란색의 조금은 화려한 슈트를 입은 그는 언제나처럼 세련되고 멋스러웠다. 샵에서 만진 머리에 여유로운 미소, 거칠 것 없는 걸음걸이에 오히려 기자들이 당황하고 있었다.

"여러분들이 걱정과 우려 섞인 하루를 보내신 것에 대해 공인으로서 무척이나 죄송한 마음입니다."

그는 수많은 기자들과 일일이 눈을 맞추며 또렷한 목소리를 이어 나갔다.

"허나 다행인 것은 저는 여러분들이 걱정하는 그 어떤 잘못도 저지르지 않았다는 점입니다."

수많은 카메라가 그의 얼굴을 잡아먹기라도 할 것처럼 플래시를 터트렸다. 한 기자가 큰 소리로 외쳤다.

"일반인을 폭행한 사실이 없다는 말씀이십니까?"

지원은 부드러운 미소를 지으며 고개를 끄덕였다.

"그렇습니다. 저는 그 누구에게도 폭행을 저지르지 않았으며, 어떤 누구에게도 상해를 입히지 않았습니다."

현주는 실시간으로 올라오는 사람들의 반응을 살폈다. 대중은 혼란스러운 모양이었다. 그의 단호한 태도에 그를 의심하기란 어려운 법이었다. 지원은 회견장의 분위기가 어수선한 것을 알아차리고 단호하고 뚜렷한 목소리를 이어서 냈다.

"저는 그 누구보다 폭력과 억압과 협박을 증오합니다."

지원은 아동학대 예방의 홍보대사였던 시절을 상기하며 유려한 말솜씨를 펼쳐 나갔다. 장내의 사람들은 물론 TV로 지켜보고 있는 일반 대중들조차 그의 입에서 흘러나올 다음 말을 기다리고 있었다.

"저는 이틀 전 한 남성 팬을 만났고, 사인을 해 주었으며 하이파이브를 했습니다. 모든 것은 팬이 원하는 것이었고, 저는 팬이 원하는 사소한 것을 외면할 만큼 어리석고 냉정한 사람이 아닙니다. 하지만 하루가 지나자 팬은 폭력 피해자가 되었고 저는 폭력 가해자가 되었으며 하이파이브는 폭력이 되었습니다."

플래시 소리는 보다 더 거세졌고 네티즌들의 키보드 소리는 보다 더 빠르고 강력해졌다. 그의 말 한 마디, 한 마디가 전달되고 옮겨지며 점점 더 확산되었다.

"여러분들이 원하시는 증거와 증인은 아직 없습니다. 저와 제 변호사는 이 자리에서 간곡히 요청합니다. 저의 진실은 그날, 그 자리에 여전히 존재하고 있습니다. 주변 건물들의 모든 CCTV를 검토할 예정이며, 주차된 차량의 블랙박스와 혹시나 계셨을 익명의 목격자분을 찾고 있습니다."

그의 길고 매혹적인 눈은 단호하고 날카로워졌고, 미소 짓던 입술은 보다 명확하고 확실한 진실을 전달했다.

"저는 이 모든 오해와 거짓을 이겨 낼 것입니다. 저로 인해 괴롭고 불편한 시간을 보내고 계실 팬 여러분들과 동료 연예인들, 소속사 식구들께 죄송한 마음뿐입니다. 조금만 더 기다리고 지켜봐 주십시오. 여러분이 믿고 사랑하는 김지원의 모습으로 돌아오겠습니다. 감사합니다."

그의 말을 끝으로 기자들의 몇몇 질문이 이어졌다. 기자들은 보다 자세한 사건의 경위를 물었고 그는 침착하고 부드럽게 상황을 설명했다.

지원의 변호사는 경찰과 협조하여 사건을 조사 중임을 밝혔고, 매니저는 현재 계약된 광고와 작품 활동에는 어떤 지장도 끼치지 않을 것임을 다짐했다.

기자들은 '한류 스타의 몰락'이라는 거대 기사를 놓친 것에 대해 아쉬워했지만 나름 나쁘지 않은 듯 보였다. 지원은 성심성의껏 참석한 모든 기자들에게 감사 인사를 전하며 향후 활동에 관련된 정보 공유를 약속했다.

인터넷으로 여론을 살피던 현주의 입가에도 미소가 피어올랐다. 기자회견에서 발표한 내용은 네티즌들의 발 빠른 수고로 몇 분 사이에 전국으로 퍼져 나갔다. 여론의 움직임도 급격해졌다.

'저 정도까지 얘기하는데 거짓말이겠어?', '사기꾼들한테 걸렸나 본데.', '우리 오빠 원래 그런 사람 아니었음.' 등 지원의 주장을 지지하는 세력이 많아졌다. 지원은 대중들의 흐름을 이끄는 데 탁월한 선수였다.

띠리릭—

"지원 씨!"

현주는 현관이 열리는 소리에 쏜살같이 달려 나갔다. 그는 새어 나오려는 웃음을 애써 참았지만 그녀의 소란이 꽤 기분 좋은 듯했다.

"뭐가 그렇게 즐거워."

"수고했어요. 인터넷 여론도 좋아요. 신빙성은 별로 없지만 그 자리에서 지원 씨를 봤다는 사람들도 있어요!"

"그게 그렇게 좋아?"

지원은 조각처럼 잘빠진 구두를 벗으며 웃었다. 현주는 노트북을 들고 그와 관련된 기사를 보여 주었다. 대부분의 기사 제목은 이러했다.

⟨김지원, 대중 앞에서 단호한 다짐.⟩

⟨사기행각의 사각지대인 연예계, 김지원의 파격.⟩

⟨김지원의 호소, 팬들은 굳건한 믿음 약속.⟩

⟨김지원의 기자회견 패션, 순식간에 완판.⟩

"기사만 그런 줄 알아요?"

"뭐가 또 있어?"

현주는 노트북을 자기 쪽으로 향하게 하더니 연예인들의 연이은 소신발언을 보여 주었다. 지원의 기자회견 이후 지원과 함께 일했던 동료 연예인들이 응원 메시지를 게시한 것이었다. 거기엔 원로 배우들을 포함해 지원과 함께 일한 신인 배우들도 있었다.

현주는 지원에게 노트북을 건네며 설명했다.

"연석 씨도 트위터 올렸어요. 지원 씨를 믿고 응원한다고요."

"이연석?"

"네. 완전 예쁜 후배지 않아요? 아, 그리고 민서 씨도 올렸어요."

"……."

"새침데기긴 해도 걱정을 하긴 했었나 봐요. '선배님의 오해가 모두 풀리길 기다리겠습니다. 믿고 응원할게요!'라고 올렸어요."

지원은 여전히 순진하기만 한 그녀를 향해 눈살을 찌푸렸다. 그녀가 차라리 방송계에서 일하지 않았다면 어땠을까 싶었다. 그는 한심하다는 듯 고개를 저으며 말을 이었다.

"사진도 같이 올렸지?"

"네?"

"사진 말이야. 강민서가 트위터 올리면서 지 셀카 안 올렸어?"

"아, 올렸어요. 파이팅 하는 포즈로."

"거봐. 그냥 자기 홍보하는 거야. 소속사에서 시키는 거라고."

"에이……."

그는 갈색 가죽 시계를 풀며 그녀를 쳐다보았다. 현주는 여전히 연예인들의 쏟아지는 응원에 감격한 표정이었다.

"괜히 그런 거에 감동받고 좋아하지 마."

"지원 씨는 너무 박해요. 다 좋은 마음으로……."

"나한테 여론이 쏠리니까 저러는 거야. 내가 이 싸움에서 승자 같으니까 미리 붙는 거라고. 응원할 거면 진작 했어야지 뭘 이제 와서 쓸데없이 응원을 해. 다 끝난 마당에."

"그래도……."

현주는 그의 냉정함에 절로 고개가 숙여졌다. 좋다고 방방거렸던 자신이 한심스러웠다. 생각해 보면 연석의 매니저도, 민서도 그가 힘들 때 그를 압박하던 사람들이었다.

"아무것도 알 수 없을 때 믿어 주는 게 진짜 믿는 거야."

그는 괜히 시무룩해진 그녀의 작은 뒤통수를 보며 말을 이었다.

"당신처럼."

지원은 어깨를 으쓱이며 미소를 지었다. 그의 손이 그녀의 뺨을 어루만지려는 순간 핸드폰이 울렸다.

— Rrrrr.

지원의 변호사 측에서 온 연락이었다. 한류 스타를 상대로 크게 한몫 챙기려던 사기꾼 일당은 그의 듣도 보도 못한 대응으로 잔뜩 겁을 먹은 상태였다.

네티즌들은 자칭 수사대가 되어 지원의 결백을 밝히려 들었고, 경찰들 역시 대중의 관심을 받는 사건을 해결하기 위해 고군분투하고 있었다.

그들은 지원의 소속사 측에 연락해 조용히 마무리하기를 요청했다. 지원은 현주를 향해 잠시 통화를 하겠다는 말을 속삭이며 방으로 들어왔다.

"합의는 없어. 무고죄든, 사기죄든 할 수 있는 건 다 해."

— 그래도 선처해 주는 편이 여론에 좋지 않겠어?

"여론은 이미 내 편이야."

— 공개사과라도 하면 어쩌려고.

지원은 거울을 보며 건조해진 입술을 쓸며 웃었다.

"내 알 바야?"

지원의 변호사는 짧은 한숨을 내쉬었고 지원은 아랑곳하지 않았다. 그런 하찮은 인간들을 위해 시간을 낭비하고 싶지 않았다. 그는 방 밖에서 자신을 기다리고 있는 그녀 곁에서 쉬고 싶었다. 전화를 끊고 나온 지원의 표정이 좋지 않음을 느낀 현주는 조심스럽게 물었다.

"무슨 전화예요?"

"별거 아냐."

현주는 지원이 이번 일에 대한 걱정 때문에 표정이 좋지 않은 것이라 생각했다.

"그 사람들 곧 자수하겠죠?"

지원은 고개를 끄덕였다. 이미 자수하고도 남을 만큼 빌고 있으니 그거나 그거라고 생각했다.

"자수하면 어떻게 할 생각이에요?"

"왜?"

"지원 씨는 그런 것조차 함부로 하면 안 되는 사람이니까……. 걱정돼서요."

지원은 그녀의 마음 씀씀이가 고마웠다. 자신에게 무얼 선택하라고 강요하는 것이 아닌 무얼 선택할 거냐고 묻는 것 역시 오랜만인 것 같았다.

"신경 쓰지 마. 잘 해결할게."

"혹시 무슨 일 생기면 나한테도 얘기해 줘요."

현주는 그의 무심함에 작은 항의를 표하기로 마음먹었다. 지원은 현주를 향해 고개를 돌린 채 옷을 갈아입기 위해 걸음을 옮겼다. 그녀는 그의 침묵을 긍정적인 것으로 받아들였다.

"이번에도 그래요. 방금 전까지만 해도 같이 있던 사람이 폭력 사건에 휘말렸다는데 제가 놀래요, 안 놀래요? 심지어 지원 씨 입으로 들은 것도 아니고 피디님한테 듣고 인터넷으로 봤어요. 이게 말이 돼요?"

현주는 말하면서 더 울컥하는 기분이 들었다. 상황이 지원에게 워낙 안 좋으니 별말 않았지만 여간 서운한 것이 아니었다. 그러자 지원은 잘생긴 이마를 찌푸리며 좋지 않은 기분을 드러냈다.

"왜 말해야 해?"

"네?"

현주는 다시 겁을 먹고 말았다. 그의 입에서 저번과 같은 말이 나올 것 같은 불안감이 도졌다.

'우리가 무슨 사이라고.'

현주도 그 말에 동의하지만 그의 입에서 듣고 싶지는 않았다. 그녀는 자신이 말을 잘못했다는 사실을 알아차렸다.

"미, 미안해요. 걱정을 너무 많이 해서……. 말 안 해 줘도 괜찮아요."

현주는 울컥하는 눈물을 숨기기 위해 재빨리 등을 돌렸다. 도저히 그를 알 수가 없었다. 가까워졌다고 생각하면 냉정하게 선을 긋고, 우린 아니라고 생각할 때면 세상 누구보다 다정한 눈길을 보냈다.

지원은 그런 그녀의 흔들리는 등을 가볍게 안았다.

"하지 마요……."

현주는 그의 손을 뿌리치며 고개를 저었지만 그는 남의 말을 듣지 않는 사람이었다. 오히려 그녀의 등을 돌려 얼굴을 마주했다.

그녀의 붉어진 눈가와 촉촉해진 눈망울을 보며 지원은 가볍게 한숨을 뱉었다.

"놀랐을 거 알아."

"……."

"걱정시켜서 미안."

그는 이런 말을 하는 것에 익숙하지 않았다. 현주는 늘 그렇듯 그의 망설이는 시간들을 모두 기다려 주었다.

"그래도 말 안 할 거야. 다음에 또 이런 일이 생기면……."

그는 고집스럽고 단호했다. 그러나 목소리는 속일 수 없었다. 평소와 달리 여렸고 약했으며 또 위태로웠다. 현주는 고개를 들어 그를 쳐다보았다.

지원은 그녀의 눈을 피하며 자꾸만 고개를 움직였다. 현주는 손을 들어 그의 얼굴을 감쌌다.

"계속…… 말해요."

"……."

지원은 그녀의 허리를 안고 있었고, 현주는 그의 얼굴을 감싸고 있었다. 대화 내용만 아니면 흡사 연인들의 모습처럼 보였다.

지원은 그녀의 순수하고 곧은 눈동자를 피할 수 없었다. 몇 번의 망설임과 몇 번의 탄식이 이어진 후, 그는 간신히 말을 이을 수 있었다.

"나는 말 안 할 거야. 그래도 당신은."

"……."

"여기로 와. 지금처럼."

그는 명령하듯 무례했지만 그 깊은 곳에 간절함이 있다는 것을 현주는 알았다. 흔들리는 그의 눈빛은 거절당할까 두려워하는 어린 소년의 모습을 하고 있었다.

그녀는 그것으로 충분했다. 적어도 그가 자신을 밀어내지 않고 필요하다며 얘기하는 것으로 충분했다. 현주는 미소를 지은 채 천천히 고개를 끄덕였다.

"알았어요."

"……고마워."

"알아요."

"그것도 고마워."

그는 민망한지 그녀를 품에 가두고 꼭 껴안았다. 현주는 그런 그의 모습이 어색해 괜한 말들을 중얼거렸다.

"숨 막혀요."

"잠깐만."

"배 안 고파요?"

지원은 그런 그녀가 답답하기도 하고 우습기도 해 한숨을 쉬었다.

"하아……."

"왜, 왜요?"

"분위기를 잡고 싶어도 잡을 수가 없네."

현주는 느슨해진 그의 팔을 풀어내며 아무것도 모른다는 듯 말을 이었다.

"우리 밥 먹어요! 나, 지원 씨 기다리면서 아무것도 못 먹었어요."

지원은 어쩔 수 없다는 듯 웃으며 그녀에게 작은 쇼핑백을 건넸다. 그가 집에 들어오면서부터 들고 있던 것이었다.

"이게 뭐예요?"

현주는 내심 불안해졌다. 그의 얼굴에 떠오른 미소가 무슨 뜻인지 너무도 잘 알고 있었기 때문이었다. 입꼬리를 둥글게 만 매혹적인 그의 미소는 악마의 장난처럼 위험한 것이었다.

지원은 뻔뻔한 목소리로 정답을 알려 주었다.

"속옷이야."

현주는 자신도 모르게 쇼핑백을 바닥으로 떨구었다. 지원은 터져 나오는 웃음을 애써 참으며 말을 이었다.

"열어 보지도 않고, 마음에 안 드는 거야?"

"아, 아니 그게 아니고…… 무슨 속옷을……."

현주는 좀 전까지만 해도 주도권을 쥐고 있던 자신이 그의 말 한마디에 허망하게 약해져 가는 것이 한스러웠다. 지원은 그런 그녀의 반응이 예상보다 더 즐거웠다.

"속옷 선물이 어때서."

"그렇긴 하지만."

"당신 갈아입을 거 없으니까."

"……."

"미션도 있어."

지원은 소파 팔걸이에 걸터앉아 그녀의 손목을 끌어당겼다. 그의 긴 손가락이 그녀의 머리카락을 정리하며 귓가를 간지럽혔다.

"오늘 집에 가면 갖고 있는 속옷 다 버려."

"왜요? 이거 하나만 입으란 거예요?"

지원은 또다시 웃음이 터져 나왔다. 그녀의 엉뚱한 생각들이 그를 즐겁게 했다.

"무슨 그런 지저분한 생각을 해. 당신이 보기에 내가 그렇게 변태야?"

"아니, 그게 아니고……."

"속옷 새로 사라고. 전부 다."

현주는 그에게 보여 주었던 자신의 속옷들을 떠올렸다. 그것들이 너무 낡았던 것이 문제였는지, 그의 취향과 달랐던 것이 문제였는지는 알 수 없었다.

지원은 그런 그녀의 이마를 지그시 눌렀다.

"나랑 얘기할 때 딴생각하지 말랬지."

"아, 미안해요."

"미안하다는 말도 너무 자주하지 말고."

"……."

현주는 엄마에게 혼나는 어린애마냥 입을 다물어 버렸다. 무슨 말을 해도 그를 당해 낼 수가 없었다.

"겉옷도 중요하지만 속옷도 중요한 거야."

"나한테 패션 조언하는 거예요?"

"아니, 난 당신 스타일 좋아."

"그럼요?"

그는 바람 소리를 내며 작게 웃었다. 현주의 툴툴거리는 말투가 귀여워서였다.

"자존감을 높이는 데 가장 중요한 게 뭔지 알아?"

"믿음?"

"아니."

"사랑?"

지원은 콧소리를 내며 웃었다. 그녀의 순수함이 좋기도 했고 미련함에 어이가 없기도 했다.

"외모. 그게 제일 중요해."

현주는 순간 지원의 모습이 정말 악마와 같다고 생각했다. 눈이 부신 미모로 어리석은 인간을 유혹하는 악마. 지원은 그렇게 사치와 향락의 장으로 그녀를 인도하는 듯 보였다.

지원은 현주의 잡생각을 읽고 손을 뻗었다. 그녀의 목덜미를 감싼 그는 그녀를 가까이 끌어당겼다.

"평소보다 높은 힐을 신고, 평소보다 화려한 속옷을 입는 것만으로도 자존감에 도움이 돼."

"에이……."

"자존감은 별거 없어. 남들이 모르는 나를 자기 스스로 인정하는 게 자존감이야."

"……."

"밑져야 본전이잖아. 한번 해 봐."

현주는 그제야 그가 준 쇼핑백을 열어 보았다. 빨간색의 심플한 디자인이었지만 평소 현주가 즐기는 스타일은 아니었다. 그녀가 아연실색한 표정을 짓자 지원은 개구쟁이 같은 미소를 지었다.

"청순한 것, 섹시한 것, 귀여운 것, 편한 것. 종류별로 사."

"아, 진짜 그만해요!"

11. 절제

다음 날, 현주는 한 번도 들어가 보지 못했던 속옷가게에 들어갔다. 가터벨트부터 속이 훤히 비치는 슬립까지 꽤나 야한 분위기의 가게였다. 평소라면 들어오지도 못했을 곳이었다.

하지만 오늘은 지원이 선물한 속옷을 입고 있었다. 붉은색의 심플한 것이었지만 고급스러운 브랜드 이름이 자수로 새겨진 좋은 것이었다.

그의 말이 맞았다. 그녀는 새 속옷을 입은 것만으로도 왠지 모를 용기와 자신감이 생겼다. 더 도발적인 것을 입어도 될 것 같은, 더 야해져도 될 것 같은 자신감이 솟구쳤다.

"찾으시는 물건 있으세요?"

"아, 저 사이즈 좀 잴 수 있을까요?"

지원은 그녀에게 사이즈를 재라는 당부도 했었다.

'사이즈도 새로 재 봐.'

'왜요?'

'내 말 들어. 좋을 거야.'

직원이 줄자를 들고 다가왔다.

"손님, 양팔 들고 잠시만 기다려 주세요."

어깨선과 가슴둘레를 잰 직원은 그녀의 허리와 골반 사이즈를 기록했다. 현주는 마치 맞춤옷을 주문하는 것 같은 기분이 들었다. 별것 아닌 행동에도 마음이 들떴다.

"75B에 팬티는 스몰 사이즈 입으시면 될 것 같네요."

항상 80A를 입던 그녀에게 75B라는 새로운 사이즈는 묘한 설렘을 주었다. 점원은 현주를 이끌고 베스트 상품이 진열된 곳으로 안내했다.

"날씨가 따뜻해지니까 검은색보다는 베이지색이 더 잘나가요. 평소에 입기도 좋고 흰색 옷에 받쳐 입기도 좋으니까요."

"좋네요. 이거 하나 주시고, 다른 것도 보여 주실래요?"

"생각하신 스타일이 있으신가요?"

점원은 현주가 몇 개 더 살 고객이라는 것을 파악하고 만면에 미소를 지었다. 현주가 어색한 듯 더듬더듬 말을 이었다.

"조금…… 화려한 것도 입어 보고 싶어서요."

현주의 말에 직원은 조금 더 적극적으로 바뀌었다. 화려한 레이스 장식이 가득한 검은색 속옷부터 호피 무늬 속옷, 흰색이기는 하나 안이 다 비치는 속옷까지 종류가 다양했다. 직원이 애교스럽게 속삭였다.

"신혼이세요?"

"네? 아, 아니요."

"남자분들이 좋아하는 것도 좋아하는 거지만, 입었을 때 몸매가 예뻐 보여서 그냥 입기도 좋아요. 착용해 보실래요?"

"아니요. 그냥 보고 고를게요."

현주는 몇 가지를 더 보고는 너무 부담스럽지 않은 것들을 골라 냈다. 직원은 그녀가 고른 짙은 보라색 속옷과 베이지색 하나, 검은색 레이스 속옷을 챙겨 쇼핑백에 담았다. 현주는 나쁜 짓을 한 것도 아닌데 괜히 탈선을 저지른 청소년마냥 가슴이 두근두근 뛰었다.

지원의 폭력 사건은 생각보다 빠르고 조용하게 흘러갔다. 이때다 싶어 죽을 듯 달려들던 언론은 그의 기자회견 한 번으로 우호적인 기사를 쏟아 냈고 사기꾼 일당은 너무나 쉽게 범행을 인정했다.

지원은 적당히 단호하고 적당히 자비롭게 사건을 해결해 나갔다. 범인들은 그에게 반성문 몇 장을 제출했고 그들이 경찰서에 자진 출두하여 사건 경위를 읊을 때 쯤, 그는 선처 의사를 밝혔다.

그 모든 것이 끝날 때 드라마 '월광'의 마지막 리딩이 시작됐다.

"이야, 지원 씨 수고 정말 많았어. 얼마나 걱정했다고."

"신경 써 주신 덕분에 잘 해결됐습니다. 감사합니다."

적당한 인사와,

"아니 땐 굴뚝에 연기 나는 게 연예계라니까? 난 지원 씨가 그럴 리 없다고 진작부터 생각하고 있었어."

적당한 아부.

현주는 그 모든 것들이 흥미롭고 한편으론 소름 돋을 정도로 역했지만, 지원은 아무렇지 않은 듯 보였다. 그저 세상에서 가장 지루한 눈을 들고 가장 귀찮은 모습으로 그들을 향해 미소 짓고 있었다. 마치 그럴 줄 알았다는 듯한 모습이었다.

현주는 그의 권태로운 분위기를 처음으로 온전히 이해할 수 있었다. 리딩은 아무 문제 없이, 더할 나위 없이 순탄하게 진행되었다. 지원의 등장으로 모든 배우들은 적당한 긴장 속에서 호연을 펼쳤고, 가장 걱정이던 민서 역시 크게 나쁘지 않은 정도까지 연기를 소화해 냈다.

"이제 회식 장소로 자리를 옮길까요?"

회식 장소는 2층으로 된 커다란 숯불구이집이었는데 지원의 소속사 측에서 2층 전체를 예약했다. 겉으로는 이번 사건을 계기로 불편을 겪은 드라마 팀에게 한턱 쏜다는 것이 이유였지만 실제로는 지원의 성격상 사람이 많은 곳을 견디지 못하기 때문이었다.

지원의 매니저가 일어나 말했다.

"그동안 함께 신경 써 주시고 걱정해 주셔서 감사합니다. 오늘 회식은 저희가 쏘는 거니까 마음껏 드세요!"

"와, 지원 씨, 잘 먹을게요!"

"우리 소고기 주문해도 되는 건가?"

회식 분위기는 순식간에 달아올랐다. 2층 전체를 빌린 덕에 배우들 또한 마음껏 떠들고 먹을 수 있었다.

현주는 여자라면 한 번쯤 앉아 보고 싶을 만한 자리에 착석했다. 맞은편에는 보기만 해도 미소가 지어지는 연석이 있었고 오른편엔 존재 자체만으로도 축복이라는 지원이 있었으니 완벽하기 그지없었다.

매사 트러블을 일으키는 민서도 SNS에 올릴 사진을 찍느라 정신이 없었다.

"누나, 이제 잘 못 보겠네요. 아쉽다."

"그러게. 현장엔 나갈 일이 별로 없을 것 같아. 그래도 잘할 거지?"

"걱정 마세요. 든든한 지원 선배님도 있고, 민서 씨도 잘하고 있으니까."

연석은 제 가슴을 탁탁 치며 말했다. 현주는 그 명랑한 모습에 웃음을 터트렸다. 대본 최종고는 완료되었고 배우들의 컨디션 역시 좋아 보였다. 그녀의 기분이 좋은 것은 당연한 것이었다.

사람들의 취기가 조금씩 오르며 시끌벅적해지자 연석은 자리에서 일어나 폭탄주 제조에 돌입했다.

"크림 맥주 드시고 싶은 분들은 손드세요! 이연석표 크림 맥주 나갑니다!"

붙임성 하나는 타고난 연석이었다. 피디는 물론 조연을 맡은 선배 배우들까지 얼굴에 미소를 띠고 그를 쳐다보았다.

"자, 첫 잔은 우리 피디님!"

"이야, 잘 마실게."

"다음 잔은 우리 작가님! 대본 완성하느라 고생 많았어요, 누나."

"고마워. 우와, 거품 완전 많다."

연석은 꽤 현란한 솜씨로 분위기를 이끌었다. 요즘 인기 있는 아이돌이라 하면 매사에 신비주의로 일관하며 거만하기 짝이 없는데 연석은 달랐다. 꾸밈없는 목소리에 생글생글한 미소가 보는 사람마저 청량하게 만드는 20대의 싱그러움 그 자체였다.

현주는 언제 또 아이돌이 제조하는 맥주를 마시나 싶어 잔을 입에 가져갔지만 지원의 손이 더 빨랐다.

"이거 독한 거야."

지원의 표정은 분명 마시지 말라는 암묵적 협박을 담고 있었다. 현주는 맥주잔 위를 막고 있는 그의 길고 고운 손가락들을 테이블 위로 옮겼다.

"이 정도는 괜찮아요."

그는 매우 언짢은 모양이었지만 현주는 개의치 않았다. 어차피 이렇게 사람 많은 곳에서 뭐라 하지는 못할 것이었다. 둘이 있을 때 그가 갑이지만 오늘같이 보는 눈이 많아지면 그는 영락없이 참아야 하는 사람이었다.

현주는 평소엔 하지 못하는 도발을 해 보기로 마음먹었다. 그녀는 연석이 준 잔을 꿀꺽꿀꺽 삼키고 빈 잔을 흔들었다.

"한 잔 더!"

지원의 표정은 점점 굳어져 가고 그의 매니저는 그와 현주를 번갈아 보며 한숨을 내쉴 뿐이었다. 그렇게 들이켠 것이 여덟 잔이었다.

"연석아―"

"네, 누나."

"너는 왜 그렇게 예쁘니."

느리게 깜빡이는 눈에 입술을 오물거리는 그녀가 연석의 미소를 이끌어 냈다. 주변에서도 그런 현주가 귀엽다는 듯 웃으며 상황을 지켜보았다.

미소를 짓지 못하는 사람은 오직 지원과 그런 지원을 걱정하는 매니저뿐이었다.

"제가 그렇게 예뻐요?"

"응, 엄청. 누구랑 다르게."

현주는 자신이 무슨 말을 하는지 알 수 없었다. 그저 술이 시키는 대로 입을 나불거릴 뿐이었다. 연석은 자연스럽게 그녀의 왼편에 자리를 잡았다.

"누나, 많이 취했어요?"

"아니, 하나도 안 취했어."

지원은 속에서 열불이 끓는 것을 느낄 수 있었다. 제 말은 듣지도 않고 술을 퍼마시는 것은 둘째 치고 새파랗게 어린 연석과 소꿉장난을 하듯 저리 포개어 있는 것이 마음에 들지 않았다.

"작가님."

지원은 화를 누르며 어색한 호칭으로 현주를 불렀다. 그녀는 풀린 눈을 하고 지원을 바라보았다. 그가 매서운 눈을 하고 이제 그만하라는 눈치를 보냈지만 그녀는 콧방귀를 뀔 뿐이었다.

"뭐."

"……."

"말을 해라. 말을. 솔직하라고 할 땐 언제고 지는……."

현주는 뒷말을 마치지 못하고 발음을 뭉갰다. 오직 지원만이 그녀가 무슨 말을 하는지 알 수 있었다. 연석은 그녀의 어깨를 자연스럽게 감싸며 말했다.

"누나가 취해서 선배님인지 못 알아보는 것 같아요."

"⋯⋯."

지원의 눈은 오로지 현주의 어깨 위에 놓인 연석의 손에 가 있었다. 어딘지 불쾌하고 어딘가 짜증스러웠다. 그때 이곳저곳 자리를 옮겨 다니던 피디가 돌아와 기름에 불을 붙였다.

"이야~ 이렇게 보니까 연석이랑 유 작가, 잘 어울리네."

"그래요?"

연석은 굳이 부정도 긍정도 하지 않은 채 미소만 지었다.

"그렇죠?"

현주는 긍정의 대답이었다. 연석은 그런 그녀를 바라보며 더 방긋 웃어 보였다.

"누나만 좋으면 저는 완전 행운이죠."

"우와, 나 아이돌이랑 사귀는 거야?"

현주는 점점 진상이 되어 가고 있었다. 마음은 아찔한 도발을 원하는데 실상은 그저 술에 취한 주정일 뿐이었다. 지원은 아예 자리를 옮겨 현주가 보이지 않는 곳으로 사라졌다.

"에휴⋯⋯."

현주는 가만히 한숨을 내쉬었다. 좋은 속옷도, 섹시한 옷차림도 좋아하는 마음 앞에선 아무 소용이 없었다. 그의 시시각각 일그러지는 얼굴이 좋아서 시작한 도발이 그가 사라지니 어떤 흥미도 느껴지지 않았다. 현주는 가만히 고개를 숙여 술기운을 식히기로 했다.

"누나, 많이 어지러워요?"

연석은 그녀의 한숨에 걱정된다는 듯 물었다. 현주는 손사래를 치며 억지로 웃어 보였다.

"아니, 아니. 괜찮아."

"밖에 산책이라도 갈래요?"

"음…… 답답하긴 하다."

현주는 휘청휘청 자리에서 일어났다. 연석이 그녀의 어깨를 잡고 부축하자 현주는 중얼거렸다.

"밖에 나가면 사람들 많아. 나 혼자 다녀올게."

"취해서 혼자 어딜 나가요. 같이 가요."

"괜찮아, 괜찮아."

지원은 멀리서 현주와 연석의 실랑이를 보고 있었다. 그는 어쩔 수 없다는 듯 매니저를 향해 간결하고 짤막한 눈짓을 보냈다.

"저 여자 좀 챙겨 줘. 밖에 나가서 약 사 먹이고 차에 태워 놔."

매니저는 그의 집을 찾아온 현주를 보고 대충 짐작하고 있었지만 놀라지 않을 수 없었다. 그는 지원의 곁에 바싹 붙어 조용히 속삭였다.

"어쩌려고 그래? 들키면 어떻게 책임지려고."

지원은 이를 앙다물며 말을 이었다.

"그래서 시키는 거잖아. 내가 갈까?"

"아, 아니. 내가 갈게. 넌 움직이지 마."

매니저는 황급히 일어나 현주에게로 향했다. 원래부터 막역한 사이였던 것처럼 매니저는 현주의 상태를 살폈다.

"우리 작가님 많이 취하셨네."

"아, 네. 바람이라도 쐐야 될 것 같은데 저랑은 자꾸 안 나간다고 하셔서……."

"연석 씨가 나가면 당연히 안 되죠. 저도 약국 가려고 했는데,

같이 다녀올게요."

"아, 그래 주실래요?"

매니저는 어색하게 웃으며 현주를 부축했다. 지원은 멀리서 연석의 손이 현주에게서 떨어지는 것을 확인하며 낮게 숨을 뱉었다.

"어? 지원 씨 매니저님이네."

"네, 네. 접니다."

매니저는 힘이 없어 무거워진 그녀를 질질 끌다시피 하면서 차에 태웠다.

"아니, 저 새끼는 연애를 하면 한다고 미리 말을 하든가."

"어! 저 지원 씨 여자 친구 아니에요."

"네, 네. 저 약국 다녀올 테니까 여기 가만히 계세요."

매니저는 그런 현주의 말을 무시하고 약국으로 향했다. 그의 차가 승차감이 좋다는 것은 익히 알고 있는 것이었다. 술기운과 편안함이 고루 합쳐져 잠이 쏟아졌다. 그녀는 그의 차에서 나는 그의 향기가 좋았다.

"아…… 보고 싶다."

현주가 핸드폰을 들어 익숙한 번호를 찾았다. 신호음 소리가 나기도 전에 그는 전화를 받았다.

— …….

대답은 없었다. 현주는 그런 그의 조심성에 감탄했지만 한편으로는 서운했다. 자신은 숨기지도 못하는 걸 그는 너무나 쉽게 숨기고, 모른 척했다.

"여보세요? 김지원 씨 핸드폰 아니에요?"

— 맞아. 말해.

"아— 맞구나."

현주는 회식장소에서 말하지 못했던 것들을 말하기 시작했다.

"지원 씨—"

— 옆에 누구 없어? 어디야.

"매니저분은 약국 갔어요……."

— 하…….

지원은 안도와 걱정의 한숨을 내쉬었다. 매니저는 약을 만들러 간 것도 아닐 텐데 그녀를 혼자 두는 것이 영 마음에 들지 않았다.

"지원 씨—"

— 왜.

"보고 싶어요."

— …….

그때 매니저가 차 문을 열고 현주를 흔들었다.

"작가님!"

"어? 매니저님 왔다."

"누구랑 전화를…… 아, 지원이랑 전화하고 계셨어요?"

매니저는 현주의 핸드폰 액정을 바라보며 한숨을 뱉었다. 그는 그녀에게서 핸드폰을 뺏어 말을 이었다.

"지원아, 나야."

— 나 지금 나갈 거니까 차 좀 조용한 곳으로 옮겨 놔.

"뭐? 지금? 둘이 같이 나가면 어쩌라는 거야."

매니저는 걱정하던 일이 일어나는 것 같아 마음이 급해졌다.

— 나 말고도 자리 비운 사람 많아. 아파서 갔다고 하든지 알아서 해.

"아니 그래도……!"

지원은 제 할 말만 하고 전화를 끊었다. 현주는 핸드폰을 뺏겼다며 여고생들이나 할 법한 말들을 중얼거렸다. 매니저가 어쩔 수 없다는 듯 사온 생수의 뚜껑을 열며 말했다.

"작가님, 이거 마시고 약 먹어요. 네?"

"제 핸드폰은요?"

"약 먹으면 드릴게요."

"정말요?"

현주는 매우 기쁘다는 듯 약을 받았다. 물도 꿀꺽꿀꺽, 약도 꿀꺽꿀꺽. 말 잘 듣는 어린애가 따로 없었다.

매니저는 그나마 다행이라며 천천히 식당의 지하주차장으로 차를 몰았다. 어차피 늦은 새벽이라 사람도 없었지만 폭력 사건을 계기로 더욱 예민해진 지원을 향한 배려였다. 매니저는 지원에게 전화를 걸어 위치를 알려 주었다.

"지하로 바로 내려오면 돼. 주차장에 아무도 없어."

— 알았어.

회식의 분위기는 이미 너도 나도 취해 정신없는 단계였다. 많은 사람들이 북적였고, 많은 사람들의 소란 속에서 지원의 움직임은 그리 튀지 않았다. 그런 지원을 붙잡은 사람은 단 한 명뿐이었다.

"선배님."

그를 부른 것은 숱한 술 권유에도 취하지 않은 연석이었다. 지원은 무표정한 얼굴로 왜 부르냐는 듯 그를 쳐다보았다.

"어디 가세요?"

"집에."

지원은 그에게 변명 같은 것을 하고 싶지 않았다. 연석은 고개를 끄덕이며 현주의 빈자리를 쳐다보았다.

"그럼 촬영장에서 뵐게요. 선배님."

연석은 해맑게 웃으며 말했다. 지원은 고개를 끄덕이며 자리를 벗어났다. 주차장에는 매니저가 초조한 얼굴로 차 옆에 대기하고 있었다.

"작가님이랑 무슨 사이야?"

매니저는 기필코 얘기를 들어야겠다는 단호한 얼굴이었다. 지원에게 여자가 없었던 것은 아니었지만 이렇게 위험하고 위태로우며 아슬아슬한 관계는 없었다. 지원의 집에 드나든다는 것만으로도 매니저로선 오금이 떨리는 일이었다.

지원은 그런 매니저의 마음을 알고 싶지 않았다. 그저 무심하고 조금은 화난 것 같은 얼굴로 대답했다.

"알 거 없어."

지원은 그대로 운전석에 올라탔고 매니저는 식겁한 표정으로 달려들었다.

"너 술 먹지 않았어?"

지원은 그런 그를 향해 짜증스럽다는 듯 말했다.

"나 사람들 많은 데서 술 안 먹는 거 몰라?"

"그래도…… 운전을 직접 하게?"

"그럼 대리 부를까? 김지원이랑 웬 모르는 여자랑 같이 타는 차에?"

"아니, 내가 해 줄게. 아무래도 불안해서……."

지원은 자신이 직접 운전하겠다는 매니저를 밀어내며 날카로운 눈을 빛냈다.

"끼지 마."

매니저는 예상했던 일이었음에도 절망적인 표정을 지었고 지원은 아랑곳하지 않고 시동을 걸었다. 한숨은 매니저의 몫만이 아니었다. 지원 역시 옆에 있는 현주를 보며 알 수 없는 한숨을 뱉어냈다.

"지원 씨—"

현주는 그가 옆에 있다는 것을 확인하기 위해 자꾸만 그를 불렀다. 지원은 이미 수십 번 대답한 뒤였다.

"그만 불러."

현주는 아랫입술을 쭉 내밀고 토라진 표정을 지으며 서운한 감정을 내비쳤다.

"왜 그렇게 차가워요?"

"……"

"항상 그런 거 같아. 내가 귀찮아요?"

현주는 그의 대답을 기다리지 않았다. 늘 그의 시간들을 기다려왔지만 오늘은 그러고 싶지 않았다. 그의 말을 듣는 것보다 자기 얘기를 하고 싶었다.

"나 오늘 높은 구두 신었어요."

그녀는 발을 구르며 구두 소리를 내었다. 검은색의 얌전한 모양이었지만 힐의 높이가 꽤 높은 것이었다.

"알아."

"알긴 뭘 알아요."

"……"

현주는 블라우스의 단추를 하나씩 풀기 시작했다. 지원은 눈살을 찌푸리며 다급하게 그녀의 손을 쥐었다.

"뭐 하는 거야?"

그는 그녀의 주정이 이런 식이라면 앞으로 절대 술을 못 먹게 할 생각이었다.

"자랑하려고요."

"뭐를."

"새 속옷 샀거든요."

"하아……."

지원은 그녀의 손에 깍지를 꼈다. 현주가 더 이상의 탈의를 하지 못하도록 막는 것도 있었지만 본인 스스로를 다스리기 위한 것도 있었다. 현주는 자랑도 못 하게 하는 그가 짜증스러웠다.

"왜요. 속옷 새로 사라면서요. 샀단 말이에요."

"알았어. 알았으니까 그만해."

"나 예뻐요?"

"뭐?"

"평소보다 높은 힐에 평소보다 예쁜 속옷 입었어요. 평소보다 매력적이에요?"

지원은 현주의 직설적인 물음에 운전을 제대로 할 수가 없었다. 깍지를 낀 손에 힘이 들어갔다.

"아아, 아파요."

지원은 천천히 그의 생각을 뱉어 냈다.

"당신은 원래 예뻐."

현주는 달아오른 입술에 생기를 불어넣으며 활짝 미소 지었다.

"정말요?"

"응."

"진짜, 진짜요?"

"응. 근데 좀 부족해."

현주는 이내 풀이 죽어 입술을 내밀었다.

"치……."

"괜찮아. 곧 가르쳐 줄게."

지원의 낮고 나른한 목소리는 그녀를 유혹할 만큼 매력적이었다. 현주는 그를 향해 상체를 숙이며 초롱초롱한 눈을 빛냈다.

"어떤 거예요?"

"절제."

"……."

"꽤 힘들 거야."

지원은 현주의 집으로 향하던 방향을 돌려 자신의 집으로 향했다. 그녀를 참게 하려면 보다 넓은 침대와 두꺼운 벽이 필요하다고 생각했기 때문이었다.

"절제요?"

"응."

현주는 이 이상 무엇을 더 참아야 하는지 알 수 없었다. 그녀로서는 충분히 참고 있는 것이었다. 그에게 특별한 사람이 되고 싶다는 마음은 물론이고, 그를 좋아한다는 마음까지 숨기는 것이 얼마나 힘든 일인지 그는 모를 것이었다. 현주는 답답함에 목소리가 높아졌다.

"왜 참아야 해요?"

"뭐?"

"솔직하라고 했잖아요. 좋으면 좋다, 싫으면 싫다 그렇게 표현하라면서요."

지원은 미소를 지으며 짐짓 그녀에게 대단한 것을 일깨워 주려는 것처럼 목소리를 낮췄다.

"모두에게 매력적이고 싶다며."

"네?"

"당신이 그랬잖아. 아니야?"

"……."

"솔직한 건 매력적이야. 근데 쉬운 건 그 반대지."

현주는 그가 자신을 지적하는 것 같아 얼굴이 붉어졌다. 그의 행동과 말투에 따라 시시각각 반응하는 제 자신을 쉽다고 얘기하는 것 같아 수치스러웠다.

"내가 쉬워 보인다는 거예요?"

그는 그녀의 질문에 인상을 찌푸렸다. 그런 생각은 한 번도 한 적이 없었기 때문이었다.

다만 술 몇 잔에 속마음을 드러내는 그녀가 걱정스러웠을 뿐이었다. 사사로운 감정은 물론이고 사소한 것 하나까지 약점이 되고 가십이 되는 것이 이 바닥이었다. 그저 그것을 일깨워주고 싶었을 뿐이었다.

심지어 그녀는 쉽지 않았다. 차라리 여우처럼 이것저것 속이고 꾸몄으면 쉬웠을 것이다. 여자의 솔직함에 익숙하지 않은 그는 언제나 그녀가 당황스럽고 놀라웠다.

"비약하지 마. 당신이 쉽다고는 안 했어."

"그럼 뭐예요."

"사람은 모르는 것에 흥미가 생기기 마련이야. 당신은 있는 그대로를 보여 주잖아. 뭘 좋아하고, 뭘 싫어하는지 다 보여 주면 누가 궁금해하겠어."

이번엔 현주의 미간이 구겨졌다.

"거짓말 싫어하잖아요."

"거짓말이랑 달라."

"뭐가 다른데요?"

지원은 평소와 달리 제 앞에서 당당히 할 말을 다 하고 있는 그녀가 흥미로웠다. 조수석에 편히 앉은 자세는 물론이고 긴 머리를 아무렇게나 헝클어뜨린 모습도 꽤 신선한 장면이었다. 지원은 집과 가까워지는 거리를 바라보며 말을 이었다.

"거짓말은 속이는 거야."

"……."

"절제는 속인 척하는 거지."

"그게 무슨 말이에요."

그는 주차장 구석에 주차를 하며 조용히 말했다.

"해 보면 알아."

현주는 그의 장난기와 종잡을 수 없는 감정들에 지쳐 고개를 저었다. 지원은 무심히 차에서 내리며 그녀에게 말했다.

"혼자 내릴 수 있지?"

둘은 말없이 엘리베이터에 올랐고, 그의 집에 도착하기까지 시간은 그리 오래 걸리지 않았다. 지원의 긴 손가락이 번호 키를 누르는 동안에도 현주는 온갖 상상에 사로잡혀 있었다. 그가 가르쳐 주는 것들은 늘 상상을 초월하고 또 유용했다. 문제는 가르쳐 주는 방법이었는데, 일반 수업처럼 정숙하지 않다는 것이었다. 현주는 오늘은 호락호락 넘어가지 않겠다고 굳게 다짐했다.

"안 들어가?"

"들어가요, 들어가."

마음은 굳었지만 몸은 굳을 수 없는 게 그녀의 문제였다. 그녀는 집 안에 발을 들이자마자 턱을 들어 올려 그의 키스를 받아야 했다. 아직 구두도 벗지 못한 그녀가 휘청거리자 지원은 그녀의 허리를 끌어안아 깊게 입을 맞췄다.

"지원 씨, 잠깐만……!"

현주는 고개를 돌리며 그를 피했지만 숨이 막힐 정도로 달려드는 그의 기세 앞에서 할 수 있는 것은 아무것도 없었다.

그는 한쪽 손으로 그녀의 목을 감싸 갈증 난 사람처럼 끌어당겼고, 허리를 감싼 단단한 팔 역시 풀 기미를 보이지 않았다. 현주는 부족한 공기와 술기운에 힘이 풀리고 정신이 몽롱해졌다. 그는 그녀가 편해지길 바라지 않았다.

"아앗!"

지원은 그녀의 도톰하게 부푼 아랫입술을 깨물었다. 그의 이글거리는 눈이 그녀를 쏘아보며 말했다.

"앞으로 술 먹지 마."

"왜……!"

현주의 뒷말은 또 한 번의 입맞춤으로 삼켜졌다. 그는 그녀의 입 안 모든 곳을 차지하겠다는 일념으로 파고들고, 또 파고들었다. 그의 거친 동작에 정신없는 그녀가 그의 어깨를 밀어내자, 그는 그녀를 번쩍 안아 침실로 향했다.

"지원 씨! 나 구두라도 좀 벗고……! 으아!"

침대로 던져진 현주는 그의 일렁이는 눈을 바라보며 애원했다. 평소의 지원이 제멋대로이긴 했지만 이렇듯 거친 것은 처음이었다. 현주는 자신이 그렇게 잘못한 것인지에 대해 반문하기 시작했다.

"왜, 왜 그래요."

지원은 그런 그녀의 질문을 무시한 채 묵묵히 옷을 벗었다. 밝은 회색의 롱코트를 벗은 그는 짙은 남색 셔츠 위로 드러난 조각 같은 상체를 자랑하듯 서서히 그녀에게 다가갔다. 현주는 자신도 모르게 뒤로 물러났다. 다만 침대 위는 거기서 거기였다.

"오늘 난 아무것도 안 할 거야."

크고 폭신한 베개에 기대 누운 그의 모습은 모든 것을 가진 왕처럼 여유롭고 위압적이며 나른한 섹시미를 풍겼다. 현주는 강렬하게 해도 모자랄 것처럼 행동하던 그가 아무것도 하지 않겠다고 하자 의아함이 샘솟았다.

"아무것도 안 한다고요?"

"응."

"그럼 왜……."

"당신이 해."

지원이 입술에 묘한 미소를 걸며 말했다. 현주는 그가 말하는 것이 설마 자신이 생각하는 것과 같은 것일까 싶어 고개를 저었다. 지원은 소리 내어 웃으며 말을 이었다.

"유혹해 봐."

"무슨 말이에요?"

지원은 그 어떤 순간보다 거만하고 여유로운 얼굴로 그녀를 쳐다보았다. 그녀의 작은 턱을 당장이라도 쥐어 키스를 퍼붓고 싶었지만 오늘은 그럴 수 없었다.

"내가 했던 것들 있잖아. 기억 안 나?"

현주는 그가 자신을 흥분시키기 위해 했던 모든 동작들을 떠올렸다. 짜릿하지만 외설적인 그 행동들을 자신이 해야 한다고 생각하니 눈앞이 캄캄해졌다. 지원은 입가의 웃음을 거두고 눈을 감았다.

"기다리기만 하는 여자는 매력 없어."

"……."

현주는 그의 오만한 말들에 오기가 생겼다.

"알았어요. 해 보죠, 뭐."

현주는 포부 넘치는 목소리와 함께 그의 허리 위에 앉았다. 하이힐도 벗지 않은 상태라 모든 것이 어정쩡하고 불편했지만 무엇을 해야 하는지 정도는 알고 있었다.

지원은 현주의 가는 손가락들이 움직이는 걸 가만히 느끼고 있었다. 그의 셔츠 단추를 풀어내는 그녀의 손길은 서툴러서 우스웠지만 그렇기 때문에 더욱 애가 탔다. 무엇 하나 빠르지 못하고 신중한 그녀의 성격답게 셔츠를 푸는 데도 한참이 걸렸다.

"이래서 오늘 안에 뭐라도 하겠어?"

현주는 지원의 놀림에 입술을 삐죽이며 중얼거렸다.

"아, 지금 하고 있잖아요. 사람이 참을성이 없어. 참을성이."

지원은 제 허리 위에 앉은 그녀의 허벅지와 종아리를 지금 당장이라도 만지고 싶었다. 제 손길이 닿는 순간 터져 나올 그녀의 소리도 듣고 싶었다. 그녀가 고른 새로 산 속옷도 무엇인지 궁금했다. 지원은 그녀보다 자신이 절제해야 하는 상황에 급격히 괴로워졌다.

현주는 그런 그의 상황을 아는지 모르는지, 조심스러운 몸짓으로 상체를 숙였다. 그녀의 입술이 그의 목 언저리에 닿았다 떨어졌다.

쪼옥—

"음……."

지원의 입에서 낮은 숨소리가 흘러나왔다. 늘 제 우위에 서서 자신을 농락하기만 하던 그가 그녀의 손길에 따라 신음을 뱉는 것이 이토록 황홀하지 않을 수 없었다. 현주는 그가 이런 재미로 자신을 괴롭히는 것인가 싶었다.

"좋아요?"

지원은 현주의 질문에 기가 찼다. 좋으려면 아직 숱한 과정이 남아 있었다. 그는 애써 침착한 척 인내심을 발휘해 천천히 말했다.

"좋으려면 아직 멀었어."

현주는 문득 이렇게 평화로운 상태에서 그를 바라본 적이 없었다는 것을 깨달았다. 그와 잠자리를 가질 때면 늘 열렬한 상태로 임하느라 그를 제대로 쳐다볼 겨를이 없었다. 지금 이 순간만큼은 지그시 눈을 감은 그를 아무런 방해 없이 바라볼 수 있었다.

수려한 눈썹에 길게 뻗은 눈, 조각 같은 콧날에 날카로운 턱 선까지 어디 하나 시선을 뗄 곳이 없었다. 현주는 자신도 모르게 고개를 숙여 그에게 입을 맞췄다. 지원이 리드하던 강렬하고 거친 키스가 아닌 그녀 스스로 리드하는 부드럽고 조심스러운 입맞춤이었다.

지원은 그런 그녀의 어깨를 밀어내며 당황한 표정을 드러냈다.

"뭐 하는 거야."

현주는 조용히 속삭였다.

"잠깐만요. 잠깐만."

현주는 다시 상체를 숙여 그의 입술에 입을 맞췄다. 늘 뜨겁기만 하던 그의 입술은 경직되어 딱딱했고, 촉촉하게 젖은 혀는 갈 곳을 잃고 방황했다.

현주는 그와 타액이 섞이면 섞일수록 더욱 몸을 밀착했다. 더 깊숙이 그에게 파고들고 싶었다. 그의 고른 치열이 좋았고, 부드러운 입술이 좋았고, 엉켜 오는 혀도 좋았다.

반대로 지원은 사고의 정지를 경험하고 있었다. 이 세상 어떤 여자도 그를 눕혀 놓고 키스를 하진 않았다. 관계에서 리더는 언제나 그의 몫이었다. 그는 그녀에 대한 갈증이 일었고, 조심스러운 그녀의 몸짓은 터무니없이 부족했다. 지원은 그런 그녀의 작은 머리통을 감싸 가까이 끌어당겼다.

"하지 마요."

현주는 그런 그의 손을 치워 내며 말했다.

"가만히, 가만히 있어요."

지원은 그녀의 어설픈 리드에 맞춰 주기로 했다. 몸에 힘을 풀고 그녀가 움직이는 대로 가만히 있었다. 더 맛보고 싶을 때 떨어지는 그녀에게 애가 달았지만 처음 경험해 보는 설레는 키스였다.

긴 입맞춤 끝에 현주는 입술을 떼고 자리에서 일어났다. 마치 할 일을 끝냈으니 이제 퇴근하겠다는 회사원의 모습 같았다. 지원은 그녀의 손목을 잡고 물었다.

"어디 가?"

"집이요."

지원은 황당함으로 얼굴을 아무렇게나 구기고 있었지만, 현주의 얼굴은 조금 붉어졌을 뿐 태평해 보였다.

"집? 지금?"

"오늘 수업은 절제라면서요."

현주는 '왜?' 라는 표정으로 그의 눈을 쳐다보았다. 지원은 그녀가 자신을 놀리는 것 아닌가 싶었지만 그녀의 눈은 오로지 순진함 그 자체를 내보이고 있었다. 그는 고개를 푹 숙이며 한숨을 뱉었다.

"아니, 유혹을 하랬더니……."

"내가 할 수 있는 유혹은 그게 다예요. 집에서 절제할게요."

"집에서 뭘를 절제해."

그는 한숨을 내쉬었고,

"지원 씨가 하고 싶은 그거를."

그녀가 자신을 놀리는 것임을 알아차렸다. 그녀의 얼굴은 그의 낭패감을 즐기고 있었다.

현주는 그의 방과 거실을 지나며 하이힐 소리를 또각또각 냈다. 그녀의 하늘하늘한 블라우스가 그를 유혹하듯 물결쳤지만 그는 차마 붙잡을 수 없었다. 자신이 뱉은 말이 있으니 욕망을 앞세워 잡을 수는 없는 일이었다. 현주는 현관에서 멈춰 그를 다시 바라보았다.

"술은 안 먹는 게 좋겠죠?"

지원은 새삼 그녀의 모습이 평소보다 더 예쁘다는 것을 깨달았다. 평범해 보이기만 했던 긴 머리는 풍성하게 헝클어져 섹시해 보였고, 평범한 옷차림에 가려져 있던 그녀의 몸매는 타이트한 옷과 함께 빛을 발했다.

무엇보다 자신을 바라보는 그녀의 눈에서 알 수 없는 단호함이 엿보였다. 현주는 어깨를 으쓱이며 도톰한 입술을 오물거렸다. 방금 전 키스로 번들거리는 모양새가 참을 수 없을 만큼 유혹적이었다.

"나 지금 속인 척하는 거예요."

지원은 눈살을 찌푸리며 그녀의 말을 곱씹었다.

'절제는 속인 척하는 거지.'

그의 말을 따라 한 것이었다. 현주는 다시 한 번 조용한 목소리로 말을 이었다.

"이대로 충분한 척, 쿨한 척 속이는 거예요."

지원은 뒤통수를 얻어맞은 것 같은 충격에 미간을 찡그렸다. 부정의 찡그림이 아닌 일종의 짜릿함이었다.

그녀는 아주 세련된 방법으로 그를 유혹하고 있었다. 무엇보다도 그가 가르친 '절제'라는 범위 안에서 움직이는 것이 마음에 들었다. 지원은 더 말해 보라는 듯 웃으며 그녀를 쳐다보았다. 현주는 현관에 등을 기대어 그를 쳐다보았다. 그의 갈구하는 눈빛이 그녀를 흥분하게 했다.

"기다리기만 하는 남자는 매력 없어요."

지원은 더 이상 참을 수 없다는 듯 걸어가 현관의 손잡이를 쥔 그녀의 손목을 낚아챘다. 현주가 아무것도 모른다는 순진한 얼굴로 물었다.

"아무것도 안 할 거예요?"

그는 그녀에게 뜨거운 키스를 쏟아 내며 블라우스의 단추를 뜯어냈다. 바닥으로 떨어지는 단추들을 보자면 뜯어낸다는 표현이 옳은 표현일 것이다. 현주는 그가 이끄는 대로 거실 한가운데 눕혀졌고 지원은 그 어떤 순간보다도 타오르는 눈을 빛내며 말했다.

"아니, 넌 아무것도 하지 마."

현주는 여느 예술가들이 그런 것처럼 아침을 좋아하지 않았다. 아무것도 보이지 않는 밤의 어둠을 동경했고 모두가 잠들어 있는 조용함을 즐겼다. 그래야만 생각을 할 수 있었고 글을 쓸 수 있었다.

특히나 지원과 밤을 보낸 이후의 아침은 견디기 힘들었다. 상대가 지원이어서 그런 것이 아니라 상대가 연인이 아닌 설명할 수 없는 대상이라는 것이 힘들었다. 그런 그녀의 마음을 아는 듯 태양의 발칙함이 침대 위로 강렬한 화사함을 뿜어냈다.

"⋯⋯."

현주는 힘겹게 눈꺼풀을 들어 드러난 진실을 맞이했다. 서로를 탐하던 몸짓과 끈적이는 눈길은 사라지고 흩어진 옷가지와 구겨진 이불만이 그녀를 반겼다.

현주는 두 손을 들어 얼굴을 감쌌다. 그 속에서 아름답다 말할 수 있는 것은 그의 얼굴뿐이었다. 현주의 어깨를 감싼 그의 긴 팔과 다부진 어깨, 수려한 속눈썹들이 눈에 들어왔다. 그의 얼굴 모든 곳에 그녀의 입술이 지나갔지만 그의 것 중 그녀의 것이라 할 수 있는 것은 단 하나도 없었다.

"일어났어?"

퍽 다정하다 할 만한 지원의 목소리가 들렸다. 아직 눈도 뜨지 못한 그였지만 하얀 손가락들은 일어나 그녀의 머리카락을 쓸었다. 현주는 자신의 머리 언저리에서 따뜻한 온기를 전하느라 바쁜 그의 손을 잡았다.

그가 긴장하는 것이 느껴졌다. 평소엔 농도 짙은 스킨십도 잘 하는 그였지만 이렇듯 평범한 스킨십에는 어김없이 긴장하는 그였다.

"지원 씨."

현주는 지원과의 관계가 좋기도 하고 싫기도 했다. 그의 가까이서 그와 마주하고 그와 입을 맞추는 것은 좋았지만 그 모든 행동이 어떤 이유로도 설명할 수 없다는 것이 싫었다.

그녀는 이미 자신의 마음을 알고 있었다. 더 이상 모른 척하며 관계를 유지할 수는 없었다.

"나 좋아해요?"

그녀는 예전에도 했던 질문을 똑같이 반복했다. 그가 좋아하지 않는 물음이었다. 사실 지원은 어떤 물음이든 질문이라는 것을 좋아하지 않는 사람이었다. 대화보다는 침묵을 좋아했고 질문보다는 통보를 하는 편이었다.

그는 역시나 질문이 마음에 들지 않는다는 듯 미간을 찌푸리고 말했다.

"그게 중요해?"

현주는 생각보다 나쁘지 않은 대답에 제법 만족스러웠다. 예상대로라면 '안 좋아해.'라고 했어야 했다. 그는 예전보다 그녀에 대한 배려가 늘었고 현주는 그것을 느낄 수 있었다.

'솔직한 게 좋아.'

'거짓말하지 마.'

현주는 이 이상 더 좋은 대답을 듣기란 어렵다는 것을 알았다. 하지만 꼭 해야 할 말과 정리해야 할 관계들이 남아 있었다. 그가 말하는 것을 좋아하지 않는다면 자신이라도 말해야 했다.

"중요해요."

"그만해."

지원은 더 듣고 싶지 않다는 듯 상체를 일으켰다. 대답하고 싶지도, 듣고 싶지도 않다는 그의 명백한 대답이었다. 그녀는 다급히 그를 잡았다. 긴장감에 숨소리가 들릴 정도로 방 안은 조용하고 또 고요했다.

"중요해요. 난 좋아하니까요."

현주는 제 생각보다도 더 솔직한 말을 뱉어 냈다. 말하기 어려울수록 단순하게 하는 편이 좋았다. 말하고 나니 편해졌다. 그에게 입을 맞추는 것보다 그에게 좋아한다고 말하는 지금 이 순간이 더욱 뜨겁고 설레었다.

지금이 아니면 그를 볼 수 없을지도 몰랐다. 현주는 보다 더 분명하게 그에게 말하고 싶었다.

"좋아해요."

"……."

"어쩔 수 없어요."

현주는 이제껏 자신을 괴롭히던 마음 깊은 곳의 응어리를 풀어

냈다. 난생처음 해 보는 고백이었지만 생각보다 끔찍하지는 않았다. 물론 지원의 얼굴이 고통받는 사람의 표정처럼 일그러지는 것이 마음 아팠지만 그 정도의 각오쯤은 하고 있었다. 지원은 자리에서 일어나 말없이 걸어 나갔다.

"지원 씨."

그는 한참을 서서 움직이지 않았다. 생각의 정리가 필요한 것은 현주만이 아니었다. 지원 역시 머릿속을 가득 채운 여러 소리들에 귀를 기울이다가 비로소 등을 돌려 그녀의 곁에 앉았다.

현주의 마음을 모르고 있었던 것은 아니었다. 애초에 그녀는 가벼운 만남을 즐길 수 있는 사람이 아니었다. 그의 움직임마다 따라오는 순진한 눈길은 고사하고 늘 그의 기분을 살피려는 그녀의 상냥함을 모를 리 없었다. 그는 천천히 목소리를 뱉어 냈다.

"알았어."

"……."

그는 가볍게 그녀를 끌어안았다.

"고마웠어."

지원은 생각보다 잘 나오지 않는 목소리에 힘이 들었다. 연인이 아닌 두 사람의 평범하지 않은 이별이었다. 현주는 그의 말 한 마디로 뼈저리게 깨달았다.

그녀 자신은 매력적일 수는 있어도 차가워질 수는 없는 사람이었다. 그래서 좋아하는 마음을 감출 수 없었고 소중히 하고 싶은 마음을 숨길 수 없었다. 그런 그녀와 지원은 정반대의 사람이었다. 현주는 지원의 그림 같은 얼굴을 눈에 담으며 말했다.

"고마웠어요."

지원은 그녀의 말에 대답하지 않았다. 그저 일어나 욕실로 모습을 감췄고 현주 역시 일어나 널브러진 옷을 다시 입었다. 스스로를 대견하다고 위로했다. 더 깊어지기 전에 정리하길 잘한 것이었다.

마지막으로 그의 모습을 또 한 번 보고 싶었지만 그는 욕실에서 나오지 않았다. 지원은 현주의 나가는 소리가 들리고 나서야 찬물을 틀고 세수를 했다.

딩동— 딩동—

— 야, 김지원!

"나간다, 나가."

지원은 텅 비어 버린 자신의 집에 아무나라도 들이고 싶었다. 그것이 현주의 빈자리임을 너무도 잘 알았지만 늘 그렇듯 곧 정리될 마음이라는 것 또한 잘 알고 있었다.

재경은 그런 그의 마음을 달래 줄 일종의 마취제였다. 재경은 양손 가득 든 맥주와 안줏거리를 지원에게 넘기며 너스레를 떨었다.

"이야, 이게 얼마 만이냐. 내일 스케줄 없어?"

"있어."

"근데 술 먹어도 돼?"

"저녁 스케줄이니까 괜찮아."

재경은 지원의 오랜 친구였다. 그의 표정만 보아도 그가 어떤 상태인지 대충 짐작할 수 있었다. 하지만 그런 그에게 섣부른 궁금증이나 오지랖을 떨어서는 안 된다는 것 역시 알고 있었다. 지원은 거실 테이블에 맥주를 늘어놓고 아직 온기가 느껴지는 치킨 한 마리를 펼쳤다.

"스케줄 끝나고 오는 길이야?"

"어, 케이블 예능인데 잠깐 게스트로."

지원은 영혼이 나간 표정으로 고개를 끄덕였다. 재경은 충격요법을 사용하기로 했다.

"아버님이랑 최근에 연락했어?"

두 눈 가득 피로함이 절절했던 지원은 순식간에 사나운 맹수처럼 날을 세우고 미간을 찌푸렸다.

"아니."

재경은 그런 지원을 무서워하지 않는 거의 유일한 사람이었다.

"그럼 어머님은?"

"……."

지원은 말을 아꼈다. 가장 생각하고 싶지 않은 두 사람이었다. 그는 두 눈을 감고 소파에 깊게 기댔다. 아무 말도 하고 싶지 않다는 뜻이었지만 재경은 그럴수록 그에게 말을 걸었다.

"요새 만나는 여자 있냐?"

"닥쳐."

"하긴 네가 만나 봤자 원나잇이지."

지원은 현주와의 첫 만남을 떠올렸다. 처음 그녀에 대한 인상은 그저 하나부터 열까지 순진해 빠진 시시한 여자라는 것이었다. 그 날도 어김없이 지원은 세상이 지루했고 짜증스러웠으며 권태로웠다.

그 와중에 눈에 뜨인 것이 그녀였다. 분명 화려해도 좋을 외모를 가졌으면서 화려한 공간과 사람들을 부담스러워하는 그녀가 흥미로웠다. 그뿐이었다.

"이제 연애 좀 할 때 되지 않았냐?"

그녀의 긴 머리카락과 도화지처럼 하얀 얼굴, 작은 코에 긴 눈을 떠올리는 순간 재경이 연애에 대한 얘기를 늘어놓았다. 지원은 싸구려 맥주를 한 모금 들이켜며 말했다.

"관심 없어."

"관심 없기는."

재경은 친구의 깊은 외로움을 모르지 않았다. 보통의 사람들은 태어나면서 부여받는 혜택이 있다. 쉽게 말하면 가족이고, 멋있게 말하면 절대적인 믿음과 신뢰가 그것이었다. 지원에겐 그것이 없었다. 재경은 진심을 담아 말했다.

"외롭잖아."

"안 외로워."

지원은 친구의 위로가 달갑지 않았다. 혼자 있는 것은 그에게 익숙한 것이었다. 누구도 믿지 못한 채 누구의 사람도 되지 않고 살아가는 것을 외롭다고 정의하고 싶지 않았다.

재경은 그것이 지원의 약점이라고 생각했다.

"안 외로우면 날 왜 부르냐? 야밤에 술이나 처먹고."

"……"

재경은 지원의 오랜 매니저로부터 현주의 얘기를 들었다. 지원의 집에 두 번 이상 머무는 여자가 있다는 것도 충격적이었지만 그 대상이 한없이 수줍음 많은 현주라는 것이 더욱 놀라웠다. 한편으로는 다행이라고 생각했다. 지원에게 화려한 사람은 독이 될 뿐이니까. 그의 부모처럼.

"부모님은 부모님이고 넌 너야."

"조용히 해."

"이 형이 장담하는데 세상에 좋은 사람들 많다."

"너랑 나만 봐도 세상은 쓰레기통이야."

지원의 어린 시절은 좋은 사람들을 만나며 보낼 만큼 좋은 환경이 아니었다. 일찍이 아역배우로 데뷔해 어른들의 세계로 뛰어든 그는 돈이 만들어 내는 추악함과 비열함을 너무도 빨리 마주했다.

그의 부모는 서로를 죽일 듯이 미워하면서도 지원의 돈과 가능성을 포기하지 못해 헤어지지 않았고, 그것은 지금까지 지속되어 왔다. 그들은 각자의 연인을 만들었고 늘 그 상대가 바뀌었으며 언제나 지원에게 돈을 요구했다.

"에이, 넌 쓰레기 맞는데 난 아니지."

재경은 씁쓸하게 웃으며 농담을 던졌다. 지원은 말이 없었다. 지원에게도 희망이라는 것이 있을 때가 있었다. 사랑한다고 생각했던 사람을 만나기도 했었고, 그를 사랑한다며 찾아온 사람을 만나기도 했었다. 하지만 모두들 쉽게 지쳤고 또는 너무 영악했다.

사랑을 붙잡아 두고 싶어 하던 그의 집착과 구속을 견디지 못한 사람이 반, 그의 배경과 돈을 사랑하던 사람이 반이었다.

"그냥 네 본능대로 살아. 안 어울리게 금욕하면서 살지 말고."

재경은 그런 지원의 본능적인 외로움과 욕구를 알았다. 지원은 그런 재경을 보며 웃었다.

"난 금욕 안 해."

금욕이라는 말의 실질적인 의미로 보자면 지원의 말이 맞았다.

그는 대한민국에서 가장 인기 있는 스타이자 우상이었다. 그와의 하룻밤을 원하는 여자 수로 따지면 서울 한복판에 줄을 세울 수도 있을 지경이었다. 재경은 지원의 텅 빈 허세를 비웃었다.

"누가 그딴 금욕 얘기 하냐?"

"……."

"연애하고 싶잖아. 사랑꾼이 네 본능 아니야?"

지원은 친구의 진심 어린 충고를 더 이상 참을 수 없어 소파 쿠션을 집어 던졌다.

"아, 왜!"

"의미 없는 짓 하면서 시간 낭비하기 싫어."

"결혼하는 사람들도 있잖아."

"우리 부모님 같은 경우겠지. 헤어지지도 못하고 죽이지도 못한 채 억지로 살아가는."

재경은 지원의 눈에서 지독한 경멸을 읽었다. 재경은 애써 밝게 웃으며 말을 이었다.

"우리 부모님은 여전히 잉꼬부부셔."

"아주 드문 경우야. 아주 운이 좋은 경우고."

"네가 그런 사람일 수도 있잖아."

재경은 그에게 조금이나마 희망이라는 것이 남아 있기를 바랐다. 지원은 한숨을 쉬며 느리게 말을 이었다. 축 처진 그의 어깨는 이미 너무도 지쳐 보였고 애써 웃는 입꼬리에선 안쓰러움이 묻어났다.

"기대 안 해."

"……."

"그딴 걸 기대할 만큼 순진하지 않아, 내가."

길게 뻗은 그의 눈이 어느 때보다도 날카롭고 차가워졌다. 희망을 잃은 좌절보다 독기를 품은 고통이 몇 배는 더 괴로운 법이었다.

현주는 그럭저럭 잘 살아가고 있었다. 고작 이틀이었지만 한 번도 울지 않았고 그를 떠올리지 않았으며 전화를 하고 싶은 생각도 들지 않았다. 물론 그녀가 집 안 대청소와 함께 바쁜 시간들을 만들었기 때문이었지만 나름대로 훌륭한 처신이었다.

그녀는 예전의 그녀로 돌아가기 위해 노력하고 있었다. 밤에 글을 쓰고 밤에 밥을 먹으며 밤에 책을 읽었다. 아침엔 잠을 잤고 태양의 힘이 조금 약해질 때 깨어났다. 눈부신 햇살은 그녀에게 적이나 마찬가지였다. 오후 세 시. 그게 그녀가 일어나는 시간이었다. 현주는 눈을 뜨자마자 기계적으로 일어나 집 안 곳곳을 살피며 흠을 잡아냈다.

"냉장고가 빈 것 같은데……."

그녀는 사서 일을 만들었다. 스스로에게 생각할 시간 같은 건 주고 싶지 않았다. 현주는 치장하는 데 공을 들였다. 성심성의껏 옷을 골랐고 매일 다른 분위기의 화장을 했다. 억지로라도 화사해지지 않으면 벼랑 끝으로 가는 자신을 들킬 것만 같았다.

마트 안 풍경은 평화롭고 이상적이었다. 인자한 얼굴로 장을 보고 있는 누군가의 엄마와 누군가의 아내들 사이에서 현주는 편안함을 느꼈다.

"두부랑 대파…… 아, 버섯도 사야겠다."

마침 집에 감자 몇 개가 남아 있음을 떠올리고는 따끈한 된장찌개를 끓이면 좋을 것 같다고 생각했다.

"……"

찌개용 두부를 만지작거리던 그녀는 얌전히 두부를 놓아두고 걸음을 옮겼다. 그와의 시간이 떠올랐다. 된장찌개를 좋아한다던 그와 그런 그를 위해 요리를 하던 자신의 시간이 너무도 아득하게 느껴졌다.

'제대로 된 밥이나 먹고 있을지 모르겠네.'

현주는 자신의 생각이 얼마나 부질없는지에 대해 깨닫고 고개를 저었다. 이제는 신경 써서는 안 될 사람이 돼 버린 그였다. 현주는 깊은 무력감에 빠지기 시작했다.

"가야겠다."

현주는 장바구니를 정리하고 빈손으로 마트를 떠났다. 무얼 먹고 싶지도, 무얼 하고 싶지도 않았다. 애써 생각하지 않으려 했던 것들이 한꺼번에 폭풍이 되어 몰려왔다. 부질없는 후회도 계속되었다.

'조금만 참았으면 결과가 달라졌을까.'

지원이 보여 주었던 순간순간의 따뜻함과 애정을 한낱 환상이라고 생각하고 싶지 않았다. 그 역시 그녀와 마찬가지로 마음의 변화가 있었을 거라고 믿고 싶었다. 그저 분명하고 확실하게 느낄 만큼은 아니어서, 그래서 이루어질 수 없었던 것이라 믿고 싶었다.

— Rrrrr.

현주는 아무것도 하고 싶지 않다는 마음과 무엇이든 하고 싶다는 마음 사이에서 치열한 갈등을 겪고 있었다. 그를 잊을 만큼 정신없는 하루를 보내고 싶다가도 무엇의 방해도 받고 싶지 않을 만큼 지쳐 있기도 했다. 그때쯤 걸려 온 전화가 연석의 전화였다.

"여보세요."

— 누나!

그의 미소만큼이나 산뜻하고 청량한 목소리였다. 그것만으로도 약간의 기분전환에 성공한 현주는 미소를 지으며 말을 이었다.

"어, 연석아. 무슨 일 있어?"

그의 목소리는 태연하고 한가로웠지만 연석이 그녀에게 개인적으로 연락한 것은 거의 처음이어서 혹 드라마 관련하여 문제가 생긴 것은 아닌지 염려스러웠다. 연석은 호탕한 웃음소리로 그녀를 안심시켰다.

— 뭔 일 있어야 전화하나. 바빠요?

"응? 아니 괜찮아. 왜?"

— 왜긴 왜예요. 누나 보고 싶어서 그러지.

현주는 연석의 이런 점이 좋았다. 본인의 매력과 장점을 너무도 잘 알아서 누구에게나 친근하고 모두에게 사랑을 베풀 줄 아는 모습이 참 따뜻하게 느껴졌다. 조금 능글거리는 느낌도 있었지만 기분 나쁜 정도는 아니었다. 적당히 기분 좋았고 적당히 재미있었다.

"어쭈? 이제 볼 일 없다고 막 까분다?"

— 왜 볼 일이 없어요. 현장엔 아예 안 올 거예요?

"뭐…… 아무래도 그렇지 않을까. 현장은 감독님 영역이니까."

아무래도 그래야 할 것 같았다. 단막극인 만큼 비중의 80퍼센트는 주연들의 몫이었다. 아마 어떤 현장을 가도 지원을 만날 것이다. 떠올리기만 해도 감정의 절제가 힘든 상황이었다.

— 그래도 가끔 와서 봐 줘요. 대본 연습은 누나랑 할 때가 제일 좋아.

현주는 연석의 나긋나긋한 목소리에 대기실에서 함께 대본을 연습하던 기억이 떠올랐다.

"너 아직도 매니저님이랑 연습해?"

— 할 때마다 몰입 안 돼서 죽겠어요. 짝사랑 누나 역할에 웬 걸걸한 아저씨가 대사를 하니…… 어휴.

현주는 연석의 풍채 좋은 매니저가 개화기 신여성의 묘한 말투를 따라 한다고 상상하고 웃음을 터뜨렸다. 이틀 만에 처음으로 소리 내어 웃는 것이었다. 연석은 그녀의 끊임없는 웃음소리에 재미있다는 듯 따라 웃었다.

— 매니저 형 얘기가 그렇게 웃겨요?

"아, 웃기잖아. 그분이 민서 씨 역할을 한다는 게."

한번 터진 웃음은 좀처럼 멈춰지지 않았다. 연석은 어쩔 수 없이 현주의 웃음소리를 무시한 채 말을 이어 나가야 했다.

— 아, 누나 오늘 밤에 시간 있어요?

"오늘 밤? 왜?"

— 심야영화 보려고요.

"데이트 신청 하는 거야?"

— 꿈 깨요, 누나.

아주 적당한 타이밍에 철벽을 치는 연석이었다. 장난스러운 얼굴로 한심한 표정을 짓고 있을 그의 모습이 자연스럽게 떠올랐다. 현주는 여전히 미소를 지은 채 물었다.

"무슨 영환데?"

— 우리 작품이랑 같은 시대 영화예요. 보면 도움이 좀 될 것 같아서요.

"아, 나도 예고편 본 것 같다."

— 누나랑 같이 가면 대본 얘기도 할 수 있잖아요.

"음……. 나도 영화관 간 지 오래되긴 했는데."

연석은 현주의 승낙할 듯, 말 듯 한 말투가 답답한지 짐짓 비장한 목소리로 마지막 협상 조건을 걸었다.

— 티켓, 팝콘, 콜라에 집까지 모셔다 드리는 서비스까지 쏩니다.

현주는 그제야,

"콜!!"

을 외쳤다. 사실 그녀는 연석의 열정에 무한한 감동을 받았다. 대본 연습을 할 때부터 싹이 보이긴 했지만 이토록 작품 공부를 열심히 하다니 여간 예쁘지 않을 수 없었다.

— 우와, 정말요?

"그게 뭐 어려운 거라고. 내 배우가 작품 공부 좀 하겠다는데."

— 고마워요, 누나. 열두 시 반 영화니까 영화관에서 만나는 거 어때요?

"그래, 그러자."

현주는 늦은 밤 애써 딴짓을 하지 않아도 된다는 생각에 마음이 편해졌다. 영화를 볼 때만큼은, 다른 사람을 만나고 있을 때만큼은 그의 생각에서 조금이나마 벗어날 수 있을 것 같았다.

지원 역시 현주와 마찬가지로 바쁘게 하루를 보내고 있었다.

"다음 스케줄 뭐야?"

"저번에 재계약한 커피 광고. 일산으로 가야 해."

지원은 고개를 젖히고 카시트에 몸을 기댔다. 새벽부터 일어나 화보에 실을 수중촬영을 했고, 잡지사 인터뷰와 광고주와의 짧은 만남이 있었다.

"중간에 밥 먹을 시간 없을 거야. 김밥이니까 이거라도 얼른 먹어."

"됐어. 안 먹어도 돼."

제대로 된 음식을 먹은 것이 언제인지 기억도 나지 않았다. 회식 때조차 관리를 위해 고기 몇 점 맘 편히 먹지 못했고, 늘 바쁜 스케줄 속에서 챙겨 먹는 건 거의 불가능에 가까웠다. 불만스러운 생각에 기분이 나빠질 무렵, 그저 평범한 하루에 불과했던 한 기억이 떠올랐다.

'우리 집 가요. 밥해 줄게요.'

'된장찌개 좋아해요?'

먹지는 못했지만 꽤 고소하고 맛있는 냄새가 풍기던 된장찌개였다. 문득 그때의 찌개를 맛보지 못한 것이 아쉬워졌다. 지원은 두 눈을 질끈 감고 검은 안대를 썼다.

"잘 거야. 도착할 때까지 깨우지 마."

안대를 쓰고 햇빛을 차단해도 잠은 오지 않았다. 지원은 아주 오래 전부터 불면증을 앓아 왔다. 작은 실수도 치명적인 단점이 되는 세계에서 살다 보니 자연스럽게 찾아온 질병이었다. 폭력사건에 휘말렸던 그때 그 밤도 마찬가지였다.

'잠 안 와요?'

잠에 들지 못하는 그를 보며 그녀는 그렇게 물었었다.

'그래도 자요.'

불면증이라는 그의 대답에 그녀는 아랑곳하지 않았다. 그녀는 절대 모를 것이 분명했지만, 지원은 그 순간 그녀에게 의지했었다. 기댈 수 있을 만큼 단단해지는 것은 어려운 것이 아니었다. 그저 곁에서 잡아 주는 것만으로 의지할 수 있었다. 잠이 오지 않는다는 말에 그래도 자라는 그녀의 말처럼.

"지원아, 다 왔다. 일어나."

지원은 마치 잠에서 깨어난 사람처럼 안대를 벗고 뻐근한 눈을 비볐다. 매니저가 재빨리 내려 지원의 물과 겉옷을 챙겼고 뒤차로 따라온 세 명의 코디들이 옷과 빗과 거울을 챙겨 그의 곁에 바싹 붙었다. 한눈에 봐도 연예인 무리라는 것이 보여서 그런지 멀리서 촬영감독과 스태프들이 다가왔다.

"안녕하세요. 김지원이라고 합니다."

"실물이 훨씬 멋있네요. 오늘 잘 부탁합니다."

간단한 인사를 끝으로 스태프들은 본격적인 촬영준비와 조명을 체크했고, 지원은 탈의실로 들어가 옷을 갈아입었다. 짙은 와인색의 슈트와 화려한 장식이 달린 검은색의 구두는 누가 보아도 평범하지 않았다.

평범한 사람이라면 소화하기 쉽지 않았을 의상이었지만 지원은 평범하지 않은 사람이었다. 탈의실에서 나온 그를 지켜보던 여자 스태프들이 호들갑을 떨며 중얼거렸다.

"저 옷을 누가 소화하나 했더니 김지원이 소화하네."

"기럭지 봐라, 기럭지."

조연출로 보이는 스태프 한 명이 지원의 곁에 앉아 콘티를 설명했다.

"이번 콘셉트는 '뱀파이어의 키스' 예요. 커피의 쓴맛과 단맛의 적당한 은유라고 보시면 될 것 같습니다. 아직 오시진 않으셨는데 민서 씨 오면……."

지원의 긴 눈이 날카롭게 휘며 꿈틀거렸다.

"누구요?"

"아, 여자 모델은 민서 씨로 낙점됐어요. 같이 작품도 하실 거니까 효과가 좋을 것 같아서요."

지원은 곁에 있던 매니저를 향해 입꼬리를 말았다. 그를 잘 모르는 사람이 보면 그저 매력적인 미소로 보일 뿐이겠지만 매니저의 눈에는 '너 곧 죽일 거야.'로 보였다. 상대 모델이 민서라는 것을 매니저는 분명 알고 있었다. 지원에게 미리 알려 봤자 좋을 것 같지 않아 말을 하지 않았을 뿐이었다.

멀리서 또각거리는 하이힐 소리가 들려왔다.

"안녕하세요, 늦어서 죄송합니다."

예정 시간보다 십 분 늦게 도착한 그녀는 드라마 리딩 때와 마찬가지로 도도한 분위기를 풍기며 오만한 자태를 뽐냈다. 오만함은 본디 스스로를 강자라고 인식하는 것에서 기인하는 것이라 자신보다 강한 것이 보이면 꼬리를 말기 마련이었다.

민서가 촬영장 한가운데서 불쾌한 표정을 짓고 있는 지원을 발견했다. 민서의 얼굴은 순식간에 굳어졌고 불똥은 매니저를 향했다.

"저 사람이 여기 왜 있어? 나 저 사람이랑 같이 광고 찍는 거야?"

그녀는 입술을 깨물며 천천히 그에게로 다가갔다. 보는 눈이 많았기에 하늘 같은 선배인 지원에게 인사는 해야 했다. 민서가 쭈뼛거리며 다가가자 지원은 낮은 목소리로 인사를 대신했다.

"지각하는 버릇은 여전하네."

"오는 길이 좀 막혔어요……. 진짜예요!"

지원은 바보 같은 얼굴로 자신을 빤히 쳐다보는 민서를 향해 저 승사자 같은 얼굴로 말을 이었다.

"알았으니까 옷이나 갈아입어. 다 기다리잖아."

"죄, 죄송합니다."

민서는 얼떨결에 고개를 숙이고 사과를 했다.

"사과는 스태프들한테나 해."

지원은 현주를 떠올리게 하는 민서의 등장을 반기지 않았다. 워낙에 뒤끝도 없고 미련도 없는 그의 성격상 민서를 이토록 불편해할 이유는 없었다. 다만 민서를 보면 그녀와 정반대의 모습을 보이던 현주가 떠오르는 것이 싫을 뿐이었다.

"자, 시작할게요!"

지원의 기세에 잔뜩 겁을 먹은 민서가 재빨리 준비를 마친 덕분에 촬영은 그리 늦지 않게 시작할 수 있었다. 준비된 시안이나 콘셉트로 보면 둘은 꽤 끈적하고 야릇한 분위기를 연출해야 했다. 소품은 중세 분위기가 느껴지는 검은색 가죽 소파였는데 나른한 분위기의 지원과 매우 잘 어울렸다.

반면에 민서는 지원을 상대로 도저히 섹시한 포즈를 취할 엄두가 나지 않았다.

"뭐하는 거야?"

"네?"

"콘티 못 봤어?"

지원은 찌푸린 얼굴을 들고 짜증스럽게 물었다. 검은색 자수 원피스를 입은 민서는 짧은 치마 길이에 어떤 포즈를 취해야 할지 감도 못 잡는 것 같았다.

과하면 외설이 되고 약하면 안 하느니 못한 것이 '섹시'였다. 지원은 생각이 많아 보이는 민서를 보며 한심하다는 듯 한숨을 뱉었다.

"배우 계속하고 싶으면 움직이는 것부터 배워."

지원은 민서의 손목을 잡고 그녀를 이끌었다. 어설프게 앉은 민서의 자세를 조금이나마 편하도록 고쳐 주고, 그녀의 허리를 감싸 어색함을 가리려 애썼다. 꽤 야릇한 포즈가 완성되자 감독은 목소리를 높였다.

"좋아요! 그 상태에서 지원 씨가 민서 씨 목에 키스하는 것처럼 해 볼게요!"

지원은 망설임 없이 민서의 목 가까이 고개를 숙였다. 그녀는 예고도 없이 다가오는 그의 몸짓에 숨을 멈추고 온몸에 힘을 주었다. 그녀의 쇄골과 목에서 핏줄이 솟아날 지경이었다.

"민서 씨, 조금만 긴장 풀자! 긴장한 게 너무 티 나."

민서는 조금이라도 빨리 촬영을 끝내고 싶었다. 그러기 위해선 그녀가 잘해야 했다. 지원은 이미 최선 그 이상의 실력을 발휘하고 있었다.

하지만 목과 허리에 닿은 지원의 감촉에 긴장되는 것은 어쩔 수 없는 것이었다. 리딩 때 그에게 호되게 당한 이후로 지원이라는 이름만 들어도 긴장하고 예민해지는 민서였다. 보다 못한 촬영감독은 새로운 포즈를 제안했다.

"민서 씨가 유혹하는 느낌으로 해 보는 건 어때요?"

"어…… 이렇게요?"

민서는 매우 불편해 보이는 자세로 그의 어깨에 얼굴을 살짝 기댔다. 지원은 그런 그녀의 어리숙함을 참고 기다려 줄 만큼 착하지 않았다. 지원은 그녀를 자신 무릎 위에 앉히고 민서의 두 팔을 제 목에 둘렀다.

"나 봐."

"네?"

"나 내려다보라고. 자세는 지금 좋으니까."

민서는 지원이 시키는 대로 고개를 숙여 그를 쳐다보았다. 둘의 자세는 비명이 나올 만큼 매혹적이었다. 위로 든 그의 턱은 날카로운 얼굴선을 자랑하며 묘한 섹시함을 어필했고 민서 역시 내려다보면서 그윽한 눈을 연출할 수 있었다.

"좋아! 이번 컷 그대로 슬로우 샷 찍을게요."

민서는 감독의 칭찬에 조금씩 몸이 풀리기 시작했다. 못되게 굴 줄 알았던 지원은 프로다웠고 또 믿음직했다. 나름 틀어 둔 음악도 적당히 리드미컬한 것이 그녀의 긴장을 푸는 데 도움이 되었다.

"민서 씨, 바닥에 누워 봐요. 지원 씨는 권위적인 느낌으로."

콘티대로 민서는 검은 대리석 바닥에 누워 지원을 올려다보았다.

"자, 조금만 더 느리게— 오케이!"

지원은 유혹적인 모습으로 누워 있는 민서를 보며 제집 거실 바닥에 누웠던 아름다운 한 여자의 모습을 떠올렸다. 현주의 첫 번째 유혹이자, 마지막 유혹이었다.

지원의 흔들리는 눈동자는 촬영에 전율과 감동을 일으켰다. 사랑하는 연인의 피를 탐내야 하는 뱀파이어의 숙명적인 영혼에 대해 고민하는 모습이었다나, 뭐라나. 지원은 자신이 현주의 피를 빨아먹던 존재였는지에 대해 생각하기 시작했다.

"여기까지 하죠! 수고했어요."

끝이라는 소리에 기계적으로 일어나 탈의실로 향하는 지원을 향해 민서가 말했다.

"선배님!"

"왜."

"도와주셔서 감사해요."

지원은 어깨를 잠깐 들썩일 뿐 대답은 하지 않았다. 촬영장의 검은 바닥이, 민서의 아찔한 자태가 현주의 기억보다 강하지 않음이 애석할 따름이었다.

지원은 그리움을 피곤함으로 둔갑시킨 채 차에 몸을 실었다.

"다음 스케줄 없지?"

매니저는 잔뜩 가라앉은 지원의 목소리에 걱정하며 물을 건넸다.

"응, 내일 오전 스케줄 비워 놨으니까 집에 가서 푹 쉬어."

— Rrrrr.

지원은 진동이 울리는 핸드폰의 액정을 바라보았다. '한재경'이라 저장된 이름은 보통 받지 않아도 된다는 뜻과 같은 것이었다. 재경도 그런 것을 알기에 지원의 무시를 일상처럼 여겼지만 오늘만큼은 조금 끈질겼다.

　— Rrrrr.

　매니저는 운전 내내 울리는 진동 소리에 신경이 쓰이기 시작했다.

　"급한 일일 수도 있잖아. 받아 봐."

　지원은 짜증스러운 표정으로 통화버튼을 눌렀다.

　"아, 왜."

　— 나랑 밀당하냐? 하여튼 한 번에 받는 법이 없어요.

　"내가 너처럼 한가한 줄 아냐."

　— 한가하니까 전화 받은 거 아니야?

　지원은 방금 전 통화버튼을 누른 자신을 저주하며 종료 버튼을 향해 손을 움직였다.

　— 아아! 끊지 마.

　지원의 멀어지는 숨소리에 다급해진 재경이 목소리를 높여 그를 잡았다. 지원은 깊은 한숨과 함께 말을 이었다.

　"할 말 있으면 빨리 말하고 끊어. 피곤해."

　— 피곤해? 피곤하면 안 되는데.

　"왜."

　— 영화 보러 갈 거란 말이야.

　재경은 제법 애교스러운 목소리를 흉내 내며 말을 이었다.

　"네가 영화 보러 가는 거랑 내가 피곤한 거랑 무슨 상관이야."

— 무슨 상관이긴. 너도 같이 보러 갈 거니까 상관있지.

지원은 잘 세팅되어 있는 머리를 헝클이며 짜증스럽게 답했다.

"내가 왜 너랑 영화를 봐."

— 너 어차피 집에 가서 할 것도 없잖아.

"잘 거야."

핸드폰 너머로 재경의 어렴풋한 비웃음이 들리는 듯했다.

— 잠은 무슨.

지원은 딱히 아니라고 말할 수없는 자신이 한심스러워졌다. 지금 바로 집에 들어간다 해도 한참 뒤척일 것은 당연했다. 지원은 다른 핑계를 찾았다.

"사람 많잖아. 싫어."

— 괜찮아. 평일에 심야 영화 보는 사람 별로 없어.

"너랑 가기 싫어."

— 나도 너랑 가기 싫어. 근데 혼자 가는 건 더 싫어.

지원은 재경이 포기하지 않을 것 같다고 생각했다. 무슨 말을 해도 재경은 돌파구를 찾아낼 것이었다. 이럴 땐 차라리 빨리 포기해주는 것이 서로를 편하게 하는 방법이었다.

"아, 무슨 영환데 그래."

— 개화기 모던보이에 대한 얘기래. 나 그 시대에 환장하는 거 알잖아.

"오타쿠도 아니고. 아, 알았어."

재경은 환호성을 질렀고 지원은 잔뜩 일그러진 얼굴로 통화를 끝냈다.

12. 질투

현주는 옷장 앞에서 한참을 망설였다. 무엇을 입어야 하는지 무척이나 고민이었다. 평범한 친구들과의 나들이가 아니기에 더욱 그랬다. 수많은 사람들의 시선 때문에 일반 식당은 가지도 못하던 지원이 떠올랐다.

야밤에 선글라스를 끼는 것도 이상했지만 마스크를 쓰는 것은 더 띌 것 같았다. 어쩔 수 없이 그녀는 핸드폰에서 연석의 이름을 찾아내 통화버튼을 눌렀다. 저번 시즌까지 활동했던 연석의 노래가 이어 나왔다.

— 네, 누나. 벌써 출발했어요?

"아, 아직. 근데 있잖아."

— 네.

"너 혹시 뭐 입고 와?"

— 네?

현주는 그의 옷차림이 궁금했다. 평범하게 입어도 평범하지 않을 그였다.

"튀면 안 될 것 같아서."

— 아, 누나 걱정되는구나.

"응."

연석의 차분한 웃음소리가 이어졌다.

— 그냥 편하게 입어요. 나도 후드 티에 청바지 입고 가니까.

"그래도 되는 거야?"

— 그럼 뭐 방한복이라도 입고 오려고요?

"그런 건 아니지만."

— 평일 심야영화는 사람도 별로 없고 괜찮아요. 누나한테 피해 안 갈 거야.

연석은 그녀가 느끼는 부담감에 대해 잘 알고 있었다. 당연한 것이었다. 그의 친누나조차도 연석과 함께 있는 것을 꺼려했기 때문이었다. 다정하고 믿음직스러운 연석의 말은 잔뜩 긴장하고 있던 현주의 마음을 편안하게 만들었다.

"그래, 뭐. 이 시간에 누가 영화를 보겠어. 나 편하게 입고 갈게. 걱정 마."

— 그래요. 이따 봐요, 누나.

현주는 회색의 두꺼운 후드 티에 검은색 치마 레깅스를 입었다. 영화관 의자를 불편해하는 그녀에게 최상의 차림이었다. 다행히 날씨도 많이 풀려 패딩 조끼 하나를 걸치는 것만으로도 충분한 외출복을 완성할 수 있었다.

"이 정도면 뭐."

현주는 묘한 즐거움에 휩싸였다. 근래에는 긴장하고 불안해하며 괴로워하던 것이 전부여서 지금처럼 편안한 마음이 기쁘고 반가웠다. 밖으로 나온 현주는 밤의 거리를 온전히 만끽했다. 차갑지 않은 바람이 신선했다. 연석을 위해 강남까지 나가야 한다는 것이 성가시긴 했지만 그 정도는 감수해도 될 만큼 거리는 아름다웠다.

도착한 영화관의 휑한 풍경도 마음에 쏙 들었다. 간혹 한두 커플이 보이긴 했지만 저마다의 대화와 시선을 갖고 타인에게는 작은 눈길조차 주지 않았다. 그때 아주 익숙한 목소리가 현주를 불렀다.

"작가님!"

현주는 눈앞에 펼쳐진 광경에 당장이라도 비명을 지르고 싶었다. 저를 부른 것은 재경이었고 그 옆에서 귀신이라도 본 것처럼 잔뜩 굳은 표정을 짓고 있는 것은 지원이었다. 두꺼운 머플러로 얼굴을 칭칭 감고 있었지만 한눈에 보아도 훤칠한 것이 지원이 분명했다.

"……."

재경은 둘의 당황스러운 기색을 눈치채고 열심히 입을 움직였다.

"영화 보러 오신 거예요?"

"네? 아……. 네."

"어떤 영화 보세요?"

덜덜 떨리는 손으로 영화 포스터를 가리킨 현주는 제발 그들이 보는 영화와 다른 것이기를 간절히 바랐다. 재경은 의미심장한 미소와 함께 고개를 끄덕였다.

"우리도 저거 보는데."

운명은 원래 짓궂은 것이라 하지만 이토록 잔인할 것이라고는 생각도 못 했다. 떠올리는 것만으로도 괴로운 지원과 같은 영화관에서 같은 영화를 봐야 하다니. 현주는 지금 당장이라도 집으로 돌아가고 싶었다. 바로 택시를 잡고 연석에게 전화해 사죄를 하면 될 것 같았다.

"누나!"

기가 막힌 타이밍이었다. 현주와 마찬가지로 회색 후드 티를 뒤집어쓴 연석이 손을 흔들며 다가오고 있었다. 현주는 자신도 모르게 지원의 눈치를 살폈다. 아니나 다를까 그의 날카로운 눈이 연석과 현주를 번갈아 쳐다보고 있었다.

"어, 연석 씨랑 온 거예요?"

필요하지 않은 확인 사살까지 던지는 재경이었다. 반가운 얼굴로 다가온 연석은 자연스럽게 현주 곁에 섰다.

"누나, 일찍 왔네요?"

"어? 어……."

재경은 이 모든 광경이 무척이나 재미있다는 듯 여유로운 미소를 짓고 있었다. 연석은 평소 행실대로 살가운 웃음과 싹싹한 몸짓으로 지원과 재경을 향해 고개를 숙였다.

"지원 선배, 안녕하세요. 재경 선배님, 처음 인사드립니다. 이연석이라고 합니다."

"지원이가 선배라고 나한테까지 선배라 할 것 없어요. 공중파 데뷔는 연석 씨가 나보다 빠를걸?"

재경은 연석을 향해 보기 좋은 미소를 지었다. 반면에 지원은 연석에게 해야 할 인사를 모두 생략한 채 현주만을 뚫어져라 쳐다보고 있었다. 더 있다가는 현주의 얼굴이 녹아내릴 것 같았다. 그의 입에서 낮고 날 선 목소리가 흘러나왔다.

"당신이 여기 왜 있어."

지원의 눈은 알 수 없는 분노와 불쾌함으로 가득했다.

현주는 반항기 어린 의문이 떠올랐다. 예전에도 마찬가지였지만 지금은 더욱이 그의 눈치를 볼 필요가 없었다. 그녀는 그에게 잘못한 일이 없으며, 도의적으로도 잘못한 것이 없었다. 그에게 죄인처럼 고개를 숙이고 말을 더듬을 필요는 없는 것이었다.

현주는 평소 지원의 거만한 말투를 따라 하며 가볍게 대답했다.

"영화관이잖아요. 영화 보러 왔어요."

지원의 미간이 묘하게 일그러졌다.

"뭐?"

"영화 보러 왔다고요."

이틀 동안 짧지만 굵은 고통을 경험한 현주는 지원의 분노 어린 얼굴을 보며 쾌감을 느꼈다. 그것이 소유욕이든, 지나간 것에 대한 작은 미련이든 지원이 감정을 내비치는 것은 흔치 않은 일이었다.

"누나, 음료수 뭐 마실래요?"

가뜩이나 예상과 다른 현주의 반응에 짜증이 올라오던 지원은 연석의 다정한 목소리에 인내심의 한계가 다가옴을 느꼈다. 예전부터 그가 현주를 부르는 '누나'라는 호칭에 대해 불만이 많았다. 친하면 뭐 얼마나 친하다고 그녀에게 '누나'라는 호칭을 쓰는지. 낯짝이 두껍다고 생각했다. 재경은 언제나 그렇듯 눈치껏 굴었다.

"연석 씨, 저랑 팝콘 사러 안 갈래요?"

연석은 흔쾌히 고개를 끄덕였다.

"누나, 금방 다녀올게요."

재경은 지원과 현주를 위해 둘만의 시간을 만든 것은 아니었다.

표현고자인 지원이 화를 애먼 연석에게 풀 것 같아 어여쁜 그를 대피시킨 것이었다. 재경은 앞길 창창한 청년의 미래를 구한 스스로를 대견해했다.

지원은 두 눈을 느리게 움직이며 말간 얼굴의 그녀를 쳐다보았다. 늦은 밤이라 화장도 하기 싫었던 것인지 그녀는 매끈하고 수수한 얼굴을 하고 있었다.

집 안에서만 볼 수 있는 그녀의 모습이라 생각했는데 그것이 이런 공개적인 장소에서 재경은 물론 연석에게까지 보여지는 것이 짜증스러웠다. 지원은 현주의 손목을 잡아 쥐고 자기 가까이로 당겼다.

"지금 뭐 하는 거야?"

그의 분노가 뜨거울 정도로 정확하게 느껴졌다. 하지만 그것은 현주의 몫이 아니었다. 그녀는 그에 대한 진심을 온 용기를 다해 전했고 거절당했으며 그에 맞는 이별을 경험했다. 그 결정에 대한 모든 것은 지원의 몫이었다. 그럼에도 여전히 그녀의 주인처럼 구는 것은 용납할 수 없었다.

"뭐가요."

지원은 눈앞의 그녀가 자신이 알던 현주가 맞는 것인지에 대해 심각한 고민에 빠졌다. 겉모습만 같을 뿐 냉정한 목소리와 지친 표정, 현주가 그에게 보여 주던 일상의 얼굴은 아니었다. 그는 그녀가 왜 이곳에, 연석과 함께 있는지에 대해 알고 싶었다.

"당신이 왜 여기……."

현주는 그의 뒷말을 더 듣고 싶지 않았다.

"지원 씨가 왜."

현주는 그의 말을 따라 하며 목소리를 낮췄다. 지원의 미간이 조금 좁혀질 즈음 그녀는 다시 말을 이었다.

"지원 씨가 왜 나한테 그런 걸 물어봐요."

"뭐?"

지원은 머리를 맞은 것처럼 목이 뻣뻣해지는 느낌이었다. 그 역시 그녀와 자신이 더 이상 어떤 구속도 할 수 없는 관계라는 것을 알고 있었다. 그래도 화가 나는 것은 어쩔 수 없었다.

연석과 현주가 마치 오래된 연인마냥 편한 복장으로 나타난 것도 그렇고 늦은 밤 영화를 보는 것도 싫었다. 현주는 혼란에 휩싸인 그를 향해 자신이 받았던 상처를 되돌려 주었다.

"우리 사이가 뭐라고."

"……."

현주는 그에게서 한 발자국 물러나며 연석을 기다렸다. 더 가까이 있다가는 눈물이 차오르려는 두 눈을 들킬 것 같았다. 반면에 지원은 표정을 사납게 바꾸고 목소리를 낮췄다.

"이연석하고는 무슨 사이라도 돼?"

현주는 그가 왜 이렇게 화를 내는지 이해할 수 없었다.

"지원 씨가 상관할 일 아니잖아요."

현주는 자신도 모르게 목소리를 높였다. 더 이상 지원과 의미 없는 대화를 이어 나가고 싶지 않았다. 그녀는 도망치듯 연석이 있는 카페테리아로 걸음을 옮겼다. 현주가 연석의 팔을 가볍게 잡자 연석은 다정하게 웃어 보였다.

"지금 가려고 했는데……. 기다리기 심심했어요?"

재경은 무슨 일인지 알 것 같다는 표정으로 한숨을 뱉었다. 현주는 어색한 미소와 함께 그럴듯한 변명을 했다.

"빨리 들어가고 싶어서. 알아보는 사람들 있을까 봐 괜히 불안해."

"알았어요. 누나가 팝콘 들어요."

연석은 먹음직스러운 팝콘이 가득한 상자 하나를 현주에게 건네며 상영관을 찾았다. 앞서 걷는 연석의 뒷모습이 현주에게는 꽤 든든해 보였다.

"너는 팝콘 안 먹지?"

재경은 지원에게 최대한 무심한 어투를 유지하며 물었다.

"들어가기나 해."

지원은 엉켜 버린 머릿속 감정을 정리하기 위해 무던히 애썼다. 그에게는 시작도 못 하고 끝나 버린 관계가 많았다. 모두들 그에게 많은 것을 바랐다. 다정하게 대해 주길, 아껴 주길, 사랑한다고 말해 주길 등 다양한 것들을 바랐다.

그는 그것들을 끝내 할 수 없었고 관계는 끝이 났다. 현주의 경우가 그런 경우와 다른 점은 딱 하나뿐이었다. 그녀는 그에게 바라는 것이 단 하나도 없었다. 그저 그를 '좋아한다.' 라고 말하고 떠났을 뿐이다. 지원은 지끈거리는 머리를 짚으며 상영관 안으로 들어갔다.

"사서 고생을 해요. 사서."

지켜보던 재경은 그의 서투른 모든 것을 안쓰럽고 한심한 얼굴로 쳐다보았다.

영화관 안은 텅 비어 있었다. 중간중간 커플로 보이는 사람들이 있긴 했지만 신경 쓰일 만큼은 아니었다. 연석은 자신을 따라오고 있는 현주를 향해 조용히 속삭였다.

"누나, 우린 맨 뒤에요. 뒤에 사람 있으면 불편할 것 같아서요."

연석은 미안한 표정으로 말했지만 현주는 일상적인 것들에서 조차 다른 사람을 신경 쓰는 그가 대단해 보였다.

"괜찮아. 나도 평소에 뒤에서 자주 봐."

현주는 핸드폰에서 나오는 빛을 등대 삼아 아슬아슬 계단을 올랐다. 연석은 현주의 불안한 걸음을 찡그린 얼굴로 쳐다보았다.

"팝콘 이리 줘요."

그는 커다란 손을 받침 삼아 콜라 두 잔을 들고 남은 한 손으로 팝콘을 들었다.

"괜찮아, 괜찮아. 콜라도 있잖아. 얼른 이리 줘."

"누나 넘어지면 어떡해. 어두운 곳에서 잘 못 봐요?"

현주는 자신의 불안한 걸음을 들킨 것인가 싶어 부끄러워졌다. 그녀는 아주 미약한 야맹증 증상을 갖고 있었는데 스트레스를 받으면 그 정도가 조금 악화됐다.

"평소엔 괜찮은데 오늘따라 좀 심하네. 고마워."

"고맙긴요. 내 발 보고 따라와요."

"응."

현주는 핸드폰 불빛을 아래로 내려 연석의 하얀 운동화를 비췄다. 넓은 시야각을 유지하지 않아도 계단을 오르는 것 정도는 충분히 할 수 있을 만큼 썩 괜찮은 이정표였다.

"여기에요, 누나."

연석이 가리킨 좌석은 맨 뒤 왼쪽 가장자리에 있는 좌석이었다. 그는 콜라를 내려놓고 그녀의 손목을 가볍게 쥐었다.

"여기 앉아요."

현주는 안쪽에, 연석은 복도 쪽에 앉아 자리를 잡았다. 그녀는 연석과 대화를 나누는 것만으로도 놀랐던 가슴이 진정되는 것 같아 좋았다. 그것이 연석의 다정함과 매너 덕분이라는 것을 모르지 않았다.

"연석아, 넌 여자 친구 없어?"

"네, 없어요."

연석은 흡사 기계처럼 정확하고 명확하게 대답했다. 그는 자신이 말하고도 너무 딱딱했던 것은 아닌가 걱정이 되었다. 그가 그녀의 눈치를 살피자 현주는 콜라를 한 모금 마시며 웃었다.

"너 방금 되게 사무적이었던 거 알아?"

그녀는 괜한 호기심이 발동했다.

"진짜 없어?"

"왜요?"

"그냥, 다정한 건 타고나는 건가 싶어서."

연석은 고개를 숙이고 속삭이는 현주의 얼굴이 마냥 귀여웠지만 짐짓 한심하다는 표정을 지었다.

"누나 바보예요?"

"응?"

"상식적으로 여자 친구가 있으면 여기 누나랑 같이 안 왔지."

"아, 맞네."

현주는 단박에 이해하고 고개를 끄덕였다.

"아, 근데 바보는 좀 심하지 않아?"

그 무렵 지원과 재경도 자리를 찾고 있었다. 지원은 상영관 안으로 들자마자 맨 뒷줄에 있는 좌석을 살폈다. 연석도 연예인이었으니 당연히 맨 뒷줄에 자리를 잡았을 것이었다. 재경과 지원은 맨 뒷줄 오른쪽 가장자리 좌석이었다. 우습게도 현주와 지원은 여러 개의 좌석들을 사이에 두고 한 줄에 앉아 있는 셈이었다.

"너 복도 쪽에 앉을 거지?"

재경은 옆에 낯선 사람이 있는 것을 극도로 싫어하는 지원을 위해 바깥쪽 좌석을 양보했다. 평소의 지원이라면 당연히 그 자리에 앉았겠지만 현주와 연석이 시야에서 멀어지는 것은 참을 수 없었다.

"내가 안쪽에 앉을래."

"왜?"

"영화 더 잘 보게."

어울리지도 않는 핑계를 대는 지원이었다. 재경은 고개를 절레절레 흔들며 말했다.

"병신."

그런 재경에게 신경 쓸 겨를이 없는 지원이었다. 오로지 고개를 왼쪽으로 고정한 채 어렴풋이 보이는 현주와 연석의 모습을 지켜볼 뿐이었다. 쓸데없이 도란도란해 보이는 연석과 현주를 보며 지원은 거의 미쳐 버릴 지경이었지만 그마저 영화가 시작되니 보이지 않았다.

영화는 평범했다. 특별하지 않은 스토리 탓에 정작 보러 오자고 한 재경은 꾸벅꾸벅 졸고 있었고 지원은 집중하지 못했다. 그것은 현주와 연석도 마찬가지였다. 연석은 기대한 만큼 실망한 눈치였고, 현주는 영화와 자신의 대본이 어떠한 연관성도 없다는 것을 알았다.

"에이, 시시하다."

영화가 끝나자 연석이 제일 먼저 한 말이었다. 현주는 부드럽게 웃으며 대답했다.

"그래도 분위기는 멋있던데? 도움은 좀 됐어?"

"그냥 그래요."

"좀 평범하긴 했지? 일단 나가자."

현주는 지원보다 빠르게 영화관을 나가고 싶었다. 아까처럼 마주치는 일은 없었으면 했다. 지원은 현주와 연석이 나가는 것을 지켜보며 졸고 있는 재경을 깨웠다.

"야, 일어나."

"……"

"하, 내가 이 새끼랑 영화를 왜 보러 온 거지."

도무지 일어나질 않는 재경을 보며 지원은 강력한 살인충동과 함께 자책감에 휩싸였다.

그는 명상하듯 심호흡을 하며 낮고 명확한 목소리를 재경의 귓가에 흘려보냈다. 지원이 무슨 말을 하는지는 확실치 않았지만 재경은 어렴풋이 가위를 눌린 것 같은 기분과 함께 눈을 떴다. 눈앞엔 귀신 대신 지원이 있었고 그 두 개는 딱히 다른 존재는 아니었다.

"깼으면 빨리 일어나. 여기 더 있고 싶지 않아."

"알았어, 알았어."

재경과 지원은 천천히 출구를 향해 걸음을 옮겼다. 아까 현주의 태도로 보면 이미 영화관을 떠나고도 남았을 것이었다.

지원은 영화를 보는 두 시간 내내 현주와 자신의 관계에 대해 생각했다. 소유욕 때문인 것 같기도 했다. 그녀를 가르쳤으니 그녀를 창조했다는 이상한 착각에 빠졌을 수도 있었다.

지원은 소유욕과 애정 사이의 접점을 찾기로 했다. 단순한 소유욕이라면 시간이 흐르도록 기다리면 될 문제였다. 다만 그것이 애정이라면 그는 선택을 해야 했다. 상처받을 각오로 도전하든, 상처받는 것이 두려워 포기하든 그것은 지원의 몫이었다.

"뭐야?"

어두운 상영관을 빠져나와 영화관 로비에 들어서자 웅성거리는 소리와 함께 잔뜩 몰린 사람들이 보였다.

"웬 사람들이……."

재경은 본능적으로 모자를 깊게 눌러쓰고 주변을 살폈다.

"이연석 여자 친군가 봐."

"연예인이야?"

"일반인 같은데?"

영화를 보기 전까지만 해도 텅 비어 있던 영화관 로비가 연석을 보기 위한 사람들로 가득 채워져 있었다. 아마도 매점 직원을 통한 정보 유출인 것 같았다. 연석은 처음 겪는 광경에 머릿속이 하얘져 특별한 조치를 취하지 못했다. 늘 곁에 있던 매니저도 없었고 곁에 있는 현주 역시 당황한 기색이 역력했다.

"오빠 여자 친구예요?"

연석은 현주를 어떻게 설명해야 하는지 도통 감이 잡히지 않았다.

단둘이 심야에 영화를 보러 와 놓고 여자 친구가 아니라고 말하는 것도 이상했고, 섣불리 작가라고 말하기엔 현주의 신상정보가 드러날까 걱정이었다. 현주는 연석을 보기 위해 밀치는 사람들로 인해 제대로 서 있기도 힘든 지경이었다.

"뭐야, 작가님이랑 연석 씨 같은데?"

지원은 재경의 말에 대답할 겨를이 없었다. 모자를 벗고 머리를 헝클여 자연스러운 스타일을 연출한 그는 거침없이 걸어 사람들 사이로 걸어갔다.

"작가님."

지원의 낮고 분명한 목소리가 사람들의 소란을 뚫고 막대한 존재감을 뿜어냈다. 사람들의 시선이 연석과 현주에게서 지원에게로 쏠렸다.

"헐, 김지원이다."

"대박."

사람들은 말을 잇지 못하고 그저 다급히 핸드폰을 꺼내 사진을 찍었다. 현주는 여기저기에서 터지는 플래시에 눈살을 찌푸리며 고개를 숙였다.

"작가님, 괜찮아요?"

지원은 놀란 현주를 바라보며 물었다. 현주는 자신도 모르게 고개를 끄덕이며 숨을 삼켰다. 차원이 다른 세계에 빠진 것처럼 혼란스럽던 머리가 조금은 진정되는 것이 느껴졌다.

사람들은 지원과 연석의 곁에 선 한 여자의 신분이 궁금해졌다. 지원은 그런 그들의 호기심을 익히 안다는 듯 말을 이었다.

"연석이랑 저랑 드라마 같이 하는 거 알죠?"

지원은 부드러운 미소를 지으며 얼빠진 표정의 연석을 곁으로 이끌었다.

"네!"

둘이 같은 드라마에 출연한다는 것은 이미 전국을 휩쓸고 지나간 이슈였다. 모를 리 없었다.

"저희 드라마 작가님이세요."

지원은 현주를 가볍게 가리키며 말했다. 사람들은 금세 수긍하고 고개를 끄덕였다. 지원은 연석의 등을 가볍게 때리며 조용히 말했다.

"얼굴 펴. 네가 긴장하면 사람들이 의심하잖아."

연석은 그제야 표정 관리에 들어갔고 지원과 둘도 없는 선후배 사이를 연기했다. 지원은 등을 돌려 구석에 선 현주에게 차 키를 건넸다.

"금방 내려갈게."

지원은 현주가 무사히 엘리베이터에 탑승하는 것을 보고 난 후에야 사람들을 향해 다정한 미소를 지었다.

지원과 연석은 순식간에 일일 홍보팀이 되어 드라마 '월광'의 방영 날짜와 시간을 설명했다. 모든 사람들에게 일일이 사인과 사진촬영에 임해 주는 것은 물론이고 작가님의 신원은 보호해 달라는 애교 섞인 부탁까지 거뜬히 해냈다. 곁에 있던 재경도 나서서 분위기를 희석하는 데 도움을 줬다.

"하, 선배님 감사합니다. 선배님 아니었으면 완전 큰일 날 뻔했어요."

모든 일이 끝나고 나서야 연석은 지원에게 고마움을 표할 수 있었다.

"너 때문에 한 거 아니야."

물론 지원은 그런 연석이 곱게 보이지 않았다.

"아이돌씩이나 됐으면 네 위치가 어딘지는 알지 않아? 조심해. 괜한 사람 힘들게 만들지 말고."

지원은 싸늘한 말을 던지며 혼자 엘리베이터에 탑승했다. 덩그러니 남겨진 재경과 연석만 어색할 뿐이었다. 재경은 잔뜩 풀이 죽은 연석을 향해 위로의 말을 건넸다.

"대신 사과할게요. 저 새끼, 표현고자라서 그래."

나름의 위로임은 분명했다.

현주는 이제는 익숙해져 버린 지원의 차에 도망치듯 올라탔다. 여전히 다리가 떨리고 시선이 불안정했다. 세상에 태어나 가장 많은 사람들의 의심과 경계심을 목격한 하루였다. 연석과의 나들이는 그녀의 생각보다도 더 위험하고 아슬아슬한 것이었다. 지원이 밖에선 밥도 제대로 못 먹는 것을 유난이라고 해서는 안 된다는 것을 깨달았다. 덜덜 떨리는 손으로 얼굴을 감싼 그녀는 운전석의 문이 열리는 소리가 들리자 반사적으로 소리를 질렀다.

"으아악!"

"으악!"

현주의 비명에 지원도 깜짝 놀라 짧은 비명을 질렀다.

"괜찮아?"

"아, 괜찮아요. 놀라서……. 미안해요."

지원은 그녀가 너무 많이 놀란 것은 아닌가 싶어 걱정이 되었다. 연예인들도 대중들의 시선에 익숙해지기까지는 꽤 오랜 시간이 걸린다. 아무런 훈련도 없이 그런 상황을 마주한 현주가 놀라는 것은 당연한 것이었다.

— Rrrrr.

현주의 핸드폰으로 연석에게 전화가 왔다. 연석에게 어디로 간다는 것을 말하지 않았으니 찾는 것이었다. 지원은 액정에 뜬 그의 이름을 보자마자 핸드폰을 자신의 주머니 속으로 집어넣었다.

"뭐 하는 거예요?"

"받지 마."

"무슨 소리 하는 거예요. 얼른 핸드폰 줘요."

"받더라도 나 없을 때 받아."

현주는 그에게 고마웠던 잠깐의 감정이 또다시 분노로 바뀌는 것을 느꼈다. 자꾸만 그녀를 통제하려는 그에게 화가 났다. 현주는 정색을 하고 그에게 말했다.

"지원 씨는 나한테 그런 말 할 자격 없어요."

지원은 그렇게 말하는 현주를 쳐다보았다. 그의 길고 깊은 눈이 고통에 흔들렸다. 상처받은 것은 그녀 자신인데 왜 그가 괴로운 표정을 짓는지 알 수 없었다. 현주는 울컥하는 감정을 누르며 말했다.

"대체 나한테 왜 이래요."

"……"

"우리 끝났잖아요. 끝이라고 말하기도 뭐한 관계긴 했지만 어쨌든 끝났잖아요. 당신이 끝냈잖아요. 당신이…… 당신이 끝냈잖아요."

현주는 주룩 흐르는 눈물까지 주체할 수는 없었다. 그가 보는 앞에서 사람들에게 둘러싸여 곤경에 빠진 것도 억울했지만 그로 인해 그의 차에 몸을 실은 자신도 너무 싫었다. 바다 한가운데에 빠진 것처럼 두렵고 곤란한 순간에 지원은 그녀에게 안도를 주었고, 그의 차는 그녀의 대피소가 되었다. 현주는 이러니 그가 자신을 쉽게 본다고 생각했다.

지원은 울고 있는 그녀의 등을 차마 토닥이지 못하고 깊은 한숨을 뱉었다.

"미안……."

"됐어요."

"미안해. 진심이야."

"……."

지원은 힘겹게 그녀에게 사과를 건넸다. 그의 태도로 그녀가 상처받았음을 모르진 않았다.

"나한테도 시간을 좀 줘."

"……."

"당신이 날 정리한 시간만큼 나한테도 나를 정리할 시간을 줘."

지원이 할 수 있는 최대한의 진심이었다. 그에게도 스스로를 깨고 나갈 시간이 필요했다. 지원은 진작 했어야 할 마지막 말을 간신히 입술 밖으로 뱉어 냈다.

"곁에 있어 줘."

"……."

지원은 아무 말도 하지 않는 현주를 보며 흡사 고문과 같은 시간을 견뎠다. 한참이 지나고 나서야 현주는 차분하고 조용한 목소리로 그의 진심에 답했다.

"싫어요."

"……."

"난 소모품이 아니에요."

지원은 현주의 단호한 모습에 애가 타기 시작했다. 그녀는 그의 어떤 접근도 반기지 않는 것 같았다. 지원은 어떤 식으로든 그가 그녀를 어떻게 생각하는지에 대해 얘기하고 싶었다.

"당신을 소모품이라고 생각한 적 없어."

그럼에도 현주는 조금의 흔들림도 보이지 않았다. 지원이 사람들에게 둘러싸인 그녀를 도와주어도, 그가 여전히 매력적인 외모를 갖고 있어도 소용없는 것이었다. 현주는 입술을 깨물며 말했다.

"그래서요."

"……."

"이제 와서 아쉬워요?"

"뭐?"

현주는 그렁그렁한 눈에 힘껏 힘을 주느라 붉은 충혈기가 올라왔다.

"지원 씨한테는 내가 그렇게 쉬워요? 그만 만나자고 했다가 다시 만나자고 할 만큼?"

지원의 가슴에 그녀의 말 한마디, 한마디가 비수가 되어 꽂혔다.

"쉬운 여자 당신 주변에 많잖아요. 심지어 나보다 예쁘고 괜찮은 여자들……."

"그만해."

그는 고개를 돌리며 눈을 질끈 감았다. 그녀가 자신을 어떻게 보는지에 대해 뼈저리게 깨닫는 순간이었다. 매력적이지만 천박하고 치명적이지만 가볍기 그지없는, 그것이 그녀가 보는 지원이라 생각했다.

"알았으니까 그만해."

지원은 숨이 잘 쉬어지지 않을 만큼 갑갑함을 느꼈다. 현주는 가벼운 숨을 들썩이며 힘없이 말을 이었다.

"그래요. 이제 와 무슨 소용이겠어요."

지원 역시 온몸에서 힘이 빠졌다. 그녀의 말이 둘의 사이를 정확하게 표현했다. 둘은 이제 아무 상관도 없는 사이였고 무엇을 해도 돌이킬 수 없는 것이었다. 그녀는 있는 힘껏 그를 노려보았다. 슬픔과 후회, 분노와 원망, 그 모든 것이 그녀의 눈 안에 담겨 있었다.

"택시 타고 갈게요. 오늘 고마워요."

현주는 그대로 차 문을 열고 지원의 시야에서 멀어졌다. 지원은 핸들에 머리를 숙이고 거친 숨과 함께 낮은 욕지거리를 뱉었다.

"하—"

그는 빠른 세상 속에서 사는 사람이었다.

시간을 분과 초로 나누어 유행과 인기가 결정되는 연예계는 그의 세상이자 그의 전부였다. 그는 그런 세상에서 살아남기 위해 시시각각 더 멋있고 더 좋은 것들을 추구했고, 더 멋있어지고 더 좋아졌다.

하지만 그도 사람인지라 느린 구석도 있었다. 생각할 시간이 없는 만큼 생각하는 것을 두려워했고, 결정할 것들이 없는 만큼 결정하는 데 긴 고민이 필요했다. 그래서 지원은 보통 사람들보다 느리고 보통 사람들보다 무디게 자신을 살폈다.

딸깍—

현주가 있어야 할 조수석에 재경이 올라탔다. 지원은 가만히 고개를 들고 영혼 없는 표정으로 물었다.

"뭐야."

"뭐긴 뭐야."

재경은 엉엉 소리를 내며 주차장을 빠져나가던 현주를 보았다. 둘의 관계가 얼마만큼 심각하고 절절했는지는 모르지만 지금 당장 고통스러운 것은 사실인 듯 보였다.

"나 좀 태워 줘."

"아, 귀찮게 하지 말고 내려."

"매니저도 퇴근했어. 좀 같이 가자."

가뜩이나 마음도 착잡한 와중에 거머리 같은 재경까지 달고 가야 한다고 생각하니 지원은 짜증스러워졌다. 하지만 재경은 이미 안전벨트를 매고 눈을 감고 있었다.

"짜증내 봤자 네 손해야. 얼른 출발해."

"내가 너랑 왜 친구인지 모르겠다."

"그걸 네 복이라 생각해라."

지원은 하는 수 없이 차에 시동을 걸고 운전하기 시작했다. 쓸데없는 일에 힘 빼고 싶지 않았다. 이미 현주로 인해 너덜너덜해진 상태였다.

"지원아."

새벽의 한적한 도로를 달리던 중 재경은 지원을 불렀다. 평소 야, 너 등으로 불리다가 이름을 불리니 지원은 온몸에 닭살이 돋는 듯했다.

"이름 부르지 마. 소름 돋는다."

"됐고, 궁금해서 그러는데 작가님이랑 뭐가 문제냐?"

지원은 긴 눈을 날카롭게 휘며 재경을 쳐다보았다. 현주와의 일은 재경에게 말한 적 없는 사실이었다. 현주 역시 마찬가지일 것이다.

"어떻게 알았어."

"어떻게 알긴 뭘 어떻게 알아. 둘이서 대놓고 티를 내는데."

"……."

지원은 영화관에서 자신과 그녀가 했던 행동들을 떠올렸다. 아무 말 않는 지원이 답답하다는 듯 재경은 한숨을 쉬었다.

"병신아. 작가님 울면서 집에 가더라."

"네가 상관할 바 아니야."

"나는 상관할 바 아니긴 한데 너는 상관해야 되는 거 아니냐?"

재경은 반듯한 눈썹을 구기며 말했다. 그는 지원이 현주에게 어떤 말들을 했을지, 어떤 식으로 대했을지 보지 않고도 알 수 있었다. 지원은 당황스러움에 헛기침을 하며 눈길을 돌렸다.

"내 옆에 있기 싫다는 사람한테 무슨 말을 해."

"네가 뭐라고 했는데."

재경은 이번만큼은 그냥 넘어가지 않기로 마음먹었다. 이대로 가다간 자신의 가엾고 불쌍한 친구가 평생 외로이 늙어 죽을 것 같은 불안감이 들었다. 지원은 그런 걸 너한테 왜 말해야 되냐는 듯 고개를 저었지만 재경은 단호했다.

"빨리 말해. 뭐라고 말했는데."

"아, 나도 생각할 시간이 필요하다고 했어. 나도 생각을 해야……."

쪽팔린 줄은 아는지 말끝을 흐리는 지원을 보며 재경은 답답하다는 듯 머리를 쥐어뜯었다.

"이런 표현고자에 연애고자 같은 새끼. 얼굴 그렇게 쓸 거면 나나 줘라."

"죽을래?"

지원은 불쾌하다는 듯 재경을 노려보았지만 재경은 온갖 멸시와 혐오를 담은 표정으로 그를 바라보고 있었다. 지원은 자신이 무엇을 잘못했는지 알 수 없었다.

"아니, 그럼 뭐라고 해. 아직 확신도 없는데 사랑한다고 대뜸 고백이라도 하라는 거야?"

"누가 그러래?"

"아, 그럼 뭐."

재경은 뭐 이런 놈이 대한민국의 연애하고 싶은 남자 1위를 하고 있는 것인지 통탄스러운 마음을 금치 못했다. 재경은 혀를 차며 새로운 질문을 던졌다.

"작가님 마음은 어떤데."

지원은 꽤 어려운 질문을 받았다고 생각했다. 불과 며칠 전까지만 해도 그녀는 그를 좋아한다고 했지만 지금은 오히려 미워하는 쪽에 가까워 보였다. 재경은 심각한 얼굴로 고민에 빠진 지원을 한심하다는 듯 쳐다보았다.

"아는 게 뭐냐."

"……"

재경은 그를 위해 난이도를 낮추기로 했다.

"다른 거 다 필요 없고! 작가님이 널 좋아한다고 한 적은 있어? 그게 과거든, 오늘이든."

지원은 눈부신 아침의 그날을 떠올렸다. 햇살 가득한 침대 위에

222

서 그녀가 진심을 다해 전했던 말, 그것을 잊을 리 없었다. 지원은 감상에 젖은 사람마냥 눈이 촉촉해져서는 고개를 끄덕였다.

"심각하다, 심각해."

예상한 대로였다. 지원은 언제나 자신을 좋아한다고 말하는 사람들에게 기형적인 두려움을 갖고 있었다. 차라리 재경처럼 매일같이 욕을 하는 것이 그에겐 더 편했다. 재경은 그가 놓치고 있는 중요한 사실을 일깨워 주기로 마음먹었다.

"야, 너 작가님이 연석 씨랑 같이 있는 거 보면 어떠냐."

지원은 연석과 현주가 함께 있던 매우 불쾌한 기억을 떠올렸다. 평온하던 마음이 짜증으로 요동쳤다. 핸들을 쥔 손에는 핏줄이 서고 그와 그녀가 등장하는 별 막장 드라마 같은 상상이 뭉게뭉게 피어올랐다. 재경은 바로 그거라는 듯 다음 질문을 던졌다.

"작가님이 너한테 했던 것처럼 연석 씨한테 고백하는 걸 상상해 봐."

지원은 재경의 한심한 말에 휘둘리고 싶지 않았지만 자연스럽게 떠오른 생각의 고리가 그를 미치게 했다. 그녀의 작은 어깨, 분홍빛 뺨, 긴 머리카락까지 다른 남자의 것이 된다고 생각하자 당장이라도 그녀를 제 옆으로 데려오고 싶어졌다. 재경은 고개를 끄덕이며 말을 이었다.

"그 모든 게 일어나지 않을 일 같아?"

지원은 등골이 오싹해졌다.

"네 눈에도 예쁜데 다른 남자 눈에 미워 보이겠냐?"

지원의 입에서 노골적인 비속어가 쏟아져 나왔다.

알고는 있었다. 현주가 제 눈이 아닌 다른 사람의 눈에도 예뻐

보일 것이라는 것을. 그런데도 그는 불안하지 않았다. 스스로를 잘 났다고 생각했기 때문은 아니었다. 그저 그녀가 보여 준 행동과 말과 눈이 자신에게만 향한다는 것을 알고 있었기에 자만하고 있었다.

그래서 더욱 그녀와의 관계를 정의하고 싶지 않았던 것일지도 모른다. 그래서 그녀가 떠날 수도 있다는 것을 몰랐던 것일지도 모른다. 아니, 모른 척한 것일지도 모른다.

그는 영원을 믿지 못했다. 그래서 영원을 약속하고 싶지 않았다. 그저 그 순간에 있어 주기만을 바랐을 뿐이었다. 하지만 순간에도 약속이 필요한 것이었다. 지원은 어째서 이제껏 깨닫지 못했는지에 대한 짜증이 솟구쳤다.

"야, 너 내려."

지원은 거친 마찰음을 내며 갓길에 차를 세웠다. 재경은 어이가 없다는 얼굴로 그를 쳐다보았다.

"뭐라는 거야, 미친놈이. 지금 시간에 택시도 없는데 어딜 내려."

"빨리 내려. 바빠."

지원은 원래의 그로 돌아와 있었다. 날카로운 눈, 낮고 단호한 목소리. 거기에 묘한 갈증까지 더해져 섹시한 분위기를 자아냈다. 재경은 얼굴을 찡그리며 물었다.

"너 혹시 작가님한테 가려고?"

"어, 그러니까 당장 내려."

13. 고백

시간은 벌써 새벽 네 시를 가리키고 있었다. 작고 낡은 엘리베이터를 타고 그녀의 집까지 오르는 동안 지원은 해야 할 말들을 끊임없이 되짚었다. 그녀에게 말할 수 있는 기회는 지금이 마지막일 수도 있었다.

"후……."

엘리베이터의 문이 열리고 두 개의 현관문이 보였다. 오른쪽이 현주가 있는 집이었다. 지원은 그녀가 이미 잠들었을지도 모른다고 생각했지만 망설임 없이 초인종을 눌렀다.

딩동―

집 안에서는 아무런 기척도 느껴지지 않았다. 지원은 그녀를 어두운 새벽 거리에 홀로 내버려 둔 사실이 떠올랐다. 혹시 무슨 일이 생긴 것은 아닌지, 여전히 길을 헤매고 있는 것은 아닌지 머리가 아파 왔다.

지원은 한 손으로 초인종을 누르며 다른 한 손으론 핸드폰을 찾았다. 그러나 그녀의 핸드폰은 지원이 뺏은 그 이후로 여전히 그의 안쪽 주머니에 있었다.

딩동, 딩동—

초인종을 누르는 지원의 손이 다급해졌다. 약간의 부스럭거리는 소리가 잠깐 들리더니 굳게 닫힌 문이 열렸다. 울었는지 눈 주위가 붉어진 그녀가 나타났다.

"지원 씨? 여기서 뭐 해요?"

가는 목을 미세하게 떨며 붉은 입술을 깨물고 있는 그녀는 안아주고 싶을 만큼 여렸지만 괴롭히고 싶을 만큼 아찔하기도 했다. 현주는 거친 숨을 몰아쉬는 지원의 등장에 몹시 당황스러웠다. 지원은 작은 틈을 두고 열린 현관문을 단단히 움켜쥐고 말을 시작했다.

"당신한테 할 말 있어."

현주는 그의 눈길을 피하며 고개를 저었다.

"우리 끝났다고 얘기했잖아요."

"내 얘긴 안 끝났어."

지원은 천천히 숨을 고르며 해야 할 말들을 정리했다. 현관문을 쥔 그의 손에서 긴장한 핏줄들이 날카롭게 솟아올랐다. 지원은 자꾸만 망설여지는 마음을 무시하며 눈 안 가득 현주를 담았다.

"당신이 다른 남자랑 있는 거 싫어."

"그게 무슨 이기적인……."

"끝까지 들어."

그는 확신에 차 단호하게 말했고 현주는 입을 다물 수밖에 없었다.

"당신이 내 옆에 없는 것도 싫어. 당신한테 연락하지 못하는 것도 싫고, 당신을 보지 못한다고 생각하는 건 더더욱 싫어."

현주는 현관문을 쥔 그의 손이 미세하게 떨리고 있음을 보았다. 현주는 그가 떨고 있는 모습을 본 적이 있었나 싶었다. 대선배들이 모인 리딩 현장에서도, 폭력사건에 휘말려 대중에게 버림받을 수도 있던 날에도 그는 떨지 않았다.

그는 바닥으로 눈을 떨구며 계속 말을 이었다.

"내가 당신 좋아한다고 하면 다 사라질 것 같았어."

"……."

"기다리고 기대하고 실망하고 후회하는 거 싫어. 그런 거라면 진절머리가 나. 그래서 당신이랑 아무것도 하기 싫었어. 당신한테 기대하고 실망하고 후회하는 거, 상상하기도 싫었어. 그래서…… 그래서 그랬어."

"지원 씨."

"미안해."

어느새 지원의 눈에는 금방이라도 떨어질 것 같은 눈물이 가득 차 있었다. 남자답게 고백하자던 굳은 각오는 다 사라진 지 오래였다. 보고 있는 것만으로도 그에게 안락을 주는 그녀는 그를 무장해제 시켰다. 현관문을 움켜쥔 그의 손에서 조금씩 힘이 빠져나갔다.

"좋아해."

"……."

"당신이 좋아. 어쩔 수 없어."

그녀가 그를 좋아한다고 말하며 어쩔 수 없었다고 했던 것처럼 그도 마찬가지였다. 그가 그녀를 좋아하게 된 것은 어쩔 수 없는 것이었다.

　그때 현주의 집 맞은편 현관문이 달그락 소리를 내며 열리려 했다. 한밤중의 소란 때문인지, 새벽잠이 없는 탓인지는 알 수 없었지만 지금 지원의 얼굴이 드러나서는 안 되는 것이었다. 현주는 재빨리 지원의 팔을 끌어당겨 집 안으로 들였다.

　"……."

　작은 정적이 시작됐다. 지원은 괴로운 표정으로 그녀를 내려다보았다.

　눈앞에 선명하게 펼쳐진 유혹을 견디기란 무척이나 힘든 일이었다. 손만 뻗으면 가질 수 있는 거리에 있는 그녀를 지원은 조금도 건드릴 수 없었다. 그의 손이 닿으면 부서져 사라질 것 같았다. 멀기만 하던 그녀와 단둘이 같은 공간에 있는 것도 오랜만이었다.

　지원은 지금의 순간을 조금만 더 연장하고 싶었다. 그의 마음 깊은 곳에서 지옥과 같은 뜨거운 욕망이 타오르고 있었다.

　얼떨결에 그를 집 안에 들인 현주는 머릿속이 텅 비어 버렸다. 그의 숱한 농락에 어떤 거절을 할까 고민한 적은 있었지만, 그의 진심 어린 고백에 어떤 대답을 할지에 대해서는 고민한 적 없었다.

　그의 들끓는 눈을 마주 보자 온몸이 굳은 것처럼 움직일 수 없었다. 현주는 그와의 첫날밤처럼 발끝이 저리고 온몸이 딱딱해졌다. 공기는 충분했지만 숨은 쉬어지지 않았다. 그녀는 더운 숨을 크게 한 번 삼켰다. 꿀꺽― 지원의 눈이 살짝 구겨졌다.

　그 순간, 정적은 깨지고 지원의 눈은 뜨겁게 타올랐다.

　지원은 그녀의 허리를 조심스럽게 끌어안았다. 현주는 어색함에 두 손으로 그의 가슴을 살짝 밀어냈다. 지원의 잔뜩 가라앉은 목소리가 그녀의 귓가에 닿았다.

"미칠 것 같아. 나 좀 살려 줘."

지원은 고개를 숙여 그녀의 붉은 입술을 삼켰다. 도톰한 입술을 깨물자 살짝 벌어지며 낮은 신음 소리가 흘러나왔다.

"으음……."

그가 밀어붙일수록 현주는 뒤로 밀려났다. 지원은 그녀의 머리를 감싸 바짝 끌어당겼다. 참아 온 갈증이 오아시스를 만난 듯 그녀의 모든 것을 탐하고 싶었다.

하지만 거칠게 하고 싶지는 않았다. 그저 그녀가 도망가지 못할 만큼만 붙들어 두고 싶었다. 지원은 잠깐 고개를 떼어 그녀를 보았다. 두 눈을 감고 있는 모습이 숨이 막힐 정도로 소중했다.

"유현주."

현주는 처음으로 자신의 이름을 부르는 그의 목소리에 천천히 눈을 떴다. 지원은 그녀의 목에 얼굴을 묻으며 말을 이었다.

"곁에 있게 해 줘. 곁에 있고 싶어."

곁에 있으라는 말과 비슷한 그러나 사뭇 다른 말들이 그의 입에서 쏟아져 나왔다. 지원은 끌어안은 그녀를 놓고 싶은 생각 따윈 조금도 없었다. 현주는 그가 자신을 원한다는 것만큼은 충분히 느낄 수 있었다.

현주는 자신을 끌어안고 있는 그의 팔을 풀어냈다. 지원의 눈빛이 불안함에 흔들렸다.

"가라고 하지 마."

그는 다급하게 고개를 저었다. 그녀는 천천히 손을 뻗어 그의 뺨을 감쌌다.

지원의 눈길이 그녀의 작은 움직임 하나하나를 따라다녔다. 현주 역시 그를 그리워하고 있었다. 스치는 얼굴에도 마음이 아팠고 떠오르는 기억 하나에도 화상을 입은 듯 화끈거렸다.

그러나 그것은 사랑의 전부가 될 수 없었다. 설렘과 동경은 사랑의 기초일 뿐이라는 것을 현주는 잘 알고 있었다. 그녀는 입꼬리를 말며 작게 웃었다.

"고마워요."

그녀 역시 김지원이란 사람에 대해 많은 것을 알지 못했다. 하지만 김지원이란 남자에 대해서는 어느 정도 알고 있었다.

누군가에게 좋아한다는 말을 쉽게 할 사람은 아니었다. 평소 좋아하냐는 질문만 해도 얼굴을 구기던 남자가 늦은 새벽에 달려와 좋아한다고 말하는 것은 믿기 어려울 정도로 희소한 것이었다.

현주는 그의 용기가 진심으로 고마웠다. 하지만 지원은 그런 그녀의 대답에 만족을 느낄 수 없었다.

"……."

그다음의 말이 필요했다. 지원은 그녀를 보채지 않으려 무던히 애썼다. 현주는 천천히 입술을 열어 다음 말을 이었다.

"당신을 믿을 수가 없어요."

지원은 깊은 절망에 잠식될 것 같았다. 최선의 진심이 불신이 되어 돌아오자 그는 답답함에 미쳐 버릴 것 같았다. 지원은 현주의 어깨를 흔들며 애원했다.

"내가 당신 힘들게 한 거 알아."

"지원 씨."

"그래도 당신 속인 적은 없었어. 내가 몰랐을 뿐이야. 이젠 알

아. 내가 당신 좋아한다는 거 이젠 확실히 알아. 나한테도 기회를 줘. 제발."

그는 자신이 너무 늦어 버린 것은 아닌지 불안해졌다. 현주는 자신의 어깨를 쥔 그의 팔을 어루만지며 지원과 눈을 맞췄다.

"나도 지원 씨가 거짓말을 한다고 생각하지는 않아요."

"그런데 왜."

지원의 눈매가 날카로워졌다. 그녀의 옆자리에 자신이 아닌 다른 남자가 있을 수도 있다는 생각이 들기 시작했다. 현주는 그에게 자신의 생각을 조금이나마 전달하기 위해 부드럽게 말을 이었다.

"착각일 수도 있잖아요."

"뭐?"

"곁에 있던 게 없어지면 누구나 불안해지기 마련이에요. 지원 씨도……."

그제야 지원은 그녀가 무슨 말을 하려고 하는지 이해하기 시작했다. 그의 얼굴이 차갑게 굳어지고 두 눈에선 분노가 타올랐다.

"내가 착각 때문에 당신한테 달려온 줄 알아?"

지원의 목소리는 더 낮은 곳으로, 더 깊은 곳으로 내려갔다. 그는 머리를 헝클이며 거친 숨을 뱉어 냈다. 현주는 그와 눈을 맞추며 차분한 목소리로 말을 이었다.

"나도 지원 씨가 착각한 게 아니었으면 좋겠어요."

"유현주, 나는……."

"나한테 믿음을 줘요."

현주는 지원의 말을 자르며 맑은 눈을 빛냈다. 어두운 방 안을 비추던 달빛은 오로지 현주만을 비추고 있는 것처럼 보였다. 지원은 가질 수 없는 그녀의 눈에서 황홀한 절경을 보았다.

"내 곁에 있어요. 내 곁에서 나한테 믿음을 줘요."

"하아—"

지원의 미간은 구겨진 채 펴질 줄을 몰랐다. 그녀가 원하는 것이 정확히 무엇인지 알 수 없었다. 현주는 한 걸음 더 나아가 그의 품에 안기듯 다가섰다. 지원은 가까워진 그녀의 얼굴에 마른침을 삼켰다.

"지원 씨."

"말해."

"이번에는 내가 원하는 대로 해 줘요."

목마른 자는 알아서 고개를 숙여야 하는 법이었다.

지원은 채워지지 않는 공허한 마음에 답답함이 가득했지만 그녀가 원하는 대로 해야 한다는 사실을 알았다. 그는 깊은 한숨과 함께 그녀의 허리를 끌어안았다. 자신을 밀어내지 않는 것만으로도 그녀에게 감사를 전해야 할 것 같았다.

"어떻게 하면 되는데."

그의 낮은 목소리가 그녀의 귓가를 간지럽혔다. 현주는 가만히 고개를 숙여 그의 어깨에 몸을 기댔다.

"내가 지원 씨를 믿을 수밖에 없는 날이 분명 올 거예요."

"……."

"그때까지 우리는 아무 사이도 아닌 거예요."

지원은 그녀를 안은 팔에 잔뜩 힘이 주었다. 아무것도 아닌 관계로는 더 이상 만족할 수 없었다. 그녀와 또다시 아무것도 아닌 관계로 지낼 거였다면 이리 속마음을 드러내지도 않았을 것이었다.

무엇을 더 어떻게 참아야 하는지 앞길이 막막했다. 그러나 자신을 뚫어져라 바라보고 있는 현주의 두 눈이 제발 그렇게 해 달라고 애원하는 것 같았다. 지원은 어쩔 수 없이 고개를 끄덕였다. 그녀의 입술이 둥글게 움직였다.

"고마워요."

현주는 그와 처음부터 다시 시작하고 싶었다.

"지원 씨."

지원은 현주의 머리카락을 쓸며 아쉬운 표정을 숨기려 애썼다. 자신만 고백하면 모든 것이 해결될 거라 생각한 것이 오만이었다. 그는 자신의 근성을 보여 주리라 마음먹었다. 그러나 그녀의 잔인한 선고는 아직 다 끝난 것이 아니었다.

"우리 섹스도 안 할 거예요."

그녀에 대한 욕구는 정신적인 것은 물론 육체적인 것도 포함되는 것이었다. 지원은 자신이 과연 그럴 수 있을까에 대한 확신이 서지 않았다.

"그렇게까지 해야 해?"

이미 여러 번의 관계를 가진 사이였으니 그의 황당함도 이해할 만했다. 하지만 현주는 그의 치명적인 매력을 알고 있었다. 지금 당장은 그에 대한 원망으로 그를 거절할 수 있지만 그와 몸을 나누면 그것은 또 다른 일이 될 것이었다.

현주는 똑같은 실수를 반복하고 싶지 않았다.

"우린 아무 관계도 아니니까요."

지원은 잠시 현주와 눈을 맞추고 침묵을 지켰다. 그녀는 안전한 거래를 원하는 것이었다. 기회를 주는 대신 쉽지 않을 것이라는 그녀만의 선전포고였다.

"알았어."

현주는 지원의 선선한 대답에 묘한 기분이 들었다. 이미 그의 눈에서 불타는 욕망을 본 뒤였다. 아쉬운 쪽은 그였으니 분명 승낙할 수밖에 없는 제안이긴 했지만 쉽게 응해 줄 것이란 기대는 하지 않았다.

그의 눈이 현주의 머리끝부터 발끝까지를 천천히 살폈다. 긴 속눈썹이 흔들리는 소리가 들릴 것 같은 착각이 들었다. 지원의 손이 그녀의 손등을 간지럽히다 이내 부드럽게 쥐었다.

"손잡는 건?"

"……."

"아무 사이도 아닌 남녀 사이에 손은 잡아도 되나 싶어서."

지원은 그녀의 손을 끌어당겼다. 조금만 움직여도 맞닿을 만큼 둘의 간격은 좁아졌다. 지원은 그녀의 가는 목을 어루만졌다. 그녀의 작은 떨림이 느껴졌다. 현주의 머릿속에선 비상벨이 울리고 있었다.

"지원 씨."

지원은 고개를 숙이고 그녀의 목에 가볍게 입을 맞췄다.

"당신 목이 너무 예뻐서 키스하고 싶으면?"

"……."

"그때도 참아?"

현주는 아찔해지는 기분에 절로 고개를 젖혔다. 지원은 그녀의 허리를 감싸 자신과 밀착시켰다. 그녀가 원한다면 어떤 것이든 멈출 준비가 되어 있었다.

그러나 그가 하지 말아야 할 것들이 있다면 할 수 있는 것들이 무엇인지부터 파악하는 것이 우선이었다. 지원은 그녀의 목에서 입술을 떼고 그녀의 입술을 어루만졌다. 현주의 거친 숨소리가 불규칙적으로 흘러나왔다.

"하……."

그는 그녀의 입술을 깨물며 입꼬리를 말았다.

"참을 수 없으면?"

지원은 그녀의 얼굴을 감싸고 깊게 입을 맞췄다. 이전보다 뜨거운 숨을 뱉어 내는 그녀의 입안이 달콤했다. 혀끝에 닿는 감촉은 황홀했고 그만큼 아쉬웠다. 그녀가 도망가면 그녀를 휘감고 끈질기게 맛을 봤다.

현주 역시 마찬가지였다. 그녀는 그의 얼굴을 끌어안았다가 또 밀어내며 그를 만끽했다. 지원은 조금씩 거칠어지고 있었다. 지독한 갈증이 쉽사리 해소되지 않는지 그는 떨어질 생각을 하지 않았다. 현주가 그의 어깨를 밀어냈다. 그의 뜨거운 눈빛이 그녀 위로 쏟아졌다.

"여, 여기까지 해요."

현주는 필사적으로 멈춰야 했다. 그의 리드로 관계를 움직이고 싶지 않았다.

"여기까지가 어딘데."

지원의 낮은 목소리는 뱀처럼 그녀를 위협했다. 현주는 까치발을 들어 그의 입술에 입을 맞췄다. 지원은 황홀한 듯 눈살을 찌푸리며 미소를 지었다. 짧은 입맞춤 후 그녀는 그의 품에서 나와 어색한 눈동자를 이리저리 굴렸다.

"여기까지만 해요."

지원은 고개를 끄덕였다. 오늘 밤은 이것만으로도 충분했다. 현주는 그에게서 두어 걸음 정도 물러나 짐짓 단호한 표정을 지었다.

"이제 가요."

산 넘어 산이었다.

"어딜?"

"지원 씨 집이요."

현주는 당연하다는 듯 어깨를 들썩였다. 지원은 벽에 걸린 시계를 가리켰다.

"지금 새벽 다섯 시야."

"알아요."

잠자리를 함께하지는 못해도 그녀를 안고 잠들고 싶었다. 현주는 도도한 몸짓을 흉내 내며 팔짱을 꼈다.

"잠은 각자 집에서 자는 걸로 해요."

"진심이야?"

"그럼요."

현주는 무서운 선생님처럼 엄한 표정을 지었다. 지원은 더 이상 어쩔 수 없었다. 그저 한숨을 쉬며 쓸쓸히 등을 돌릴 뿐이었다. 현주는 그런 그의 뒷모습을 보며 만족스럽다는 듯 웃었다.

"지원 씨."

지원은 혹시나 그녀가 마음을 돌린 것은 아닐까 싶어 기쁜 마음에 고개를 돌렸다.

"전화해요."

그가 원하는 말은 아니었지만 듣기 좋은 말이었다. 지원은 그대로 다가가 현주를 끌어안았다.

"아니, 지원 씨⋯⋯!"

"전화할게. 꼭 받아."

현주는 그의 어깨에 얼굴을 묻으며 고개를 끄덕였다.

"그럴게요."

지원은 스케줄 장소로 이동하는 와중에도 핸드폰을 놓지 않았다.

"오늘 뭐 해?"

그는 현주와 계속해서 전화 중이었다. 설레고 복잡한 마음으로 잠을 이루지 못한 그는 아침 일찍부터 그녀를 깨웠다.

— 음, 서점 들렀다가 친구 만나서 저녁 먹을 거예요.

"친구 누구?"

지원은 그녀의 일거수일투족이 궁금했다.

스케줄이 많아 함께할 수 있는 시간이 부족하니 더욱 그랬다. 심지어 그녀는 매일 만나는 것도 거절했다. 가뜩이나 새벽 늦게 스케줄이 끝나는 경우가 많아서 명확한 데이트 일정을 잡는 것도 어려운데, 그녀가 허락하는 시간도 한정되어 있으니 지원은 애가 탔다.

— 누구인지 말하면 알아요?

"아니. 그래도 궁금해."

지원은 아침부터 지금까지 끊임없는 질문을 던지고 있었다. 현주는 이제 그만 물어보라며 백기를 들었지만 그는 멈출 수 없었다. 그동안 묻지 못한 것이 많았고, 궁금해도 참았던 것이 많았다.

— 고등학교 친구예요. 여자고요. 아, 지원 씨 팬이에요. 저번에 사인 받아 달라고 했거든요.

"해 줄게. 다음에 갖다 줘."

핸드폰 너머로 그녀의 웃음소리가 들려왔다. 그가 생각해도 자신의 모습은 꽤 우스운 것이었다. 매사에 '싫다', '아니다' 라는 말만 하던 그가 그녀 말에 '좋다', '그렇다' 라는 말만 하고 있으니 말이다.

— 지원 씨는 오늘 뭐 해요?

"포스터 촬영. 당신도 와. 당신 작품이잖아."

오늘은 드라마 '월광' 의 포스터 촬영이 있는 날이었다. 주요 배우인 지원과 연석, 민서가 모두 모여 진행되는 일정이었다.

— 포스터 촬영까지 제가 갈 필요는 없죠.

"작가는 모든 상황에 참여할 권한이 있어."

— 배우들 불편하잖아요.

"편협한 생각이야."

지원은 다른 사람을 배려하는 그녀가 못마땅했다. 그녀와 달리 그는 주변 사람들의 시선에 관계없이 그녀가 보고 싶었기 때문이었다.

— 민서 씨는 그렇게 생각 안 할걸요?

지원은 묘한 불쾌함에 얼굴이 구겨졌다.

"이연석은?"

— 네?

"이연석은 당신 있는 거 좋아할 것 같아?"

지원은 이유 없이 불쾌해지기 시작했다. 이연석과 현주의 관계가 단순히 작가와 배우 사이, 친한 누나와 동생 사이라는 것쯤은 알고 있었다. 하지만 친한 누나와 동생 사이라는 것이 존재하지 않는다는 것 또한 알고 있었다.

— 연석이랑 나랑은 그냥 친한 누나, 동생이에요.

"남녀 사이엔 그런 거 없어."

지원은 단호했다.

"나랑 당신이 아무 사이 아닌 건 알겠는데."

그는 '아무 사이'라는 말에 힘을 주며 말을 이었다. 예전부터 짚고 넘어가야 할 문제라고 생각했던 것이 있었다.

"저울질은 하지 마."

— 저울질이요?

"나는 당신이랑 내 사이를 고민했지, 당신이랑 다른 사람 사이를 고민한 적은 없어."

지원은 자신이 하는 말을 현주가 귀담아들어 주길 바랐다.

— 알아요.

"당신은 나랑 당신 사이만 고민하는 거야. 알았어?"

지원은 그게 무엇이든 하나에만 몰두하는 사람이었다. 그것이 일이든, 사람이든 마찬가지였다. 그와 그녀가 몹시 애매한 관계 속에 있을 때도 그는 다른 여자와 조금도 함께하지 않았다. 지원은 그녀 역시 분명히 행동해 주길 바랐다.

— 알았어요.

지원은 그제야 안심이 된다는 듯 눈을 감고 차 시트에 몸을 기댔다.

"근데 진짜 안 올 거야?"

불쾌함을 한껏 표현하고 나서야 지원은 한껏 풀어진 목소리로 돌아왔다. 매니저는 더 이상 못 참겠다는 듯 지원을 나무랐다.

"김지원, 핸드폰 좀 그만 내려놔. 들어가야지."

지원은 차가 촬영장 앞에 섰음에도 전화를 끊지 않고 있었다. 핸드폰 너머로 매니저의 목소리를 들은 현주는 상황을 파악하고 그를 재촉했다.

— 얼른 들어가요! 늦으면 어떡해.

"아직 십 분 남았어. 조금만 더 해."

— 십 분 전에는 들어가야죠. 끊을게요!

끊어진 핸드폰을 슬픈 표정으로 바라보던 지원은 매니저를 노려보며 중얼거렸다.

"촬영 늦어서 유현주 못 만나면 형 때문이야."

"아니, 내가 왜……."

매니저는 진정 억울하다는 듯 울상을 했지만, 지원은 매니저보다도 더 억울하다는 얼굴로 인상을 찌푸리고 있었다.

14. 방해

투덜거리며 차에서 내린 지원에게 비슷하게 도착한 민서가 고개를 숙이고 인사했다.

"선배님, 안녕하세요."

"응."

무심한 얼굴로 고개만 끄덕인 그는 긴 다리로 성큼성큼 촬영장 안으로 걸어갔다.

"선배님, 안녕하세요."

촬영장 안에는 이미 메이크업을 마친 연석이 있었다. 그의 하얀 얼굴은 옛날 교복의 검은색과 어울려 금욕적인 분위기를 풍겼다. 지원은 이번에도 역시 무심하게 고개를 끄덕이며 인사하는 시늉을 했다.

지원은 그와 웬만하면 많은 대화를 나누고 싶지 않았다. 공과 사를 구분하기 위해선 그에 대한 불쾌함 따위 고이 접어 두는 편이

옳음을 알기 때문이었다.

"저, 선배님."

연석은 자신을 지나쳐 의상실로 걸어가는 지원에게 조심스럽게 말을 걸었다. 지원은 고개만 돌려 그를 쳐다보았다. 영화관 안에서 현주와 나란히 앉아 있던 그의 옆모습이 자꾸만 겹쳐 보였다.

"왜."

"아니에요. 들어가세요."

연석은 무언가 말하려던 것을 삼키며 길을 비켰다. 지원은 찜찜함에 눈썹을 구기며 의상실 안으로 들어갔다. 미리 의상실 안에서 스태프와 콘셉트를 상의하던 매니저는 그의 구겨진 얼굴을 보며 다가왔다.

"무슨 일 있어?"

"있으면 뭐."

매니저는 지원이 연애를 하면 성격이 좋아질 것이라 생각했지만 그것은 다 부질없는 마음이었다. 그는 여전히 이기적이었고 싸가지가 없었으며 예민했다.

"지원 씨는 포마드 머리에 쓰리버튼 슈트를 입을 거예요. 연석 씨의 청년 이미지랑 완전히 반대라고 생각하시면 돼요."

"그래요?"

지원은 스태프의 말이 재미있다는 듯 웃었다. 스태프는 눈을 동그랗게 뜨고 그를 쳐다보았다. 평소 말도 없고 웃음도 없기로 유명한 그였으니 놀라는 것은 당연했다. 지원은 혼잣말을 하듯 입술을 오물거렸다.

"청년도 남자 아닌가."

청년이란 말에 연석을 대입하다 보니 이해가 잘 되지 않았다. 연석은 하얀 피부에 곱상한 얼굴을 하고 있긴 했지만 충분히 남성적이었고 특히나 싱그럽고 청량감 넘치는 미소는 여자의 모성애를 자극하기에 아주 적절했다. 지원의 속마음을 알 리 없는 스태프는 보편적인 청년과 성인 남성의 차이를 설명했다.

"음…… 섹슈얼한 의미에서 다르죠."

지원은 더 이해가 안 된다는 표정을 지었다.

"청년은 섹슈얼하지 않아요?"

매니저는 저 미친놈이 이번엔 뭐에 꽂혀서 저 지랄인지에 대해 심각히 고민했다. 스태프는 그의 궁금증을 작품에 대한 열정으로 인식하고 진지하게 대답했다.

"글쎄요. 완전한 남자는 아니니까 그렇지 않을까요?"

지원은 그 엉성한 대답이 꽤 마음에 들었다. 그는 길게 뻗은 눈을 휘며 물었다.

"어느 쪽이 좋아요?"

"네?"

"청년이랑 남자 중에."

"아, 음…… 아무래도 남자 쪽이 더……."

지원은 기분이 좋아졌다. 스스로가 유치하다는 것쯤은 알고 있었다. 연석과 현주가 아무 사이도 아님을 모르지 않았다. 문제는 자신도 현주와 아무 사이가 아니라는 것이었다.

타고나기를 소유욕이 넘치게 태어난 그였다. 제 것이어도 모자랄 판에 제 것도 아닌 현주를 불안하다 여기는 것은 당연한 것이었다.

똑똑—

삐딱하게 서서 청년과 남자 사이를 고민하던 그의 등 뒤로 노크 소리가 들렸다.

"저, 선배님……."

문을 열고 고개를 내민 사람은 민서였다. 지원은 자신의 준비가 늦어져 재촉하는 것인 줄 알고 서둘러 셔츠의 단추를 풀었다.

"오 분이면 돼."

민서는 어색한 미소를 지으며 고개를 저었다.

"그게 아니고……. 저 들어가도 돼요?"

지원과 매니저의 눈살이 동시에 찌푸려졌다. 대기실이 아닌 의상실이긴 했지만 다른 사람이 들어오는 것은 불편한 것이었다. 민서는 그의 침묵을 동의로 받아들이고 쭈뼛거리며 들어와 커다란 도시락 두 개를 건넸다.

"제 팬들이 촬영장에 보낸 도시락이에요. 선배님이랑 매니저분 것도 있어서 챙겨 왔어요."

민서는 테이블에 도시락을 내려놓았다. 슬쩍 보아도 신경 쓴 도시락이었다. 지원의 팬들도 촬영 스태프나 동료 배우들의 도시락 같은 것들을 자주 챙기는 편이었으니 놀랄 일은 아니었다. 지원은 도시락을 열어 보며 말했다.

"팬들이 촬영장까지 왔어?"

"아, 금방 갈 거니까 걱정 안하셔도 돼요. 첫 드라마라 그런지 팬들도 신이 나서……."

민서는 지원이 팬들의 방문을 꺼려하는 것인 줄 알고 서둘러 말을 이었다. 지원은 그런 민서를 보며 어깨를 으쓱였다.

"팬들한테 고맙다고 전해 줘. 잘 먹는다고."

"아, 그럴게요! 완전 좋아할 거예요. 팬들이 첫 상대 배우가 선배님이어서 다행이라고 그러거든요."

민서는 지원의 부드러운 반응에 기분이 좋아져 이 말, 저 말을 늘어놓았다. 지원은 시끄럽다는 듯 인상을 찌푸리며 손을 흔들었다.

"알았으니까 좀 나가. 옷 갈아입게."

"아, 네!"

지원은 입고 있던 셔츠를 훌훌 벗으며 준비된 의상으로 갈아입었다. 곁에서 보고 있던 매니저가 한마디 보탰다.

"민서 씨, 뭐 잘못 먹었나?"

"왜?"

"원래 저렇게 개념이 있었나 싶어서."

본래 남에게는 조금의 관심도 없는 지원이기에 그런 것은 아무래도 상관없었다.

"누가 개념 좀 줬나 보지."

그게 본인인 줄은 죽어도 모를 그였다.

촬영의 콘셉트는 단순했다. 삼각관계가 주를 이루는 극인 만큼 민서를 중심으로 지원과 연석이 구도를 잡는 형식이었다. 지원은 슈트를, 연석은 교복을 입은 것으로 고정이었지만 입체적인 캐릭터인 민서는 화려한 복고풍 원피스 한 벌과 순박한 개량 한복 한 벌을 번갈아 입었다.

"자, 민서 씨는 지원 씨한테 버림받고 연석 씨는 그런 민서 씨를 안타까운 심정으로 쳐다보는 거예요."

포스터는 작은 프레임 안에 모든 감정을 압축해야 하는 작업이라 노련한 배우들도 어려워하는 것이었다. 특히나 아직 본격적인 영상 촬영에 들어가기 전에 포스터부터 작업해야 하는 드라마 제작 환경은 배우들이 감정 잡는 것을 더욱 어렵게 했다. 민서와 연석은 신인 배우나 마찬가지였으니 믿을 것은 지원뿐이었다.

"굳이 카메라 볼 필요 없어. 포커스는 편집 팀이 알아서 잡을 거야."

지원은 자기 바로 옆에서 포즈를 취해야 하는 민서부터 신경을 썼다. 지난번 광고 촬영 때부터 민서는 지원의 옆에서 유독 긴장을 많이 했다. 처음엔 자신에게 공개적으로 망신을 준 선배였기 때문이었지만, 나중에는 그의 프로다운 카리스마에 절로 압도당했기 때문이었다.

민서는 지원의 조언대로 아예 몸의 방향을 지원에게 틀어 여성적인 옆모습을 드러내었다. 그녀의 그렁그렁한 눈망울은 사랑하는 남자에게서 버림받은 여자의 절망을 적절히 표현했다.

"지원 씨랑 민서 씨는 지금 좋아요. 그대로 고정하고 연석 씨 들어가 봅시다."

연석은 감독의 말이 떨어지기 전까지 손에서 대본을 놓지 못했다. 아직 연기에 노련한 배우가 아니었으니 즉각적인 몰입이 쉽지 않았기 때문이었다. 연석은 순수한 청년의 느낌을 살리려 과하지 않은 맑은 얼굴로 민서의 뒤편에 섰다.

"좋아요, 컷."

감독은 세 사람의 포즈를 다양한 방향에서 여러 각도로 카메라에 담았다. 지원은 애원하는 얼굴의 민서를 내려다보며 고뇌에 찬 남자를 연기했다. 몇 번의 플래시 소리 이후 눈을 깜빡이던 지원은 스태프들 사이에서 현주를 보았다.

"아—"

갑자기 낮은 목소리로 탄식하는 지원을 향해 민서는 걱정스러운 얼굴로 물었다.

"왜요?"

"이젠 뭐 헛것까지 보이네."

지원은 민서의 말은 들리지도 않는다는 듯 눈을 비비며 중얼거렸다. 메이크업 담당자들은 기겁을 하며 지원의 곁으로 몰려들었다.

"눈 비비시면 안 돼요."

메이크업을 수정하는 지원의 옆에서 긴장을 풀던 연석의 눈에도 현주가 들어왔다.

"어? 누나!"

현주는 지원의 헛것이 아니었다. 지원은 연석의 외침과 동시에 현주를 찾았다. 분명한 그녀였다. 지원과 눈을 마주친 그녀는 싱긋 웃으며 작게 손을 흔들었다.

오지 않겠다고 하더니…… 그의 말 때문에 온 것인가 싶어 기분이 좋아진 지원은 고개를 숙이고 올라가는 입꼬리를 내리려 무던히 애썼다.

"자, 이번엔 둘씩 나눠서 찍을게요. 먼저 지원 씨랑 민서 씨부터 갑니다."

연석은 조명에서 벗어나 현주에게로 다가갔다.

"누나!"

연석은 불과 어제 본 그녀를 십 년 만에 만난 사람처럼 밝은 얼굴로 맞이했다.

"촬영 잘 돼? 교복 잘 어울리는데?"

"치, 그거 말고 할 말 없어요?"

"응?"

연석은 현주의 귀에 대고 목소리를 낮췄다.

"영화관에서 갑자기 사라져서는 연락도 안 되고…… 얼마나 걱
정했는지 알아요?"

"아, 그랬지……. 미안. 그날 너무 놀라서 정신이 없었어."

그의 팬들로 인해 놀라고 지원의 고백으로 인해 놀랐으니 놀라
도 단단히 놀란 날이었다. 연석은 짧게 한숨을 쉬며 괜찮다는 듯
미소를 지었다.

"별일 없었으면 됐어요. 저도 잘한 거 없는데요, 뭐. 지원 선배
없었으면 누나나 나나 큰일 날 뻔했잖아요."

연석은 시무룩한 얼굴로 말을 이었다. 현주를 곤란하게 했다는
이유로 지원이 화를 냈다는 사실은 굳이 말하지 않았다.

현주는 연석과 나누는 지원의 얘기에 괜스레 어색해져 어쩔 줄
을 몰랐다. 현주는 재빨리 고개를 돌려 지원과 민서를 바라보았다.
아니나 다를까 눈에 불을 켜고 노려보고 있는 지원이 보였다.

현주는 소리를 죽이고 입 모양만 움직여 '집중!'이라고 전했다.
지원의 반듯한 이마가 보기 좋게 구겨졌다.

"이번엔 둘이 사랑했던 시절로 감정을 잡아 봅시다."

지원은 한 손으론 민서의 허리를, 남은 한 손으론 민서의 턱을
감쌌다. 큰 키의 지원을 올려다보는 민서의 자세가 적당히 순종적
이고, 순수한 분위기를 만들어 냈다.

"좋아요. 자, 그럼 이번엔 민서 씨가 적극적인 느낌으로 해 볼까요?"

"제가요?"

민서는 오늘을 위해 무수히 보아 둔 다양한 포스터들을 머릿속에 떠올렸다. 그녀는 그와 커피 광고를 찍었던 때처럼 뇌쇄적이고 오묘한 분위기를 만들고자 애썼다. 팔을 들어 그의 목에 두르기도 했다가 상체를 숙여 몸의 곡선을 강조하기도 했지만 감독의 표정은 영 좋지 않았다.

"음⋯⋯."

현주 역시 민서의 과한 포즈에 눈살이 찌푸려졌다. 민서가 맡은 역할은 신여성이긴 하지만 지원에게만큼은 순종적이고 지고지순한 여자였다. 민서는 '유혹'이라는 키워드에 집중하느라 캐릭터의 가장 중요한 핵심 감정을 놓치고 있는 것 같았다.

"민서 씨가 의외로 긴장을 많이 하네."

현주는 진지한 얼굴로 촬영결과를 모니터 했다. 연석은 입술을 깨무는 현주를 바라보며 조용히 읊조렸다.

"그래서 좋지 않아요?"

"응?"

"진짜 능숙한 남자 옆에 능숙한 척하는 서툰 여자 같아서요."

"음⋯⋯ 그렇게 보일 수도 있겠네."

현주는 연석의 남다른 해석 능력에 엄지를 치켜세웠다. 화기애애한 둘과 달리 지원은 민서에게 화내지 않으려 없던 인내심을 발휘해야 했다. 뭘 할 때마다 하나부터 열까지 가르쳐야 하니 앞으로의 촬영이 막막해지는 그였다.

"강민서."

"네?"

"우리가 사랑했던 시절이야."

"……."

"유혹이 아니라 행복이 보여야지."

지원은 몸을 배배 꼬고 있는 민서의 몸을 정면으로 고쳐 주었다. 또한 낮은 목소리로 차분히 설명을 이어 나갔다.

"웃어. 미소 짓지 말고 활짝."

"이, 이렇게요?"

민서는 지원을 올려다보며 어색하게 웃었다. 그 순간 플래시가 터졌다.

"좋아요, 지원 씨도 조금 웃어 봅시다."

무뚝뚝한 남자 옆에 선 순수한 여자 같은 모습이었다. 거기에 지원까지 마저 웃으니 더할 나위 없이 행복해 보이는 커플의 모습이었다. 민서 스스로도 착각할 만큼 그녀를 쳐다보는 지원의 미소에는 사랑이 가득했고 또 행복해 보였다.

"아, 예쁘다! 좋아! 한 번 더!"

연이은 플래시 소리와 함께 두 사람의 컷은 마무리되었다. 지원은 찍힌 샷들을 꼼꼼히 살폈다. 민서의 어색한 모습이 오히려 감정을 살리는 데 도움이 된 것 같았다.

"잠깐 식사들 하시고 이어 찍을게요!"

"수고하셨습니다."

지원은 스태프들 사이에 선 현주를 향해 인사를 건넸다.

"작가님 오셨네요."

250

현주는 삐져나오는 미소를 간신히 참으며 고개를 끄덕였다.

"포스터 촬영이 궁금해서요. 작가도 참여할 권한이 있잖아요."

"배우들 불편하게 하는 작가님이네요."

"편협한 생각이에요."

지원은 현주와의 짧은 말장난을 끝으로 그녀를 지나쳐 대기실로 들어갔다. 그녀의 핸드폰에서 작은 진동이 울렸다.

[얼른 와. 예쁜 짓 했으면 상 받아야지.]

현주의 얼굴이 발그레한 분홍빛으로 바뀌었다. 멋있는 척, 프로인 척 카메라 앞에선 진지한 모습을 뽐내던 그가 이런 문자를 꾹꾹 누르고 있는 것을 상상하니 웃지 않을 수 없었다.

스태프들은 쉬는 시간이 되어도 부산스러워 보였다. 여전히 카메라 앞을, 데스크 앞을 떠나지 못하는 사람들이 있었고 어지러워진 소품들을 정리하느라 바쁜 스태프들도 보였다. 현주는 재빠른 고갯짓으로 주변을 살핀 후 그의 대기실 안으로 들어갔다.

"……!"

문을 열자마자 부딪혀 오는 누군가의 입술은 조급했지만 그만큼 짜릿했다. 입술의 주인공이 누구인지는 굳이 확인하지 않아도 되었다. 그녀의 허리를 감싼 단단한 팔과 달콤하게 엉키는 숨소리는 설렐 만큼 익숙한 지원의 것이었다.

"누가 들어오면 어쩌려고 그래요."

잠깐 떨어져 가쁜 숨을 내쉬던 그녀는 걱정스러운 물음으로 그를 바라보았다. 그는 여전히 눈을 감은 채 촉촉이 젖은 입술을 깨물고 있었다.

"문 잠갔는데?"

그는 장난기 어린 미소와 함께 어깨를 으쓱이며 소파에 앉았다.

"이리 와. 밥 먹자."

지원은 테이블 위에 놓인 민서의 도시락을 가리키며 말했다. 처음 받았을 때 따끈했던 느낌은 사라졌지만 여전히 먹음직스러워 보이는 모습의 도시락이었다.

"그게 뭐에요?"

"도시락."

"도시락인 거는 나도 알거든요."

"아, 강민서가 줬어. 팬들이 준비했나 봐."

현주는 도시락 뚜껑에 붙은 민서의 사진들을 보며 고개를 끄덕였다.

도시락은 지원과 현주 둘이서 먹어도 남을 만큼 양도 많고 화려했다. 김으로 멋을 낸 달걀말이와 잘 구워진 불고기 볶음, 문어 모양으로 잘린 소시지까지 다양한 반찬들이 가득했다.

"이야, 민서 씨 팬들 대단하네요. 이걸 제가 먹어도 될까요?"

"왜?"

"지원 씨 먹으라고 준 거잖아요."

지원은 별걱정을 다 한다는 듯 그녀의 머리를 헝클였다.

"어차피 이거 혼자 다 못 먹어."

"에이."

"나 입 짧아. 남기는 것 보단 다 먹는 게 팬들한테도 좋을걸?"

"그건 또 그러네요."

현주는 그제야 나무젓가락을 쪼개 먹을 준비를 시작했다. 보고만 있어도 군침이 흐르니 그 맛은 어떨지 기분 좋은 기대감이 퐁퐁 솟아났다. 지원은 그런 현주의 모습조차 사랑스러웠다.

똑똑—

음식을 향해 젓가락을 뻗기 직전, 현주는 반찬 하나 입에 대지 못한 채 얼음처럼 몸을 굳혔다.

"어, 어떡해요?"

현주는 지원의 팔을 붙잡고 울상을 했다. 연석과 팬들 사이에 둘러싸인 경험이 있는 그녀는 이런 상황이 끔찍이도 싫었다. 물론 이곳은 촬영 현장이었으니 그때와는 많이 다른 상황이었지만 어쨌든 의심받는 것은 피하고 싶었다. 그에 반해 지원은 눈살을 찌푸리며 퉁명스럽게 말했다.

"어떡하긴 뭘 어떡해. 우리가 뭐 잘못한 것도 아닌데."

"네?"

지원은 곧장 일어나 잠긴 문을 열었다.

"선배님!"

현주를 얼어붙게 한 노크의 주인공은 민서였다. 해맑은 웃음을 잔뜩 입에 걸고 자신의 도시락을 들고 있던 그녀는 현주를 발견하고 당황한 표정을 지었다.

"자, 작가님도 계셨네요."

지원은 건조한 눈을 빛내며 아무렇지 않은 듯 말했다.

"포스터 때문에 상의할 게 있어서."

"아……."

민서는 현주를 향한 눈길을 거두고 고개를 끄덕였다. 지원은 민서가 물러나지 않는 것에 대해 심한 귀찮음을 느끼고 있었다. 일분 일초가 아까운 시점이었다. 얼마 되지 않는 쉬는 시간 동안 현주와 대화를 나누고, 얼굴을 마주해야 했다.

"왜."

"네?"

"왜 왔냐고."

현주는 망부석처럼 소파에 앉아 그와 그녀의 대화를 듣고만 있었다. 생각해 보니 지원과 자신의 독대가 그렇게 어색한 장면은 아니었다. 자신은 작가였고 그는 그녀의 작품에 출연하는 배우였다. 그녀까지 합류한다면 더할 나위 없는 조합이었다.

"민서 씨도 같이 먹을래요?"

민서는 물론 지원의 고개도 현주를 향해 돌려졌다. 민서는 기쁘면서도 놀란 모양이었고 지원은 정말이지 짜증이 나 견딜 수 없는 표정이었다.

"그래도 돼요?"

"들어와요."

현주는 미소를 지으며 눈길을 지원에게 향했다. 그가 문고리를 잡고 놓지 않는 바람에 민서가 안으로 들어올 수 없었기 때문이었다. 현주의 도움으로 들어온 민서는 어색하게 도시락을 내려놓고 자리에 앉았다.

"지원 씨도 얼른 와서 앉아요."

지원은 잔뜩 구긴 인상과 함께 터덜터덜 자리에 앉았다. 현주와 조용히 시간을 보내고 싶었던 그의 소박한 바람은 무참히 깨져 버렸다.

— Rrrrr.

현주의 핸드폰이 울렸다. '연석'이었다. 그 이름을 놓칠 리 없는 지원의 눈이 날카롭게 바뀌었다.

"여보세요."

일부러 받지 않을 이유가 없었다. 현주의 입장에서는 고작 전화를 받는 것뿐이었다. 지원은 목을 이리저리 움직이며 어딘가 뻐근해진 제 몸을 이완시켰다. 단둘이 있었다면 당연히 그의 전화를 받지 못하게 했을 것이었다.

곁에 있는 민서나 전화를 받는 현주나 눈치가 없기는 매한가지였다.

"연석이도 같이 먹을까요?"

가관이었다. 전화를 받은 것도 열불이 나 죽을 것 같은 그에게 현주는 그와 함께 밥을 먹어도 되냐는 소리를 했다. 아무래도 연석은 그녀에게 같이 밥을 먹자고 전화한 것 같았다. 지원은 가는 눈을 치켜뜨며 그녀를 똑바로 쳐다보았다. 현주는 잘못한 것이 없었지만 괜히 몸을 움츠렸다.

"저는 괜찮아요."

민서의 긍정적인 대답이 흘러나왔다. 현주는 난감한 듯 어색한 미소를 지었고 지원은 하는 수 없이 고개를 끄덕일 수밖에 없었다. 지원과 현주가 분노와 미안함이 가득한 눈의 대화를 나누고 있을 즈음 민서는 젓가락 하나를 쪼개어 냅킨을 깔고 지원 앞에 놓았다.

"얼른 드세요. 시간도 별로 없는데."

그녀의 손길은 퍽 다정하고 꽤 여성스러웠다. 여전히 지원을 무서워하느라 친밀하지는 않았지만 그를 위하는 행동이라는 것쯤은 명확했다. 현주는 묘한 불쾌함에 얼굴이 구겨졌다.

"……."

지원은 오직 연석이 지금 이곳으로 오고 있다는 것에만 정신이 팔렸다. 민서가 자신을 챙기고 현주가 그런 그녀를 불편해하고 있음은 안중에도 없었다.

똑똑.

아무도 대답하지 않고 아무도 문을 열어 주지 않았지만, 연석은 스스로 문을 열고 들어와 인사했다.

"다들 여기 계셨네요."

연석은 자연스럽게 현주 옆에 앉아 자신의 도시락을 펼쳤다.

"누나 도시락은 없어요?"

연석은 두리번거리며 물었고,

"작가님이 스태프 명단에 없어서 팬분들이 준비를 못 한 것 같아요."

민서가 대신 대답했다. 연석은 알겠다는 듯 고개를 끄덕이며 자신의 도시락을 현주 앞으로 내밀었다.

"누난 나랑 같이 먹어요."

"어?"

현주는 본능적으로 고개를 들어 지원의 얼굴을 살폈다. 잔뜩 일그러져도 모자랄 판에 그의 얼굴은 평온 그 자체였다. 그의 도자기 같은 얼굴은 주름 하나 허용하지 않았고 의자에 기대앉은 자세는 불안보다는 여유가 보였다.

오로지 그의 눈만이 날카로운 분위기를 자아내고 있었다.

"그, 그래. 그러지 뭐."

그녀가 할 수 있는 것은 그것뿐이었다. 호의를 보이는 연석에게 싫다고 할 수도 없는 노릇이었다.

"정말 안 드실 거예요?"

민서는 여전히 지원이 밥을 먹는지, 안 먹는지가 중요해 보였다.

"신경 쓰지 말고 너 먹어."

지원은 느리게 눈을 감았다 뜨며 생각에 잠겼다가 조용히 자리에서 일어났다.

"어디 가요?"

현주는 다급하게 물었다. 겉으로 보았을 때 지원은 아무렇지 않아 보였지만 그녀는 알 수 있었다. 그는 아주 많이 화가 나 있었다.

"밖이요."

지원은 짤막한 존댓말과 함께 문을 열고 나갔다. 민서는 아쉬운 듯 얇은 아랫입술을 내밀었다. 현주는 생각할 겨를도 없이 자리에서 일어났다.

"나 잠깐 화장실 좀 다녀올게."

민서는 그런 그녀에게 일말의 관심도 없어 보였지만 연석은 달랐다.

"금방 올 거예요?"

어린아이 같은 질문을 했다. 현주는 어딘가 불편해지는 이질감에 간신히 고개를 끄덕였다.

"응."

그녀에게 시급한 것은 화가 나 있는 지원을 찾는 것이었다. 대기실을 벗어나자마자 현주는 지원에게 전화를 걸었다. 그는 생각과 달리 금방 전화를 받았다.

— 어.

"어디예요?"

— 당신은?

"촬영장이에요. 대기실에서 나왔어요."

핸드폰 너머로 그의 조용한 웃음소리가 들리는 듯했다. 현주는 급격한 갈증에 목이 마르는 것 같았다.

— 왜?

"장난치지 말아요. 어디예요?"

— 차.

"네?"

— 차 안이라고.

"기다려요."

현주는 그대로 전화를 끊고 촬영장 밖으로 나왔다. 여러 종류의 차들이 즐비해 있었지만 그것은 아무런 문제가 되지 않았다. 그의 차라면 날렵한 스포츠카부터 사방이 새까만 밴까지 모조리 알고 있었다. 차 문을 열자 그녀의 눈앞엔 나른하게 기대 누운 지원이 있었다.

"여기서 뭐 해요?"

"명상."

지원은 장난스러운 얼굴로 짤막하게 대답했다.

"명상을 왜 해요?"

"음……."

지원은 상체를 일으켜 현주를 향해 몸을 기울였다.

"열 받아서."

그는 여전히 장난스러운 얼굴이었지만 목소리는 날카롭게 날이 서 있었다. 현주는 주변을 확인하고 차 안으로 들어가 문을 닫았다.

그는 그녀가 썩 좋지 않은 선택을 하고 있다고 생각했다. 자신이 화가 나 있는 상태에서 밀폐된 공간에 그녀와 단둘이 있는 것은 좋지 않은 것이었다.

"미안해요."

그녀는 그런 지원을 꼼짝 못 하게 하는 마력이 있었다. 조금 전까지만 해도 분노로 속이 끓어오르던 그였지만 현주의 사과는 그에게 찬물처럼 차가웠다. 그는 맥 빠진 사람처럼 싱겁게 웃으며 물었다.

"뭐가?"

"사실 뭐가 미안한지 모르겠어요."

"그래?"

"전화를 받은 게 저울질하는 건 아니잖아요."

지원은 미소를 지으며 고개를 끄덕였다.

"아니지."

현주는 그의 선선한 반응이 당황스러웠지만 계속해서 말을 이었다.

"같이 밥 먹자는 사람한테 싫다고 하기도 뭐하고요. 어차피 민서 씨도 있는데."

"맞아. 민서도 있었지."

현주는 묘하게 거슬리는 무언가 때문에 눈살을 찌푸렸다.

"그렇지만……. 지원 씨가 기분 나빴을 수도 있었을 것 같아요."

"왜?"

지원은 계속 말해 보라는 듯 여유로운 미소를 지었다. 현주는 말할수록 이상해지는 자신의 논리 때문에 허공에 대고 헛손질을 해

댔다.

"아니, 그러니까!"

"응, 그러니까."

현주는 더 이상 설명을 못 하겠는지 고개를 숙이고 한숨을 쉬었다. 명색이 작가라는 사람이 마음속 감정 하나 제대로 표현하지 못하니 죽을 맛이었다. 지원은 그런 그녀의 모습이 귀여워 소리 내어 웃었다.

"웃겨요?"

현주의 물음에 그는,

"아니."

라고 대답했다. 지원은 그녀의 절망적인 얼굴을 바라보며 부드럽게 말을 이었다.

"민서랑은 왜 같이 밥 먹자고 했어?"

"네?"

"당신이 같이 밥 먹자고 했잖아. 아무 말 안 했으면 내가 알아서 보냈을 텐데."

생각해 보니 그의 말이 맞았다. 현주는 당황스러워하며 그의 눈치를 살폈다. 그녀는 그와의 시간보다 사람들의 시선이 더 신경 쓰였다는 것을 차마 말할 수 없었다.

"그, 그러게요."

"내가 다른 여자랑 있는 게 아무렇지 않아?"

"네?"

"나랑 조금이라도 둘만 있고 싶은 생각 없어?"

그는 여전히 장난스러운 얼굴과 미소를 머금은 채였다. 그럼에도 현주는 긴 창살로 몸통 어딘가를 찔리는 기분이었다.

"……."

"나는 당신이 다른 남자랑 같이 있는 거 싫어."

"연석이는 그런 게 아니라……."

지원은 그녀의 눈을 쳐다보며 미간을 찡그렸다. 더 말하지 말라는 뜻이었다.

"내가 민서랑 같이 밥 먹고 전화하는 건 어때?"

"그게 무슨……."

"민서랑 나는 아무 사이 아니야. 맹세할 수 있어. 그럼 괜찮은 거야?"

현주는 말문이 막혔다. 자신이 무엇 때문에 불쾌함을 느끼고 있는지에 대한 해답을 그가 준 것이었다. 그녀는 민서가 그의 젓가락을 챙기는 것은 물론이고 그가 그녀의 이름을 부르는 것 역시 싫었다. 현주는 그를 쳐다보며 고개를 저었다. 지원은 만족스러운 듯 미소를 지었다.

"난 당신이랑 둘이 있는 시간이 간절해."

"……미안해요."

"……."

"생각이 짧았어요."

지원은 스스로가 대견했다. 그녀에게 쓸데없는 화를 내지 않고도 자신의 생각을 전달한 것이었다. 그는 얌전한 강아지처럼 그녀의 무릎에 머리를 베고 누웠다.

"내 핸드폰 왜 바뀐지 알아?"

"연예인들 핸드폰 자주 바꾸잖아요. 뭐 특별한 이유 있어요?"

"예전 핸드폰이 부서졌어."

"왜요?"

지원은 현주의 순진한 얼굴을 보며 묘한 미소를 지었다.

"당신 때문에."

"나요?"

"응, 너요."

"……."

현주는 그의 핸드폰이 바뀌게 된 시기를 곰곰이 생각해 보았다. 아무리 생각해도 떠오르는 장면이 없었다. 지원은 그녀에게 모든 것을 알려 줄 필요는 없다고 생각했다.

"나는 다른 사람이랑 내 물건 공유하는 거 싫어."

"내가 지원 씨 물건이에요?"

"아니, 그래서 더 중요해."

"……."

"당신이 우리가 아무 사이 아니라고 했으니까 참는 것뿐이야. 괜찮은 거 아니야."

지원은 지금 당장이라도 그녀를 삼키고 싶은 욕망을 억누르며 한마디, 한마디를 뱉어 냈다. 현주는 그런 그의 눈에서 무슨 영감이라도 받은 것처럼 홀린 듯 말을 꺼냈다.

"지원 씨."

"응?"

"민서 씨한테 민서라고 부르지 마요."

"민서를 민서라고 부르지 뭐라고 불러."

그렇게 말하면서도 그의 입가엔 미소가 번져 있었다.

"아, 그냥 민서 씨라고 하면 되잖아요. 뭐 그렇게 친한 사이라고."

현주는 투덜투덜 깨달은 본심을 전했다. 지원은 그녀의 내밀어진 입술을 어루만지며 참을 수 없는 욕망과 싸웠다.

"우리 아무 사이 아닌 거 확실해?"

15. 두 생각

촬영장에서의 짧은 밀회를 끝으로 둘의 만남은 좀처럼 이루어지지 못하고 있었다.

[37신 촬영하고 쉬는 중.]

포스터 작업을 시작으로 본격적인 촬영이 시작됐기 때문이었다.

"촬영할 때 문자 하지 말라니깐."

핸드폰을 바라보며 나지막한 웃음을 짓는 현주 역시 그에 대한 그리움이 가득했다. 둘은 끈질기게 문자를 하고 전화를 하며 그리움을 달래려 했지만, 지원과 현주 그 누구의 그리움도 달래지 못했다.

[보고 싶어.]

성질 급한 그의 문자가 연달아 도착했다. 경련하는 핸드폰의 모습이 조급해 보였다.

[집중해요.]

현주는 무수한 감정을 숨기며 답했다.

[다 집어치우고 당신한테 집중하고 싶어.]

그는 고백 이후 눈에 띄게 표현하는 법이 늘었다. 그것이 그의 노력이든, 감출 수 없는 감정이든 현주에게는 고마운 것이었다.

하지만 그것이 그녀에게 믿음을 주지는 못했다. 물론 그와 함께 있을 때만큼은 그런 불안을 잊을 수 있었다. 그의 열렬한 눈, 소유욕이 가득한 손, 거친 숨소리를 느끼고 있을 때면 그의 마음을 의심할 순간이란 없었다. 하지만 문제는 이렇게 홀로 견뎌야 할 시간이 생길 때였다.

[방금 그 말 엄청 느끼했던 거 알아요?]

[요즘 너무 야박한 거 알아?]

그와 그녀의 대화는 늘 이런 식이었다. 그는 그녀를 쫓았고 그녀는 도망가기 바빴다. 말장난으로 위장한 서로의 진심이 허공을 향해 흩뿌려졌다.

"밀린 일이나 하자."

현주는 지원의 문자에 답장하지 않고 컴퓨터 앞에 앉았다. 하나의 단막극으로 드라마 작가라는 자리를 굳힐 수는 없었다. 기회는 준비된 자에게만 소유를 허락했다. 최근에 지원에게 집중한 탓에 글이라곤 한 자도 못 쓴 그녀였다.

그가 바쁜 틈을 타 그녀는 그녀의 원래 패턴으로 돌아와야 했다.

— Rrrrr.

현주는 두 눈을 모니터에 고정한 채 핸드폰 통화버튼을 눌렀다.

"일하느라 답장 못 한 거예요."

지원은 그녀의 답장이 조금이라도 늦어지면 득달같이 전화를 했다. 현주는 이번에도 당연히 그일 것이라 생각했다.

— 누나?

현주는 다급히 핸드폰 액정을 확인했다. 지원의 이름 대신 화면을 차지하고 있는 이름은 연석이었다.

"아, 미안미안. 다른 사람인 줄 알았어."

— 누나가 그렇게 딱딱한 말투로 대답하는 건 처음 듣네요.

현주는 조금 전 자신의 목소리를 떠올렸다.

"딱딱했어?"

평소 지원에게 하는 말투와 다를 바 없는 것이었다.

— 네, 엄청. 전 지금 촬영 끝내고 퇴근하는 중이에요.

"다른 사람들은?"

방금 전 촬영 중이라던 지원이 떠올랐다. 연석은 잠깐의 침묵과 함께 뒷말을 이었다.

— 민서 누나랑 지원 선배는 아직 촬영하고 있어요.

"아……."

— 촬영 현장 궁금하지 않아요?

촬영 현장은 생각보다 궁금하지 않았다. 이미 대본을 쓰며 머릿속으로 수십 번 상상했던 장면들이었다. 상상했던 것과 다르다고 감독과 마찰을 일으키고 싶지도 않았고, 촬영에 돌입한 배우들에게 훈수를 두고 싶지도 않았다.

"알아서 잘 하겠지. 우리 팀 중에 나만 신인이잖아. 배우들부터 스태프들까지 다 프로인데 뭐가 걱정이야. 아, 민서 씨는 조금 걱정된다."

— 작가님이 너무 태평하시네요.

현주는 푸스스 소리를 내며 웃었다. 지원을 생각해서라도 현장에 가 볼까 하는 생각을 한 적은 있었다. 하지만 이내 고개를 저으며 얄팍한 생각을 삭제했다. 포스터 촬영 날에도 그의 매니저가 삼십 통도 넘는 전화를 할 때까지 그의 차에서 벗어나질 못했다. 그녀의 방문은 촬영 현장에 도움이 되지 않을 것이었다.

"내일도 촬영이지?"

— 네. 인간적으로 너무한 것 같지 않아요?

"내가 생각해도 그런 것 같긴 한데 어쩌겠어. 배우님들 스케줄 맞추다가 그렇게 된 거잖아."

고작 2회분의 촬영이었음에도 스케줄은 촘촘하고 숨 쉴 틈이 없었다. 한류 스타인 지원은 물론 아이돌 연석과 떠오르는 신인 민서의 일정을 조율하기가 쉽지 않았기 때문이다. 거듭된 스케줄 수정에 지친 제작진 측은 주요 배우 세 명의 촬영날짜를 공통된 날로 고정했다.

덕분에 한 번 촬영할 때 방대한 양을 한꺼번에 작업해야 하는 대참사를 맞게 된 것이었다. 연석은 현주의 말 기저에 배우들에 대한 나무람이 있다는 사실을 알아차렸다.

— 맞아요. 우리 때문이에요.

급격히 시무룩해진 연석의 목소리는 풀 죽은 어린아이처럼 귀여운 구석을 갖고 있었다. 현주는 이번에도 웃을 수밖에 없었다.

"알면 다행이고."

— 누난 오늘 뭐 해요?

"음, 나가서 글 쓰려고."

— 어떤 글?

"그냥 글. 무슨 글이 될지는 아직 모르겠어."

— 좋네요.

연석의 목소리는 나긋했다. 가끔 그 나긋한 목소리가 너무 다정한 느낌이라는 생각이 들기는 했지만 깊게 고민하지 않았다.

— 지원 선배는 요즘 기분이 좋은 것 같아요.

"응?"

연석은 나긋한 목소리로 느닷없는 이야기를 시작했다. 현주는 어떠한 형태로든 지원과 연석의 상관관계가 불편했다. 지원의 입에서 나오는 연석의 이름도, 연석의 입에서 나오는 지원의 이름도 너무나 어울리지 않아서 징그러울 지경이었다.

— 그냥 시도 때도 없이 잘 웃으시거든요.

"그래?"

현주는 긴장된 미간을 짚으며 다음 말을 기다렸다. 의미 없는 말이라 생각하지 않았다.

— 누나는 어때요?

"……"

— 좋아요?

현주는 무어라 대답해야 할지 실로 복잡한 고민을 거듭했다. 연석의 의도를 정확히 알지 못하니 어떻게 반응해야 하는지도 명확하지 않았다. 그녀의 침묵이 길어지자 연석은 차분하고 부드러운 목소리로 얼어붙은 침묵을 깼다.

— 나, 누나랑 선배 무슨 사인지 알아요.

현주는 정신이 아찔해졌다.

"언제부터?"

— 그냥 어느 순간부터.

"아, 있잖아……."

오해라고 호들갑을 떨어야 하는 것인지, 쿨하게 인정해야 하는 것인지 확신이 서지 않았다. 정작 중요한 때에 지원은 그녀의 곁에 없었다. 지금 이 순간 그녀에게 목소리를 들려주는 것은 연석뿐이었다.

— 놀랐어요?

"조금."

— 미안해요. 그냥 알고 있다고 하면 누나가 좀 편하지 않을까 해서……. 그뿐이에요.

"……."

연석의 목소리는 여전히 다정했고 평화로웠으며 부드러웠다. 그저 알고 있다는 사실에 대한 전달, 그뿐인 것 같았다.

— 누나?

현주는 크게 호흡을 내쉬며 긴장한 마음을 이완시키려고 노력했다.

"연석아, 혹시 누구한테……."

— 아무한테도 얘기 안 했어요.

"고마워."

아주 짧은 침묵. 침묵이라고 보기도 어려운 찰나의 순간이 지나자 연석은 호탕한 웃음소리를 냈다.

— 누나, 나도 연예인이에요. 그 정도 눈치는 있어요.

"미안. 전혀 생각도 못 했던 상황이라 조금 놀래서……."

— 저 말고 아는 사람 없어요?

"응, 없어. 뭐 시작한 지 얼마 되지도 않았고······."

— 비밀 지켜 줄게요.

현주는 그래도 안심이 되지 않는 듯 덧붙여 말을 이었다.

"지원 씨한테는 알고 있다고 말하지 마. 아마 되게 신경 쓸 거야."

사실 싫어할 거라는 것이 더 옳은 표현이었지만 순화할 필요가 있었다.

— 걱정 말아요, 누나. 나 입 무거워요.

"그나마 알게 된 게 너라서 다행이다."

— 공짜는 아니에요. 나중에 밥 맛있는 거 사 줘요.

"당연하지."

평소와 다를 것 없는 연석의 목소리는 현주의 마음을 금방 안심시켜 주었다. 생각해 보면 정말 다행이었다. 알게 된 사람이 일반 대중도 아니고, 친분 없는 연예인도 아니고, 연석이었으니 비밀을 지켜 달란 말도 할 수 있는 것이었다.

게다가 마음 한구석으론 후련한 기분까지 들었다. 상대가 상대인지라 흔한 연애 상담 하나 제대로 못 하던 그녀였다.

— 근데 되게 신기해요.

"뭐가?"

— 지원 선배랑 누나, 정말 안 어울리는데.

"그 사람이 너무 화려하긴 하지?"

현주는 들고 있던 펜을 깨물며 말했다. 이기적인 유전자의 지원과 평범하기 그지없는 그녀의 만남은 사실 현실적이지 않았다.

— 누나가 아까워요.

현주는 싱긋 웃으며 물고 있던 펜을 내려놓았다.

"고맙다. 너밖에 없어."

— 진짠데. 못 믿네.

"아냐, 완전 믿어."

— 누나는 공기 같은 사람이에요. 선배는…… 마약 같은 사람이고요.

"마약?"

— 한 번 맛보면 평생을 갈망해야 하잖아요. 그게 엄청 해로운 걸 알면서도.

"너 꼭 마약 해 본 사람처럼 얘기한다."

퉁명스럽게 대답하긴 했지만 그의 비유는 적절했다. 지원은 이로운 남자라고 하기엔 많이 해로웠다. 그를 연인으로 두는 순간부터 생기는 문제는 백 가지가 넘었다. 대중들의 숨 막히는 관심은 물론이고 평생 동안 얻지 못할 자유 역시 마찬가지였다.

현주는 그런 사실들에 대한 고민을 일부러 하지 않았다. 그녀 자신이 그런 것들을 감당할 수 있을지 아직 알 수 없었다. 무수한 고민들 사이로 연석의 목소리가 침범했다.

— 누나는 평범해요.

"굳이 알려 줄 필요는 없는데 고맙구나."

현주는 갑자기 무거워진 통화 내용에 가벼움을 불어넣으려 애썼다.

— 누나는 사람들이 공평하게 숨 쉰다고 생각해요?

"그렇지 않나? 누군 숨 쉬고, 누군 못 쉬고 하지는 않으니까."

— 감옥에 갇힌 죄수를 생각해 봐요.

"감옥?"

— 밀폐된 공간, 제한된 바깥출입, 감시하는 사람들의 존재, 그런 거?

현주는 평범하기 그지없는 공기를 새롭게 해석하는 연석의 말을 조용히 곱씹었다. 꽤 흥미로운 전개였다.

"답답하긴 하겠다."

— 그런 사람한테 자유로운 공기는 마약보다 간절할 거예요.

"……"

— 탈옥하고 싶을 만큼.

현주는 늘 자신을 갈망한다고 표현하는 지원을 떠올렸다. 그가 그토록 원하는 신선한 공기가 자신이라고 생각하니 뿌듯하면서도 부끄러워졌다.

"내가 그렇게 매력적인 존재인 줄 몰랐네."

현주의 뻔뻔한 목소리는 연석을 웃게 했다. 그리고 이내 굳게 했다.

— 익숙해지지 않도록 조심해요. 영원히 매력적인 공기일 수 있게.

연석의 마지막 말은 현주의 마음에 경종을 울렸다. 악마의 속삭임만큼이나 위험한 그 말은 가뜩이나 미약하기만 한 그녀의 믿음을 벼랑 끝까지 몰고 갔다.

연석의 말은 조금도 틀리지 않았다. 오히려 깨달음을 주는 것에 가까웠다. 지원은 자유와 의지를 제한받는 죄수였고 그런 그에게 현주는 신선한 공기 그 자체였던 것이다.

— 어려울 게 뭐 있어요. 너무 쉽지만 않으면 돼요.

"조언하는 거야?"

현주는 연석이 응원을 하는 것인지, 포기를 하라 말하는 것인지 헷갈렸다.

— 그냥 하나의 방법일 뿐이에요.

현주는 연석과의 전화를 끝내고 혼란스러운 마음을 가라앉히지 못했다. 그녀가 그와의 관계를 유지하기 위해 해야 하는 노력이 하고 많은 것들 중에 하필이면 그런 것이라니 마음이 무거웠다.

타고나기를 솔직한 그녀였다. 여린 만큼 투명했고 순진한 만큼 속이는 것은 질색이었다. 지금은 지원을 원망하는 마음으로 그에게 확답을 주지 않았지만 조만간 그의 괴로움을 풀어 줄 계획이었다. 하지만 지금은 그 계획이 옳은 것인지 혼란스러웠다.

— Rrrrr.

여전히 솔직하기만 한 지원에게서 전화가 왔다.

"여보세요."

— 누구랑 그렇게 통화해.

현주는 하마터면 왈칵 눈물이 쏟아질 뻔했다. 그의 지나친 관심은 언제나 환영이었다. 잃고 싶지 않았다.

"그냥, 친구랑 전화했어요."

— 친구 누구.

지원의 목소리는 덤덤했지만 낮고 단호했다. 가뜩이나 바쁜 일정으로 그녀를 만나지 못한 탓에 스트레스를 받고 있던 그였다. 그녀의 작은 순간도 놓치고 싶지 않아 했다.

그에 반해 현주는 그에게 모든 것을 주지 않겠다고 다짐했다. 얼렁뚱땅 그에게 이끌리던 스스로를 단단히 부여잡았다. 또한 이것이 그와 그녀의 관계를 오래도록 붙잡아 줄 방법이라고 스스로를 설득했다.

"꼭 알려 줘야 해요?"

순식간에 서늘해진 지원의 목소리가 이어 들렸다.

— 방금 더 알고 싶어졌어.

그는 잔뜩 날이 선 목소리로 말했다. 꼭 알려 줘야 하냐는 말에 신경이 날카로워진 모양이었다. 가만히 그의 감정을 음미하던 현주는 문득 터져 나오는 제 감정을 참지 못했다.

"보고 싶어요."

그의 화를 무마시키려는 싸구려 시도는 아니었다. 그냥 정말 순식간에 튀어 나간 진심이었다. 연석의 아리송한 조언은 그녀를 혼란스럽게 했고 그를 보고 싶게 했다.

— ·······.

그가 짧게 침묵했다.

— 무슨 일 있어?

그리고 그의 걱정이 이어졌다. 그는 그녀의 보고 싶다는 말이 그리 편하지 않은 모양이었다.

"아니요."

— ·······.

지원은 서툰 사람임에 분명했다. 그는 망설였고, 그의 날뛰는 심장 소리가 전화기 너머까지 들리는 듯했다. 스태프들의 재촉하는 소리도 함께 들렸다. 현주는 그를 둘러싼 많은 사람들의 모습을 자연스럽게 연상했다.

"오늘 늦게 끝나요?"

― 응, 아마도.

"그래도 올래요?"

― 응?

"우리 집에 올래요?"

― ······.

"나 보러 와요."

시원한 긍정도, 아쉬운 부정도 없이 전화는 끝이 났지만 금세 날아온 문자 하나는 그녀를 두근거리게 했다.

[늦더라도 갈게.]

현주는 손끝으로 그의 문자를 어루만졌다. 정확하게는 핸드폰의 화면을 어루만졌다. 그의 당황하는 얼굴, 그럼에도 완벽했을 얼굴이 떠올랐다. 핸드폰은 어색해하는 지원만큼이나 몸을 떨며 또 하나의 문자를 전달했다.

[나도 보고 싶어.]

현주는 미소를 지으며 집 안의 창을 전부 열었다.

"41신 촬영 들어갈게요. 민서 씨랑 지원 씨, 세팅 완료됐어요?"

촬영 현장은 쉬는 시간이고 작업 시간이고 할 것 없이 분주했다. 고작 2회분 분량의 짧은 단막극이었지만 호화 캐스팅이란 이름으로 몸집이 부풀어진 탓에 예상보다 훨씬 더 높은 완성도가 요구됐다. 벌써 세트장 한가운데 서 있는 민서의 모습도 위태롭기 짝이 없었다. 자꾸 밤을 새는 탓에 눈가는 어두웠고, 얇은 다리에 간신히 걸린 하이힐은 흉기처럼 뾰족했다.

"조명 좋고— 큐!"

조연출의 큐 사인을 시작으로 촬영은 재기되었다.

"우리 이렇게 쉽게 끝날 사이 아니잖아요."

"세상에 영원한 건 없어."

지원은 제 팔을 부여잡는 민서의 팔을 냉정하게 뿌리치며 등을
돌렸다.

"날 사랑한다고 했잖아요! 내 곁에 있겠다고 했잖아요. 가지 말
아요. 제발 내 옆에 있어요. 이대로 가면…… 당신이 가면……."

민서는 구슬처럼 맑은 눈물을 끊임없이 흘리며 서글프게 흐느꼈
다. 지원은 그런 그녀의 주저앉은 모습에 못내 괴로워하며 고개를
돌렸다. 빌어먹게 아름답고 빌어먹게 신파적인 한 장면이었다.

많은 사람들의 걱정과 달리 지원과 민서의 합은 꽤 괜찮은 편이
었다. 민서는 여전히 부족한 점이 많은 배우였지만 첫 작품이라는
애정 덕분인지 준비성이 나름 훌륭했다. 형광펜과 색색의 표식으로
얼룩진 대본은 물론이고 시시각각 질문을 쏟아 내는 그녀의 행보는
많은 사람들을 놀라게 했다.

"선배님, 주저앉는 거 말고 매달리는 건 어때요?"

"내 다리에?"

덕분에 가장 귀찮아진 것은 지원이었다. 초반엔 민서가 그를 무
서워했기 때문에 특별할 것도 없었지만 요즘은 좀 편해졌는지 이것
저것 묻는 것이 많았다.

"슬픈 걸 슬프지 않다고 말할 때, 제일 슬픈 거야. 적당히 해."

지원은 턱 끝까지 채워진 단추가 답답한 듯 목깃을 잡아당기며

고개를 저었다. 그 역시 작품이라면 끔찍이 하는 사람이라 민서의 열정 어린 시도에 함께해 줄 마음은 있었다.

하지만 오늘은 대충 해서라도 촬영을 빨리 끝내고 싶었다. 현주의 '보고 싶다.' 라는 말은 그의 마음을 뜨겁게 달궜다.

모든 촬영이 끝나자 시계는 새벽 한 시를 가리키고 있었다. 생각보다는 일찍 끝난 편이었지만 지원은 마음이 조급했다.

"수고하셨습니다."

그는 거침없는 인사와 함께 재빨리 밴에 탑승했다. 죄 없는 매니저를 닦달하는 것 역시 잊지 않았다.

"연애를 하려면 숨기는 척이라도 해라. 나 너 매니저거든?"

매니저는 이해할 수 없다는 듯 땅이 꺼져라 한숨을 뱉었다. 지원의 눈썹이 천천히 구겨졌다.

"내가 요즘 되게 착했나 봐? 나한테 짜증낼 생각까지 하고."

지원은 가뜩이나 그녀를 마음껏 만나지 못하는 것에 화가 나 있던 상태였다. '숨겨야 한다' 는 매니저의 말은 그를 불쾌하게 했다.

"어, 어?"

매니저는 아차 싶은 마음에 말을 더듬었다. 작품과 관련된 것을 제외하고는 어떤 간섭이나 조언도 질색하는 지원이었다. 이럴 땐 최대한 빨리 자세를 낮추는 것이 상책이었다.

"아이, 무슨 소리야. 내가 언제 짜증을 냈다고……."

매니저는 서투른 변명과 함께 그의 눈치를 살폈다. 몸이 굳은 그와 달리 지원은 나른하게 몸을 기대고 낮은 목소리를 뱉어 냈다.

"사생활에 터치하지 마. 은퇴하고 싶어져."

"아, 알지. 당연히 알지. 그러면 안 되지."

매니저는 어울리지 않는 미소를 지으며 지원을 달랬다. 지원 역시 이 정도면 됐다 싶었는지 내비게이션에 친절히 주소를 입력했다. 시간을 더 지체하고 싶지 않았다.

그는 현주가 깨어 있길 간절히 바라면서도 차마 전화를 걸거나 문자를 하지는 못했다. 그녀가 잠들었다면 그것은 그것대로 깨우고 싶지 않았다. 매니저에게 있는 대로 성질을 부리던 그와 현주 앞에서의 그는 완전히 다른 사람이었다.

"내일 첫 스케줄 몇 시야?"

"오전 10시. 여기로 데리러 올까?"

"응. 아침엔 전화하지 마."

지원은 개미 새끼 한 마리 지나가지 않을 것 같은 한적한 현주의 집 앞에 발을 디뎠다. 그녀를 닮아 아담하고 따뜻한 분위기의 그곳은 그를 편안하게 하는 묘한 기운을 가지고 있었다. 엘리베이터에 몸을 실은 그는 언젠가 그녀가 알려 주었던 집 비밀번호를 떠올렸다.

띠리릭—

그는 마치 이상한 나라의 앨리스가 된 기분이었다. 그녀의 집을 찾은 것이 이번이 처음은 아니었다. 그중 어느 날은 그녀와 잠자리를 가진 적도 있었다. 그런데도 그런 그녀의 집 문을 스스로 열자 묘한 긴장감에 소름이 돋았다. 집 안은 주홍빛의 등이 밝혀져 있었다. 그가 들어올 것을 생각해 켜 둔 모양이었다.

"유현주?"

들릴 듯 말 듯 조용히 그녀의 이름을 불렀다. 대답은 없고 정적은 길었다. 여러 권의 책이 펼쳐진 거실은 온기가 사라진 지 오래였고 주방 역시 마찬가지였다. 지원은 닫혀 있는 침실의 문고리를 조심스레 돌렸다. 하얀 이불에 뭉게뭉게 감싸인 작은 인영이 눈에 들어왔다.

"……"

새근거리는 숨소리가 그의 귓가를 간지럽혔다. 시간이 멈춘 듯 침실 안의 공기는 적막 그 자체였다. 방 안 가득한 어둠으로 완전히 드러나지 않는 그녀의 얼굴은 그를 지독한 갈증 상태로 만들었다.

"하아―"

지원의 목울대가 크게 한 번 움직였다. 마른침이 넘어가고 무수한 탄식이 이어지며 인내와 좌절이 반복됐다. 그는 이끌리듯 상체를 숙여 그녀의 작은 입술을 깨물었다. 작은 뒤척임과 함께 현주가 깨어났다.

"음…… 지원 씨?"

그녀는 탁한 목소리로 그의 이름을 불렀다. 지원은 그대로 무너져 그녀를 품에 안았다.

"잘 잤어?"

현주는 눈가를 찡그리며 웃었다.

"이 시간에 할 인사는 아닌 것 같은데요."

"미안."

"불 켤까요?"

"아니."

"나 보고 싶었다면서요."

바람 소리가 깃든 웃음소리가 들렸다. 현주는 보이지 않아도 그의 웃는 얼굴을 떠올릴 수 있었다. 그의 조용하고 위압적인 목소리가 이어 들렸다.

"응, 근데 조금 천천히."

"……."

"조금만 천천히 보여 줘. 지금은 목소리로도 충분해."

현주는 자신이 프시케가 된 것만 같았다. 사랑의 신인 에로스와 어둠 속에서 사랑을 나눴다는 프시케. 어릴 적엔 보지도 못하는 남자를 남편으로 둔 프시케가 가여웠지만 지금 생각해 보면 불필요한 걱정이었다. 목소리만으로도 충분히 매혹적인 지원은 현주를 아찔하게 하는 데 조금의 부족함도 없었다.

"그냥 하루 종일 이러고 있고 싶다."

"……."

"너 때문에 일에 대한 동기부여가 안 생겨."

그는 그녀의 작은 등을 토닥이며 조용조용 불만을 늘어놓았다. 현주는 밤바람으로 차가워진 그의 품이 침대보다도 더 안락하게 느껴지는 것이 신기했다.

"대신 돈 많이 벌잖아요."

"돈은 지금도 평생 먹고살 만큼 있어."

"우와― 그거 나 줘요."

"그러지 뭐."

지원은 망설임 없이 대답했다.

"얼마나 원해?"

흡사 악마와의 거래에서나 나올 법한 대사였다. 현주는 멍한 머리를 이리저리 굴려 적당한 금액을 찾았다.

"한 천만 원?"

"이왕 욕심부리는 거 좀 더 부려. 나 같은 능력자 만나기가 어디 쉬운 줄 알아?"

"그냥 먹고 싶은 거 먹을 만큼, 입고 싶은 거 입을 만큼이면 충분해요."

"하긴."

"뭐가 하긴이에요?"

"그냥 날 가지면 돼."

순간 그녀의 몸과 마음에서 그를 가지라는 외침이 울려 퍼졌다. 마른침이 꿀꺽하고 넘어갔다. 그의 가는 손가락이 그녀의 목 언저리를 쓰다듬었다.

"내가 생각을 좀 해 봤는데."

"어떤 생각이요?"

"당신이 가져야 할 나에 대한 믿음 말이야."

현주는 편안했던 마음이 다시금 시려지고 차가워졌다. 그에 대한 '믿음'. 그 흔해 빠진 가치가 어찌하여 이리 어려운지 스스로에게도 답답할 지경이었다.

"이런 식이면 생길 믿음도 안 생길 것 같아."

"……."

현주는 쿵 하고 심장이 내려앉는 것을 느꼈다. 그의 말이 어쩌면 포기일지도 모른다는 생각에 하염없이 두려워졌다. 너무 밀어내기만 했던 것인가 싶어 반성할까 싶다가도 그가 책임을 져야 한다는 유치한 반박이 거칠게 솟아났다.

지원은 그런 그녀와 상관없이 담담한 말투로 말을 이었다.

"우리 여행 가자."

"뭐라고요?"

"여행 가자고."

"지원 씨 집에요?"

지원은 그녀의 엉뚱한 말에 몸을 일으키고 하하 웃었다.

"당신은 그런 걸 여행이라고 해?"

"아니, 그러니까…… 지원 씨는 바쁘고 항상 스케줄이 있으니까……."

그의 커다란 손이 현주의 양 볼을 조심스럽게 감쌌다. 현주의 따뜻한 온기가 그의 차가운 손으로 천천히 전해졌다.

"다음 주에 시간 비워 놨어. 어디든 가자. 같이 시간을 보내야 믿음도 줄 거 아니야."

"……."

"아시아권만 아니면 알아보는 사람도 별로 없을 거야."

현주는 그와 평범한 시간을 보내는 것이 과연 가능한 것인지에 대한 불신과 동시에 설렘이 솟았다. 식당에서 밥을 먹거나 공연을 보거나 하는 것들이 해외라고 가능해질지가 궁금했다.

"저 바쁜데요."

물론 약간 튕기는 것도 잊지 않았다. 사실 이런 것들이 무슨 의미가 있나 싶었지만 나름 매력적인 공기가 되기 위한 발악이라고 생각했다.

"부탁이야."

그녀의 가벼운 튕김과 달리 지원은 가라앉은 목소리로 진중하게 부탁했다.

"나 숨 좀 쉬자."

그는 그녀의 목에 코를 박고 깊게 숨을 들이마셨다. 상쾌한 비누 향기가 그의 봉인된 욕망을 자극하고 있었다. 그와 달리 현주는 그의 말에 생각이 깊어진 듯했다.

"나 궁금한 거 있어요."

현주는 침대 옆 스탠드를 밝히며 말했다. 그는 부신 눈을 부비며 눈앞에 놓인 광경에 넋을 잃었다. 희미한 불빛 아래 놓인 그녀의 모습은 묘하게 순결하고, 묘하게 선정적이었다.

"뭐든."

그의 짤막한 답변이 돌아왔다.

"난 지원 씨한테 뭐예요?"

그는 질문을 이해하지 못하겠다는 듯 눈알을 굴렸다. 현주는 오글거리지만 힌트를 주기로 했다.

"뭐 예를 들면 공기라든지, 마약이라든지……."

지원은 차마 그녀의 말을 끝까지 듣지 못하고 폭소했다. 처음엔 킥킥거리며 웃더니 나중에는 침대 밑으로 내려가 땅을 치며 웃었다. 현주는 부끄러움에 얼굴이 붉어졌다.

"아, 뭐예요. 질문한 사람 무안하게."

"당신이 생각하기엔 어떤 것 같은데?"

"내가 먼저 물어봤잖아요."

"당신 생각이 궁금해. 나한테 당신은 어떤 것 같아?"

"음…… 공기?"

현주는 괜히 말꼬리를 늘이며 말했다. 신경 쓰지 않는 듯 포장했지만 연석의 말이 자꾸만 신경 쓰인 탓이었다. 그는 손을 뻗어 그녀의 턱을 어루만졌다. 노란 스탠드 탓인지 그의 눈동자는 불꽃이 이는 것처럼 활활 타오르고 있었다.

"아닌데?"

"아니에요?"

"응."

"그럼요?"

"저번에도 말하지 않았나?"

"……."

지원은 길게 뻗은 눈을 베일 듯 날카롭게 다듬으며 뚜렷하고 명확하게 말을 이었다.

"난 내 거 다른 사람들이랑 공유하는 거 싫어."

"……."

그녀의 목을 감싼 그의 손에 힘이 들어갔다.

"공기처럼 헤픈 건 질색이야."

지원은 그대로 그녀를 끌어당겨 입을 맞췄다. 온몸 구석구석에 제 이름을 새겨도 모자랄 판에 공기 같은 것과 비교를 하다니. 그녀는 그를 몰라도 너무 몰랐다.

16. 여행

"인도 어때요?"

"안 돼. 위험해."

"그럼…… 미국이요! 나 미국 한 번도 안 가 봤어요."

"미국은 시골 촌구석을 가도 한국인이 있어."

여행지를 정하는 것이 이렇게 어려운 일인 줄 몰랐다.

"에이, 그럼 대체 어디를 가자는 거예요."

"파리 어때?"

"거기도 한국 사람 엄청 많을걸요?"

"지금은 비수기라 괜찮아."

줄다리기 같은 대화는 새벽 내내 이어졌다.

"그냥 솔직하게 말해요. 파리 가고 싶다고."

"응, 파리 가고 싶어."

숱한 번복과 고민에도 정해지지 않던 여행지가 뻔뻔하기 그지없는 지원의 인정으로 단박에 정해졌다.

"파리 가 봤어?"

지원은 생각만 해도 행복해지는 기분이었다. 돈은 벌어 뭐하고, 시간은 남아 뭐하냐는 그의 지론을 부술 때가 된 것이었다. 그의 돈과 시간은 그녀를 위해 존재했다.

"네."

"누구랑?"

그 즐거운 상상 속에서도 질투를 멈추지 못하는 그를 보며 현주는 미간을 찌푸렸다.

"별로 좋은 기억 아닌데."

지원은 침묵해야 할 때를 정확히 아는 남자였다.

"괜찮아. 나랑 같이 가면 좋아 죽을 기억밖에 없을 거야."

"자신 있어요?"

"파리에서 살자고 빌지나 마."

그는 침대 옆 탁자 위에 놓인 작은 달력을 팔랑팔랑 넘겼다.

"이 방은 시간이 멈췄어? 왜 아직 작년이야."

"바꿀 시간이 없었어요."

"남는 게 시간이면서."

지원은 잠시 생각에 잠긴 듯 눈알을 이리저리 굴리더니 달력을 쓰레기통에 처박았다. 그녀는 얼굴을 찡그리며 그를 나무랐다.

"달력 주인은 나거든요."

"당신 주인은 나야."

감탄스러울 정도로 의도적이고 매력적인 화법이었다.

"……아, 아직……."

"곧."

"……."

"곧 그렇게 될 거야."

지원은 그녀를 품에 가두고 눈을 감았다.

"이번 주만 견디면 돼. 이번 주만 견디면 당신이랑 둘이 있을 수 있어."

"이번 주 많이 바쁘겠네요."

"응. 엄청."

"……."

"응원해 줘."

스스로도 유치한지 그는 입꼬리를 비스듬히 끌어올리며 킥킥 웃었다. 달빛에 비친 그의 얼굴이 청초했다.

"힘내요."

"응."

"셔츠라도 벗고 자요. 불편하잖아요."

그는 미간을 찌푸리며 고개를 저었다.

"나도 그러고 싶어."

"편한 옷 줄까요?"

"아니."

"……."

"내가 당신 옷도 벗기면 어떡해?"

그는 그런 말을 하면서도 진지한 표정을 잃지 않을 정도로 뻔뻔했다. 현주는 그런 그의 팔을 장난스럽게 밀어내며 새침하게 굴었다.

"어떡하긴 뭘 어떡해요. 쫓겨나는 거지."

"참······."

그는 현주의 철벽이 느슨하다는 것을 알고 있었다. 그럼에도 그것은 그에게 있어 세상 가장 두꺼운 철벽과도 같았다. 어찌나 두꺼운지 그 벽에 손을 갖다 대기도 무서웠다.

"인생 살기 힘드네."

그는 진심 가득한 탄식을 뱉어 냈다.

끔찍이도 느릴 줄 알았던 일주일은 생각보다 빠르게 지나갔다. 그는 배우 김지원의 일상을 보내는 것만으로도 충분히 정신없었고, 그것은 현주 역시 마찬가지였다. 그녀는 일주일 내내 두근거리는 심장의 푼수 짓을 달래기 위해 쉴 틈 없이 글을 썼다.

매일 쓰는 일기는 물론이고 시작하는 연인을 주제로 한 소설도 썼다. 소설의 배경이 파리라는 점이 그녀를 부끄럽게 했다.

— 준비 다 했어?

"안 들킬 자신 있어요?"

핸드폰 너머의 지원은 이미 공항이라고 했다. 말은 안 하지만 매니저도 없이 여행하는 것이 오랜만인 지원도 기대와 설렘에 흥분한 것 같았다.

— 당신은 나에 대한 불신이 뼛속 깊은가 봐. 의심을 안 하는 때가 없네.

그의 말은 분명 농담이었지만 현주는 약간의 죄책감이 느껴졌다.

"걱정되니까 그러죠."

— 걱정을 해도 내가 하니까 유현주는 부디 아무 생각 없이 오세요.

"알았어요, 알았어."

— 안 들키려고 이런 짓까지 하잖아, 우리가.

그가 말하는 '이런 짓'이란 소위 말해 이런 짓이다.

지원이 현주보다 세 시간 먼저 비행기를 탄다는 것, 둘은 프랑스 파리 어딘가의 호텔에서 재회하기로 했다는 것, 소속사에서 공식적으로 내놓은 지원의 스케줄은 밀린 인터뷰를 소화한다는 것이다. 물론 이 모든 것의 배경에는 그의 매니저가 있었다.

"근데 무슨 자리를 퍼스트 클래스로 잡았어요?"

현주는 비행기 티켓을 확인하며 물었다. 해외여행을 안 해 본 것은 아니었지만 퍼스트 클래스를 탄 적은 없었다. 그녀에게 퍼스트 클래스란 소위 재벌이라고 부를 만한 사람들이나 타는 자리였다.

— 당신 편하게 비행하라고.

그러나 지원은 그저 그녀를 편하게 할 작은 수단 정도로만 생각하는 모양이었다.

"난 비행기에서 잠만 자요."

— 그럼 편하게 자라고.

"괜히⋯⋯."

— 이럴 땐 그냥 고맙다고 해. 나한테 겸손해하지 마.

"⋯⋯."

— 당신보다 비싼 건 없어.

저런 말을 가르치는 학원이 따로 있는 것인가 싶었다.

"고마워요."

그래도 고맙긴 했다.

— 응.

그 짧은 대답 안에서도 그의 작은 웃음소리는 분명하게 존재감을 드러냈다.

— 프랑스에서 만나.

"곧 봐요."

그와의 전화를 끊은 현주는 어제도 몇 번씩 확인했던 여행 가방을 체크했다. 화장품, 선크림, 세면도구를 가지런히 모아 정리하고 두꺼운 옷들은 차곡차곡 포개었다. 속옷은…… 이 망할 놈의 속옷은 위아래 짝을 이룬 예쁜 것들로만 골라 넣었다. 그의 조언으로 구입했던 짙은 보라색의 속옷도, 검은색의 얇은 망사 속옷도 챙겼다.

"난 그냥 좋은 속옷을 가져가는 것뿐이야."

그녀도 그를 닮아 뻔뻔해지고 있었다. 열 시간이 넘는 비행을 고려해 갖고 있는 것 중 가장 편한 옷과 편한 운동화를 착용한 그녀는 집을 나서기 전 불현듯 스치는 기억 하나를 끄집어냈다.

'수현 오빠! 나 프랑스 처음 와 봐.'

'너랑 오니까 좋다. 다음에 꼭 다시 오자.'

일 년 전 이미 끝나 버린 인연과 사랑의 기억이 새록새록 되살아났다.

'지루해.'

'금방 질릴걸.'

그 뒤로 그 인연의 잔인함이 또 한 번 스쳤다. 현주는 자연스레 몸을 움츠렸다. 어서 빨리 지원이 보고 싶었다.

❖

지원은 호텔에 도착하자마자 옷을 벗고 샤워를 했다. 비행기 안에서의 피로는 목욕물의 따뜻함으로도 충분히 풀렸다. 그녀의 체온만 닿으면 모든 것이 완벽할 것 같았다. 그는 물기 가득한 머리를 수건으로 털어 내며 가져온 캐리어를 열었다.

"뭔 옷이 이렇게 많아."

그가 생각해도 너무 많았다.

"직업병이다. 직업병."

그는 해외로 화보 촬영을 나갈 때면 챙기는 구성으로 짐을 꾸렸다. 화려한 옷 몇 벌과 기본적이지만 적당히 멋스러운 옷 몇 벌, 선글라스와 운동화까지 커다란 캐리어를 꽉 채웠다.

생각해 보면 온전히 개인적인 이유로 해외여행을 하게 된 일은 이번이 처음이었다. 현주만큼이나 그 역시 설레는 이유는 바로 그 때문이었다. 강박적일 정도로 자주 핸드폰의 시간을 확인했다.

"하아⋯⋯."

어린왕자에서 나오는 장미의 기다림은 개뿔. 그녀가 네 시에 오기로 했다면 그는 네 시가 되기 전까지 줄곧 괴로웠다. 기다림은 아주 작은 즐거움도 주지 못했다.

― Rrrrr.

"응."

절묘한 타이밍에 핸드폰이 울렸다. 그는 거의 튕겨져 나가듯 튀어 올라 전화를 받았다. 드디어 그녀가 도착한 것이었다.

— 시내로 들어가는 버스 탔으니까 곧 도착할 거예요.

"마중 나갈게."

— 거기 있어요.

"거참, 걱정 그만하라니까."

지원은 조금이라도 빨리 그녀를 봐야 했다. 그녀가 거리에 있다면 그는 거리로 나가야 했다. 현주의 나른한 목소리가 노랫소리처럼 이어졌다.

— 나 졸려요.

"……."

— 우리 내일부터 놀아요.

"……."

— 오늘은 호텔에 있어요.

그녀는 알까. 고작 졸리다는 말 한 마디가, 고작 호텔에 있자는 말 한 마디가 그를 뿌리째 쥐고 흔든다는 것을. 지원은 크게 숨을 들이쉬고 최대한 침착한 목소리를 만들어 냈다.

"그래, 그럼."

— 고마워요.

지원은 전화를 끊고 방 안의 창문을 전부 열었다. 호텔의 가장 큰 스위트룸을 예약한 참이었다. 혹시나 방 밖으로 조금도 나가지 않는 사태가 발생하더라도 답답하지 않기 위해 세운 그의 치밀한 전략이었다.

창밖으로는 에펠탑이 바로 보였다. 에펠탑처럼 관광객이 많은 곳은 그녀 스스로가 가지 않을 것이었다. 그녀는 그를 위하는 일이라 생각하겠지만 그에겐 그저 속상한 일이 될 것이었다. 그는 이곳에서 줄 수 있는 모든 것을 그녀에게 주고 싶었다. 시간이 끔찍이도 느렸다.

똑똑—

숨 막히도록 간절하고 숨 막히도록 사랑스러운 노크 소리가 들렸다.

"……"

"나예요."

그는 성큼성큼 걸어 문을 열었다. 긴 머리카락을 자연스럽게 늘어뜨린 하얀 그녀가 눈에 들어왔다. 화장기 없는 맨얼굴에 두꺼운 니트를 입은 그녀는 커다란 솜사탕 같았다. 보드랍고 달고 하얗고 또 뭐더라…….

생각할 시간은 조금도 필요하지 않았다. 아니 필요했더라도 어쩔 수 없었다. 그는 차가워진 그녀의 손목을 잡아 쥐고 가까이 끌어당겨 입을 맞췄다.

오랜 비행의 피곤함 때문인지, 파리의 이국적인 절경 때문인지 그녀는 조금도 밀어내지 않고 그를 받아들였다. 뜨거운 혀가 서로에게 엉켰다.

"하아……"

그녀는 뜨거운 숨을 뱉었고 그의 뜨거운 혀는 그녀의 뜨거운 입술을 삼켰다. 그의 뜨거운 팔은 그녀의 뜨거워진 허리를 감쌌고 방 안의 공기도 뜨거워졌다. 모든 것이 뜨거웠다.

"……"

끊임없이 피어오르는 욕망을 간신히 눌러 넣고 그녀를 바라보던 그는 이마를 찡그렸다.

"왜요?"

그녀는 무슨 일이냐는 듯 물었다. 그건 그가 묻고 싶은 말이었다.

"비행기 안에서 무슨 일 있었어?"

"아니요. 잠만 잘 잤는데. 왜요?"

"평소보다 더 예쁜 것 같아서."

현주는 여전히 그의 팔 안에 갇힌 채 싱글거리며 웃었다. 호텔까지 오는 길은 낭만 그 자체였다. 깨끗하게 갠 하늘과 불어오는 바람의 신선한 향기가 그녀를 수줍은 소녀로 만들었다.

"우리 내일 미술관 가요. 루브르도 좋고 오르셰도 좋아요. 어디든 가요."

지원은 그런 그녀의 미소가 좋았다. 그녀의 편안함과 즐거움이 여행 내내 이어지길 바랐다.

"즐거워?"

현주는 어린아이처럼 힘차게 고개를 끄덕였다. 한 치의 거짓도 없는 진심이었다. 맞닿은 그녀의 배에서 꼬르륵하는 소리가 들렸다. 놓칠 리 없는 지원이 긴 눈을 휘며 웃었다. 눈가에 지는 주름마저 그는 매력적이었다.

"아, 자느라 기내식 못 먹어서 그래요. 놀리지 마요."

"놀리는 게…… 아니고……. 크큭, 너무 귀여워…….."

그는 뭐가 그리 좋은지 허리를 꺾으며 웃었다. 현주는 왠지 모를 뿌듯함을 느꼈다. 그도 그녀도 편안했다. 이십 년 넘게 살아온 한국이 아닌 전혀 다른 낯선 곳에서 둘은 안식을 찾았다.

"룸서비스 시키자."

"먹고 싶은 거 다 시켜도 돼요?"

"응, 그러려고 돈 버는 거야."

"나 돼지 되라고 돈 벌어요?"

현주는 무심한 표정을 지으며 룸서비스 목록을 살폈다.

"통통한 당신도 궁금하긴 해."

현주는 기겁을 하며 고개를 저었다.

"그건 안 돼요."

"왜? 살쪄 본 적 있어?"

"네, 고3 때."

"수능 스트레스?"

현주는 대충 고개를 끄덕였다. 좀만 더 대답했다가는 졸업 앨범을 보여 달라고 조를지 몰랐다. 지원은 손을 뻗어 그녀의 머리카락을 쓸었다. 부드럽게 스치는 갈색의 촉감이 기분 좋았다.

"얼마나 예뻤을까."

"……."

"살찐 유현주는."

그는 진심이었고 그녀는 진심으로 그가 병원을 가 봐야 하는 것은 아닌지 심각하게 고민했다.

정갈한 유니폼을 입은 남자가 가져다준 룸서비스 음식은 방 안의 테이블로는 감당하기 어려웠다.

"우와."

현주는 본인이 주문한 음식들의 스케일을 보며 감탄을 멈추지 못했다.

"진짜 다 먹을 수 있어?"

먹기 좋은 크기로 썰린 찹스테이크와 따끈한 감자 퓌레, 후식으로 주문한 초콜릿 케이크까지 더할 나위 없이 완벽한 만찬이었다.

"이 정도는 금방 먹어요."

"보기보다 잘 먹나 보네."

"보기엔 어떤데요?"

"……."

그의 기억으로는 그녀와 정식으로 식사한 일이 없었다. 간단한 음식을 나눠 먹은 적은 종종 있었지만 그것을 식사라고 부르기엔 무리가 있었다. 허탈할 만큼 빈곤한 추억에 말을 아낀 그는 그녀의 동그란 눈동자를 가만히 쳐다보았다.

"왜요?"

은색의 긴 포크를 쥔 그녀가 물었다.

"그냥. 당신이랑 밥 먹는 게 신기해서."

지원은 그 말이 주는 외로움에 대해 생각했다. 그는 그녀는 물론 누구와도 밥을 먹는 것이 익숙하지 않은 사람이었다. 늘 차 안에서 급히 먹거나 혹은 억지로 단백질 보충제 같은 것들을 섭취하는 것이 전부였다.

"별게 다 신기하네요."

반면에 그녀는 그런 일 따위는 너무도 평범하게 치부하는 사람이었다. 그것이 그에게는 평안을 주었다. 현주는 고기 하나를 입에

넣고 열심히 오물거렸다.

"우와."

"왜 또 우와야."

"맛있어서요."

"그렇게 맛있어?"

퉁명스러운 말투였지만 그는 웃고 있었다.

"굳이 밖에 안 나가도 되겠는데요?"

"……."

"하루 종일 이것만 먹어도 좋을 것 같아요."

중세 시대를 배경으로 한 영화에서나 나올 법한 의자에 앉은 그녀는 점점 노곤해졌다. 창밖에서 쏟아지는 햇살은 다정했고 음식은 맛있었으며 지원은, 그는 여전히 멋있었다. 그는 그 매력적인 얼굴에 웃음을 걸며 말했다.

"되게 위험한 발언을 하네."

"뭐가요?"

"여기 하루 종일 있고 싶어?"

현주는 그 말이 왜 위험할 수 있는지에 대해 곰곰이 생각해 봤다. 긴장하라고 한 말에 본인이 더 긴장하게 된 지원은 함께 주문한 와인을 삼키며 탄식했다.

"당신은 다 좋은데 눈치가 없어."

"저 눈치 좋아요."

푸흡, 그의 놀림 가득한 웃음이 터졌다. 현주의 눈이 가늘게 변하며 그를 흘겼다.

"아무리 못해도 지원 씨보다는 눈치 좋을걸요?"

"뭘 그렇게 장담해?"

"지원 씨는 할 말 다 하고 살잖아요."

"그게 뭐."

"그게 눈치 없다는 거지 뭐예요."

오늘의 마음대로 이론이야? 라는 그의 질문과는 별개로 그녀의 설명은 계속 이어졌다.

"난 피디님 눈치도 봐야 하고, 배우들 눈치도 봐야 하고, 방송국 눈치도 봐야 해요."

"왜?"

"나를 대체할 인력은 얼마든지 있거든요."

"……"

"지원 씨는 지원 씨를 대신할 사람이 없잖아요. 김지원은 김지원 이라는 브랜드니까. 나는 아직 아니에요. 언젠가 내 브랜드가 생긴 다면 정말 좋겠지만 그러지 못할 수도 있어요."

"……"

어색해진 것은 오히려 지원이었다. 그녀에게선 조금의 아쉬움이 나 슬픔도 보이지 않았다.

"가엾게 생각하지 말아요. 이 세상의 많은 사람들이 그렇게 사니 까. 지원 씨가 조금 특별한 거예요."

"……"

지원은 생전 처음으로 자신의 이름이 가진 가치에 대해 생각했 다.

늘 사람들의 관심과 사랑은 일시적인 것이라 생각했지만 어느덧 그의 데뷔도 17년이 넘어가고 있었다. 연륜도 있고 개성도 있는 나름의 브랜드라고 자부할 수 있는 수준이었다. 초콜릿 케이크를 크게 한입 베어 입안으로 넣은 그녀는 반짝이는 눈을 휘며 말했다.

"생각해 봤는데요."

"무슨 생각?"

"지원 씨가 그랬잖아요. 미친년처럼 구는 것도 필요하다고."

지원은 그녀가 자신의 말을 기억하고 있는 것이 귀여워 나지막한 목소리로 '응.' 하고 대답했다.

"저랑은 안 맞는 것 같아요."

"왜?"

"불편해서요."

지원은 그녀를 이해할 수 없어 미간을 구겼다. 현주는 목이 타는지 지원이 쥐고 있던 와인 잔을 뺏어 들고 한 모금 마셨다.

"그런 걸 착한 사람 콤플렉스라고 하는 거야."

그의 답답하다는 말투에 그녀는 얼굴을 찡그렸다.

"꼭 미친년 해야 해요?"

"꼭 착한 사람 해야 해?"

"그냥 좋은 사람 하고 싶은데."

그녀는 와인이 전해 주는 나른함에 몸을 늘이며 의자에 기댔다. 지원은 어쩔 수 없다는 듯 웃었다.

"당신 하고 싶은 대로 해."

"그러려고요."

"상처받는 건 당신이야."

"괜찮아요."

"……"

"잘 까먹거든요."

지원은 그녀가 절대 잘 까먹는 사람이 아니라는 것을 알았다.

"까먹긴. 속에 다 담아 둘 거면서."

"그걸 잘 아는 사람이 그렇게 속을 썩이나?"

그러곤 미소를 지었다. 그는 이끌리듯 몸을 일으켜 그녀에게 입을 맞췄다. 씁쓸한 포도향이 서로에게 옮았다. 모든 것이 꿈만 같았다.

"아, 진짜 이게 뭐예요."

"미안, 미안."

지원은 전혀 미안하지 않은 표정으로 미안하다는 말을 반복했다. 난데없는 식사 중 키스로 인해 그녀의 흰색 티셔츠 위엔 붉은 포도주가 쏟아져 있었다.

"이럴 줄 알았으면 다 마실걸."

그녀는 엎질러진 와인이 걱정인 모양이었다. 그녀의 티셔츠가 점점 붉어지고 촉촉해져 그녀의 몸과 딱 맞아 들어가고 있다는 것은 전혀 모르는 것 같았다.

"지금 그게 문제야?"

"그럼요?"

지원은 침대 모서리에 걸터앉아 그녀의 모든 것을 눈에 담았다. 눈동자는 느렸고 눈길은 꽤 끈적였다.

"아."

그녀는 그제야 무엇이 잘못된 것인지에 대해 자각했다.

"기회 줄게."

그는 장난스러운 미소와 함께 묘한 어감으로 명령했다.

"지금 당장 욕실로 들어가."

"……."

"잡아먹기 전에."

현주는 티셔츠에 쏟아진 와인보다 더 붉어진 얼굴을 하고 욕실로 들어갔다. 욕실 거울에 비친 스스로의 모습이 영 꼴불견이었다. 이리저리 얼룩진 티셔츠하며 술기운과 부끄러움에 붉어진 얼굴까지. 이왕 이렇게 된 거 목욕을 하기로 마음먹었다.

"왜 다시 나와?"

기껏 들어간 욕실에서 다시 나오는 그녀를 보며 지원은 눈살을 찌푸렸다. 쳐다만 보는 것으론 직성이 풀리지 않았다. 마음 같아선 그녀 몸에 닿은 포도주를 맛보고도 남았을 그였다.

"목욕하려고요."

"같이 하자고?"

"아, 진짜."

그녀는 상대하지 않겠다는 일념으로 뚜벅뚜벅 걸어 챙겨 온 작은 가방을 찾았다. 간단한 세면도구와 속옷이 든 가방이었다. 그녀는 갈아입을 옷가지를 챙겨 일어났다.

"욕실 들어오면 죽어요."

"죽고 싶으면 들어가도 돼?"

"아니요."

"너무해."

현주는 곧장 욕실로 들어가 문을 잠그고 따뜻한 물을 틀었다. 오랜 비행으로 가라앉은 컨디션을 끌어 올리기에 가장 훌륭한 선택이었다. 호텔에 구비된 샴푸와 비누의 향기도 그녀의 취향과 어긋나지 않았다.

한편 현주의 목욕 시간이 길어질수록 지원은 초조해졌다. 그녀는 그를 죽일 셈인 것 같았다. 한 번 닫힌 욕실 문은 도통 열릴 생각을 하지 않았다.

"목욕하다 죽었어?"

장난스런 말을 던져 봤지만 묵묵부답이었다. 그는 그녀의 가슴 언저리에 포도주가 번진 순간부터 온 마음을 주체하지 못하고 있었다. 침대에 뻗은 그는 괴로운 욕망을 자제하느라 애를 먹고 있었다.

"유현주?"

그녀는 대답이 없었다. 그는 이성과 본능의 싸움에 지쳐 가고 있었다. 그녀의 마음을 존중하며 그녀를 지킬 것인지, 억제된 본능을 일깨워 그녀와 욕망의 그 어딘가로 내달릴 것인지에 대한 답은 그리 쉽사리 나지 않았다.

똑똑—

가만히 누워 있기엔 힘이 넘치는 그는 욕실 앞까지 다가가 문을 두드렸다.

"……"

하, 그의 한숨이 방바닥을 타고 흘렀다.

"현주야."

한 번도 불러 본 적 없는 '현주야.' 라는 이질적인 말과 함께 욕실 문이 딸깍 소리를 내며 열렸다. 젖은 머리카락과 뽀얀 얼굴, 어지러울 정도로 그윽한 비누 향을 뿜어내는 그녀가 나타났다.

"무슨 강아지도 아니고 왜 자꾸 불러요."

"……."

"화장실 급해요?"

겁이 없는 것인지 그를 믿는 것인지 그녀의 모습은 형용할 수 없을 만큼 선정적이었다.

남자는 과감한 노출보다 언뜻 보이는 속살에 미치기 마련이었다. 그녀는 헐렁한 흰색 셔츠와 짧은 반바지를 입고 있었다. 그는 고개를 젖히고 아찔해지는 정신을 가다듬었다.

"강아지가 아니고 개가 된 기분인데."

"네?"

그는 일렁이는 욕망을 두 눈에 가득 담고 그녀의 목 언저리를 노려봤다. 하나의 흠집도 없이 완벽하고 가는 목에 붉은 상처를 남기고 싶은 충동이 가득했다.

"나랑 자고 싶지 않은 거 맞아?"

"……."

"근데 이렇게 유혹하는 건 반칙 아니야?"

현주가 그의 눈을 간신히 피하며 말했다.

"……안 돼요."

"정말 안 돼?"

"네."

알았어, 그는 그렇게 대답하고 그녀의 얼굴을 감싸 키스했다. 그녀가 허락한 선을 지키며 그녀를 갖는 것은 어려운 일이었지만 그렇게라도 해야 그의 지옥 같은 갈증이 조금이나마 해소될 것 같았다. 거칠게 쏟아지는 그의 키스에 현주는 제대로 서 있기도 힘들었다.

"천천히 해요, 천천히."

"더 바라지 마. 이게 최선이야."

지원은 지금까지 했던 그 어떤 키스보다 농밀하고 깊은 키스를 했다. 맞닿은 입술은 서로를 물어뜯지 못해 안달이었고 사이를 비집고 들어간 혀는 욕심만큼이나 질척하게 움직였다.

"하앗—"

숨을 쉬기 어려워진 그녀는 그의 얼굴을 밀어내며 고개를 돌렸다. 덕분에 여실히 드러난 것은 그녀의 하얀 목이었다.

"하아…… 지원 씨, 잠깐만."

지원은 그대로 얼굴을 묻어 그녀의 목에 남은 체취를 삼켰다. 코로 들이마시고 혀끝으로 맛보고 입술로 자국을 냈다. 현주는 이미 그의 목에 매달려 발을 동동 구르고 있었다. 지원은 그런 그녀를 번쩍 안아 들어 침대 위로 옮겼다.

"왜, 왜요. 뭐 하게요."

"나도 몰라."

무책임하게 대답하는 그의 표정은 마치 먹잇감을 눈앞에 둔 맹수처럼 사나웠다. 구겨진 미간과 살짝 깨문 입술, 일렁이는 눈동자까지 어디 하나 섹시하지 않은 구석이 없었다.

"……"

"……"

둘의 모호하고 애매한 눈짓이 오가고 찰나의 시간이 흘렀다. 지원은 고개를 꺾으며 불타는 신체 리듬을 다스리려 애썼다.

"걱정 마."

그의 다정한 목소리가 흘러나왔다. 그럼에도 현주는 묘한 불안감에 몸을 떨었다. 걱정 말라는 그 한 마디가 마치 걱정해야 할 거라는 일종의 경고처럼 들렸기 때문이었다.

"뭘요?"

모른 척 묻는 말에 그는 천천히 걸음을 옮겨 침대 위에 앉았다.

"안 할 거야."

"⋯⋯."

"당신이 원한다고 할 때까진."

현주는 제 머릿속에 이성이라는 것이 남아 있길 간절히 바랐다. 물론 프랑스까지 와서 이런 일이 없을 거라고 생각한 것은 아니었다. 그는 혈기왕성하다 못해 모든 것에 능숙한 삼십 대 남자였고, 그녀를 열렬히 원하고 있었다.

"제가 원하지 않을 땐⋯⋯ 안 하는 거죠?"

간신히 뱉어 낸 말에 진심이 있기도 하고 없기도 했다. 그에 대한 원망은 여전히 있었지만 그만큼 애정도 있었다. 그가 노력한다는 사실을 모르지 않았고 그가 거짓말을 하지 않는다는 것 또한 잘 알고 있었다. 그저 조금은 못된 심보로 그가 고생하는 모습을 보고 싶었을 뿐이었다.

자신이 그에게 애원했던 만큼 그도 자신에게 애원해 주길 바라는 아주 비겁하고 치사한 심리였다. 그는 그런 그녀의 유치한 심보를 고맙게도 잘 받아 주고 있었다. 짜증 한 번 내지 않고 그녀의 모든 요구를 들어주던 그는 조금씩 자신의 패턴을 되찾고 있었다.

"그래."

"……."

"지금은."

자신감 넘치고 어딘가 위압적이며 그럼에도 섹시한 배우 김지원의 모습으로 말이다.

그는 입고 있던 티셔츠를 순식간에 벗어 바닥에 던져 놓고는 그녀 위로 가볍게 올라탔다. 그의 완벽한 상체 근육이 적나라하게 드러났다.

"그러면서 옷은 왜 벗어요."

퉁명스러운 말과 달리 그녀는 그를 바라보며 감탄과 찬사의 눈빛을 보내고 있었다. 그는 그런 그녀를 끈질기게 바라보며 답했다.

"더워서."

지원은 그녀의 어깨에 얼굴을 묻고 향긋한 비누 향을 마음껏 즐겼다. 그럴수록 그의 뜨거운 숨이 그녀의 곧게 뻗은 쇄골에 닿았고 그녀는 그 순간순간마다 움찔할 수밖에 없었다.

"하아…… 지원 씨, 간지러워요……."

현주는 제 어깨에 파묻혀 고개를 들지 않는 그의 얼굴을 살짝 밀어내며 말했다. 하지만 그것은 그에게 방해가 되는 몸짓일 뿐이었다. 그는 그녀의 양 손목을 움켜쥐고 한 손으로 강하게 결박했다. 그저 손의 자유를 잃었을 뿐이었지만 현주는 아찔해지는 정신에 호흡이 급해졌다.

"하아……."

그는 고개를 조금 들어 그녀의 귓불을 빨았다. 종잇장처럼 얇은 귓불의 식감이 귀여워 살짝 깨물었다.

"아앗!"

"이래서 사람을 잘 믿나."

"……"

"이왕 믿는 거 나도 좀 믿어 줘."

그는 농담인 듯, 진담인 듯 다정한 미소와 함께 중얼거렸다. 애초에 그녀의 대답 따위는 중요하지 않은 물음이었다. 그는 그저 속삭이는 행위 그 자체에만 몰두하고 있었다. 현주는 점점 예민해지는 귀와 몸이 부끄러워 두 눈을 질끈 감았다.

그의 다정한 웃음소리가 귓가에 맴돌았다.

"현주야."

"……"

그는 그녀의 손을 포박하고 남은 다른 한 손으로 그녀가 입고 있는 셔츠 아래를 침범했다. 쏙 들어간 허리 라인이 그를 자극했다. 그는 부드러운 살결을 움켜쥐었다가 놓기를 반복했다.

"하아…… 지원 씨."

그는 모든 순간마다 그녀의 눈을 뚫어져라 쳐다보고 있었다. 찡그리는 이마, 떨리는 입술, 불안해하는 눈빛까지 모두 사랑스러웠다.

"싫어?"

그는 물었다. 스스로가 멈출 수 있을지에 대한 확신은 없었지만 최소한의 질문 정도는 해야 할 것 같았다.

"하아……."

현주는 대답하지 않았다. 아니, 대답할 수 없었다. 자꾸만 몽롱해지는 정신을 붙잡아 두는 것에만 모든 에너지를 쏟고 있었다. 그녀의 귓가에 악마의 속삭임이 들리는 듯했다.

'포기하면 편해.'

'받아들여.'

'그가 널 원하잖아.'

사실 그녀 스스로가 그녀에게 하는 자기위안이었다. 현주는 순간 울컥하는 감정에 눈물을 쏟았다.

"흑……흐흑……."

"……."

지원은 생각지도 못한 그녀의 눈물에 모든 행동을 멈추고 그녀의 뺨을 어루만졌다. 그가 아무리 연애고자라 할지언정 그녀의 눈물이 지금 이 순간 때문이 아니라는 것을 모르지 않았다.

지원은 그녀를 보채지 않고 그저 묵묵히 바라만 보았다. 흐르는 눈물을 닦아 주고 떨리는 작은 등을 쓸어 주며 그녀가 안정을 찾을 때까지 얌전히 곁을 지켰다.

"……미안해요."

한참의 시간이 흐르고 난 뒤에야 그녀는 입을 열었다. 지원은 제 가슴팍에 안긴 그녀의 뒤통수를 쓰다듬으며 부드럽게 말했다.

"괜찮아."

"관계하다 우는 여자, 최악이잖아요."

이 와중에도 참 이상한 걱정을 하는 그녀였다. 지원은 퉁퉁 부은 그녀의 두 눈을 바라보며 웃었다.

"당신은 그래도 괜찮아."

"……."

"미안해."

"뭐가요."

"울게 해서."

현주는 지원의 등을 더욱 꼭 끌어안았다. 그는 그녀의 아픔이 어느 정도였는지에 대해 감히 상상도 하지 않으려 했던 자신에 대해 크나큰 실망을 했다.

그녀와의 관계 회복에만 정신이 팔려 그녀가 자신에게 어떤 상처를 받았는지에 대한 생각은 전혀 하지 못했던 것이다.

"믿기 힘든 거 알아. 내 탓인 것도 알고."

"……."

"누구한테 믿음을 줘 본 적이 없어서 그래. 큰소리 떵떵 치고 여기까지 데려오기는 했는데 사실 어떻게 해야 믿음을 주는 건지도 모르겠어."

커다란 침대에서 온전히 서로를 껴안은 둘은 솔직하게 마음을 나눴다. 현주는 그의 말을 이해할 수 있었다. 사람이 사람에게 주는 믿음이 쉽다면 이 세상에 존재하는 불행은 모두 사라져야 옳았다.

"나도 모르겠어요."

"그래도……."

"……."

"그래도 한 번만 더 날 믿어 줘. 내가 일반인 폭행했다고 난리 났을 때처럼. 그때처럼 한 번만 더 나 믿어 주면 안 되나?"

지원은 스스로도 민망한지 쭈뼛거리며 말을 이었다.

"당신이 너무 좋아."

"……."

"이렇게 끌어안고 있는 것만으로도 너무 좋아. 당신이 우는 것조차 좋아."

"무슨 바보도 아니고⋯⋯."

현주는 민망함에 입을 샐쭉거렸다. 지원은 진지한 얼굴로 고개를 끄덕이며 인정했다.

"맞아. 요즘 진짜 바보가 된 기분이야."

"⋯⋯."

"사랑해."

그는 태어나 한 번도 내뱉을 일이 없을 거라 생각했던 말을 꺼냈다. 그녀가 자신을 못 믿는다 해도 좋았다.

"우리 관계가 조금 더 명확해지면 말하려고 했는데 지금 말하는 게 맞는 것 같아."

그녀의 두 눈은 굵은 눈물들로 다시 한 번 채워졌다.

"사랑해."

낙인을 찍듯 한 글자, 한 글자를 뱉어 낸 그는 그녀의 이마에 입을 맞췄다.

"그냥 나 밀어내지만 마."

"⋯⋯."

"당신이 밀어도 안 밀릴 거야."

"⋯⋯치⋯⋯."

지원은 떨고 있는 현주의 어깨를 가만히 끌어안아 토닥토닥 두드렸다.

"지금 한 말 꼭 책임져야 해요."

현주는 울컥거리는 감정들을 간신히 제어하며 말을 이었다. 그는 여전히 그녀의 등을 토닥이며 부드럽게 말했다.

"평생 책임질게."

현주는 그의 어깨를 조심조심 밀어내며 그와 마주했다. 완전하게 올곧은 그의 눈이 의심할 테면 의심해 보라는 식의 분위기를 자아냈다. 현주는 이 순간이 오면 하기로 마음먹었던 말들을 떠올렸다.

"바람피우면 안 돼요."

그는 미간을 찡그리며 웃었다.

"당신도 마찬가지야."

"표현도 많이 해 줘야 해요."

"……."

"내가 불안하지 않게…… 계속……."

지원은 횡설수설 말을 마무리하지 못하는 그녀를 대신해 고개를 끄덕였다.

"응, 그럴게. 사랑해."

"……나빠."

현주는 그대로 고개를 들이밀어 그에게 키스했다. 눈물로 젖은 입술이 서툴게 그를 찾았다. 맞닿은 그의 입술에서 느린 미소가 번졌다.

"자는 건 싫다면서 유혹은 수준급이야."

그는 이 와중에도 그녀를 놀리고 싶은 모양이었다. 현주는 그의 가슴을 팡팡 두드리며 조용히 속삭였다.

"안 싫어요."

"뭐가?"

"자는 거요."

"······."

"안아 줘요."

현주는 다시 한 번 그에게 입을 맞췄다. 그런 그녀를 마다할 리 없는 지원은 그녀를 제 위에 올리고 목을 끌어당겨 깊게 키스했다. 거추장스러운 셔츠를 벗겨 내고 마주한 그녀의 몸이 황홀할 만큼 아름다웠다.

"속옷이 야하네."

검은색의 얇은 속옷이 평소 현주 취향과는 거리가 있어 보였다. 그녀는 민망함에 고개를 돌리며 새침하게 말했다.

"여자의 자존심의 상징, 이라고 누가 말했어요."

지원은 그녀의 대답이 마음에 들었지만 속옷의 존재는 썩 달갑지 않았다. 손쉽게 후크를 풀고 속옷을 벗겨 낸 그는 행여나 그녀의 손에 속옷이 닿을까 먼 곳으로 집어 던졌다.

"사랑할 땐 필요 없는 거야."

"말이나 못 하면."

지원은 그녀의 질책에도 아랑곳하지 않았다. 분홍색으로 달아오른 그녀의 동그란 가슴이 그의 손에 말캉하게 잡혔다. 그동안 참아 온 욕구를 분출할 때가 온 것이었다.

"아앗······!"

지원은 다급한 손길로 그녀의 가슴을 입에 물었다. 혀끝에 닿는 딱딱한 정점이 귀엽고 또 아찔했다. 현주는 그런 그의 뒷목을 움켜쥐고 신음을 뱉었다.

"하아······!"

"아, 미치겠네."

지원은 몸을 일으켜 거추장스러운 바지를 벗고 그녀의 바지와 속옷 역시 한 번에 벗겨 냈다. 부끄러움에 몸을 움츠린 그녀의 모습이 지켜 주고 싶은 욕구와 무너뜨리고 싶은 욕구 모두를 자극했다. 그의 커다란 손이 그녀의 허벅지를 짓궂게 어루만졌다.

"으음……! 지원 씨, 그만……!"

"응?"

"그, 그만……!"

"싫어."

"하앗…… 하…….."

사실 더 큰 애무는 필요 없었다. 이미 서로의 눈만 보아도 자극이 될 만큼 달아오른 두 사람이었다. 지원은 그녀의 여린 숲에서 흐르는 촉촉함을 확인하고는 단단해진 페니스를 입구에 문질렀다.

"흐웃……!"

참기 어려운 교성이 그녀의 입에서 터져 나왔다. 조금 더 망설여도 좋았겠지만 그도 그녀도 더 이상 참을 수 없었다. 그는 그토록 원했던 그녀 품 안으로 자신을 밀어 넣었다.

"으읍! 아, 아파……. 천천히…… 해요."

현주의 짤막한 비명이 뱉어지고 그의 입에서도 헉, 하는 탄성이 터져 나왔다. 현주는 덜덜 떨리는 팔을 들어 그의 목에 감았다.

"하아…… 하, 지원 씨."

"하…… 응."

그는 대답과 함께 허리를 움직였다. 리듬을 타듯 부드럽게 움직이는 그의 동작은 아찔한 쾌감을 오롯이 전달했다.

"당신 안, 너무 따뜻해."

지원은 상체를 숙여 그녀의 귓가에 열심히 속삭였다. 위로는 다정한 말을 속삭이고 아래로는 거친 몸 사위가 계속됐다. 현주는 저릿해지는 다리의 감각으로 그의 허리를 휘감았다.

"더, 더 가까이 와요."

섹스를 하면서 연애를 안 할 수는 있었지만 연애를 하면서 섹스를 안 할 수는 없었다. 사랑하는 사람의 모든 것을 보고 싶은 것은 본능이자 당연한 욕구인 것을. 그들은 그것을 이제야 알기 시작했다.

17. 내기

많은 것을 변화시킬 것 같았던 그와의 연애는 사실 무엇도 변화
시키지 않았다. 차가운 날씨, 조용한 집 안, 나른한 오후까지 모든
것은 예전과 같았다.

— Rrrrr.

조금 달라진 것이 있다면 시도 때도 없이 울리는 그녀의 핸드폰
뿐이었다.

"네."

누구인지는 굳이 확인하지 않아도 알 수 있었다.

— 일어났어?

웃음을 머금은 다정한 목소리가 흘러나왔다.

"벌써 2시예요. 내가 무슨 잠꾸러기도 아니고."

현주는 자신을 어린애 취급하는 지원이 어이없어 웃음이 나왔다.

— 어제 새벽에 도착했잖아.

프랑스에서 한국으로 돌아올 때도 지원과 현주는 같은 비행기를 타지 않았다. 지원이 하루 먼저 프랑스를 떠났고 현주는 그다음 날 파리와 작별했다.

"괜찮아요. 잘 자고 일어났어요."

— 피곤하면 오늘 안 와도 돼.

현주는 괜한 미소가 지어졌다. 그의 속셈이 너무도 뻔해 가소로울 지경이었다.

"안 피곤해요."

— ······.

오늘은 드라마 '월광'의 촬영이 완료되는 날이었다. 그런 날 기념회식은 필수적인 것이었으며 작가가 빠진다는 것은 말도 안 되는 일이었다. 그럼에도 지원은 현주가 회식자리에 나타나지 않길 바랐다.

— 그럼 술은 마시지 마.

지원은 회식자리에서 보았던 그녀의 주정을 또렷이 기억하고 있었다. 제 것이 아닐 때도 신경 쓰이던 것이 제 것이 되었다고 괜찮을 리 없었다.

"에이, 이런 날은 마셔야죠."

스읍—! 하는 그의 질책이 터져 나왔다. 잔뜩 구겨진 그의 미간이 자연스럽게 떠올랐다.

— 까분다.

"알았어요. 아무도 권하지 않으면 안 마실게요."

— 뭐?

"스스로는 마시지 않겠다고요. 지원 씨가 그리 원하는데 그 정도는 도와드려야지."

— 하…….

아무도 권하지 않을 리 없었다. 상대의 잔이 비면 채우는 것이 회식자리의 미덕 아닌가. 지원은 지끈거리는 이마를 짚으며 눈앞에 펼쳐진 촬영 현장을 살폈다. 보이는 사람만 세어도 대충 수십 명이었다.

— 그럼 내 옆에 앉아.

"왜요?"

— 취하더라도 내 옆에서 취해. 정 안 되겠다 싶으면 보쌈해서 나가게.

그녀의 입가엔 수줍은 미소가 피어올랐다. 보쌈은 무슨 놈의 보쌈인지. 가뜩이나 프랑스에서의 여행이 들통 날까 걱정인 그녀였다.

"공개연애 하고 싶어요?"

— ……

그냥 농담이었는데 멈춰진 그의 목소리가 그녀를 당황스럽게 했다. 현주는 재빨리 사태를 수습하려 멋쩍은 웃음소리를 연신 내뱉었다.

"아, 그냥 해 본 말이에요. 공개연애는 무슨."

애매한 침묵에 이어 낮고 단호한 목소리가 들렸다.

— 싫어?

지원은 마치 '감자튀김 싫어?' 와 같은 일상적인 어투로 물었다.

"네?"

— 공개연애 말이야.

"무슨……."

— 하고 싶으면 말해.

그는 그렇게 말하곤 전화를 끊었다. 하고 싶으면 말해라는 말은 하고 싶다면 들어주겠다는 뜻이지 않은가. 현주는 그의 위험한 추진력을 애써 부정하며 핸드폰을 내려놓았다.

"에이……."

농담이겠지? 하는 생각이 머리를 가득 채웠다. 하지만 이내 파리에서 보낸 시간들이 주마등처럼 스쳤다. 호텔에서 단 한 발자국도 나가지 않고 사진 한 장, 기념품 하나 없는 여행이었지만 세상 가장 큰 기적 같은 것들을 경험한 여행이었다.

띵—

[치마 금지, 하이힐 금지, 짙은 화장 금지]

그의 유난스러운 문자가 도착했다.

"선배님! 오늘 회식 가시죠?"

마지막 촬영 분을 남긴 민서가 얼굴 가득 애교를 담아 물었다.

"가야지."

지원은 두 눈을 핸드폰에 고정한 채 기계적으로 답했다. 현주에게 간단한 금지사항을 전달했지만 답이 오지 않았다.

"짧은 시간이었는데…… 끝난다고 생각하니 아쉬워요."

민서가 아련한 눈으로 촬영장을 살폈다. 꽤 그럴듯했다. 그녀는 걱정과 달리 열심이었고 지원에게도 싹싹하게 굴었다. 물론 그것은 지원에게만 한정된 친절함이었다.

"앞으로 네가 할 작품이 수백이야. 일일이 아쉬워하면 너만 힘들어."

이번에도 그는 아무런 감정도, 특별함도 없이 무심하게 답했다.
살짝 찌푸린 얼굴이 프로페셔널한 섹시함을 자아냈다. 민서는 홀린
듯 고개를 끄덕였다.

"안녕하세요!"

현주는 반가운 얼굴들을 확인하며 큰 소리로 인사를 했다. 먹음
직스러운 삼겹살 냄새가 가득한 식당 안은 드라마 제작팀이 가득
자리하고 있었다.

"유 작가! 어떻게 촬영장을 한 번도 안 올 수가 있어?"

멀리서 그녀를 확인한 피디가 서운하다는 듯 그녀를 놀렸다. 현
주는 한껏 눈꼬리를 휘며 웃었다. 차마 그의 연인인 지원 때문에
가지 못했다고 할 수는 없는 노릇이었다.

"다들…… 오신 거예요?"

빠르게 훑어본 식당 안에 지원은 없었다.

"아, 지원이랑 민서는 지금 출발했을 거야. 마지막 촬영이 조금
늦어져서."

어쩐지 문자가 없다 했다. 프랑스에서 돌아와 곧바로 일터에 복
귀한 그가 존경스러워졌다. 지원의 곁에 자연스럽게 앉을 수 있도
록 일부러 조금 늦게 온 것이었는데 결과는 허탕이었다. 그래서 그
녀는 어디쯤 앉아야 지원의 불쾌함을 덜 수 있을지 고민하기 시작
했다.

"누나!"

수많은 사람들 사이에서 찬란하게 빛나는 무언가가 튀어 올랐다. 연석은 오래도록 만나지 못한 연인과 재회하듯 촉촉한 눈망울로 그녀를 반겼다.

"누나, 왔어요?"

"응. 잘 있었어? 그동안 수고 많았어."

"수고는 스태프들이 했죠. 전 편하게 일했어요."

제법 현장에서 부딪힌 태가 나는 대답이었다. 현주는 그런 그의 의젓함이 대견해 한껏 엄마 미소를 지어 보였다.

"다음 주면 바로 방영이잖아. 기대된다."

"아, 부디 발연기 기사만 뜨지 말아라."

너무도 잘난 그가 그런 걱정을 하고 있다는 사실이 아이러니했지만 그 모습 또한 연석의 매력이라 미소가 지어졌다. 사실 엄밀히 말해서 연석과는 몇 번 만난 적 없는 사이였지만 그 몇 번의 만남이 꽤나 임팩트가 강해서 오래 만나 온 관계 같은 착각이 들었다.

"누나, 여기 앉아요."

연석이 가리킨 자리는 연석의 바로 옆자리였다. 연석과 나란히 앉은 제 모습을 지원이 좋아할 리 없었다. 그녀가 망설이자 연석은 개구쟁이처럼 속삭였다.

"지원 선배 때문에 그래요?"

싱긋 웃는 모습이 흡사 도발과 같았다.

"우리 누나 꽉 잡혀 사네."

"잡혀 살긴 누가 잡혀 살아. 아니야."

현주는 냉큼 연석이 가리킨 자리에 앉았다. 회식자리는 시시각각 사람들 위치가 변하는 곳이니 지원이 오면 그때 다시 옮기면 된다고 생각했다.

"요즘 선배랑 어때요?"

현주 옆에 다정하게 앉은 연석은 그녀의 잔에 술을 채우며 물었다.

"음……."

한 번도 다른 사람에게 지원과 자신의 일을 말한 적 없는 현주는 어떤 식으로 말하는 것이 가장 안전하고 적당한지에 대해 고민했다.

"제가 말했던 거에 대해선 생각해 봤어요?"

그녀의 고민이 길어지자 연석은 조금 더 쉬운 질문을 던졌다.

"말했던 거? 아…… 공기!"

현주는 머릿속 어딘가에 구겨 넣은 공기와 마약에 대해 떠올렸다. 공기가 헤프다는 지원의 엉뚱한 말이 생각나 자꾸만 웃음이 새어 나왔다.

"뭐가 그렇게 웃겨요?"

연석은 모르겠다는 듯 눈썹을 찌푸리며 물었다. 지원도 잘 짓는 표정이었는데 어째 둘의 분위기가 많이 다르지 않다는 것을 느꼈다. 지원은 워낙에 완연한 남자 같은 느낌이고 연석은 온전한 소년 같았는데, 실은 둘 다 남자였다.

"물어봤었거든."

"선배한테요?"

"응."

연석의 얼굴에서 찰나의 복잡함이 빠르게 지나갔다.

"그래서요?"

"아니래."

"……."

"헤픈 건 싫다고 하더라고."

현주는 사랑에 막 빠진 사람들이 그렇듯 눈치가 없었다. 그 말을 하던 때가 떠올라 수줍은 미소를 짓는 그녀와 달리 연석의 표정은 아주 미묘하게 굳어져 갔다.

"어, 지원 씨!"

"민서 씨도 얼른 와서 앉아."

멀리서 스태프들의 극성스러운 환대가 들려왔다. 월광의 주인공인 지원과 민서가 이제 막 도착한 것이었다. 현주는 목을 길게 빼고 지원을 향해 시선을 던졌다. 그의 날카롭고 긴 눈매와 마주하는 것은 그리 오랜 시간이 걸리지 않았다.

"……."

느린 눈짓으로 현주의 옷차림을 살피던 그는 곁에 있는 연석을 발견하곤 불쾌한 듯 인상을 찌푸렸다.

"지원 씨 여기 앉아, 여기."

짜증스러움에 몸을 굳히고 있던 그에게 사람들은 자리를 안내하기 바빴다. 현주는 상황을 지켜보며 타이밍을 살폈다. 무턱대고 일어나 그의 옆으로 가기엔 보는 눈이 너무 많았다. 고민하던 사이에 지원은 촬영감독의 맞은편에 자리를 잡았다.

"선배, 여기 앉아도 돼요?"

"……."

설상가상 민서가 지원의 옆자리를 가리키며 물었다. 지원은 제 매니저를 옆에 앉히고 적당한 때에 현주를 데려오려고 했지만 앞에 앉은 촬영감독이 문제였다.

"뭐 그런 걸 물어봐. 앉아. 이런 날은 촬영하는 동안 쌓였던 감정 다 풀고 가는 거야."

덕분에 민서는 민망하지 않은 선에서 그의 곁에 앉을 수 있었다.

"누나, 선배한테 가 볼래요?"

모든 상황을 함께 지켜본 연석이 물었다. 현주는 나름 머리를 굴렸다.

"오자마자 쪼르르 가는 게 더 이상해."

진지한 얼굴로 군사작전을 설명하듯 중얼거리는 현주를 보며 연석은 피식 웃었다.

"그런가……."

"사람들 취하면 그때 움직이지 뭐."

하지만 그녀의 생각과 달리 사람들은 제 자리에서 쉽게 벗어나지 않았다. 모두들 곁에 있는 사람들과 회포를 푸는 데 온 정신을 쏟았다. 오늘 헤어지면 다시 만날 수 없을 지도 모른다는 생각에 사람들은 끊임없이 말하고 듣고 마셨다.

"선배님은 술 안 드세요?"

민서는 계속해서 비어 있는 지원의 잔을 보며 물었다. 술이라도 들어가면 지원도 부드러워지지 않을까 생각했지만 그는 처음부터 지금까지 한 치의 어긋남도 없이 자리를 지키고 있었다.

지원은 연석과 현주에게로 향한 눈길을 살짝 거두고 민서를 쳐다보았다. 분홍빛으로 물든 뺨을 보니 술이 조금 오른 것 같았다.

"사람 많을 때는 안 마셔."

"그래도 마지막 날이잖아요."

나름 애교랍시고 어깨를 비틀던 민서는 그녀를 한심하게 쳐다보는 지원의 눈길에 그것마저 포기했다.

"알았어요. 뭐…… 제가 마시면 되죠."

민서는 저 혼자만 노력하는 것 같아 속상했다. 첫 만남의 단추가 잘못 채워진 죄로 지원과 그녀의 관계는 영 나아가질 못했다. 주변 스태프들의 말에 따르면 그는 어느 여배우와도 친분을 갖지 않는다고 했지만 그래도 자존심이 상했다.

"선배."

"왜."

"선배 게이예요?"

지원은 이 여자가 대체 왜 이러나 싶었다. 촬영장에서는 조신한 후배인 척 고분고분하더니 오늘은 대단한 결심이라도 한 사람마냥 들이대기 일쑤였다.

"아니."

그는 정확하고 분명하게 의사를 전달했다.

"근데 왜 그래요?"

"하……."

그의 짜증스러운 한숨이 뱉어졌다. 그는 현주의 주정을 받아 주는 것 정도는 할 수 있었지만 아무 관련도 없는 여자의 주정을 받아 줄 만큼 다정한 사람은 아니었다.

"뭐가."

"저 싫어하시잖아요."

이건 또 뭔 소린가 싶었다.

"여기 민서 씨 매니저 없어요?"

지원은 더 이상 그녀에게 대꾸하지 않기로 마음먹고 그녀의 매니저를 찾았다. 하지만 이미 시장거리처럼 시끄러워진 식당 안에서 특정한 누군가를 찾기란 어려운 것이었다.

"매니저를 왜 찾아요. 내가 얘기하잖아요."

"가만히 있어. 매니저 찾아올게."

"아, 진짜!"

민서는 빽 하고 소리를 지르며 일어나려는 그의 팔을 잡아당겼다. 모두 티를 내지는 않았지만 식당 전체가 민서와 지원을 주목하고 있었다. 물론 그 안에는 현주도 포함되어 있었다.

"같이 밥 먹자고 해도 싫다고 하고, 같이 연습하자고 해도 싫다고 하고, 핸드폰 번호 좀 달라고 했더니 그것도 싫다고 하고. 아, 대체 왜 그래요?"

지원은 민서의 입을 막는 것이 최우선이라고 생각했다. 그것은 지원뿐만 아니라 민서에게도 필요한 조치였다. 이제 막 시작하는 여배우가 술주정을 포함해 누군가에게 애정을 고백하는 것은 좋지 않은 것이었다.

저 멀리서 사태를 파악한 민서의 매니저가 달려왔다.

"민서야, 너 많이 취했다. 가자."

"하나도 안 취했거든?"

실제로 그녀는 목소리만 조금 높을 뿐 얼굴이 빨간 것도 아니고, 몸을 못 가누는 것도 아니고, 눈이 풀린 것도 아니었다. 그저 술기운에 말도 안 되는 용기가 조금 생긴 것뿐이었다. 그녀는 다시 한 번 지원을 똑바로 쳐다보고 말을 이었다.

"제가 아무리 첫날 실수했다고 해도 그러는 거 아니에요."

"……."

"제가 선배한테…… 얼마나 노력했는데……. 알아주지도 않고……."

현주는 어이가 없어서 피식피식 헛웃음이 나왔다. 애초에 그가 인기 없다는 가정이 불가능한 것이긴 했지만 상대가 민서일 것이라고는 생각지도 못한 것이었다.

그러니까 지금 강민서가 김지원을 좋아한다고 고백하는 건가? 사람들의 수군거리는 소리가 저 멀리서부터 귀 언저리까지 구석구석 들려왔다.

'뭐야, 둘이 그렇고 그런 사이야?'

'민서 씨 혼자 그러는 거 같은데?'

분명 그렇게 디테일한 수군거림은 아니었지만 현주의 귀엔 드라마틱하게 각색되어 들렸다. 이런 일은 속전속결, 번개와 같은 움직임이 필요한 법이었다. 현주는 당차게 의자에서 일어났다.

"어디 가요."

자리에서 일어나는 현주의 손목을 잡은 것은 다름 아닌 연석이었다. 조심스러운 얼굴로 고개를 젓는 그는 그녀에게만 들릴 만큼 작은 목소리로 속삭였다.

"지금 누나가 나서면 이상해요."

글쎄. 현주는 그렇게 생각하지 않았다.

"지원 씨가 나서는 게 더 이상해."

별로 어려운 일도 아니었다. 성큼성큼 지원과 민서가 있는 테이블까지 걸어간 현주는 민서의 어깨와 허리를 부축해 일으켜 세웠다.

"민서 씨 많이 취했네. 매니저님, 차 어디 있어요?"

매니저는 0.2초 정도의 망설임 후 현주와 만담을 나누듯 소란을 떨었다.

"아, 식당 바로 앞에 있어요. 민서가 술이 워낙 약해서…… 하하."

그럼에도 다물 줄 모르는 민서의 입은 제멋대로 움직였다.

"아, 나 안 취했다니까. 선배한테 할 말이……!"

"물 마셔요. 물!"

현주는 테이블 위에 놓인 아무 컵이나 집어 그녀의 입안으로 기울였다. 매니저와 현주가 벌이는 약간의 소란은 얼음 같던 식당 안의 분위기를 부드럽게 풀었다.

"하지 마."

민서를 부축하느라 허리를 숙인 현주의 귓가에 지원의 목소리가 들렸다.

"당신이 할 일 아니야."

그는 미안해하고 있었다. 물론 그가 잘못한 것은 하나도 없었다. 그는 타고나길 잘생겼으며 매력적이고 또 관능적이었다. 그를 보고 혹하지 않을 여자가 어디 있으랴.

그럼에도 그가 현주에게 미안해하는 이유는 당연히 기분 나쁠 상황임에도 화 한 번 내지 않고 수습하기 위해 애쓰는 모습 때문이었다. 지원은 그녀가 이런 일까지 하는 것을 바라지 않았다. 현주의 손목을 잡으려는 찰나,

"지원 씨가 할 일도 아니에요. 손 치워요."

그녀가 아주 작고 단호한 목소리로 말했다. 지원은 어쩔 수 없이 상황을 모른 척해야만 했다. 현주는 익숙한 동작으로 민서를 부축해 밖으로 나갔고 금방 다시 돌아왔다. 지원의 옆자리로.

"……."

그는 돌아온 그녀에게 할 말이 없었다. 지원은 열심히 생각했다. 그녀는 화가 났을까, 아닐까. 혹시 오해라도 하는 것은 아닐까.

"미안해할 필요 없어요."

생각보다 그녀는 쿨했다.

"해명은 들을 거니까."

역시 그럴 리 없었다.

타인의 소란은 언제나 가볍고 지독히도 불량스러운 법이다. 한 번 씹고 버려도 아깝지 않은 것이지만, 한 번도 씹지 않기엔 조금 아까운 것이기 때문이다. 그런 특성이 가장 특화되어 있는 집단이 바로 연예계였다. 그걸 아는 현주가 마음 편히 회식을 즐기기란 거의 불가능한 것이었다.

"우리 유 작가 메인 작가 데뷔 축하해."

현주가 막내 작가일 때부터 인연이 있었던 피디는 본인이 감격에 찬 듯 싱글벙글 웃었다.

"감사합니다."

"시청률 어느 정도 예상해?"

"에이, 제가 시청률 기대할 위치는 아니죠."

"아니긴 뭐가 아니야. 배우가 김지원, 강민서, 이연석인데."

그녀는 운이 좋았다. 방송계의 나이 계산치고는 아주 빠른 나이에 메인 작가로 데뷔한 경우였고, 배우 복 역시 터질 지경이었다. 현주는 곰곰이 생각을 거듭해 봤다.

"음…… 10프로?"

"유 작가 생각보다 배포가 작네. 겨우 10프로?"

현주는 양심상 그 이상의 시청률을 말하기 어려웠다. 곤란한 듯 고개를 돌려 지원을 쳐다보자 지원은 턱을 괴며 말했다.

"15프로?"

지원의 현실적인 대답에 피디는 지루했는지 이내 더 자극적인 화제를 던졌다.

"우리 내기해 볼까?"

"내기요?"

"요새 시청률 공약이다, 뭐다 많이 하잖아. 연석아!"

피디는 내기를 한답시고 멀리 있던 연석을 테이블로 불렀다. 연석까지 테이블로 모이고 나니 현주는 드라마의 주인공이 된 것 같은 착각을 느꼈다. 좌지원, 우연석이라니. 그녀가 뿌듯한 미소로 연석을 쳐다보자 지원은 쿡, 하고 그녀의 옆구리를 찔렀다.

"자, 연석아. 우리가 시청률 내기를 할 건데."

"내기요?"

"민서까지 껴야 딱이긴 한데 지금은 없으니까 유작가가 대신 할 거야."

연석은 어깨를 으쓱이며 싱긋 웃어 보였다. 꽤 흥미가 생기는 모양이었다.

"지원이는 15프로, 유작가는 10프로 얘기했어. 연석이 너는 얼마로 할래?"

"음…… 맞추면 뭐 있어요?"

"맞추면 소정의 보람이 있지."

워낙에 무에서 유를 창조하시는 피디님이라 그런지 말발 하나는 끝내줬다. 현주는 입술을 쭉 내밀며 토라진 목소리로 중얼거렸다.

"그럼 제일 오차 심한 사람 벌칙이라도 줘요. 내기가 스릴이 있어야지."

피디는 덩달아 신이 난 듯 엉덩이를 들썩였다.

"벌칙 좋지. 좋아. 뭐로 하지?"

별것도 아닌 걸로 피디와 연석과 현주는 순식간에 진지해졌다. 지원은 그 한심한 모습에 절대 동참하고 싶지 않았다.

"소원 들어주기!"

연석의 명랑한 목소리가 통통 튀어 올랐다.

"소원?"

고등학생들의 진실게임 벌칙에서나 나올 법한 이야기에 현주는 눈을 동그랗게 뜨고 물었다.

"오차 범위가 제일 심한 사람이 소원 하나씩 들어주는 거예요."

"안 들어주면?"

연석은 눈을 날카롭게 빛내며 고개를 저었다.

"에이, 무조건이에요. 무조건!"

현주는 지원이 지면 어떤 소원을 들어 달라 말할지 고민했다. 갖고 싶었던 물건을 사 달라고 할까, 누나라고 불러 보라고 할까. 상상에 상상을 거듭할수록 입꼬리는 끝을 모르고 올라갔다.

"콜!"

그녀의 외침과 동시에 지원은 한숨을, 연석은 환희를 보였다.

"지원 씨도 동참하는 거예요! 알았죠?"

현주는 무심결에 지원의 손을 잡고 고개를 힘차게 끄덕였다. 옆에서 피디 눈치를 살피던 연석이 헛기침을 하며 현주의 다른 한 손을 쥐었다. 그녀와 지원의 눈이 동시에 연석에게로 꽂혔다.

"왜?"

놀란 그녀가 묻자 연석은 눈짓으로 그녀가 잡은 지원의 손목을 가리켰다.

"아—"

현주는 깜짝 놀라며 잡았던 지원의 손을 놓았다.

"……."

그럼에도 연석은 그녀의 손을 놓을 줄 몰랐다. 지원은 나른하게 늘어져 있던 상체를 세우고 불쾌한 듯 현주를 끌어당겼다.

분위기가 살짝 이상해질 찰나 완벽한 타이밍에 피디가 끼어들었다.

"그럼 벌칙도 정해졌으니 연석이 너만 시청률 정하면 되겠다."

연석은 앵두 같은 입술을 한참 동안 오물거리더니 뒤이어 말을 뱉었다.

"20프로?"

"아, 역시! 아이돌의 패기!"

"욕심부릴 땐 제대로 부려야죠."

내기는 성립됐다. 십, 십오, 이십이라는 매우 지루한 숫자의 나열은 소원 들어주기라는 아주 유치한 벌칙과 함께 꽤 중요한 약속이 되었다. 그 후로도 별 시답지 않은 농담과 웃음이 수십 번, 혹은 수백 번 반복됐다.

시간은 흘러 새벽 세 시를 넘어가고 있었다. 하나둘 이탈자가 생겼고 술에 취해 영혼을 잃은 사람들이 나타났으며, 멀쩡한 사람들끼리 2차를 가자고 외치는 주당들 역시 등장했다.

"가자."

지원이 낮은 목소리로 조용히 속삭였다. 모두가 취해 있었고 모두가 제정신이 아닌 때였다. 지금 당장 사라진대도 아무도 모를 것이었다.

"먼저 나가요. 금방 뒤따라갈게요."

지원은 자연스럽게 식당 밖으로 빠져나갔다. 그의 매니저는 이미 다른 차로 퇴근한 후였다. 얼마 지나지 않아 그에게서 문자가 왔다.

[오른쪽 골목에 차 세워 놨어.]

현주는 재빨리 가방을 챙겨 유령처럼 자리에서 일어났다.

"가요?"

밤이 깊어 목이 잠긴 연석이 부드럽게 웃으며 물었다.

"응, 이제 가야지."

"그래요. 다음 주에 만나요."

연석은 섬섬옥수 같은 손을 흔들며 다정하게 말했다.

"다음 주?"

현주는 자신도 모르게 약속이 잡혔나 싶었다. 연석은 그런 그녀를 보며 눈꼬리를 휘었다.

"우리 내기했잖아요."

"아, 내기."

"누나가 졌으면 좋겠다."

"나도 그랬으면 좋겠다."

"……."

"시청률 대박 치면 나도 손해 볼 건 없잖아."

핸드폰이 요란하게 울었다. 성질 급한 지원이 문자에서 그치지 않고 전화하기 시작한 것이었다.

"나 진짜 가야겠다. 안녕!"

"잘 가요."

현주는 식당 밖으로 나와 한산한 공기를 마시며 그의 차를 찾았다. 짙은 선팅으로 안이 보이지 않는 그의 차를 찾는 것은 쉬웠다.

"그새를 못 참고 전화를 하시나!"

현주는 조수석에 올라타며 그를 나무랐다. 장난스러운 애교였지만 그에겐 애교가 아닌 모양이었다. 가뜩이나 날카로운 눈이 칼날처럼 번뜩이고 있었다.

"무슨 일 있었어요?"

지원은 말없이 시동을 걸고 운전을 시작했다. 새벽이라 텅 빈 도로는 그의 운전 속도를 한없이 빠르게 만들었다.

"유현주."

"네?"

"미리 말해 두는 데 이건 질투가 아니야."

고해성사를 하듯 무턱대고 말을 시작한 그는 끓어오르는 화를 꾹꾹 누르는 데 온 힘을 다했다.

"다른 새끼가 당신 몸에 손대는 거 싫어."

현주는 이게 대체 무슨 소린가 싶었다. 갑작스러운 비속어도 비속어였지만 대체 누가 자기 몸에 손을 댔다는 건지 알 수가 없었다.

"무슨 말이에요."

"이연석 말이야. 이연석."

"네?"

현주는 골똘히 생각에 잠겼다. 연석이 자신의 몸에…… 아!

"손목이요?"

"하—"

다시 생각해도 열 받는지 그는 한숨을 뱉으며 미간을 구겼다.

"에이, 난 기억도 안 날 만큼……."

"불쾌해."

그녀의 태평한 어투에 짜증이 난 그는 말을 자르고 마음을 드러냈다.

"나는 이제 겨우 당신한테 닿기 시작했는데."

"……."

"딴 새끼가 탐내는 거 싫어."

현주는 자신도 모르게 미소를 지었다. 말하면서도 부끄러운지 눈을 마주치지 못하는 그가 참을 수 없이 사랑스러웠다.

"누가 나를 탐낸다고 그래요."

"당신은 누가 봐도 탐낼 사람이야."

현주는 손을 뻗어 그의 머리카락과 귓바퀴를 어루만졌다.

"어마어마한 팔불출 납셨네."

"웃지 마. 나 진지해."

"걱정 말아요. 어떤 누가 탐내도 안 가요."

"……."

지원은 그제야 고개를 돌려 현주와 눈을 맞췄다.

"술 마시지 말라니까."

"치, 괜히 민망하니까 잔소리한다."

생각해 보니 불쾌할 사람은 그가 아니라 그녀였다. 어느 순간 주객이 바뀌어 버린 상황에 현주는 어이가 없었다.

"이봐요. 김지원 씨."

"응?"

"민서 씨는 어떻게 된 거예요?"

지원은 핸들에 고개를 박는 시늉을 했다. 탁한 한숨에도 그의 옆모습은 황홀했다.

"나 불쾌해요."

현주는 방금 전 그의 말을 따라했다. 그의 입가에서 피식하는 웃음소리가 새어 나왔다.

"불쾌하긴."

"내 말 무시하는 거예요? 나 완전 불쾌한데."

"강민서 말 못 들었어?"

"들었어요. 구구절절 지원 씨 좋아한다는 내용이었잖아요."

그는 가만히 그녀의 손을 쥐었다.

"같이 밥 먹자고 해도 싫다고 하고."

"……."

"같이 연습하자고 해도 싫다고 하고."

"……."

"핸드폰 번호도 안 줬다고 하지 않나?"

"어…… 그랬어요?"

인정할 수밖에 없었다. 철벽도 그런 철벽이 없을 것이다. 그렇게 생각하고 나니 문득 그녀가 불쌍해졌다.

"나랑 안 만났으면 민서 씨 받아 줬어요?"

"아니."

너무도 당연하게 나오는 그 대답이 믿을 수 없을 만큼 좋았다.

"왜요?"

"안 예쁘잖아."

그건 현주가 생각해도 이상한 대답이었다. 그녀의 성격이 싫다든 가, 목소리가 싫다고는 할 수 있었지만 예쁘지 않다고 하는 것은 모순이었다. 왜냐하면 그녀는 여자가 보아도 세련되고 아름다웠기 때문이다.

"이 사람이 대답에 진정성이 없네."

"왜? 완전 진심인데."

"난 예뻐서 만나요?"

"응, 당신은 너무 예뻐."

그 말에 현주는 얼굴을 붉히며 고개를 돌렸고 그는 귀엽다는 듯 웃었다. 한참의 시간이 지나자 현주는 무언가 이상하다는 것을 깨 달았다.

"여기 우리 집 가는 길 아닌데요?"

차 밖으로 보이는 광경은 익숙한 것이 아니었다.

"김지원 씨, 대답 좀 하세요."

"응?"

"여기 우리 집 가는 길 아니라니까요?"

"알아, 우리 집 가는 거야."

그는 어울리지도 않는 말장난을 하며 운전을 계속했다. 음흉하기는.

"지원 씨 집으로 가요?"

"응."

"누구 마음대로?"

"내 맘대로."

더 항의해도 달라질 것은 없어 보였다. 그는 뭐가 문제냐는 듯 능청스러운 미소를 지었고 현주는 이내 포기해 버렸다. 그와 헤어지는 것이 그녀도 좋지는 않았다.

"다음부턴 미리 말이라도 좀 해 줘요."

"왜?"

"준비라도 좀 하게요."

지원은 그 말에 야한 상상이라도 하는 듯 귀가 빨개졌다.

"준비?"

내심 기대하는 듯 묻는 그가 한심하기도, 귀엽기도 한 그녀는 고개를 절레절레 흔들었다.

"아, 그런 거 말고요!"

"……."

"갈아입을 속옷이랑 옷, 화장품 이런 것 좀 챙기게요."

"아."

지원은 그제야 짧게 깨달음을 느꼈다. 이미 민낯이고 맨몸이고 서로에게 모든 것을 오픈한 사이기는 했지만, 그래도 연인 사이의 환상은 필수 불가결한 것이었다. 빨간 신호가 켜지고 차는 잠깐 속도를 늦췄다.

"현주야."

"왜요."

"우리 같이 살까?"

"……."

느닷없는 동거 신청에 그녀는 얼굴이 화끈거렸다. 지원은 그런 그녀의 얼굴이 귀엽다는 듯 인자하게 웃었다. 길게 뻗은 그 눈이 부드럽게 휘어질 때면 그녀는 마음이 두근거렸다.

"갈아입을 속옷이랑 옷도 필요하고, 당신이 쓸 화장품도 있어야 한다며."

"……."

"우리 집으로 다 옮겨. 그리고 같이 살자."

그는 그 방법이 정말로 간절했다. 지원은 대한민국에서 제일 바쁜 사람 중 하나였고 그녀 역시 규칙적인 생활이 불가능한 직업의 소유자였다. 그런 두 사람이 서로 다른 곳에서 살면서 연애하기란 여간 힘든 것이 아니었다.

"미쳤어요?"

고분고분 알았다고 할 그녀가 아니었다. 그녀 역시 지원의 마음을 모르는 것은 아니었다. 프랑스 파리에서의 시간이 얼마나 황홀했는지 생각만 해도 그리움에 사무쳤다. 하지만…….

"들키면 어쩌려고요."

지원은 놀라서 토끼 눈이 돼버린 그녀의 뒷머리를 부드럽게 쓰다듬었다.

"그게 다야?"

"네?"

"우리가 같이 살면 안 되는 이유가 고작 그뿐이냐고."

지금 당장 생각나는 것은 그뿐이었다. 현주가 아무 말도 하지 못하자 그는 입꼬리를 말며 시원하게 웃었다. 그가 고개를 움직일 때마다 향수 냄새가 곱게 퍼져 정신을 아득하게 만들었다.

"우리가 같이 사는 게 더 안 들킬걸?"

"……"

맞는 말이었다. 현주는 입술을 깨물며 다음 말을 생각했다. 핑계는 하나도 떠오르지 않는데 거절은 해야 할 것 같았다. 그 역시 그녀의 마음을 모르지 않았다.

"생각해 봐."

다정하고 부드러우며 어떠한 압박도 없는 완벽하게 배려가 가득한 대답이었다.

"……"

"시간은 얼마든지 줄게."

그는 서두르지 않았다. 그녀가 부담스러워한다면 그냥 지금처럼 자주 얼굴 보고, 자주 함께 밤을 보내고, 가끔 여행도 가면 충분했다. 현주는 가만히 고개를 끄덕였다.

"알았어요."

"……"

"대신 시간 많이 줘요."

"응. 다 써."

그녀는 그 말을 끝으로 한마디도 하지 않았다. 심장이 터질 것처럼 두근거렸기 때문이었다. 사랑하는 사람이 자신과의 매일을 바란다고 얘기하는데 어떤 여자가 행복하지 않을 수 있을까.

"내리자."

지원은 친히 그녀의 문을 열어 주며 친절히 굴었다. 그녀가 놀랐을 거라는 것쯤은 그도 예상한 바였다. 단번에 싫다고 하지 않은 그녀가 그저 예쁠 뿐이었다.

띠리릭—

비밀번호를 누르고 들어선 그의 집은 실로 오랜만이었다. 현주는 익숙하게 신발을 벗고 가지런히 정리했다. 먼지 한 톨 없이 깨끗한 집 안을 보며 그녀는 문득 궁금해졌다.

"지원 씨 혹시 결벽증 있어요?"

"응? 아니."

짙은 회색 니트를 벗어 소파 위에 올려 둔 그는 고개를 저으며 말했다.

"그럼 집안일 도와주시는 아주머니라도 있어요?"

"있을 것 같아?"

그는 피식 웃으며 물었다. 있을 리 없었다. 그는 물건이든, 사람이든 자기 것이라는 소유욕과 지배욕이 강한 사람이었다. 다른 사람의 손이 타는 것을 편안하게 바라볼 위인이 못 됐다.

"그럼 지원 씨가 청소 직접 해요?"

"응."

그녀는 그럴 줄 알았다는 듯 입술을 삐쭉 내밀었다.

"결벽증 맞네."

그의 집 바닥은 흰색 대리석이었고 벽지는 물론 웬만한 가구들 역시 모두 흰색이거나 아이보리색이었다.

혼자 사는 사람이라면 이러한 구성이 얼마나 피곤한 것인지 알수 있을 것이다. 머리카락 하나, 먼지 한 톨만 떨어져도 옥의 티가되기 마련이었다. 그럼에도 그의 집은 언제나 늘 완벽하게 깨끗한상태로 유지되고 있었다.

"그렇게 바쁘면서 청소는 어떻게 해요?"

"쉴 때 제대로 하고 어지르지 않는 거지."

"난 그렇게 안 되던데."

신기한 듯 바닥을 매만지는 그녀의 모습이 놀이터에 온 어린아이마냥 아담했다. 지원은 그런 그녀에게 방법을 일러주기 시작했다.

"집에 있는 시간이 워낙 없으면 그렇게 돼."

생각해 보니 그것도 맞는 말이었다. 어차피 잠만 자고 나가는 것뿐인 이 집 안이 더러워질 확률은 극히 적었다.

"난 어지르는 거 좋아하는데."

지원은 잠시 기분 좋은 상상에 빠졌다. 삭막하기 그지없는 이 집안에 그녀가 들어와 이곳저곳에 생기를 불어넣는 광경이 따뜻하게펼쳐졌다.

"밥만 해 줘. 청소는 내가 할게."

흡사 신혼부부나 할 법한 대화가 오갔다. 현주는 설거지도 해 줄거냐며 물었고 지원은 까짓것 해 주겠다고 대답했다. 조금 더 대화가 진행됐다간 동거를 찬성하는 쪽으로 덜컥 기울 것 같았다.

"음…… 전 샤워하러 갈게요!"

그녀는 벌떡 일어나 욕실로 들어갔다. 문을 잠그고 찬물을 틀었다. 화끈거리는 얼굴을 조금이라도 빨리 식혀야 할 것 같았다.

똑똑, 노크 소리가 들렸다.

"지원 씨?"

"잠깐 문 열어 봐."

"왜요?"

현주는 괜한 의심에 눈을 가늘게 떴다. 아직 옷을 벗지도 않았지만 머릿속에 음란마귀라도 들어온 것인지 자꾸만 야한 생각이 퐁퐁 났다. 하얀 욕실 문 너머로 그의 낮은 웃음소리가 들렸다.

"30초면 충분해. 열어 줘."

하는 수 없이 그녀는 문을 열었다. 상상으로는 기습 키스나 혹은 그보다 더한 것을 생각했지만 그는 아주 젠틀한 모습으로 문 앞에서 있었다.

"왜요?"

"이거."

그가 내민 것은 작은 쇼핑백이었다. 이게 뭐냐는 듯 얼굴을 갸웃거리는 그녀를 향해 지원은 무심히 말했다.

"속옷이야."

"네?"

"남자 친구 취향의 속옷 하나 정도는 갖고 있어야지."

능글거리며 웃는 그의 눈동자가 천천히 그녀의 온몸을 어루만졌다. 현주는 술기운이 오르는 듯 얼굴에서 열기가 느껴졌다. 거울을 보지 않아도 알 수 있었다. 그녀의 얼굴은 붉게 달아오르고 있었다.

"직, 직접 산 거예요?"

별 시답지 않은 말이 튀어 나갔다.

"응. 선글라스랑 황사 마스크로 무장해서 사 왔어."

"……."

"기특하지 않아? 바빠 죽겠는데 선물도 준비하고."

그는 어서 칭찬해 달라는 듯 상체를 숙여 그녀와 얼굴을 마주했다. 볼 뽀뽀를 기대하는지 고개를 살짝 돌리는 것도 잊지 않았다. 이젠 익숙해질 법도 한데 현주는 괜히 쑥스러워졌다.

"변태인 줄 알았겠다."

"어?"

"매장 직원들 말이에요."

"……."

"키 큰 남자가 선글라스에 마스크로 중무장해서 여자 속옷을 사러 왔으니……."

지원은 애정을 애정 그대로 받아들이지 못하는 그녀가 귀여웠다.

"작가님이 이렇게 표현을 못 해서야……."

그는 큰 손으로 그녀의 정수리를 부드럽게 쓰다듬었다.

"그동안 대체 어떤 놈들이랑 연애한 거야?"

"……."

"이런 거에 고맙다는 말 하나 제대로 못 나오게."

"……."

"그냥 고맙다, 사랑한다면 충분해. 쓸데없는 말로 무드 깨지 말고."

현주는 천천히 고개를 끄덕였다.

"고마워요……."

"아이 잘한다."

그는 만족스럽다는 듯 짧게 입을 맞췄다. 그러곤 사랑이 뚝뚝 떨어지는 눈으로 다정히 말했다.

"갈아입을 옷 문 앞에 둘게. 나는 안쪽 욕실 쓸 거니까 천천히 씻고 나와."

"그럴게요."

현주는 욕실 문을 닫으며 가쁜 숨을 내뱉었다.

"하……."

그는 분명 전생에 구미호였음이 틀림없었다. 그렇지 않고서야 이렇게 사람을 홀리는 것은 반칙이었다.

현주는 분홍색의 작은 쇼핑백을 내려다보았다. 핫핑크색의 리본이 앙증맞았다.

리본을 풀고 안에 있는 분홍색 상자를 열자 흰색의 심플한 속옷이 나타났다. 대충 보아도 좋은 재질이라는 것으로 보이는 그 속옷은 심플하지만 부분마다 레이스로 장식되어 지나치게 선정적이지도, 너무 지루하지도 않은 디자인이었다.

"예쁘다."

생각해 보니 그에게 받은 첫 선물이었다.

예전에 그와 아무 관계도 아니었을 때 들었던 충고가 떠올랐다. 속옷을 쇼핑해 보라는 그의 조언이 여자로서 창피하기도 하고 자존심이 상하기도 했었던 것이 사실이었다. 그런데 이렇게 역전된 상황이라니. 아주 감개무량했다.

따뜻한 물에 몸을 녹이고 기분 좋은 향기의 클렌저로 샤워를 하고 나니 몸에 붙은 고기 냄새와 술 냄새가 말끔히 사라지는 것 같았다. 호텔에나 있을 법한 커다란 수건으로 몸을 꽁꽁 감싼 채 욕

실 문을 열자 바닥에 속옷 상자와 똑같은 색의 그러나 조금 큰 상
자가 있었다.

상자 안에는 작은 카드와 누드 톤의 슬립이 있었다.

「이것까지 입어야 내 취향이야.」

그의 성격만큼이나 깔끔한 글씨체였다. 심혈을 기울여 골랐을 그
의 모습이 자꾸만 떠올랐다. 얼마나 고민을 했을까. 현주는 망설임
없이 슬립을 들고 다시 욕실 안으로 들어갔다. 몸에 정확히 맞는
사이즈에 한 번 놀라고 놀랍도록 관능적인 모습에 또 한 번 놀랐
다.

"내 몸이 원래 이런가?"

이래서 속옷만 잘 입어도 자존감이 넘친다는 소리를 하는 건가
싶었다.

거울에 비친 모습은 숨이 막힐 정도로 아름다웠다. 적당히 볼륨
있어 보이는 곡선, 화려한 자수로 수놓인 슬립. 갑자기 자신감이
솟구쳤다. 발소리를 내지 않으려 살금살금 침실까지 걸어간 그녀는
닫힌 침실 문을 똑똑 두드렸다.

"응."

그의 낮고 나른한 목소리가 흘러나왔다.

"들어가도 돼요?"

"응, 들어와."

긴장된 손으로 문고리를 잡아 돌렸다. 스탠드만 켜진 방 안은 달
빛과 노란 빛이 어우러져 야릇한 분위기를 자아냈다. 지원은 새로
받은 시나리오를 읽고 있던 중인지 침대 헤드에 몸을 기대고 고개
를 숙이고 있었다. 현주는 그가 자신을 볼 수 있게 헛기침을 했다.

"지원 씨—"

그의 눈이 대본에서 그녀에게로 옮겨졌다. 당황스러움이 스치고 놀람이 번졌다가 불타는 욕망으로 가득 채워졌다. 현주는 만족스러운 듯 씨익 웃으며 말했다.

"어때요?"

왠지 도발하고 싶어졌다. 꿀꺽— 적나라한 소리가 방 안을 채웠다. 그는 잔뜩 여유로운 걸음을 내디뎠다. 그 모습은 흡사 맹수와 같아서 현주는 자연스럽게 몸을 움츠렸다. 손길이 닿지 않아도 전희는 가능했다.

"……."

온몸에 달라붙는 그의 시선은 소름 끼치도록 황홀했다. 그의 눈에 비친 그녀의 모습은 더할 나위 없이 아름다웠다. 현주는 그런 자신의 모습을 더 가까이서 보고 싶었다. 그녀는 다가온 지원의 목에 가는 팔을 둘렀다. 그의 입꼬리가 기분 좋게 말렸다.

"술 마시더니 용기가 넘치네."

분명 조금 전까지만 해도 그녀의 정신은 멀쩡했다. 하지만 지원의 말을 기점으로 눌러둔 술기운이 연기처럼 피어올라 온몸을 잠식했다. 기분은 몽롱했고 자신은 넘쳤다. 그리고 여전히 궁금했다.

"왜 대답 안 해요."

"뭘."

"마음에 들어요?"

"……."

지원은 보채는 그녀를 보며 나직하게 웃었다. 그의 욕심을 모를 리 없는 그녀가 무슨 용기로 이렇게 도발을 하는지 알 수 없었다.

"마음에 들어."

그는 잘록하게 들어간 현주의 허리를 부드럽게 쓰다듬었다. 부드러운 촉감의 슬립이 그의 손길대로 말렸다가 풀어지며 그녀의 몸을 감쌌다.

"흐음……."

작은 손길에도 참지 못하고 신음을 뱉는 그녀를 보며 지원은 참을 수 없는 갈증을 느꼈다. 그는 부드럽게 그녀를 안아 올려 침대에 누였다. 그녀 위로 올라탄 그는 감상하듯 조용히 침묵을 지켰다.

"……."

평소라면 그가 이끄는 대로 가만히 있었을 그녀였지만 오늘은 조금 달랐다. 그만 그녀를 탐하는 것이 아니었다. 그녀 역시 그를 원하고 마음껏 취하고 싶은 욕망이 있었다. 현주는 오른팔을 들어 그의 뺨을 어루만졌다.

"내가 할래요."

"응?"

"내려와요."

"……."

"올라가게."

지원은 미간을 찌푸리면서도 재미있다는 듯 미소를 지었다. 마음 같아선 부드러운 슬립을 당장이라도 걷어 내 온몸에 키스를 퍼부어도 모자랐지만 조금은 그녀의 몸짓을 즐겨 보고 싶었다.

지원은 그녀를 누르던 힘을 풀었다. 현주는 그 틈을 놓치지 않고 자연스럽게 그의 몸을 끌어당겼다. 지원은 침대에 몸을 누이고 현주를 제 위에 앉혔다.

"자신 있어?"

그가 물었다. 현주는 얄미운 그의 입술에 입을 맞췄다.

소녀 같은 짧은 입맞춤이 아닌 길고 진한 키스였다. 현주는 그의 도톰한 아랫입술을 살짝 깨물었다. 물컹하게 느껴지는 감촉이 젤리처럼 달았다. 그 안의 혀는 흠뻑 젖어 거칠게 엉겨 붙었다. 삼켜질 듯 말 듯 달아나는 그의 혀가 그녀의 마음을 조급하게 만들었다.

"하아……."

가는 손으로 그의 목을 잡아 쥐고 조금 더 가까이 하기 위해 입술을 내리는 그녀의 몸짓은 지원의 인내심을 시험했다. 그는 제 위에 엎드리듯 누워 있는 그녀의 등허리를 손가락으로 부드럽게 간지럽혔다.

"으음……."

자극적인 그의 손짓에 현주는 입술을 떼고 상체를 일으켰다. 지원은 그런 그녀의 뒷목을 감아 끌어당겼다. 떨어졌던 입술이 다시 한 번 붙었고 아까보다 더 농염하고 강한 키스가 이어졌다. 이번엔 지원이 상체를 일으켜 그녀를 다시 제 아래로 눕혔다.

"안 되겠다."

지원은 뜨겁게 타오르는 눈을 빛내며 그녀를 내려다보았다.

"내 위에서 하는 건 다음에 해."

"……."

그는 말을 마치고 침대 아래쪽으로 몸을 옮겼다. 그녀의 가는 발목과 작은 발이 눈에 들어왔다. 지원은 경배하듯 발등에 입을 맞췄다.

"간지러워요."

현주의 앙탈에도 그는 발등에서 발목, 종아리까지 키스를 이어 나갔다. 그의 입술이 허벅지 안쪽까지 침범하자 그녀는 다리를 모으고 몸을 떨었다.

"아앗―! 그, 그만해요."

"싫어, 맛있어."

그는 얄밉게도 싫다는 의사를 전달했다. 허벅지에 붙어 떨어질 줄 모르는 그의 입술은 그녀의 여린 살결을 쪼옥 빨아들였다가 뱉어 내며 붉은 자국을 만들어 냈다.

"아앗!"

그럴수록 그녀의 신음이 거칠어지는 것은 당연한 것이었다. 지원은 슬립 밑자락을 움켜쥐며 숨겨져 있던 하얀 팬티를 한 번에 벗겨 냈다. 현주는 당황스러운 얼굴로 그를 쳐다보았다.

"하아…… 뭐예요."

"왜."

"이 속옷, 지원 씨 취향이라면서요."

"그래서."

"예쁜지는 좀 보고 벗기지."

생각하는 게 참 엉뚱했다. 속옷 벗긴 남자한테 하는 말이 고작 예쁜지는 보고 벗기라는 거라니. 지원은 개구쟁이처럼 웃었다.

"다 벗은 게 제일 예쁠 텐데, 뭐."

이것이 그가 생각하는 진리였다. 그는 다시 상체를 숙여 그녀의 몸에 키스했다. 작은 둔덕을 모른 척 지나 배꼽에 혀를 축이고 배에 입을 맞춘 후 가슴을 가린 또 다른 속옷을 맞이했다.

"잘못 생각한 것 같아."

그는 탄식하며 말했다.

"뭐가요?"

"속옷 선물한 거."

"……."

"벗기기 불편해."

이번엔 현주가 꺄르르 웃었다. 지원은 그런 현주의 목과 쇄골을 깊게 빨았다.

"아, 안 돼요! 거기는 자국 나면 안 돼요."

"……."

그는 잠깐 행동을 멈추더니 이내 하던 것을 마저 했다. 그녀의 가는 목에 붉은 자국이 적나라하게 새겨졌다.

"아, 자꾸 말 안 들을 거예요?"

그 말에 반항이라도 하듯 그는 그녀의 손목을 깨물었다.

"아앗!"

자국 난 손목 위를 혀로 적시고 다시 한 번 입을 맞췄다. 그는 슬립 끈과 브라 끈을 같이 쥐고 어깨 아래로 내렸다. 그녀의 봉긋한 가슴이 드러났다.

"하아……."

가슴 사이로 느껴지는 찬 기운에 현주는 눈을 감고 아찔함을 만끽했다. 그는 그녀의 가슴을 부드럽게 쥐었다가 그림 그리듯 빙글빙글 돌렸다.

가는 허리를 부서져라 껴안고 하얀 가슴에 쉴 새 없는 입맞춤을 퍼붓던 그는 손을 내려 그녀의 작은 꽃잎을 어루만졌다. 촉촉이 젖은 그곳이 어서 자신에게 오라고 애원하는 듯 느껴졌다.

"하, 미치겠네."

지원은 짧은 탄식과 함께 웃옷을 벗고 바지 버클을 풀었다. 불룩 솟은 그의 남성이 강한 존재감을 뽐냈다. 그는 더 기다릴 수 없었다. 맑은 샘처럼 향기를 뿜어내는 그곳으로 더 이상 가지 않고는 견딜 수 없었다. 그는 그녀의 허벅지를 벌리고 그녀의 안으로 들어갔다.

"하앗!"

그녀의 짧은 비명과,

"으음……."

그의 나른한 황홀경이 터져 나왔다. 밀어 넣었다가 애태우듯 다시 나오기를 반복했다. 사과처럼 동그란 그녀의 엉덩이와 그의 단단한 허벅지가 부딪히는 소리도 계속됐다.

그가 쳐올릴수록 그녀는 격렬하게 흔들렸다. 만지는 것보다 보는 것이 더 아찔했다. 채 다 벗겨지지 않은 그녀의 슬립이 애처롭게 걸쳐져 있었다.

"유현주."

"……."

지원은 벌어진 그녀의 입속에 손가락 하나를 집어넣었다.

"하……."

뜨거운 혀가 그의 손가락을 적시며 열띤 숨을 뱉어 냈다. 현주는 고개를 젖혔고 지원은 젖은 손가락으로 그녀의 입술을 문질렀다.

"하…… 하아…… 지원 씨."

질척이는 소리가 신음과 맞물려 더욱 외설적으로 울려 퍼졌다.

지원은 그대로 상체를 숙여 그녀의 가슴을 입에 물었다. 혀에 닿는 단단한 감촉이 그를 즐겁게 했다. 닿는 대로 소름이 돋았다. 이어서 현주의 귀를 빨았다. 그녀는 아찔함에 몸을 덜덜 떨며 고개를 돌렸다. 지원은 그런 그녀의 턱을 쥐고 물었다.

"어때."

"하아…… 하…… 네?"

"마음에 들어?"

그녀가 물어본 것을 다시 한 번 묻는 그의 심보는 짓궂었다. 딱히 괴롭히려고 물은 질문은 아니었지만 듣고 싶었다. 죽어도 좋을 것 같은 이 쾌락을 그녀도 오롯이 느끼고 있는지 궁금했다.

"하아…… 하앗!"

지원은 그녀에게 대답을 재촉하듯 거칠게 움직였다. 현주는 시트를 움켜쥐며 입술을 깨물었다. 그러자 지원은 그녀의 입술을 매만지며 말했다.

"깨물면 안 돼."

"……."

"내 거야."

"……."

지원은 슬립을 말아 쥐고 그녀의 머리 위로 끌어 올렸다. 온전히 나체가 된 그녀는 부끄러움에 팔로 가슴을 가렸다. 지원은 그것조차 용납할 수 없다는 듯 팔을 풀고 손목을 움켜쥐었다. 절정은 바로 앞이었다. 그는 모든 행동을 느리게 바꾸며 그녀를 애태우기 시작했다.

"하아…… 하…… 지원 씨."

"응."

"왜, 왜······."

"뭐가."

"그러지······ 마요."

현주는 콕 집어 말하지 못하고 애원했다. 지원은 그런 그녀를 내려다보며 부드럽게 미소 지었다. 그는 큰 손으로 그녀의 부드러운 몸을 탐했다. 분홍빛의 가슴부터 여성스러운 곡선의 허리, 그를 감싸고 있는 다리까지 손에 닿는 모든 곳이 달았다.

"하아······ 지원 씨, 빨리."

"······."

지원은 손을 떼고 천천히 허리를 움직였다. 올 듯 말 듯 어지러운 감각이 날카로워졌다.

"원하는 걸 말해."

지원의 낮은 목소리가 명령하듯 뱉어졌다.

"내 사랑."

그러고는 다정해졌다. 무슨 말을 해도 받아 줄 것처럼 부드러운 그 말투에 현주는 차마 하지 못했던 말을 해 보기로 마음먹었다.

"멈추지······ 말아요."

"······."

"너무 좋으니까."

지원은 만족스러운 듯 웃으며 그녀에게 키스했다. 그러곤 순식간에 그녀를 뒤집었다.

"아앗―"

지원은 눈앞에 펼쳐진 그녀의 엉덩이와 가녀린 등을 바라보며 탄식했다.

"하아—"

그는 동그란 엉덩이를 부드럽게 움켜쥐며 여전히 단단한 제 남성을 밀어 넣었다. 앞에서의 속도는 아무것도 아니었다. 그는 고삐 풀린 미친 말처럼 속도를 올렸다.

"하앗……! 핫, 지, 지원 씨!"

현주의 입에서 탄성이 터져 나왔다. 지원은 상체를 숙여 그녀와 완벽하게 포개졌다. 허리를 움직이며 느껴지는 그녀의 몸이 좋았다.

"사랑해."

온몸이 땀으로 적셔지고 격정적인 몸짓이 수 분간 이어진 후에야 그는 끓어오르는 탄식을 뱉어 내며 절정을 맞이했다.

"하아……."

"하앗."

그녀 역시 마찬가지였다.

"사랑해요."

지원은 그대로 쓰러져 현주를 품 안 가득 끌어안았다.

18. 스캔들

— Rrrrr.

지원은 아침부터 울려 대는 진동 소리에 잠에서 깼다.

여전히 품에 안긴 그녀는 하얀 등을 드러내고 잠에 빠져 있었다. 그는 제 어깨를 베개 삼아 누워 있는 그녀를 조심조심 들어 제대로 누였다. 발소리를 최대한 낮춘 그는 핸드폰을 들고 최대한 빨리 침실을 나왔다. 액정을 보니 매니저였다.

"어."

— 지원아, 일어났어?

"일어났으니까 전화를 받지."

— 한 시간 뒤에 데리러 갈 테니까 준비하고 있어.

"왜?"

— 어?

"오늘 저녁에만 스케줄 있는 거 아니었어?"

기억으로는 오전엔 스케줄이 없었다. 현주와 함께 아침을 맞고 그녀가 해 주는 밥을 먹고 싶었던 그는 자동으로 인상을 찡그렸다. 핸드폰 너머로 매니저의 쭈뼛거리는 목소리가 이어 들렸다.

— 아, 그게…… 어제 갑자기 옮겨진 스케줄이라.

"무슨 스케줄인데."

— 광고 촬영인데…… 갑자기 촬영 일정을 옮겨야 한다고 해서…….

"하, 알았어."

매니저가 최선을 다해 일하는 것을 모르지 않았다. 나름 화를 누르고 대답했지만 치밀어 오르는 짜증은 어쩔 수 없었다. 핸드폰을 소파 위로 던진 그는 가운을 걸쳐 입고 침실로 들어갔다.

"……."

침대 위의 그녀는 세상모르고 자고 있었다. 지원은 침대 모서리에 걸터앉아 그녀의 머리를 차분히 쓸어 주었다. 넘치는 햇살이 불편한지 찌푸린 미간이 귀여웠다.

"현주야."

"……."

괜히 한 번 불러 보았다. 믿기지 않을 만큼 좋아서 확인하고 싶었다. 아주 작은 소리였지만 현주는 힘겹게 눈을 떴다.

"……지원 씨?"

그녀가 부르는 제 이름이 좋아 그는 부드럽게 미소 지었다.

"더 자."

현주는 팔을 뻗어 그를 끌어안았다. 잠결 덕분인지 대담한 그녀의 애정표현에 지원은 뿌듯한 미소를 지었다. 완벽하게 행복했다.

"현주야."

그러곤 다정하게 중얼거리기 시작했다.

"나 갑자기 스케줄이 생겨서 나가 봐야 할 것 같아."

"……."

힘없이 끄덕거리는 그녀의 고개는 가지 말라고 칭얼거리는 것보다 더 강력했다.

"금방 올게. 어디 가지 말고 여기 있어."

"금방 언제요?"

현주는 그의 어깨에 지친 머리를 기대고 물었다.

"끝나는 대로 올게. 중간중간 전화할 거니까 너무 걱정하지 마."

"알았어요."

지원은 떨어지기 싫은 마음을 애써 절제하며 욕실로 들어갔다. 현주는 침대 위로 다시 쓰러졌다. 새벽 내내 시달린 탓에 끊임없이 잠이 쏟아졌다.

짙은 파란색 니트로 멋을 낸 지원은 집 앞에서 기다리고 있던 차에 몸을 실었다.

"무슨 광곤데 시간을 옮겨."

올라타자마자 투덜거리는 지원을 향해 매니저는 멋쩍은 미소를 지었다.

"중간에 스케줄이 좀 꼬였나 봐. 가는 동안 눈이라도 좀 붙여."

지원은 자연스럽게 핸드폰을 꺼내 현주의 이름을 찾았다.

[일어나면 연락해.]

[밥 잘 챙겨 먹고 있어.]

쓰러져 잠든 현주는 답이 없었지만 지원은 아랑곳하지 않고 열심히 문자를 보냈다.

"너 작가님이랑 연애하기로 한 거야?"

그런 지원을 보며 매니저는 물었다. 최대한 무심하게 물으려 노력했지만 지원의 눈초리가 날카로워지는 건 막을 수 없었다.

"어. 신경 쓰지 마."

매니저는 크게 한숨을 뱉었다.

"야, 어떻게 신경을 안 쓰냐."

"그래서 뭐. 헤어지라고?"

"아, 무슨 말을."

매니저는 평소보다 더 날을 세우는 지원 때문에 어쩔 줄을 몰랐다. 지원은 어렵사리 얻은 그녀와의 관계를 어떤 누구의 간섭으로도 방해받고 싶지 않았다.

"그냥 조심하라고. 스캔들 터져서 좋을 거 없으니까."

"스캔들은 내가 조심하는 게 아니라 회사가 조심해야 하는 거야."

"……."

빌어먹게도 옳은 말만 하는 지원이었다.

"나도 신경 쓸 테니까 회사에서도 알아서 좀 해 줘, 형."

"이럴 때만 형이지."

"내가 여자를 만난 적은 있어도 연애를 한 적은 없잖아."

매니저는 진지한 표정으로 고개를 끄덕였다.

"그건 그렇지."

"나 좀 도와줘."

그의 매니저 생활을 오래 하면서 처음 들어 본 말이었다. 천하의 김지원이 도와 달라는 말을 입에 올리다니. 매니저는 입을 턱 벌리며 혀를 찼다.

"작가님이 그렇게 좋냐."

"말로 다 표현 못 하지."

지원은 또 현주가 생각나 문자를 보냈다.

[보고 싶다.]

그렇게 대화를 나누다 보니 어느새 목적지에 도착했다. 일반적인 스튜디오나 방송국이 아닌 한 레스토랑 앞이었다. 이른 시간 탓인지 문 앞에는 'close'라는 팻말이 걸려 있었다.

"여기서 촬영해?"

어떤 광고는 야외 장소를 섭외하는 경우도 있었다. 그러나 매니저의 표정이 심상치 않았다. 줄줄 흐르는 식은땀, 파리하게 떨리는 입술, 초점을 잃은 동공까지 아주 버라이어티했다. 그런 낌새는 또 기가 막히게 알아차리는 지원이 인상을 구겼다.

"뭐야."

"……."

"뭔데 그런 표정이야."

여기까지 왔으니 말하지 않을 수 없었다. 설명해야 했고 설득해야 했다.

"저기 지원아."

"빙빙 돌리지 말고 제대로 말해."

"……."

연예계에 오래 종사하다 보면 원치 않는 식사자리 같은 것들이 있었다. 소위 재벌가라고 불리는 사람들이 행하는 갑질 같은 것이었는데 일명 접대라 불렸다.

"혹시 접대야?"

접대라는 말이 조금 선정적이기는 했지만 대부분은 식사자리에 함께하는 것이 전부였다. 그럼에도 지원은 그런 자리에 나가지 않았다. 돈은 그도 많았고 누군가의 스폰 역시 필요하지 않았다. 그와 데뷔 때부터 함께한 소속사가 그것을 모를 리 없었다.

"너 혹시 저번에 강민서한테 고백받았어?"

"어?"

다행이도 매니저의 입에선 재벌이니 접대니 그런 추잡한 단어는 나오지 않았다. 하지만 대신 튀어나온 단어도 썩 좋아하는 것은 아니었다.

"저번 회식자리에서 말이야. 나 잠깐 자리 비운 사이에 민서 씨가 실수했다며."

"그게 왜."

지원은 알 수 없는 불쾌함으로 열불이 났다. 침대 위에 얌전히 누워 있던 현주가 떠올랐다. 그녀를 놓고 나온 대가가 고작 이런 것이라니 절로 고개가 젖혀졌다.

"그쪽 매니저가 연락 왔더라고. 민서 씨가 너한테 직접 사과하고 싶어 한다고."

"그래서 지금 사과받으러 온 거야? 오랜만에 좀 쉬고 있는데?"

지원은 긴 손가락으로 구겨진 이마를 짚으며 이글거리는 마음을 다스리려 애썼다. 매니저는 그가 인내의 끈을 놓기 전에 조금이라도 빨리 이유를 말해야 했다.

"안면도 있는 사람이 하도 간절히 부탁해서 어쩔 수 없었어. 게다가 민서 씨랑 너는 앞으로도 계속 부딪힐 거란 말이야."

"무슨 말이야."

"이번 드라마 벌써부터 일본이랑 중국에 수출됐는데 당연한 거 아니야? 저번에 찍은 커피 광고도 계약 연장할 게 뻔하고."

"하— 지금 그따위 것 때문에 내가……."

"사과받고 어색한 거 풀면 너도 좋잖아. 안 볼 사이도 아니고."

연예계는 보이지 않는 끈으로 연결된 거미줄과 같았다. 연예인과 소속사의 관계, 소속사와 방송국의 관계, 방송국과 방송국의 관계와 더불어 소속사와 소속사의 관계라는 것이 존재했다. 하나의 소속사는 다른 소속사와 원만한 관계를 유지하며 서로의 배우와 작품을 공유하면서 시너지 효과를 발휘했다.

"후, 알았어. 밥만 먹으면 되는 거지?"

지원은 체념했다. 그에게 소속사와 소속사의 관계 따위는 별로 중요하지 않았다. 다만 사람 대 사람으로 민서와 대화를 해 봐야 한다는 것쯤은 생각하고 있었다. 매니저의 말대로 민서와 지원은 앞으로도 여러 번 함께 언급될 것이었다. 이런 자리가 필요하기는 했다.

"너무 쌀쌀맞게 굴지 마."

매니저는 한시름 놓았다는 듯 얼굴색을 밝게 바꿨다. 지원은 그런 매니저를 흘겨보며 차에서 내렸다.

"그건 내가 알아서 해. 그냥 들어가면 되는 거야?"

"어. 레스토랑 열려 있을 거야."

"유현주랑도 못 해 본 걸 강민서랑 하네."

마치 연예인 커플이 비밀 데이트를 하는 것 같았다. 오픈하지 않은 레스토랑을 빌려 둘만의 식사를 하는 것은 연예인들의 오랜 데이트 형식이었다. 한산한 거리에 위치한 레스토랑의 문을 열자 고풍스러운 인테리어가 눈에 띄었다. 지배인으로 보이는 한 남자가 잔뜩 흥분한 얼굴로 다가왔다.

"기다리고 있었습니다. 안쪽으로 들어가시면 됩니다."

"감사합니다."

"저……."

"네?"

"실물이 훨씬 미남이시네요."

"아, 감사합니다."

지배인과 싱거운 대화를 마친 지원은 레스토랑 구석에 위치한 테이블로 자리를 옮겼다. 거기엔 창문에서 들어오는 햇살을 온몸으로 받고 있는 민서가 있었다.

"……."

민서는 주체할 수 없을 만큼 몸을 떨고 있었다. 그 이유가 회식날의 수치심으로 부끄러운 것 때문인지 그의 잘생긴 외모에 마음이 두근거리는 것 때문인지는 구분할 수 없었다.

"오셨어요, 선배님."

"어."

지원이 자리에 앉자 지배인이 다가와 메뉴판을 건넸다. 민서는 잔뜩 수줍은 얼굴로 줄줄이 늘어선 메뉴들을 살폈다. 파스타는 입에 묻을까 겁나 스테이크를 골랐다.

"시저 샐러드랑 하우스 와인 한 잔 주세요."

그런 민서와 달리 지원은 간단한 샐러드만 주문했다. 명백하게
할 말만 하고 일어나려는 지원의 속셈이 보였다.

"식사는 안 하세요?"

"오전엔 잘 안 먹어."

그녀는 조금 아쉬운 표정을 지었지만 이내 미소를 지었다.

"저, 선배님."

"……."

"저번 회식 때…… 죄송했어요."

민서는 테이블 아래로 손을 떨며 말했다. 하도 치마를 움켜쥔 탓
에 그려진 꽃무늬가 잔뜩 일그러졌다. 지원은 너그럽게 고개를 끄
덕였다. 허락도 없이 이런 자리를 만든 매니저에게는 화가 났지만
이런 자리를 만들고 싶어 했을 민서의 마음은 이해가 됐다.

"매니저 오빠한테 들었어요. 제가 술에 취해서 정신이 없었나 봐
요."

"괜찮아. 그럴 수도 있지."

민서는 조금씩 긴장이 풀렸다. 지원이 자신에게 없던 정도 다 떨
어졌으면 어쩌나 하루 종일 전전긍긍하던 그녀였다. 마침 식사도
나오며 분위기는 훨씬 유해졌다.

"선배님께 많이 감사해요."

"뭐가."

"여러모로 잘 챙겨 주셔서요."

"……."

"지각했다고 혼도 내 주시고 연기도 도와주시고…… 많이 고마웠어요."

지원은 묘하게 웃으며 와인으로 입술을 적셨다.

"세상에 찌든 것처럼 굴더니 어리네."

그의 낮은 목소리가 식탁을 타고 그녀의 귓가를 어루만졌다.

"무슨 말씀……."

"처음 연기하면서 만난 선배가 나라서 내가 대단해 보이고 커보이는 건 이해하는데 그게 전부는 아니야."

중의적인 말이었다. 선배로서든 남자로서든.

"난 같이 일하는 사람으로서 할 일을 한 거고 넌 그거에 맞게 잘 움직인 거야. 특별히 고마워하거나 미안해할 필요 없어."

"그래도 선배 없었으면 이렇게 아무 탈 없이 촬영 못 마쳤을 거예요."

"그럼 다른 누가 너한테 잔소리했겠지. 나 대신에."

"……."

지원은 연예계 신인이 겪는 불안과 외로움을 모르지 않았다. 더군다나 그는 어린 나이에 그 모든 것을 겪어 본 사람이었다. 민서처럼 누군가를 의지하고 존경하다 애정으로 나아간 적도 있었고, 그로 인해 상처받은 적도 있었다.

"계속 배우 하고 싶지?"

"그럼요."

"그럼 실생활에서도 연기해."

"……."

"싫어도 좋은 척, 불편해도 편한 척."

지원은 그녀에게 꼭 필요한 조언을 해 주기로 마음먹었다.

"있는 대로 드러내서 칭찬받는 건 어릴 때나 가능한 거야. 마음도 숨기고 표정도 숨기고 생각도 숨기는 게 어른이지."

"……."

"별로 추천하는 일은 아닌데, 그래도 오래 하고 싶다니까 해 주는 말이야."

"선배님도…… 그렇게 다 숨기세요?"

"그럼."

지원은 당연한 걸 묻는다는 투로 말했다. 다만 모든 것을 내려놓고, 솔직할 수 있는 현주만 있으면 그는 상관없었다.

"선배님은 솔직할 줄 알았는데."

"내가 아무리 제멋대로라고 해도 지킬 건 지켜. 마음대로 했으면 벌써 은퇴했지."

민서는 무슨 말인지 대충 이해가 되는 것 같았다. 그녀의 안하무인 같은 행동을 꾸짖고 동시에 스스로를 보호할 수 있는 조언이었다.

"그러니까."

"……."

"누구 좋다는 말도 그렇게 술자리에서 하는 거 아니야."

민서는 심장이 쿵 하고 내려앉는다는 표현을 실감했다. 순간 술기운으로 치부하며 포장했던 앞의 말들이 무의미해졌다. 지원은 다정하던 눈과 표정을 거두고 단호한 눈을 빛냈다.

"선배님……."

"한순간일 수도 있는 감정 때문에 네 자리나 주변 사람들이 무너질 수 있어."

민서는 지금 이 순간 그의 말이 얼마나 잔인한 것인지에 대해 생각했다. 한순간이라니. 그는 그녀의 어떤 말도 듣지 않고 그녀의 감정을 한순간이라 치부하고 있었다.

"한순간 아니에요."

"……"

"좋아한 지는 얼마 안 되긴 했지만……. 그냥 순식간에 타오른 거 아니에요."

지원의 얼굴이 점점 굳어졌다. 그녀의 눈에 투명한 눈물이 그렁그렁 맺혔다.

"저도 어렵게 기회 얻어서 배우 된 건데……. 어떻게 한순간의 감정으로 그랬겠어요. 마음 정리하려고 많이 애썼어요. 선배님이 저한테 관심 없는 것도 알고 제가 지금 누구 좋아해서 연애할 때도 아닌 거 알아요. 근데 단막극 촬영도 끝나고 선배님 못 볼 수도 있다고 생각하니까 다급했어요. 그래서…… 그래서 그런 건데……"

민서는 북받치는 감정에 주룩주룩 눈물을 흘렸다. 지원은 지나간 기억을 되짚으며 혹시나 자기가 민서에게 여지를 주는 행동을 했었는지에 대해 고민했다. 맹세코 그런 적은 없었다.

예전의 그라면 이런 고백에 매몰찬 거절을 했겠지만 누군가를 좋아한다는 것이 어떤 의미인지 제대로 깨달은 지금은 그렇게 할 수 없었다.

"하―"

지원은 한숨을 뱉으며 눈을 감았다. 그녀를 위해서라도 분명하게 얘기해야 했다. 어설픈 동정은 고통스러운 희망을 안겨 줄 것이었다. 그러면서 그 소중한 감정에 대해 존중도 잊지 않았다.

"고마워."

민서는 촉촉한 눈을 동그랗게 떴다.

"좋아해 줘서."

"선배님……."

"근데 나 만나는 사람 있어. 헤어질 생각도 없어. 빨리 마음 정리하는 게 너한테도 좋을 거야."

민서는 두 손을 얼굴에 가져다 대고 엉엉 울기 시작했다. 지원은 천하의 못된 놈이 된 것 같은 기분에 휩싸였다. 그럴수록 현주가 보고 싶었다.

"죄송해요."

한참을 울다가 간신히 멈춘 그녀는 죄송하다며 고개를 푹 숙였다.

"그런 줄 몰랐어요."

"알아."

"솔직하게 말씀해 주셔서 감사해요."

"……미안."

민서는 손등으로 눈물을 닦았다. 사춘기 같았던 사회에서의 첫 애정이 이렇게 저문다는 것이 슬펐다.

"만나는 분…… 좋은 사람이에요?"

"응, 좋은 사람이야."

"그럼…… 다행이에요."

"……."

민서는 차분히 현실을 받아들이려 애썼다. 애인도 없는데 자신을 거절하는 것보다는 이편이 낫다는 자기 위로도 했다.

핸드백의 손잡이를 부들거리는 손으로 잡은 그녀는 붉어진 눈을 하고 자리에서 일어났다. 음식은 반이나 남았지만 이미 가치가 없어진 뒤였다. 지원도 그녀를 따라 일어나 함께 레스토랑 밖으로 나갔다.

"차 어디 있어?"

"저쪽이요."

모자를 푹 눌러쓴 민서는 손을 뻗어 자신의 차를 가리켰다. 지원은 고개를 끄덕이며 함께 걸었다. 둘은 말없이 걸었고 그는 민서가 차에 타는 것까지 지켜봐 줬다.

"고마워요, 선배."

지원은 어깨를 으쓱이며 차 문을 닫았다. 그의 차를 찾을 필요는 없었다. 지원의 비위를 맞추려는 매니저가 그가 있는 곳까지 차를 대령했기 때문이었다. 조수석에 올라탄 지원이 선글라스를 벗으며 낮은 욕지거리를 뱉었다.

"한 번만 더 이딴 거 시켜 봐."

"분위기 그렇게 안 좋았어?"

"최악이었어."

정말로 끔찍한 경험이었다. 무수히 많은 여자들의 고백을 거절했던 그였지만 이렇게 괴로웠던 적은 없었다. 누군가를 좋아한다는 마음이 얼마나 무겁고 고통스러운 것인지는 그 역시 너무 잘 알고 있었다. 지원은 지끈거리는 머리를 짚으며 핸드폰을 확인했다. 현주에게서 문자가 와 있었다.

[일어났어요.]

[몇 시쯤 와요?]

[나 배고파요.]

지체 않고 통화버튼을 눌렀다. 얼마 지나지 않아 그녀의 반가운 목소리가 흘러나왔다.

— 끝났어요?

"응, 보고 싶어."

다짜고짜 보고 싶다는 말에 매니저는 토할 것 같다는 표정으로 그를 쳐다보았다. 물론 지원은 신경 쓰지 않았다.

— 우와, 일찍 끝났네요?

"응, 밥 먹자."

— 냉장고에 김치밖에 없던데. 김치볶음밥 먹을래요?

"그래."

— 몇 분 걸려요?

지원은 매니저를 노려보며 말했다.

"삼십 분?"

삼십 분 안에 집 앞까지 질주하라는 그의 암묵적인 협박이었다.

소식을 알게 된 시간은 어느 평화로운 날의 새벽이었다. 마치 기다리고 기다렸던 것처럼, 절정의 행복 끝에서 지옥 같은 불행을 건네리라 다짐하는 운명을 만난 것은 바로 그 새벽이었다.

— Rrrrr.

"……."

시작은 잠기운을 해치는 핸드폰의 진동 소리였다.

"여보세요……."

— 유 작가!

몹시 지독한 졸음이 몰려왔지만 직장 상사의 목소리만큼이나 무서운 것은 세상에 없었다.

"네, 피디님!"

현주는 튀어 오르듯 누워 있던 몸을 일으키고 목소리를 가다듬었다.

"무슨 일 있으세요?"

아무리 방송계가 시간, 장소를 가리지 않는다 해도 이런 경우는 드물었다. 방영 하루 전 무슨 문제라도 생긴 것은 아닌지 걱정되기 시작했다.

— 스캔들 터졌어. 아니 무슨 시작 전에도 이러더니 촬영 다 끝나고도 이러냐.

"스캔들이요?"

연예계에 비일비재한 스캔들이 무엇이 대수랴. 아, 대수일 수 있겠구나. 현주는 어느 날 예고 없이 찾아왔던 지원의 폭행 스캔들을 떠올렸다. 이틀 전까지만 해도 꿀 같은 눈빛을 주고받던 그가 떠올랐다. 부디 그와 관련된 일은 아니기를.

— 강민서 말이야.

휴우, 현주는 한숨을 뱉었다. 그가 아니라는 이기적인 마음에서 비롯된 것이었다.

— 지원이랑 열애설 터졌어.

그러곤 곧 그 이기적인 마음에 대한 형벌을 받았다.

"네? 그게 무슨⋯⋯."

— 사실인지 아닌지는 아직 몰라. 인터넷에도 이제 막 뜨기 시작해서.

"⋯⋯."

심장 위로 차가운 얼음물을 끼얹은 것 같았다. 그 차가운 얼음은 온 핏줄을 돌아다니며 매서운 한기를 이곳저곳에 불어넣었다.

— 우리 단막극에도 지원이가 민서를 일부러 꽂은 거 아니냐고 기자들이 자꾸 전화해서 난리야.

"⋯⋯."

— 유 작가, 듣고 있어?

연예계에는 모두가 인정하는 불변의 법칙이 있었다. '아니 땐 굴뚝에도 연기는 날 수 있다.'

"네, 듣고 있어요."

— 유 작가한테도 곧 기자들 연락 갈 거야. 우리끼리 입을 맞춰야 나중에 뒷말도 안 나올 거 아니야.

"네."

— 일단 둘의 연애는 모르는 사실이라고 답변하고 캐스팅 관련해서는 어떤 누구의 영향도 없었다고 하자고. 또 그게 사실이니까.

"그럴게요."

자기 애인의 열애설을 스스로가 변호해야 한다니 이렇게 참혹할 수가 없었다. 현주는 침대 아래로 다리를 내려놓고 고개를 숙여 피로해진 눈가를 꾹꾹 눌렀다.

"아, 피디님."

— 어.

"다른 스태프들한테도 연락 돌리셨어요?"

— 아니, 유 작가한테 제일 먼저 한 거야.

친절도 하셔라. 현주는 새벽 네 시를 가리키는 벽시계를 보며 씁쓸하게 웃었다.

"지금 방송국에 계신 거죠?"

— 어, 오늘 월광 첫 방송이잖아. 보고 퇴근하려고 했는데 마침 일이 터졌네.

"저도 지금 방송국으로 갈게요."

— 아니야, 아니야. 오라고 전화한 거 아니야.

"집에 있다고 잠이 오겠어요? 저도 피디님이랑 상황 돌아가는 것 좀 봐야겠어요."

현주는 이미 갈아입을 옷을 꺼내고 있었다. 태풍이 불 때 가장 고요한 곳은 태풍의 한가운데인 태풍의 눈이었다. 그곳으로 가기까지 폭력적인 바람을 맞아야 하는 것은 숙명적인 것이었다.

그녀는 지금 이 순간, 모든 것의 시작인 방송국으로 가야 한다는 것을 본능적으로 알았다.

"방송국으로 가 주세요."

현주는 택시에 몸을 실은 뒤 핸드폰으로 인터넷에 접속했다. 이른 시간이었지만 인터넷은 북새통을 이루고 있었다. 가장 많은 조회 수를 차지한 기사를 클릭했다. 차라락, 뜨는 그 형태가 믿을 수 없이 적나라했다.

"……"

헤드라인 역시 끈적거리는 단어들로 난무했다.

〈김지원, 강민서? 톱스타들의 밀회〉

〈김지원, 레스토랑 통째로 빌려 강민서와 데이트〉

〈강민서를 에스코트하는 김지원의 달콤한 모습〉

"하……."

어쩐지 너무 행복하다 싶었다. 파파라치들의 은밀한 사진에는 날짜와 시간이 명확하게 박혀 있었다. 그 무시무시한 숫자들을 의미 없이 읊었다. 왠지 익숙한 그 숫자는 드라마 '월광'의 회식 다음 날이었다.

"……."

평소엔 둔하기만 한 머리가 기가 막히게 돌아갔다. 맞춰지지 않을 것 같던 퍼즐들이 순식간에 제자리를 찾고 큰 그림을 그렸다. 그날의 지원을 잊을 순 없었다. 그날 이후 지원은 드라마 촬영 때문에 미뤄 두었던 스케줄을 소화하느라 현주와 보낼 시간이 없었기 때문이었다.

[현주야, 확인하면 연락 좀 줄래?]

그 순간 문자가 왔다. 가뜩이나 좋지 않은 기분이 그로 인해 더 엉망이 되었다. 발신인 김수현. 그가 왜 연락했는지는 대충 짐작이 됐다. 그녀의 전 애인이자 재활용도 안 되는 쓰레기인 그는 한 잡지사에서 에디터로 일하는 중이었다.

망설이지 않고 통화버튼을 눌렀다. 짧은 신호음, 한 번에 들려오는 그의 목소리.

─ 아, 현주야. 연락 줘서 고맙다. 내가 깨운 건 아니지?

"깨운 거 맞아요."

퉁명스러운 말투에 상대방은 당황스러운 기색이 역력했다.

— 아, 그랬구나. 미안.

"왜 연락하셨어요."

— 갑자기 무슨 존댓말이야. 편하게 해. 우리 사이에.

그는 이기적이고 오만했다. 현주는 그의 얄량한 속셈을 모르지 않았다. 드라마 작가인 전 여자 친구를 이용해 적당한 정보를 얻어 후한 대가를 갖겠다는 것이었다. 그럼에도 그는 여전히 현주에게서 우위에 있는 사람처럼 굴었다.

"불편하니까요. 무슨 일 때문에 연락하셨어요. 일 년 만에 처음 인 것 같은데."

얻고 싶은 게 있으면 제대로 엎드릴 줄을 알아야지. 건방지게.

— ······.

상대방은 예기치 못한 상황에 할 말을 잃은 듯했다.

"할 말 없으면 끊을게요. 바빠요."

— 아니, 아니. 현주야!

그는 다급하게 그녀의 목소리를 붙잡았다. 현주의 이마엔 짜증스 러운 주름이 잡혔다.

— 너 이번 작품이 드라마 '월광' 맞지?

"네."

— 거기 김지원이랑 강민서 나오잖아.

"그런데요."

— 그 둘······ 무슨 관계야?

전 애인에게서 듣는 현 애인에 대한 질문치고는 참 창의적이었 다. 좋은 사람이야? 혹은 행복하니? 정도의 질문이 가장 이상적이 라고 생각했는데.

"직장 동료 관계지 무슨 관계겠어요."

— 에이, 그러지 말고.

"……."

농담조로 분위기를 업 시키려던 그는 현주의 차가운 정적에 다시 한 번 목소리를 가다듬었다.

— 정말 아무 관계 아니야?

"연예인들이 드러내 놓고 연애질 하는 것도 아니고 말하지 않는 이상 어떻게 알겠어요."

— 그럼 혹시 이번 캐스팅에 김지원이 관여한 건 없어?

"무슨 말씀인지 모르겠네요."

— 강민서 말이야. 완전 생 초본데 그 호화 캐스팅 사이에 꼈잖아. 김지원이 힘쓴 거 아니야?

현주는 대놓고 기분 나쁘다는 식의 한숨을 뱉었다.

"캐스팅은 전적으로 제작진 권한이에요. 한류 스타라고 해서 제 멋대로 캐스팅을 조정할 권리는 어디에도 없어요."

— …….

"애들 장난도 아니고."

현주는 이를 갈며 말했다. 영양가 없는 그와의 전화가 끝나자 택시는 자연스럽게 방송국 앞에 섰다. 낮처럼 환한 방송국의 조명은 눈이 아팠다. 익숙하고 빠른 걸음으로 엘리베이터에 탑승했고 회의실까지도 거칠 것이 없었다. 그곳엔 파김치처럼 축 늘어진 피디가 있었다.

"피디님."

"아, 유 작가 왔구나."

그는 다크서클이 내려앉은 눈을 빛내며 그녀를 반겼다. 회의실의 전화선은 모두 뽑혀 있었고 컴퓨터와 스마트폰만 반짝이며 최신 소식을 전달하고 있었다.

"기사 새로 뜬 거 있어요?"

"아니. 새벽이라 그런지 소속사에서도 별다른 연락이 없네."

소속사는 새벽이고 뭐고 이미 수습을 위한 준비를 시작하고 있을 것이었다. 예전 폭행 사건이 일어났을 때도 지원의 집에는 변호사와 매니저가 회의를 하며 머리를 맞대고 있었다.

"근데 유 작가도 뭐 아는 거 없어?"

"네?"

"아니, 진짜 연애할 수도 있는 거잖아."

"……."

"요즘 세상에 그게 나쁜 것도 아니고. 오히려 작품에 도움이 될지도 모르는데."

이성적이란 말은 사실 이토록 잔인한 말이었다. 누군가가 상처받을 수도 있을 이 사건이 그에게는 그저 비즈니스의 연장선일 뿐이었다. 그를 탓할 마음은 없었다. 그저 현주의 마음을 온전히 위로할 사람이 없다는 것에 마음이 조금 아팠다.

숨겨야 하는 연애의 무게를 비로소 느끼기 시작한 그녀였다.

"글쎄요. 저도 아는 게 없네요."

"저번 회식 때 보니까 강민서는 지원이 좋아하는 것 같던데."

"……."

그를 의심하는 것은 아니었다. 분명 서운하고 서러웠지만 의심은 하지 않았다. 이런 순간에도 그를 믿어야 한다는 것은 이십팔 년

세월 동안 얻은 얕은 지식 중 하나였다.

오해는 한순간이었다. 그를 만나고 화를 내도 늦지 않았다. 다만 괴로웠다. 자신이 사랑하고 자신을 사랑해 주는 그 사람이 내 사람이라고 말할 수 없는 현실이 끔찍이도 괴로웠다.

"저 잠깐 나갔다 올게요. 피디님 뭐라도 좀 드실래요? 편의점에서 간단한 거라도 사올까요?"

"응? 아니야. 괜찮아. 머리가 하도 복잡해서 입맛도 없다."

현주는 회의실을 나와 한 층 아래 대기실로 향했다. 애꿎은 핸드폰을 수없이 확인했지만 지원에게서는 간단한 연락조차 오지 않았다.

"그냥 아무 문자라도 좀 보내 주지."

괜한 서러움이 몰려왔다. 지금 당장 달려와 무릎이라도 꿇어야 하는 것 아니냐는 못된 생각도 자꾸만 솟아났다. 대기실의 폭신한 소파는 그녀의 등을 감쌌다. 문득 연석과의 대본 연습이 떠올랐다. 그리고 깨달았다. 지원과 그녀의 연애를 알고 있는 유일한 단 한 사람.

[연석아.]

라고 문자를 보냈다. 이른 새벽이었고 위로받기 위해 문자 한다는 것이 염치없었지만 사람은 이기적인 동물이었다.

— Rrrrr.

기다렸다는 듯 연석에게서 전화가 왔다. 얘는 아이돌이라면서 바쁘지도 않은가.

"어, 연석아."

— 누나.

"나 때문에 깼어?"

— 아니요. 연습실이에요.

연석의 목소리는 평온했다. 기사를 아직 못 본 건지, 알면서 모른 척을 하는 건지. 예전부터 생각한 것이지만 연석은 속마음을 쉬이 알 수 있는 대상이 아니었다.

"아, 바쁘면……."

— 괜찮아요.

지원은 속마음과 겉마음이 따로 없을 정도로 드러나는 사람이었지만 연석은 완전히 정반대의 사람이었다. 또한 연석은,

"……."

— 괜찮아요?

너무나 완벽한 사람이기도 했다.

"……."

그의 괜찮냐는 물음은 괜찮은 척하고 있던 현주의 어깨를 들썩이게 했다. 억누른 서러움이 폭발했고 모아 둔 눈물이 터져 나왔으며 깨물던 입술은 벌어져 신음을 토해 냈다.

"흐흑……."

— 누나…….

그렇게 한참을 우는 동안 연석은 그저 듣기만 했다. 작은 한숨을 내쉬기도 했고 조용히 '누나—' 라고 부르기도 했다. 현주는 그나마 누군가에게 진실된 마음을 드러낼 수 있어 안식을 취할 수 있었다.

비밀이란 원래 그런 것이었다. 혼자 품을 때는 견딜 수 없이 무겁지만 뱉어 내는 순간 가벼워졌다.

"갑자기 연락해 놓고 울어서 미안."

— 괜찮아요.

연석은 다시 한 번 괜찮다고 말했다.

— 많이 속상해요?

"⋯⋯응."

— ⋯⋯.

"아닌 거 아는데, 그 사람이 그럴 사람 아닌 거 아는데도 화나고 미워."

그녀의 가장 솔직한 마음이 쏟아졌다. 지원이 민서와 만나야 했던 그날, 분명 무슨 사정이 있었을 거라는 걸 알았다. 그가 그날의 진실을 자신에게 미리 털어놓지 못한 것 역시 그녀 자신을 위한 것이라는 것을 모르지 않았다.

그 모든 것을 머리로는 이해했지만 마음으로는 그러지 못했다.

— 화내고 미워해도 돼요.

연석은 그녀의 죄책감을 눈치챈 듯 허락의 말을 건넸다.

"⋯⋯."

— 이해하려고 너무 애쓰지 말아요. 그러다 금방 지쳐요.

또한 애쓰는 것 역시 알았는지 그러지 말라고도 했다.

"⋯⋯."

— 선배도 똑같이 화나고 미울 거예요. 자기 자신이.

그러곤 그를 원망하는 그녀를 위해 지원을 변호하기도 했다.

"그럴까."

— 누나가 생각하는 것보다 더⋯⋯ 그럴 거예요.

그 말이 뭐라고 현주는 충만한 위로를 느꼈다. 그도 똑같이 힘들 거라는 그 말이, 그녀 혼자만 낑낑거리는 것이 아니라는 사실이 그녀를 위로했다. 현주는 퉁퉁 부은 눈 주위를 닦아 내며 애써 웃었다.

"고마워."

— 좀 후련해요?

"응, 훨씬 좋아졌어."

— 다행이에요.

핸드폰 너머로 연석의 선선하고 청량한 미소가 전해지는 듯했다.

— 누나.

"응."

— 고마워요.

"뭐가?"

— 힘들 때 떠올려 줘서요.

그 말은 순간적으로 현주의 마음을 아리게 했다. 만인의 사랑을 받고 형제 같은 멤버들 사이에서 살아가는 그가 역설적으로 무척이나 외로울 것 같다는 생각이 문득 들었기 때문이었다.

"에이…… 무슨 그런 말을."

— 아무튼 누나 힘내요.

다시금 밝아진 그의 목소리가 현주의 걱정을 감쌌다.

— 못 견디겠으면 문자 남겨 놔요.

"왜, 달려오기라도 하려고?"

킥킥거리는 연석의 웃음소리가 가득해졌다. 현주는 한결 가벼워진 마음으로 전화를 끊었다. 여전히 지원에게선 연락이 없었지만 나쁘지 않았다. 그도 자신만큼 스스로에게 화나고 미울 것이란 걸 어렴풋이 알았으니까.

답답하고 막막한 마음이 지속되는 와중에 시간은 아침 여덟 시를 가리켰다. 새벽을 정리하듯 새로운 기사가 떴다. 세상을 달구던 지원의 스캔들은 사실 별것 아니었다는 듯 차분하고 조용하게 정리되는 듯싶었다.

"유 작가, 지원이 기사 떴다."

"지금요?"

부리나케 달려가 확인한 컴퓨터 화면엔 익숙한 방식의 문장들이 나열되어 있었다.

〈좋은 선후배 사이일 뿐, 오해는 말아 주세요.〉

〈김지원과 강민서, 스캔들 전면 부인.〉

〈단막극 '월광'을 위한 노이즈 마케팅?〉

"휴……."

현주는 깊은 한숨을 뱉어 냈다. 이 기사 한 줄이 나오기까지 지원은 얼마나 많은 노력을 기울여야 했을까. 지금 이 순간에도 그녀는 그의 강박적인 피곤함을 안쓰러워했다.

"이제 여론도 좀 가라앉겠죠?"

피디는 기사에 달린 댓글들을 보며 고개를 저었다.

"음…… 별로 안 믿는 분위긴데?"

"그래요?"

"워낙 둘이 잘 어울리기도 하니까. 광고에, 드라마에 같이 하는 것도 많고."

"……."

연예계에 종사하는 사람이라면 필수 상식으로 알아야 할 원칙이 또 하나 있다.

'대중은 원하는 것만 믿는다.'

"그래도 공식 기사 냈으니까 차츰 괜찮아지겠죠."

현주는 최대한 무심한 척 애쓰며 뽑혀진 전화선을 다시 연결했다. 피디는 기지개를 켜며 푸석한 눈가를 비볐다.

"이놈의 연예인들. 사람 잠도 못 자게 하고."

잠을 못 잔 것은 현주도 마찬가지였다. 다급한 마음에 방송국으로 출근하기는 했지만 특별히 해결된 것은 없었다. 아무것도 할 수 없다는 사실에 마음이 가라앉았다.

"그러게요. 그래도 한시름 놓았으니 들어가 볼게요. 이 이상 다른 기사는 나올 것 같지도 않은데요, 뭐."

"그래. 오늘 첫 방송인 거 알지?"

"그럼요. 오늘, 내일."

"첫 메인 데뷔작이잖아. 액땜했다고 생각하자고."

"그럴게요. 방송 끝나고 연락드릴게요."

"그래."

방송국을 나와 핸드폰을 살폈다. 연락처에 들어가 지원의 번호를 뚫어져라 쳐다보았다. 통화버튼을 누를까, 말까. 문자라도 남길까, 말까. 양자택일의 고민이 이어졌다. 하지만 이내 고개를 저었다.

새벽 내내 시달렸을 그였다. 조금이나마 쉴 수 있으면 좋겠다고 생각했다. 택시를 잡았고 집 주소를 말했다. 이른 아침의 풍경이 유독 외로웠다.

"감사합니다."

택시에서 내려 엘리베이터에 올라탔다. 순간 공기를 통해 전달된 무엇 때문에 가슴이 두근거렸다. 심장이 빨라지고 얼굴이 붉어졌

다. 머스크 계열의 익숙한 향수 냄새가 미세하지만 분명하게 느껴
졌다. 그는 어쩌면 이리도 분명하게 존재하는 것인가.

몇 년을 살면서 수천 번 눌렀을 현관의 번호판이 유독 낯설었다.
그의 향기가, 그의 손길이 그곳까지 머물며 그녀를 놀리는 듯했
다.

띠, 띠, 띠, 띠—

네 개의 숫자를 누르고 버튼을 누르자 '띠리릭—' 소리를 내며
문이 열렸다. 어렴풋했던 그의 향기가 완연한 형태로 다가왔다. 고
개를 돌리자 작은 소파에 긴 다리를 꼰 그의 모습이 보였다. 부쩍
수척한 모습의 그와 눈이 마주쳤다.

"……."

그녀는 자신도 모르게 한 줄기 눈물을 흘렸다.

"지원 씨."

지원은 그녀의 부름에 고개를 숙이고 미동하지 않았다. 미안함
때문인지 민망함 때문인지 그는 자리에서 움직이지 못했다.

"지원 씨."

현주는 다시 한 번 소리 내어 그를 불렀다. 다가가 한쪽 무릎을
꿇고 그의 **뺨**을 어루만졌다. 그는 제 **뺨**을 감싸는 작은 손을 움켜
쥐며 건조해진 목소리를 뱉어 냈다.

"미안해."

"……."

그는 힘겨운 듯 눈을 감았다 뜨며 그녀를 꼭 끌어안았다.

"힘들었지."

그의 다정한 목소리가 귓가를 간질였다. 단단한 어깨와 넓은 가

습, 따뜻한 품과 익숙한 향기가 그녀의 눈물샘을 자극하기란 무척이나 쉬운 것이었다. 현주는 얼굴을 뒤덮는 눈물을 모른 척하며 그의 등을 토닥였다.

"괜찮아요."

"연락 못 해서 미안해."

"바빴잖아요. 알고 있었어요."

폭력 사건이 일어났을 때도 했던 말이었다. 그때와 지금은 많이 다른 것도 같은데 어쩜 이렇게 상황은 달라지는 것이 없는지. 왠지 모르게 서러워졌다. 지원은 그런 그녀의 얼굴을 차마 볼 수 없어 끌어안은 그녀를 놓지 못했다.

"다 설명해 줄게."

그는 부디 그녀에게 자신을 용서할 자비가 남아 있길 바랐다. 의도한 것은 아니었지만 그녀를 속였다는 사실이 그를 괴롭게 했다. 거짓말하지 말라고 다그치던 스스로에게 위선자라며 욕을 퍼부어도 모자를 지경이었다.

"괜찮아요."

"……."

"설명하지 않아도 괜찮아요."

현주는 눈물범벅이 된 얼굴에 미소를 띠며 말했다. 정말이었다. 굳이 무슨 설명과 해명이 필요할까.

"아무것도 알 수 없을 때, 그때 믿는 게 진짜 믿는 거라면서요."

그녀는 지원이 했던 말을 따라했다. 그는 그녀의 쇄골에 얼굴을 묻으며 씁쓸하게 웃었다.

"당신은 물어도 돼. 그럴 자격 있어."

"……."

지원은 현주를 떼어 내며 그녀의 얼굴을 살폈다. 엉망진창으로 흘러내린 눈물을 조심스럽게 닦아 냈다. 나름 사랑하는 연인에겐 훌륭한 남자라고 자부했던 제 자신이 한심스러워졌다. 자신만만했던 과거의 자신을 뻥 차 버리고 싶을 만큼 창피했다.

"강민서랑 아무 사이 아니야."

"알아요."

그녀가 다 안다는 듯 진실한 눈빛을 내비쳤지만 지원은 계속해서 말하고 싶었다. 거짓을 말해 미안하다고, 내겐 당신밖에 없다고.

"회식 때 일 사과하고 싶다고 마련한 자리였어. 나도 나가서 알았어. 나갈 때까지만 해도 광고 촬영 스케줄인 줄 알았는데…… 하, 망할 매니저."

지원은 다시 생각해도 화가 나는지 이를 앙다물며 읊조렸다.

"만나는 사람 있다고도 얘기했어. 그게 다야."

현주는 그런 그를 쳐다보며 천천히 고개를 끄덕였다. 눈치를 보며 미주알고주알 해명을 늘어놓는 그의 모습이 사랑스러웠다.

"그랬구나."

"……."

"우리 지원 씨 억울했겠네."

현주는 손을 뻗어 그의 머리를 어린아이 다루듯 쓰다듬었다. 지원은 잠깐 눈살을 찌푸렸지만 이내 어쩔 수 없다는 듯 피식 웃었다.

"그게 다야?"

"뭐가요?"

"화 안 나? 뭐가 이렇게 인자해."

"화내서 뭐해요. 지원 씨가 잘못한 것도 아닌데."

그녀는 어깨를 으쓱하며 그의 입에 살짝 뽀뽀했다. 지원은 마치 난생처음 뽀뽀를 받아본 사람처럼 눈을 동그랗게 뜨고 올라가는 입꼬리를 숨기지 못했다.

"……."

그에 비해 현주는 부끄럽다는 핑계로 퉁명스럽게 굴었다.

"감동받을 필요 없어요. 오늘 새벽에만 남자 둘이랑 심도 깊은 대화를 나눴거든요. 남자친구란 사람이 하도 연락이 없길래."

"어?"

지원은 순식간에 그녀의 팔을 잡아끌었다.

"남자? 누구?"

좀 전까지만 해도 죄인처럼 고개를 푹 숙이고 있던 그는 노골적으로 불쾌한 심정을 드러냈다. 그녀는 어이가 없었다. 하여튼 질투는.

"비밀이에요. 말 안 해 줄 거야."

"우리 사이에 비밀이 어디 있어. 빨리 말 안 해?"

"우리 사이에 비밀 만든 건 지원 씨가 먼저잖아요. 나 몰래 민서 씨 만났으면서."

지원은 순간 할 말을 잃어 주춤거렸다.

"아까 당신이 괜찮다고 했잖아."

"뭐, 다시 생각하니까 썩 괜찮은 것 같지는 않네요."

현주는 놀리듯 뒷짐을 지고 지원에게서 멀어졌다. 입꼬리를 말며 개구쟁이처럼 웃는 그녀의 모습은 흡사 지원이 그녀에게 장난칠 때

모습과 많이 닮아 있었다.

"벌이에요. 지원 씨가 나한테 비밀 만든 벌. 내가 얘기 나눈 두 남자에 대한 비밀로 퉁쳐 줄게요."

"……"

지원은 답답한 듯 셔츠 단추를 두어 개 풀어냈다. 한숨을 쉬고 천장을 바라봤다가 다시 바닥을 향해 눈을 내리깔았다. 현주는 새어 나오는 웃음을 참으며 또박또박 말했다.

"이번 한 번만이에요."

"……"

"한 번만 더 그러면 진짜 죽을 줄 알아요."

그녀의 어마어마한 으름장이었다. 새초롬하게 찡그린 코와 살짝 깨문 입술이 참을 수 없을 만큼 예뻤다. 나름 진지했던 고해성사의 시간이었지만 욕망은 그런 때에도 걸러지지 않았다. 그는 오늘 하루 유독 보고 싶었던 그녀의 얼굴을 뚫어져라 쳐다보며 말했다.

"어떻게 죽일 건데?"

"네?"

"어떻게 죽일 거냐고."

순식간에 가라앉은 그의 목소리에 현주는 쭈뼛쭈뼛 뒷걸음질을 쳤다. 그는 그녀가 도망가도록 두지 않았다. 그는 그녀의 뒷목을 끌어당겨 깊게 키스했다. 현주도 마다하고 싶지는 않았다. 아니 오히려 반가웠다. 그의 숨이, 품이, 마음이.

그들은 고작 이틀 만에 본 사람들치고는 깊은 열렬함으로 서로를 대했다. 열기는 나눠질수록 뜨거움을 더했고 밀어내면 끌어당기고 다가가면 더욱 끌어당겼다. 지원의 미간에 깊은 주름이 새겨졌다.

"하……."

먹음직스럽게 도톰한 입술을 수없이 깨물고 말캉한 혀를 삼킬 듯 빨았다가 쇄골과 가슴팍에 자국을 남겼다. 현주는 어지러워지는 정신을 붙잡으며 그의 어깨를 밀어냈다. 반쯤 풀린 그녀의 눈이 나른했다.

"나 졸려요."

"뭐?"

"지원 씨 때문에 못 잤어요. 재워 줘요."

그녀는 실제로 졸리기도 했고 그가 졸려 보이기도 했다. 명색이 얼굴로 먹고사는 한류 스탄데 다크서클 정도는 관리해 줘야지. 그는 잠보다 다른 것이 더 급했지만 현주는 단호하게 거절했다. 지금은 뜨거움보다 따뜻함이 더 필요한 때였다.

"안아 줘요. 오늘을 나쁘게 기억하지 않게."

어쩜 말도 그렇게 예쁘게 하는지. 그 말에 지원은 무장해제되었다. 어떻게 거절할 수 있을까. 제 품이 나쁜 기억을 달아나게 한다는 그녀에게 감히 품을 내어 주지 않을 수 없었다. 그는 침실로 가 침대에 누워 한쪽 팔을 펼쳤다. 현주가 또르르 굴러 그의 품에 알맞게 자리를 잡았다. 마치 하나였던 것처럼 포개졌다. 그제야 미뤄둔 졸음이 조금씩 몰려오는 듯했다. 그때 그가 말했다.

"우리 공개연애 할까?"

몰려오던 졸음이 다시 한 번 멀어져 갔다.

"뭐를 해요? 공개연애?"

"응, 공개연애."

예전에도 비슷한 말을 했던 지원이었지만 그때와는 흐르는 공기부터 달랐다. 긴 눈으로 반듯하게 쳐다보는 그는 진심이었다.

"갑자기 왜요? 스캔들도 어쨌든 해명했고 딱히 해야 할 이유가……."

현주는 지원의 결정이 자신을 위해 내린 것이라고 생각했다. 자신이 더 이상 사소한 오해로 상처받거나 신경 쓰는 걸 원치 않는 거라면 그녀는 괜찮다고 얘기하고 싶었다. 하지만 그것이 전부는 아니었다.

"이번 스캔들이 전부는 아니니까."

지원은 더 이상 제 사랑을 숨기고 싶지 않았다.

"……."

"폭력에 강민서에…… 이걸로 끝일 것 같아?"

지원은 잔뜩 지친 듯 보였다.

"주목받는 건 괴로운 거야. 위험한 거고. 그래서 나도 공개연애 싫어. 당신 힘들 거 뻔한데, 뭐."

그는 끌어안은 현주의 등을 쓸어내리며 말했다. 현주는 이해할 수 없다는 듯 눈을 깜빡였다.

"그런데요?"

"폭력사건 같은 거야 차라리 괜찮아. 근데 오늘처럼 다른 연예인이랑 스캔들 나는 거면……."

"수습하는 거 많이 힘들었어요?"

현주는 걱정스러운 듯 물었다.

"어쨌든 연예인은 상품이니까."

자기 스스로를 상품이라고 지칭하다니. 그런 말을 아무렇지 않게 뱉어 내기까지 그는 얼마나 많은 것들을 경험한 것일까. 현주는 마음이 미어지는 듯했다. 그는 계속해서 말을 이었다.

"당신 작품에도, 나나 강민서한테도 이번 스캔들은 진짜였을 때 분명 더 좋은 효과를 냈을 거야."

현주는 그제야 그가 무슨 말을 하고 싶어 하는지 알 수 있었다.

"스캔들 부정하는 거…… 소속사는 반대했었구나."

그녀는 조용히 중얼거렸다. 그는 스캔들을 인정하길 바라는 그의 소속사와 민서의 소속사, 수많은 광고주들을 상대로 싸우고 온 것이었다. 수많은 이해관계와 자본주의 사회의 거미줄을 끊어 내는 것은 절대 쉽지 않았을 것이었다.

"강민서뿐만 아니라 난 앞으로도 많은 여배우들이랑 작업할 거고 그때마다 스캔들 안 날 거라는 보장 없어. 매번 당신 상처받는 거 보고 싶지 않아."

"……."

"다른 건 다 인위적으로 포장해도 괜찮아. 근데 당신만큼은 이제 안 되겠어."

"그럼 지원 씨는……."

"날 위해서야. 내 걱정 말고 당신 생각만 말해."

"쉬운 결정이 아니잖아요. 나보다도 지원 씨한테 평생 굴레가 될 텐데."

현주는 그가 자신을 위해 스스로의 커리어를 포기하지 않기를 바랐다.

대한민국의 남자 배우로서 연애의 유무는 당연히 중요했다. 아무리 개방적인 사회가 됐다 한들 그의 말마따나 연예인은 상품이었다. 소유할 수 없다면 애초에 수요도 없을 것이었다.

지원은 생각 많은 그녀의 머리를 차분히 쓰다듬었다.

"당신한테 묶이는 거면 난 언제든 찬성이야."

이보다 더 황홀한 말이 있을까. 매사에 조심스러운 그녀조차도 그 순간만큼은 고개를 끄덕일 수밖에 없었다.

"……."

승낙도 거절도 아니었지만 서로에게 묶이는 것을 그녀 또한 찬성한다는 나름의 동의였다. 그는 그런 그녀를 사랑스러운 눈길로 쳐다보았다.

"말도 안 돼."

허탈하다는 듯 그가 말했다.

"뭐가요?"

그녀가 물었다.

"내가 이런 말을 할 거라곤 상상도 못 했는데."

"……."

"묶인다느니 사랑한다느니."

"……."

"다 부질없는 거라고 생각했는데."

그는 그녀의 흘러내린 머리카락을 쓸었다. 결핍이란 그것에 대한 지독한 갈망과 거부를 동반한다. 사랑 없는 부모 밑에서 배운 지원의 결핍된 사랑은 그만큼 지독했다.

"난 내가 이런 말 할 줄 알았는데."

현주가 말했다.

"믿는다느니 사랑한다느니."

"……."

"그런 말 언젠가는 내 인생에서 꼭 할 줄 알았어요."

"……."

"그 상대가 지원 씨일 거라곤 상상도 못 했지만."

그녀는 그런 그의 결핍을 완벽하게 채워 주는 존재였다. 사랑과 믿음을 당연하게도 준비했던 여자라니, 이 얼마나 훌륭한 여자인 가.

"사랑해."

"사랑해요."

모든 것의 결말은 그 한 마디로 귀결되었다. 그것만이 그들의 대화를 결론지을 수 있었다.

19. 시작

"오늘 월광 첫 방송인 거 알아요?"

"알지. 같이 볼까?"

침대 위로 늘어져 눈을 감은 그가 말했다.

"밤에 스케줄 없어요?"

"없을걸? 매니저가 양심이 있다면."

"치, 매니저분 너무 잡지 말아요."

"내 앞에서 다른 사람 편들지 마."

작은 눈길에도 사랑이 넘치고 작은 관심에도 질투가 생겼다. 현주는 이불을 끌어 올리며 이른 아침 잠을 청했다.

지쳤던 탓인지, 긴장이 풀린 탓인지 둘은 아침부터 오후 두 시까지 내리 잠만 잤다. 그들을 방해하는 알람이나 매니저는 없었고 시간은 조용히, 느리게 흘렀다. 깨어난 그들은 서로의 편안해진 얼굴을 한참 동안이나 지켜본 후 나란히 세수를 하고 양치를 했다.

"밥 먹을까요?"

"응, 밥 먹자."

"뭐 먹을래요?"

"아무거나."

아무거나, 그 말이 얼마나 어려운 메뉴인지 그는 알까. 현주는 아랫입술을 쭉 내밀고 툴툴거렸다.

"아무거나가 뭐예요. 부담스럽게."

그녀가 하는 음식이라면 무엇이든 맛있을 텐데, 라는 게 그의 생각이었지만 이번엔 그녀의 뜻에 따라 주기로 했다.

"그럼 된장찌개."

"또 된장찌개요?"

"이젠 좀 먹어 볼 때가 되지 않았나 싶어."

그는 장난스럽게 웃었다.

"하긴, 저도 이젠 좀 실력을 발휘할 때가 된 것 같아요."

고개를 힘차게 끄덕인 그녀는 주방에서 식기와 재료들을 꺼냈다. 두부, 버섯, 김치, 감자 등이 펼쳐졌고 규칙적인 도마 소리가 이어졌다. 지원은 침대에 누워 방 밖으로 보이는 주방의 작은 실루엣을 가만히 쳐다보았다.

"집이 작아서 좋네. 침대에서 요리하는 유현주도 보이고."

앞치마를 두른 그녀의 뒷모습은 사진이라도 찍어 두고 싶을 만큼 소중했다. 저 모습 그대로 박제할 수는 없나.

"현주야."

괜히 한 번 불러 보았다.

"현주야아—"

"왜요."

"그냥."

"심심하면 TV라도 봐요."

어린애마냥 보채는 그는 참으로 성가신 존재였다. 뒤에서 지켜보고 있다는 걸 의식하다 보니 허리 한 번 제대로 굽히기도 민망했다.

"싫어. 당신 볼 거야."

그는 고집스러웠고 그녀는 포기가 빨랐다. 뚝딱뚝딱 소박한 상차림이 점차 모습을 갖추며 집 안은 고소한 냄새로 가득해졌다.

지원은 문득 먼 미래의 어느 하루를 상상했다. 주방에 있는 그녀와 자신과 그녀를 조금씩 닮은 어린아이. 따뜻할 것 같았다. 누구에게나 허락된 가정의 따뜻함을 한 번도 느껴 보지 못했던 그로서는 상상만으로도 사치스러운 것 같았다.

"현주야."

"금방이면 되니까 그만 보채요."

"잠깐만 이리 와 봐."

괜한 생각에 마음이 시려진 그는 그녀를 찾았다. 싸늘하기만 한 그에게 따뜻한 존재라곤 오직 그녀뿐이었다. 그녀는 그가 만난 사람들 중 가장 순진하고 그렇기 때문에 어리석었지만 그로 인해 따뜻했다. 미소를 걸친 그녀가 다가와 지원의 얼굴을 어루만졌다.

"왜요."

"보고 싶어서."

"뭐예요."

"뭐긴."

그는 손을 뻗어 가는 목을 감싸 쥐었다. 부드럽게 딸려 오는 그

느낌이 좋았다. 입술과 입술이 만나 또다시 온기가 충만해졌다.

"아, 너무 좋다."

"……"

"너 너무 좋아."

분명한 고백에 현주는 얼굴이 달아올랐다. 올려다보는 그의 눈이 아름다웠다. 팔불출.

"얼른 나와서 밥이나 먹어요."

그녀는 주방으로 도망치듯 뛰어나갔다. 아쉬운 듯 따라 일어난 지원은 식탁 위에 차려진 음식들을 보고 미소를 지었다. 보글보글 된장찌개와 꽤 다양한 밑반찬들이 한눈에도 먹음직스러웠다.

"맛있겠다."

"맛있게 먹어요."

"응."

그는 숟가락을 들어 찌개의 맛을 봤다. 눈썹을 꿈틀거리며 기분 좋은 미소를 지은 그는 김이 모락모락 피어오르는 밥도 크게 한 술 떠먹었다. 현주는 요리 대회라도 나온 사람마냥 안절부절 그의 입술이 떨어지기를 기다렸다.

"……"

"이야."

그는 그런 그녀를 귀엽다는 듯 바라보며 짧은 탄성을 뱉어 냈다.

"이런 건 어디서 배웠어?"

"맛있어요?"

"응. 평생 나만 먹고 싶다."

그제야 현주는 마음을 내려놓고 수저를 들 수 있었다.

"어머니한테 배운 거야?"

"요리요?"

"응, 요리하는 거."

"음…… 엄마도 음식 솜씨가 좋으시긴 하죠. 근데 배운 적은 없어요. 그냥 자취하면서 자연스럽게 익힌 거예요."

지원은 알 수 없는 미소를 지으며 고개를 끄덕였다.

"당신은 부모님 중 어느 분을 더 닮았어?"

현주는 허공을 쳐다보며 곰곰이 생각에 빠졌다. 누구를 더 닮았을까. 장난스럽고 다정한 아빠와 애교가 넘치는 엄마, 누구지?

"글쎄요. 두 분 다 조금씩 닮은 것 같은데."

"외모는?"

웬 호구조사인지 모르겠지만 그는 질문이 많았다.

"엄마요. 엄마도 저처럼 눈이 처져 있거든요."

"미인이시겠다."

"방금 그 말 우리 엄마가 들으면 하루 종일 기분 좋아하실 텐데. 우리 엄마, 지원 씨 팬이거든요."

"그래?"

현주는 종알종알 말을 이었다. 지원은 척 봐도 그녀의 가족이 단란하고 화목하다는 것을 알 수 있었다. 가족을 말하는 그녀의 얼굴에선 시종일관 웃음이 떠나지 않았다.

"자리 만들어 줘."

그는 짐짓 진지한 얼굴로 말을 이었다.

"무슨 자리요?"

"팬 미팅 자리. 당신 어머님이랑."

현주는 순간 손에 쥔 숟가락을 놓칠 뻔했다. 남자친구를 부모님에게 소개하는 것 정도는 큰일이 아니었지만 '그'를 부모님에게 소개하는 것은 큰일이었다. 그는 자신이 '김지원'이라는 사실을 종종 까먹는 듯 보였다.

"미쳤어요?"

그녀가 물었다.

"내가 당신 부모님 만나는 게 미친 짓이야?"

지원은 진득한 눈빛으로 되물었다. 맑고 검은 눈동자가 오롯이 그녀를 비추고 있었다.

"아버님, 어머님도 아셔야지. 딸의 연애 소식을 인터넷으로 전하는 건 너무 불효 아니야?"

"아."

현주는 그제야 공개연애를 떠올렸다. 아무리 일반인이라고 신상을 밝히지 않더라도 아는 사람은 알게 될 것이었다. 삼면이 바다인 이 나라에 비밀이란 것이 존재했던가. 그녀의 망설임에 지원은 씩 웃으며 물었다.

"반대하실까 봐 걱정돼?"

현주는 시무룩한 표정으로 고개를 끄덕였다. 지원은 괜찮다는 듯 손을 뻗어 그녀의 작은 머리통을 쓰다듬었다.

"몇 대 맞을 각오는 하고 있으니까 걱정 마. 나 맷집 좋아."

"무슨 소리예요?"

"응?"

현주는 크게 한숨을 내쉬며 고개를 저었다.

"지원 씨 부모님 얘기하는 거였어요."

"우리 부모님?"

"네. 내가 지원 씨 같은 아들 있었으면 어떤 여자가 와도 아까울 것 같단 말이에요."

지원은 어이가 없다는 듯 피식 웃었다.

"고작 그게 걱정이야?"

"당연하죠. 고부갈등이라는 말이 괜히 있어요?"

"……"

"우리 부모님은 걱정 말아요. 내 남자친구가 지원 씨라고 하면 엉덩이 토닥이면서 태어나 가장 잘한 짓이라고 칭찬할 테니까."

지원은 못 말린다는 듯 배를 잡으며 웃었다. 또한 부디 그 말이 사실이 될 수 있기를 바랐다.

"우와 한다, 한다! 지원 씨 얼른 이리 와요!"

"알았어, 알았어."

저녁이 되고 기다리던 시간이 왔다. 지루한 광고가 몇 개 지나가고 공들여 찍은 오프닝이 시작됐다. 웅장한 사운드와 세련된 영상미, 쓰리버튼 슈트를 입은 지원이 나타났다.

"우와―"

"뭐가 그렇게 자꾸 우와야."

"저 남자 진짜 멋있다."

"저 남자 지금 당신 옆에 있거든."

"뭐래요. 난 연석이 말한 건데."

그 말에 지원은 리모컨을 뺏어 TV 전원을 끄려고 했다. 그녀는 그의 팔에 매달려 온갖 애교를 부리고 나서야 리모컨을 돌려받을 수 있었다.

"지원 씨, 나 지금 너무 떨려요."

현주는 지원의 손을 잡아끌고 자신의 왼쪽 가슴에 올려놨다.

"완전 두근두근해요."

잔뜩 흥분한 그녀의 얼굴은 소녀처럼 싱그러웠다. 지원은 자신이 데뷔할 때도 저런 간절함과 열망을 갖고 있었는지에 대해 떠올렸다.

생각이 채 끝나기 전에 드라마는 시작됐다. 연기파 원로 배우들의 열연은 극의 무게를 더했고, 정교한 세트는 비운의 아름다운 시대를 만들어 냈다. 지원과 민서의 호흡은 훌륭했고, 연석과의 조화는 더할 나위 없었다.

"와, 리딩 때랑은 또 다르네요."

"마음에 들어?"

"완전히요. 배우는 배우인가 봐요. 다들 캐릭터로 보이는 거 보면."

지원은 자신이 나오는 작품을 다른 누군가와 함께 본 적이 없었다. 민망하기도 했고 다른 누군가의 반응이 궁금하지도 않았기 때문이었다.

"지원 씨 연기 진짜 잘한다. 캐릭터는 내가 만들었는데 숨은 지원 씨가 불어넣었네."

그럼에도 그녀의 반응은 17년 연기 경력에 자극을 줄 만큼 흥미로웠다.

"고마워."

"평생 연기해요. 천직인 것 같아."

단막극인 만큼 리듬은 빨랐고 그만큼 흥미진진했다. 엔딩도 딱 궁금해서 미칠 만큼 절묘하게 끊어져 감탄스러웠다. 현주는 재빨리 핸드폰을 들어 피디의 연락처를 찾았다.

"피디님!"

그녀는 한참이나 격양된 목소리로 감사한 마음을 전했다. 통화가 끝나도 한참이나 방방 뜬 그녀를 보며 지원이 말했다.

"그렇게 좋아?"

"네. 고생했던 게 다 사라지는 기분이에요."

"축하한다는 말은 내일 다 끝나고 할게."

"미리 고마워요."

현주는 폴짝폴짝 뛰며 그의 품으로 뛰어들었다. 오늘 만큼은 마음껏 축배를 들고 싶었다. 시청률이고 반응이고 지금은 중요하지 않았다. 그저 자신의 꿈에 한 발자국 나아간 것에 의미를 두고 싶었다. 지원은 그런 그녀의 어깨를 끌어안으며 지나간 약속을 상기시켰다.

"내기 기억하지?"

"내기요? 아, 회식 때 한 거!"

"내일 시청률 나올 거야. 각오는 돼 있어?"

"지원 씨는 각오 돼 있어요?"

그는 악마처럼 웃었다.

"난 절대 질 리 없어."

"무슨 소리예요?"

"가장 큰 오차를 내는 사람이 지는 거잖아. 난 이연석이랑 당신 사이에 있는데 가장 큰 오차를 낼 리가 있겠어?"

그랬다. 그는 절대로 질 리 없었다. 현주는 불현듯 억울한 감정에 휩싸였다.

"아, 뭐예요. 내기 무효야."

"한 입으로 두말하지 마."

"아, 억울해."

"그러니까 술 마시지 마. 술은 사람을 바보로 만들어."

그는 이미 생각한 소원이 있는 듯 보였다. 태생적으로 오만하기 짝이 없는 그의 얼굴은 그녀를 불안하게 만들었다.

믿을 수 없는 숫자, 믿을 수 없는 기쁨.

"으아악!"

아침을 가르는 그녀의 비명에 지원은 사색이 되어 침실을 뛰쳐나왔다.

"무슨 일이야?"

"지, 지원 씨……."

"어, 말해. 왜."

그는 혹시라도 그녀에게 무슨 좋지 않은 일이라도 생긴 것인가 싶어 불안감을 감추지 못했다. 그의 큰 손이 그녀의 조그만 양 볼을 가볍게 감싸 쥐니 그제야 그녀는 탄성의 이유를 뱉었다.

"14.7프로예요."

"어?"

아, 시청률. 지원은 허무하다는 듯 한숨을 내쉬며 졸린 눈을 비볐다.

"그거 때문에 지금 온 집 안이 떠나가라 소리 지른 거야? 간만에 자는 나도 깨우고?"

"지원 씨는 안 놀라워요? 10프로를 넘겼는데?"

"뭐……."

"단막극이 10프로 넘는 일은 거의 없잖아요. 와, 잠깐만요. 나 엄마한테 전화 좀 할게요."

현주는 잔뜩 흥분한 채 핸드폰을 들고 침실로 들어갔다.

"내기에서 진 거는 알고 저렇게 흥분한 거야?"

그가 나지막한 목소리로 중얼거렸다.

애초부터 그렇게 될 운명이었던 것인지 단막극 '월광'의 고공행진은 그간의 잡다한 스캔들을 불식시킬 만큼의 저력을 과시했다. 대망의 첫 화는 김지원의 브라운관 신드롬을 일으키며 14.7퍼센트로 역대 단막극 시청률의 최고치를 달성했고 동시 다발적인 언론들의 방정은 마지막 화의 시청률 역시 17.3퍼센트라는 어마어마한 수치를 기록하게 했다.

지원은 지금 한 시간째 그의 드레스 룸에서 나오지 못하고 있었다. 흰색 옷장과 깔끔하게 정리된 신발들이 그를 바라보고 있었지만 그는 쉽사리 무엇을 선택하지 못했다. 평소의 그는 확고한 스타

일이 있는 사람이라 옷을 고르는 데 있어 그리 오랜 시간이 걸리지는 않았지만, 오늘만큼은 유독 긴장이 돼서 결정 장애가 지속됐다. 그에겐 이럴 때 찾을 수 있는 비장의 무기가 있었다.

— 여보세요오.

짧은 신호음과 함께 그녀의 애교 가득한 목소리가 들려왔다.

"나 못하겠어. 이리 좀 와 봐."

— 에이, 또 뭐가 문제예요. 어제 그렇게 얘기해 놓고.

"아니야, 마음에 드는 게 하나도 없어. 지금이라도 옷 좀 살까?"

그녀의 깊은 한숨 소리가 핸드폰 너머로 전해졌다.

— 여보세요, 김지원 씨. 당신은 뭘 입어도 멋져요. 쓸데없는 소리 하지 말고 얼른 옷 고르고 나와요.

"아버님이 나 싫다고 하시면 어떡해?"

— 내가 지켜 줄게요.

"전혀 안심이 안 되는데."

— 그런 말 하기엔 늦었어요. 이왕 한배 타기로 한 거 나 좀 믿지 그래요?

그럼에도 불구하고 지원은 한참을 더 망설였고 결국 현주는 차에서 나와 엘리베이터를 타고 그의 집까지 올라왔다. 드레스 룸 안에는 멍한 표정을 짓고 있는 지원이 있었다.

"우리 애인, 갑자기 바보가 됐나."

"아버님이 어떤 스타일 좋아한다고 했었지?"

"그 질문만 어제부터 백 번 정도 한 거 알아요?"

"아…… 나 진짜 바보 됐나 봐."

그 많던 자신감과 확신은 어디로 던져 놓은 것인지 알 수 없을 만큼 그는 떨고 있었다. 미래의 장인, 장모에게 인사드리러 가는 역할을 왜 해 보지 못한 것인지에 대한 후회도 새벽 내내 거듭한 그였다.

이해는 할 수 있었다. 그로서는 살아생전 처음으로 누군가에게 잘 보이고 싶다는 생각을 한 것이니까. 결국 지원은 현주가 골라 주는 얌전한 슈트와 넥타이, 구두를 저항 없이 받아 입고 거울 앞에 섰다.

"괜찮아?"

"완전 멋있어요."

그녀가 엄지손가락을 들어 과장된 칭찬을 했음에도 불구하고 그는 한숨을 내쉬며 절망적인 표정을 지었다.

"딴따라는 싫다고 하시면 어떡하지."

'별 걱정을 다 한다, 정말.'

현주는 구시렁거리며 농담을 던졌다.

"은퇴한다고 해요."

"그 대답도 염두에 두고 있어."

그는 농담이 아닌 듯했다. 현주는 더 참을 수 없다는 듯 그의 어깨를 쥐고 강하게 말했다.

"아무 걱정 말아요. 그럴 일 없겠지만 혹시 반대하시더라도 은퇴한다는 소리는 하지 말아요."

"왜?"

"난 지원 씨가 연기하는 거 좋아요. 앞으로 내 작품에 계속 출연해야죠."

"얼씨구, 시청률 맛 좀 봤나 봐?"

뻔뻔한 현주 덕분에 그의 긴장은 조금 풀린 듯했다. 그녀의 본가는 서울에서 그리 멀지 않은 경기도 외곽이었다. 차로 고작해야 한 시간 반 정도 걸리는 동안에 그녀의 어머니는 끝도 없이 전화를 걸었다.

"엄마, 이번엔 또 왜요."

— ……

"아, 그렇게까지 안 하셔도 돼요. 그냥 인사만 드리러 가는 거라니까?"

— ……

"어휴, 엄마 마음대로 하세요. 거의 다 왔어요. 네. 네—"

짧은 통화를 마친 그녀는 재미있다는 듯 계속해서 웃었다.

"어머님이 뭐라셔?"

"엄마도 긴장되시나 봐요. 씨암탉이라도 삶아야 하는 거 아니냐고 난리네요. 남자 친구 소개하러 가는 건 처음이거든요."

지원은 더 부담스러워지기 시작했다. 그와 반대로 현주는 한껏 즐거운 표정이었다. 누군 온 사지를 떨며 힘겨워하는데 여자 친구란 사람은 까짓것 될 대로 되라는 것 같았다.

"당신은 왜 안 떨어? 혼자 떨고 있는 나 억울하게."

"내가 떨 게 뭐 있어요. 맞아도 지원 씨가 맞을 텐데."

"……"

"그나저나 남자 친구가 지원 씨라는 거 알면……"

현주는 상상만 해도 기대된다는 듯 어깨춤을 추었다. 얄미웠지만 어쩔 수 없었다. 오늘만큼은 지원은 을이요, 현주는 슈퍼 갑이었다.

둘은 조용한 동네의 아파트 단지로 들어섰다. 주차를 하고 내린 둘은 뒷좌석에 얌전히 앉아 있는 과일 바구니와 한우 세트, 꽃다발을 내리느라 낑낑거렸다.

"뭘 이렇게 많이 샀어요?"

"뭐 다들 이렇게 하길래."

"다들? 주변에 여자 친구 집에 가 본 사람 있어요? 재경 씨도 그런 경험은 없을 것 같은데."

"어, 뭐. 영화에……."

그는 창피한 듯 고개를 돌렸지만 현주는 그때를 놓치지 않았다.

"영화까지 봤어요? 이야, 이따가 무슨 말 하는지도 다 봐야겠네. 인상 깊었던 대사가 뭐예요?"

지원은 울상이 되어 이마를 구겼다.

"그러지 마. 당신까지 내 편 아니면 나 죽어."

"거참 살벌하시네. 농담이에요, 농담."

엘리베이터에 오르자 숫자도 오르고 심장박동 수도 올랐다. 지원은 맞아 죽는 한이 있더라도 허락을 받겠다는 다소 신파적인 각오를 하고 있었고 현주는 그런 그의 뒷모습을 사진으로 남겨 놓지 못하는 것에 매우 안타까워했다.

딩동— 딩동—

후다닥, 현관문 안쪽에서 달려 나오는 소리가 어렴풋이 들렸다.

— 누구세요—?

고상하게 포장된 잔뜩 흥분된 목소리가 들렸고 현주는 고개를 저으며 말했다.

"딸이니까 얼른 열어 줘요. 팔 떨어져!"

— 아, 그래그래.

드디어 문이 열리고 현주는 쏙 들어가 고급스럽게 포장된 한우 세트를 엄마에게 건넸다. 사실 그녀의 부모님은 오랜만에 만나는 딸이고, 한우고 다 필요 없었다. 어서 이 못난 딸을 좋다고 만난다는 남자의 얼굴을 보고 싶었다. 그들의 눈이 현관문 바깥에 고정되어 있을 때 지원은 걸음을 당겨 모습을 드러냈다.

"……."

"아버님, 어머님. 처음 뵙겠습니다. 김지원이라고 합니다."

"어……?!"

지원은 상당히 당황스러워 보이는 그녀의 아버님께 과일 바구니를 건네고 현주를 닮은 그녀의 어머님껜 소담한 꽃다발을 건넸다.

"어머님이 꽃을 좋아한다고 하셔서요."

"아…… 고, 고마워요."

그녀의 부모님은 눈앞의 현실을 믿을 수 없어 서로의 눈치만 살피다 말을 뱉지 못했다. 보다 못한 현주가 아직 구두도 벗지 못한 지원의 팔을 끌어당기며 말했다.

"이 사람 계속 세워 둘 거예요?"

그제야 그녀의 어머니는 황홀한 표정으로 고개를 세차게 끄덕였다.

"어? 아니지. 아니지. 어서 들어와요. 밖에서 만날 걸 그랬다. 집이 좀 누추하죠?"

현주는 콧방귀를 끼며 어깨를 들썩였다.

"누추는 무슨. 내가 본 우리 집 중 제일 좋아 보이네. 뭔 냄새예요, 이건? 집에 향수 뿌렸어요?"

"아이참, 넌 좀 가만히 있어."

현주와 그녀의 어머니가 서로의 애정을 티격태격하는 것으로 표현하고 있는 동안 그녀의 아버지와 지원은 진중한 자세로 악수를 했다.

"우리 딸이 만난다는 사람이 설마 김지원…… 자네일 거라고는 생각을 못 해서……. 너무 놀라서 그런 거니까 기분 나쁘게 생각하지 말게."

"아닙니다. 아버님. 말씀 편하게 하십시오."

어쩔 줄 모르는 분위기를 어떻게든 희석시키기 위해 주방으로 갔는데 그곳은 더 가관이었다. 정말 씨암탉이라도 잡은 것인지 백숙 한 마리와 소갈비찜, 잡채는 물론이고 생전 처음 보는 접시와 그릇들이 가득했다.

"우와, 엄마 고생했겠다. 이거 혼자 다 하셨어요?"

그녀의 어머니는 그녀에겐 관심이 없었다. 오로지 지원을 향한 눈을 빛내며 그에게 다정한 물음을 던졌다.

"자네라고 불러도 되나? 아니면 기, 김 서방? 어떻게 불러야 되는지를 모르겠네."

"김 서방은 무슨. 우리 엄마 너무 앞서 나가신다."

부끄러워 괜한 투정을 부리는 현주의 팔을 다정하게 잡은 지원이 부드러운 미소를 지으며 상냥하게 답했다.

"어머님 편하신 대로 불러 주십시오. 저는 뭐든 괜찮습니다."

"뭘 좋아하는지 몰라서. 현주가 알려 주는 것도 없고…… 음식이 입에 맞을까 모르겠네."

"가리는 음식 없으니 걱정 마십시오, 어머님. 잘 먹겠습니다."

현주는 어이가 없었다. 지원에게만 관심이 팔린 엄마도 엄마였지만 어색한 미소로 나름 괜찮은 대화를 이어 나가는 지원도 흥미로웠다. 막상 식사를 시작했을 땐 엄마보다 아빠의 질문공세가 더 강했다.

"둘이 이번 드라마 하면서 만나게 된 건가?"

"네, 첫 미팅 때 한눈에 반해서 제가 먼저 고백했습니다."

그는 현주가 짠 시나리오대로 아주 훌륭하게 대답하고 있었다. 아무리 개방적인 집 안이라고 해도 원나잇으로 만났다고 할 수는 없으니까.

"어휴, 우리 딸이 첫눈에 반할 미모는 아닌데. 취향 독특하네."

"아, 아빠!"

"알았어, 알았어."

지원은 그녀의 가족 전체가 뿜어내는 따뜻하고 다정한 분위기에 차츰 마음을 놓았다. 그가 김지원이라는 사실에 촉각을 세우는 것 역시 현관문 앞에서 잠시 뿐이었다. 굳이 애쓰지 않아도 그들은 지원을 배우 김지원이 아닌 한 사람으로 보고 있었다. 지원 역시 기대에 부응하며 밥그릇을 두 번이나 뚝딱 비워 냈다.

"입도 짧은 사람이…… 그만 먹어요!"

현주가 초를 좀 치기는 했지만 그 정도는 괜찮았다. 식사 시간은 유하게 잘 흘렀고 차를 마시며 간단한 다과를 나눌 때 지원은 무릎을 꿇고 짐짓 진지한 표정을 지었다. 현주 역시 잠깐 눈치를 보더니 함께 무릎을 꿇었다.

"아니 왜……."

갑작스러운 전개에 당황한 그녀의 부모님은 서로의 눈치를 살피며 어쩔 줄을 몰라 했다.

"아버님, 어머님, 정식으로 교제 허락받고 싶습니다."

지원에겐 어젯밤 수십 번도 더 연습했던 말들이 있었지만 다 무용지물이었다. 머릿속은 하얘졌고 입술은 제멋대로 마음속 이야기를 꺼냈다.

"가벼운 만남이라면 이렇게까지 간절하지 않았을 겁니다. 제가 처음으로 믿고, 절 처음으로 믿어 준 사람이 따님입니다. 놓치고 싶지 않습니다. 제가 현주 곁을 지킬 수 있도록 허락해 주십시오."

현주는 가만히 그의 진실한 눈을 들여다보았다. 그녀의 부모님 역시 한껏 다정한 얼굴로 그의 긴장된 모습을 지켜봐 주었다.

"진심으로 사랑하고 있습니다."

지원은 고개를 숙였고 현주는 제 부모의 눈치를 살피며 따라 입술을 열었다.

"나, 나도…… 지원 씨 진심으로 사랑해요."

이미 허락이고 뭐고 불필요해진 마당이었지만 지원과 현주는 진지했다. 지금부터 부탁드릴 것이 진짜였기 때문이었다.

"제가 하고 있는 일이 숨기고 싶어도 숨길 수 없는 일이라 알려지기 전에 제가 저희의 만남을 공개하고 싶습니다. 그 과정에서 분명 마음에 들지 않으시는 부분도 있을 겁니다."

"……."

"그래도 믿어 주십시오. 절대 현주를 다치게 하지 않겠습니다."

그저 그의 잘생긴 얼굴과 깍듯한 예의에 감탄하고 있던 그녀의 부모님은 그제야 둘의 연애가 어떤 무게를 갖고 있는지 생각했다. 그녀의 어머니는 당장에 근심 어린 얼굴을 띠었다.

"현주 너도 동의한 거야?"

"응, 엄마. 나도 그러고 싶어요."

남자의 굳은 결의, 여자의 오롯한 믿음은 그들의 부모님이 와도 깰 수 없는 것이었다. 지원은 덧붙여 부모의 마음을 조금이나마 가볍게 하려 노력했다.

"공개하더라도 이름이나 직업 같은 것들은 밝히지 않을 예정입니다. 걱정하지 마십시오."

"그럼 굳이 왜…… 계속 숨겨도 될 텐데."

"저희 둘만이라도 당당하고 싶습니다. 또……."

그는 현주의 손을 가만히 쥐었다.

"제 사람이 불안해하는 걸 더 보고 싶지 않습니다."

부모님의 집에서 나오자마자 그는 매니저에게 전화를 걸었다.

"어, 지금부터 내보내면 돼."

열애 소식을 전하는 기사를 내보내라는 것이었다. 이미 그의 측근 기자들과는 연락이 된 상태였고 기사의 내용 역시 수많은 스크립트 속에서 고르고 고른 것이었다. 전화를 끊은 지원은 현주의 손을 깍지 껴 잡았다.

"당신 이제 나한테 완전히 묶였어. 소감이 어때?"

"지원 씨도 나한테 묶인 거잖아요. 소감이 어때요?"

"황홀해."

닭살 돋는 애정행각은 차 안에서도 이어졌다. 지원은 그녀의 손을 끌어 핸들 위에 올려놓고 손을 포개어 운전했다. 지나가던 솔로

가 오열할 정도로 너무한 광경이었다.

"나 마음에 드셨을까?"

"마음에 드니까 허락을 했죠. 네 살 차이는 궁합도 안 본다고 난 리였잖아요. 잘 하던데요?"

"나?"

"네. 벌벌 떨다가 아무 말도 못 할까 봐 완전 걱정했는데. 나름 괜찮았어요."

"몇 점?"

"한…… 80점?"

인심 썼다는 듯 거만한 표정을 지은 현주는 손가락 여덟 개를 펴 고 그를 놀렸다.

"80점밖에 안 돼?"

"우리 아빠 엄마 옆에 잘생긴 남자 있는 거 싫어하거든요. 그래 서 20점 감점."

"나 참."

"뭐 어쩌겠어요. 딸이 눈이 워낙 높아서 이렇게 멋진 남자를 골 랐는데. 안 그래요?"

현주는 행복하다는 듯 그의 어깨에 얼굴을 기댔다.

"그래."

그도 행복해 보였다.

이름이고 뭐고 아무것도 밝힌 것은 없었지만 기사가 났다는 것만으로도 둘은 무거운 족쇄에서 해방된 기분이었다. 부모님의 집에서 나와 곧장 그의 집으로 향한 이유도 그 때문이었다. 더는 숨을 필요도, 두려워할 이유도 없었다.

"준비됐어?"

"음…… 모르겠어요."

지원은 일부러 지하 주차장이 아닌 지상 주차장에 차를 주차했다. 이미 그의 아파트 주변엔 기자들이 가득했다. 몇 시간 전까지만 해도 지원이 벌벌 떨었는데 이젠 그녀가 벌벌 떨며 창밖의 상황을 지켜보고 있었다.

"괜찮아."

지원은 다정하게 속삭이며 자신의 선글라스를 그녀에게 씌웠다.

"고개 숙이지 마, 나만 믿어."

그는 그렇게 말하며 차에서 내렸다. 그가 내리자마자 미친 듯이 터지는 플래시가 그녀에게도 느껴졌다. 지원은 그런 기자들에게 형식적인 미소를 지으며 현주 쪽 차 문을 열었다. 현주가 차에서 내리고 그는 그녀의 손을 잡았다. 그러곤 몰려드는 기자들을 향해 정중한 양해를 구하고 마치 경호원처럼 그녀의 어깨를 감쌌다. 그리 오래 걸리지 않았다. 세간의 관심과 벌 떼 같은 시선을 피해 집 안으로 들어가기까지 고작해야 3분이었다. 고작 이 3분을 위해 그와 그녀는 인생 도박을 했다.

"기자분들 언제까지 저러고 계실까요?"

"금방 갈 거야. 내 사진도 찍었고 당신 사진도 충분히 찍었을 테니까."

"발가벗겨진 것 같네요."

"무서워?"

아니라면 거짓말이었다.

"조금?"

지원은 겪지 않아도 될 것들을 겪고 있는 그녀가 안쓰러웠지만 이미 선택한 것이었고 이겨내야 할 것들이었다.

"익숙해진다는 말은 못 하겠다. 아마 평생 익숙해지지 않을 거야."

"그거 엄청 무서운 말이네요."

"대신 평생 내가 옆에 있을게."

"……."

요즘 들어 그는 자꾸만 평생이니, 영원이니 같은 말들을 거듭했다. 반복되니 새겨듣게 되었고 새겨듣다 보니 무슨 의미가 있는 건가 싶었다. 한 번 물어볼까 싶었지만 그가 더 빨랐다.

"아, 나 할 말 있어."

"뭐, 뭐요?"

괜히 긴장한 그녀가 물었다.

"우리 내기 있잖아."

맥이 탁 풀렸다. 그는 그런 그녀와 상관없이 짓궂은 표정과 매력적인 미소로 말을 이었다.

"당신 두 번 다 진 거 알아?"

"알아요."

"소원 언제 들어줄 거야?"

"소원이 뭔데요?"

그는 드레스 룸으로 들어가 갈아입을 옷을 찾으며 목소리를 높였다.

"음…… 오빠라고 불러 봐."

"네?"

"당신 나보다 네 살이나 어리잖아. 왜 오빠라고 안 해."

어쩜 이리도 유치한지. 현주는 볼에 바람을 가득 넣으며 투덜거
렸다.

"오빠는 무슨."

"왜, 내가 아저씨 소리 들을 나이는 아니잖아. 이제 겨우 서른둘
인데."

"그냥 지원 씨라고 부를래요."

"왜?"

"그게 더 편해요."

흰색의 편한 티셔츠로 갈아입은 그는 엄한 표정을 지으며 그녀
의 이마에 가벼운 꿀밤을 주었다. 곧게 뻗은 그의 쇄골이 어렴풋이
모습을 드러냈다.

"누가 당신 의견 물어봤어?"

"……."

"이긴 건 나야. 당신은 내 뜻대로 해야지."

"치. 못됐어."

그깟 오빠라는 말이 뭐 대수라고, 그냥 한 번 해 줄 법도 했지만
현주는 알 수 없는 심통에 쉽사리 말을 뱉지 못했다. 지원은 그런
그녀의 양손을 쥐며 말했다.

"오빠란 말 싫으면 두 번째 소원이라도 들어줘."

"두 번째 소원은 뭔데요."

지원은 천천히 한쪽 무릎을 꿇었다.

"……."

그러곤 주머니에서 꺼낸 반짝이는 작은 것을 그녀의 네 번째 손가락에 끼웠다.

"딱 맞네."

깨끗했던 그녀의 손가락 위엔 무거운 이물감과 함께 화려하게 커팅된 보석이 눈부시게 빛나고 있었다. 믿을 수 없는 찬란함에 현주는 주변을 두리번거렸다. 창문으로 쏟아지는 태양빛이 그녀를 눈부시게 하는 것인지, 차오르는 눈물이 안 그래도 빛나는 반지를 더 빛나게 보이도록 하는 것인지는 알 수 없었다.

"지원 씨……."

"사랑해."

"……."

"평생 함께 있자. 내가 잘할게."

그제야 현주는 손을 들어 입을 틀어막았다. 모든 것이 꿈만 같았다. 잘나가는 한류 스타인 그가 자신을 사랑한다는 일, 그와 함께 부모님을 만나고 온 일 모두가 비현실적이었지만, 그중 가장 으뜸은 지금 이 순간, 그가 청혼했다는 사실이었다. 현주는 그와 처음 만났던 날, 연석과 함께 영화관에서 마주한 날, 마음을 확인했던 파리까지 모든 날이 떠올랐다. 눈물이 끊임없이 흘렀다.

"뭐예요……. 흐흑, 놀랐잖아요."

그는 그런 그녀를 사랑스럽다는 듯 꼭 껴안고 장난스럽게 말했다.

"놀라긴 뭘 놀라. 내가 티를 얼마나 냈는데."

"……."

"둔하기는."

지원은 제 품에 안겨 우는 그녀의 볼을 감싸며 다시 물었다.

"얼른 대답해."

"……."

"두 번째 소원 들어주면 첫 번째 소원은 없는 셈 쳐 줄게."

"치, 뭐 꼭 대답을 해야 아나."

현주는 고개를 들어 그의 입술에 키스했다. 그의 입술이 둥글게 말리며 웃는 것이 느껴졌다. 사랑스럽다. 사랑스럽고 사랑스러워서 숨이 막히고 마음이 어지럽다.

"사랑해."

"나도 사랑해요."

사랑의 서약은 결혼식에서만 할 수 있는 것이 아니었다.

한참을 울어 엉망이 된 얼굴이었지만 나가는 것을 미룰 수는 없었다.

"몇 시라고 했죠?"

"일곱 시. 십 분 뒤에 나가야 돼."

오늘은 드라마 '월광'의 종방연이 있는 날이었다. 2부작이어서 촬영 마지막 날이 마지막 회식과 다름없었지만 전에 없던 성공을 거둔 참이라 모이지 않을 수 없었다.

"이거 입어."

적당히 편한 차림으로 멋을 낸 그는 현주에게 쇼핑백 하나를 건넸다. 반지를 낀 그녀의 손이 그것을 받아 들었다.

"이게 뭐예요?"

"선물."

"옷이에요?"

"응, 예뻐서 샀어. 갈아입고 나와."

오늘은 선물이 많았다. 부모님의 허락, 세상에서 제일 예쁜 반지, 영원을 위한 약속 그리고 새 옷까지. 현주는 쇼핑백을 들고 방 안으로 들어갔다. 안엔 심플한 흰색의 원피스가 있었다.

"가만 보면 흰색 엄청 좋아한다니까."

그가 선물했던 속옷도 흰색이었다. 아무래도 결벽증인 것이 확실했다. 결혼하면 청소로 엄청 잔소리하는 거 아냐? 란 생각이 자연스럽게 떠올랐다. 입어 보니 디테일한 부분들이 눈에 들어왔다. 어깨선을 감싸는 자수, 허리를 묶는 비즈 장식까지 하나같이 전부 예뻤다.

"짠! 어때요?"

'어떻긴 어때, 여신 같지.' 이런 멍청이 같은 말을 차마 뱉을 수 없었던 그는 칭찬 대신 또 다른 선물을 건넸다.

"이건 또 뭐예요?"

"구두."

"네?"

"그 옷에 운동화 신을 순 없잖아."

그가 건넨 건 고급스러운 구두 상자였다. 상자를 여니 검은색 가죽에 반짝이는 크리스탈로 장식된 토오픈 구두가 우아한 자태를 뽐내고 있었다. 현주는 그렇게 조각처럼 완벽한 구두를 처음 봐서 넋을 잃고 눈을 빛냈다.

그런 그녀를 이끌어 소파에 앉힌 그는 구두 매장의 직원이 된 것처럼 직접 무릎을 꿇고 신겨 주었다. 그러곤 팔을 뻗어 그녀의 목을 끌어당겼다. 그와 그녀의 입술이 살짝 닿았다 떨어졌다.

"당신 멋대로 살게 해 줄게."

"……."

"꽃길만 걷게 해 줄게."

"……."

"행복하게 해 줄게."

"지원 씨, 정말……."

현주는 또다시 밀려드는 눈물로 몸을 떨었다. 반짝이는 옷, 반짝이는 구두, 반짝이는 반지, 무릎 꿇은 세상 가장 반짝이는 그. 모든 것이 완벽했다. 이 세상 그 어떤 신데렐라도 그녀만큼의 마법을 누리지는 못할 것이다.

"당신은 고개만 끄덕이면 돼."

김지원이란 마법은 딱 한 사람에게만 허락되는 것이었으니까.

종방연은 가히 축제의 장과 다를 것이 없었다. '월광'의 성공도 성공이었지만 지원의 공개연애 소식에 모든 스태프들이 기자를 자청했기 때문이었다.

"어떤 여자예요? 지원 씨를 차지한 사람이?"

"와, 연애하고 있었으면서 감쪽같이 우릴 속이다니!"

"사진 없어요? 무슨 일 하는 사람이에요?"

지원은 사람들에게 둘러싸여 정신이 없었다. 평소 차갑기만 한 그의 분위기 때문에 사람들은 다가가는 것을 두려워했지만 열애 소식 덕분에 그도 사람이라는 것을 깨달은 것 같았다.

사람들은 스스럼없이 그에게 다가갔고 지원도 그것을 딱히 싫어하는 것 같지는 않았다. 현주는 얌전히 무리에서 떨어져 그 모습을 뿌듯하게 쳐다보고 있었다.

"그렇게 좋아요?"

소리 없이 다가온 연석이 물었다. 이 자리에서 모든 것을 알고 있는 유일한 사람이니 궁금할 것도 없을 것이었다.

"응, 좋아."

"누나가 좋다니 나도 좋다. 저번에 누나 울어서 속상했는데."

"아, 맞다. 그랬지. 미안. 내가 철이 없어서……."

연석은 미안해하는 그녀를 괜찮다는 듯 부드러운 눈으로 쳐다보았다.

"선배가 준 거예요?"

그는 그녀의 손에서 빛나는 반지를 보며 물었다. 현주는 부끄러운 듯 손가락을 오므리며 수줍게 웃었다.

"아, 응. 오늘 받았어."

"……지원 선배는 뭐든 빠르네요. 그래야 저 자리까지 오를 수 있는 건가."

연석은 고개를 돌려 사람들에게 압사당하기 직전인 지원을 바라보았다.

"아, 선배 소원은 들어줬어요?"

현주는 이번에도 얼굴을 붉히며 고개를 끄덕였다. 손가락을 펴 보이는 것도 잊지 않은 채. 연석은 특유의 싱그러운 미소로 호탕하게 웃었다.

"우리 누나, 완전 낚였구나."

"응, 완전 낚였어. 너도 알았어? 지원 씨가 내기에서 질 수 없다는 거?"

현주는 아직도 억울한지 입술을 내밀며 말했다. 연석은 그런 그녀를 씁쓸하게 바라보며 고개를 끄덕였다.

"알았어요."

"알았어?"

"네."

"근데 왜 했어?"

현주는 이해가 되지 않는다는 듯 물었다. 연석은 어깨를 으쓱이며 빈 잔에 술을 따랐다.

"중요한 건 지원 선배가 아니니까요. 난 누나한테 소원 들어 달라고 하고 싶었거든요."

"아, 진짜? 소원이 뭐였는데?"

연석은 턱을 괴며 그녀의 궁금증 가득한 눈동자를 살폈다.

"비밀이에요."

"에이, 말해 봐. 내가 들어줄 수도 있잖아."

"누난 못 들어줘요."

"왜? 그렇게 엄청난 소원이었어?"

눈치가 없는 건지 사랑에 눈이 먼 건지.

"내가 이겼어도 누나가 힘들다 하면 금방 포기했을 거예요. 그러니까 어쩌면⋯⋯ 이게 더 잘 된 일일지도 몰라요."

"⋯⋯."

"누나 행복했으면 좋겠다."

"치, 싱겁기는."

"행복해요, 누나. 그게 내 소원이야."

연석은 여름바람 같던 제 애정을 그렇게 묻어 두기로 했다. 봄바람처럼 따뜻하거나 겨울바람처럼 강철 같지는 않았지만 무엇보다 청량하고 매 순간 간절했던 그 마음이면 충분하다고 생각했다.

늘 어느 방향에서나 불어오는 바람이 아닌 열병 같은 사랑이 그에게도 찾아올 거라 믿었다.

"아, 민서 씨는 왜 안 온 거야?"

모든 배우들이 모인 종방연에 민서의 모습을 찾아볼 수 없었다. 그녀를 보지 못해 현주는 무척이나 아쉬웠다. 걱정했던 것 이상으로 잘 연기해 줘서, 작품을 많이 아껴 줘서 고맙다고 꼭 인사하고 싶었는데. 연석은 누구보다도 민서의 마음을 이해할 수 있었다.

"도저히 시간을 못 내겠다고 연락 왔었어요. 누나한테도 미안하다고 전해 달래요."

"아쉽다⋯⋯."

"금방 마음 정리할 거예요."

"응?"

"지원 선배 좋아했었잖아요. 선배가 공개연애까지 하는 마당에 여기 오는 건 힘들었을 거예요. 스캔들도 났었고. 프로답지 못하다고 탓하지 말아요. 그건 누구도 욕할 수 없는 마음이니까."

연석은 스스로에게 위로하듯 말을 이었다.

"에이, 누가 욕한다고 그래. 그냥…… 그렇게까지 지원 씨 좋아하는지는 몰랐네."

현주는 괜히 죄책감이 느껴져 마음이 무거워졌다. 고개가 숙여질 찰나 사람들의 웅성거리는 소리가 들렸다.

"자, 자리 옮기자고!"

벌써 2차를 가려는 모양이었다. 사람들 무리에 꽁꽁 감춰져 있던 지원이 그녀를 향해 다가왔다. 연석이 그를 향해 먼저 말을 건넸다.

"선배님, 축하드려요. 누나한테 직접 얘기 들었어요."

지원은 무심한 얼굴로 고개를 끄덕이며 말했다.

"고맙다."

"여러모로 닮고 싶어요, 선배."

연석은 그렇게 지원을 지나쳐 사람들 무리에 흡수됐다. 지원은 미간을 구기며 현주의 귓가에 속삭였다.

"저 새끼는 뭘 해도 마음에 안 들어."

"질투해요?"

"질투가 아니라 불쾌한 거라니까."

"알았어요, 알았어. 그게 뭐가 다른 건지 나는 도통 모르겠네."

현주는 웃었고 지원은 그녀를 향해 손을 내밀었다. 각자 차를 타고 2차 장소에서 모이기로 했지만 사람들은 아직도 식당 앞에 모여 있었다. 지원은 아랑곳하지 않았고 현주는 그를 믿었다. 그가 이끄는 대로, 그가 깔아 준다는 꽃길을 걸어 보기로 마음먹었다.

사람들은 식당 밖으로 나온 지원과 현주를 보았고 둘이 맞잡은 손을 쳐다보았다. 몇몇은 믿을 수 없다는 듯 말을 잇지 못했고 몇몇은 꺄악 소리를 질렀다.

"유 작가, 너……."

피디의 당황한 목소리가 이어 들렸고 연석은 그 뒤에서 재미있다는 듯 웃었다. 지원은 현주를 에스코트하며 차 조수석에 태웠다. 손을 이끄는 다정함, 바라보는 눈빛에 담긴 사랑이 어느 누구도 둘의 사이를 의심할 수 없게 했다.

지원은 특유의 개구쟁이 같은 웃음으로 사람들을 쳐다보며 말했다.

"2차에서 예비 피로연 어때요?"

사랑은 그 어떤 얼음 같은 사람도 부드럽게 다룰 줄 안다.

—fin

에필로그

현주는 요즘 눈코 뜰 새 없는 하루를 보내느라 정신이 없었다.

"신부님, 촬영용 드레스는 실제 예식 드레스보다 심플한 것도 괜찮아요. 사진으로 담아낼 거라서 엄청 화려하지 않아도 예쁘게 잘 나오거든요."

"아, 근데 이렇게 등 파인 드레스는 남자 친구가 싫어할 것 같은데……."

웨딩 플래너가 추천해 준 드레스는 라인만 심플하지 등이 훅 파여서 섹시한 느낌이 가득한 것이었다. 수많은 드레스를 보아 무뎌진 현주 눈에도 예뻐 보이는 걸 보면 분명 아름다운 드레스였지만 지원이라면 단연코 반대할 디자인이었다.

"에이, 드레스의 주인은 신부님이세요. 이것만은 신랑님보다 신부님 의견이 우선이어야죠."

뭘 모르고 하는 소리였다. 플래너는 신랑의 이름이 김지원이라는 것은 알았지만 그 김지원이 그 '김지원'이라는 것은 아직 몰랐다. 신혼여행을 대비해 스케줄을 미리 소화하느라 지원 역시 바쁜 하루하루를 보내고 있었기 때문이다.

— Rrrrr.

타이밍 좋게 지원의 전화가 왔다. 정말 양반이 되기는 틀린 사람이었다. 현주는 플래너에게 양해를 구한 후 통화버튼을 눌렀다.

"여보세요."

— 지금 숍이야?

보지 않아도 알 수 있었다. 짧은 물음에도 지원의 목소리는 피곤이 가득했다. 숍이냐고 묻는 걸 보니 아침에 드레스 고르러 간다고 했던 말을 기억하는 모양이었다. 어쩜 갈수록 세심해지는지, 남자 하나는 제대로 고른 게 확실했다.

"네, 아직 드레스 보고 있어요. 지원 씨는요?"

— 당신한테 가고 있어.

"지금요? 시간 생겼어요?"

예전이나 지금이나 사람 놀라게 하는 데 재주 있는 그였다. 안 그래도 혼자 드레스를 보는 게 꼭 비운의 신부 같은 느낌이라 좀 서글픈 참이었다.

"스케줄 끝난 거예요?"

현주는 들뜬 마음을 숨기지 않고 물었다.

— 잠깐 시간 만든 거야. 아무리 바빠도 드레스는 같이 봐야 할 것 같아서.

그의 목소리엔 미안함이 숨겨져 있었다.

"괜찮다니까……. 여기 주소는 알아요?"

괜찮다 하면서도 현주의 입꼬리는 자꾸 솟아올랐다.

— 응, 매니저가 알려 줬어.

"몇 분 걸려요?"

현주는 웨딩플래너를 쳐다보며 물었다. 상냥한 그녀는 여전히 섹시한 드레스를 감탄 섞인 표정으로 쳐다보고 있었다. 그녀가 지원을 보면 어떤 표정을 지을까. 현주는 벌써부터 웃음이 새어 나왔다.

"……세, 세상에!"

"네, 네?"

현주는 핸드폰을 든 채 플래너를 쳐다보았다. 귀신이라도 본 것 같은 얼굴의 플래너가 말까지 더듬으며 현주의 등 뒤를 가리켰다. 그 순간 현주의 어깨엔 단단한 팔이 둘러졌다.

"나 왔어."

피곤한 기색이 역력했지만 그럼에도 불구하고 완벽한 외모의 그가 다정하게 웃고 있었다.

"왔어요?"

현주는 안쓰러움에 손을 뻗어 그의 뺨을 감쌌다.

플래너는 재빨리 상황을 파악하려 애썼다. 자신의 고객이 한류 스타 김지원인 것가? 그렇다면 눈앞의 여자는 김지원의 여자인 것인가? 그럼 난 김지원의 결혼을 책임지고 있는 것인가? 플래너의 머릿속은 금요일 밤의 클럽보다도 시끄럽게 들썩이고 있었다.

"골라 놓은 드레스 있어?"

지원은 숍의 고급스러워 보이는 소파에 상체를 기대며 물었다. 사실 그의 생각대로라면 그녀는 무엇을 입어도 예쁠 것이었다.

"아, 예식 드레스는 아직 못 골랐어요. 플래너분이 촬영용 드레스로 추천해 주신 거 있는데 볼래요?"

"당신 마음에만 들면 나는……."

선선히 승낙의 말을 뱉으려던 지원은 드레스의 뒷면을 보더니 얼굴을 굳혔다.

"저걸 입겠다고?"

"안 예뻐요?"

현주의 물음에 지원은 얼굴을 일그러뜨리며 긴 손으로 이마를 짚었다. 바쁜 시간을 쪼개고 쪼개 숍에 들르길 천만다행이라고 생각했다.

"너무 야해. 안 돼."

"왜요. 플래너님이 드레스는 신부 마음대로 하는 거래요."

현주는 친절히 플래너를 가리키며 말했다. 플래너는 지원의 서슬 퍼런 눈빛에 당황하며 재빨리 손사래를 쳤다.

"하하, 신부님도 참. 웨딩은 신랑님과 신부님의 합작인데 당연히 신랑님 의견도 중요하죠."

현주는 삐져나오려는 웃음을 간신히 참으며 고개를 끄덕였다. 그 어떤 직업의식도 도끼눈을 한 지원의 앞에선 무너지는 모양이었다. 지원은 어색한 미소와 함께 식은땀을 뻘뻘 흘리고 있는 플래너를 향해 진지한 얼굴로 말했다.

"제가 오늘 이후로 또 시간이 날지 몰라서 미리 말씀드립니다. 노출은 최소로 해 주세요."

뒤에 '그렇지 않으면 죽습니다.' 라는 말은 자동 생략된 느낌이었다. 플래너는 그러거나 말거나 지원이 말을 걸어 주는 것만으로도 감격한 것 같았다. 과한 미소와 격한 몸짓으로 고개를 끄덕인 플래너는 지금까지의 샘플을 모두 치우고 새로운 샘플을 가져오기 위해 바삐 움직였다.

"저 사람 믿을 만한 거 맞아?"

지원은 여전히 못마땅한 듯 미간을 찌푸리고 있었다. 현주는 그런 그의 허리를 찌르며 눈치를 줬다. 요즘 들어 이곳저곳에서 팔불출 짓을 하고 다니는 지원 때문에 민망한 일을 자주 겪는 그녀였다.

"오늘은 좀 얌전히 있어요. 야한 드레스 안 입을 테니까."

"안 입는다니, 못 입는 거지."

한마디도 지지 않는 지원이었다. 그 사이에 새로운 드레스 샘플들이 행거에 걸려 끌려왔다. 어깨부터 손끝까지 레이스로 감싼 드레스가 눈에 띄었다.

"저건 어때요?"

노출을 싫어하는 지원에게도, 레이스를 좋아하는 현주에게도 안성맞춤인 드레스였다. 지원은 적극적으로 일어나 드레스의 디테일을 살피더니,

"입어 볼래?"

라고 물었다. 현주는 신나서 고개를 끄덕이고는 플래너와 헬퍼들의 도움을 받으며 옷을 갈아입었다.

"지원 씨, 밖에 있어요?"

"어, 여기 있어."

"나 다 갈아입었어요. 커튼 열게요."

가만히 있어도 커튼은 열렸겠지만 현주는 나름 잔뜩 긴장하고

있었다. 그의 앞에서 처음으로 선보이는 드레스 차림이기 때문이었다. 드레스 때문에 한 달은 굶은 그녀였다. 그가 예쁘다고 해 주면 좋겠다고 생각했다.

커튼이 열리고 드레스를 입은 현주와 소파에 앉은 지원이 서로를 쳐다보았다.

"……"

"……"

현주는 차마 말을 잇지 못했다. 그저 웨딩드레스를 입었을 뿐이었지만 그 사실만으로도 그와 인생을 함께한다는 기분이 들었다. 저 앞에 있는 남자가, 세상 어디에 놓아도 완벽하다고 자부할 저 남자가 그녀와 앞으로의 인생을 함께할 사람이라니.

지원은 차마 입을 열지 못했다. 예쁠 거라 생각은 했지만 이 정도일 거라곤 생각도 못 했다. 작고 곧은 그녀의 어깨와 날렵한 모양의 드레스가 한 몸인 듯 어울렸다. 울먹이는 현주의 눈이 그를 수줍은 듯 쳐다보고 있었다. 지원은 그녀가 자신과 남은 인생을 함께할 영원한 사랑임을 실감했다.

"당신."

"……"

"정말 예쁘다."

❖

지원과 함께 골랐던 레이스 드레스는 촬영용으로 생각했던 첫 마음과 달리 본식 드레스로 결정되었다. 웨딩 촬영을 하는 내내 칭찬을 아끼지 않았던 지원의 반응 탓도 있었지만 아무래도 함께 고른 드레스로 식을 올리고 싶었던 현주의 마음이 가장 컸다.

내일이면 정말 결혼이었다. 오늘만큼은 현주도 부모님과 함께 밤을 보내며 시집가는 딸 역할에 심취하고 싶었지만 괜한 수선 떨며 드라마 찍지 말라는 쿨한 부모님 덕분에 그녀는 지금 지원의 집, 곧 신혼집이 될 곳에 있었다.

"결혼식 하루 전까지 스케줄 소화하느라 정신이 없네, 우리 남편."

현주는 순간적으로 제 입에서 뱉어진 낯선 단어에 얼굴이 붉어졌다. 결혼 하루 전에도 바쁜 일정을 보내고 있는 지원을 기다리며 안타까움에 중얼거린다는 것이 그만 '남편'이라는 생소한 단어를 뱉어 내고 만 것이었다.

"남편…… 맞지 뭐. 여보? 신랑? 남편?"

현주는 문득 지원을 부르는 호칭에 대해 고민하기 시작했다. 첫 만남부터 지금까지 '지원 씨'라고 부르고는 있지만 좀 딱딱한 느낌이 없지 않아 있었다.

"……"

결혼이라니. 남편이라니. 그것은 그를 마음껏 사랑할 수 있고, 마음껏 사랑받을 수 있는 것을 의미했다. 서로의 사랑을 확인하고도 그의 그림자 뒤에 숨은 채 모든 것을 침묵해야만 했던 시간들이 있었다.

지원의 배려로 그 시간이 길지는 않았지만 숨이 막혔던 것은 부정할 수 없는 사실이었다. 현주는 벅차오르는 마음에 심장이 뛰었다.

딩동—

두근거리는 마음을 다독이며 네 번째 손가락에 반짝이는 반지를 매만지던 그녀는 느닷없이 들려오는 초인종 소리에 귀를 기울였다.

이미 밤 열 시를 넘긴 시간에 누가 초인종을 누르는 것일까. 이것이 말로만 듣던 사생팬들의 횡포일까. 결혼을 하루 앞두고 사달이 나는 것일까. 현주는 머릿속 가득 최악의 상황들을 펼쳐 내며 인터폰을 확인했다. 작은 모니터 안에는 빨간 장미꽃이 보였다.

"……누구세요?"

대답은 없었지만 모니터 안의 이미지는 바뀌었다. 내일이면 그녀의 남편이자, 신랑, 여보가 될 지원이 웃고 있었다.

"후……."

현주는 긴장하고 있던 몸에 힘을 빼며 크게 숨을 내쉬었다.

"간 떨어질 뻔했네."

지원은 현주가 문을 열어 주기까지 기다렸다. 비밀번호를 갑자기 까먹은 것도 아닐 텐데 그는 스스로 문을 열 생각이 없는 것 같았다.

— 뭐 해? 얼른 문 열어 줘.

현관문 너머의 지원이 장난스러운 목소리로 재촉했다. 현주는 투덜거리며 문고리를 잡은 손에 힘을 줘 돌렸다. 열린 문틈 사이로 보이는 지원은 싱글벙글 웃음을 멈추지 못했다.

"우와, 와이프가 열어 주는 문은 처음이네."

그제야 현주는 그가 왜 초인종을 눌렀는지에 대해 깨달았다.

"그것 때문에 초인종 누른 거예요? 내가 문 열어 주는 게 좋아서?"

어이가 없다는 듯 허무한 표정을 짓는 현주에 비해 지원은 굳은 결의로 가득 찬 얼굴로 고개를 끄덕였다.

"어. 완전 좋은데? 아, 이거."

지원은 손에 들고 있던 탐스러운 장미꽃 다발을 퉁명스럽게 건 냈다. 흰색도 아니고 분홍색도 아닌 오직 빨간색 장미꽃으로만 가 득 이루어진 꽃다발은 영원히 박제하고 싶을 만큼 생기 넘치고 아 름다웠다.

"와, 지금까지 본 장미꽃 중에 제일 예쁜 것 같아요."

"인터뷰하던 장소가 플라워 카페였거든. 예뻐서 샀어. 마음에 들 어?"

"당연하죠. 침실에 둘까요? 꽃병 있어요?"

현주는 지원에게 처음 받아 보는 꽃 선물에 기뻐 어린아이처럼 신이 났다. 지원은 그런 그녀의 얼굴을 가만히 감쌌다.

"자꾸 움직이지 말고 나 좀 봐. 오늘 하루 종일 보고 싶어서 죽 는 줄 알았단 말이야."

지원은 증명하듯 뚜렷한 눈빛으로 그녀의 얼굴 구석구석을 담았 다. 거짓 없는 진실한 눈, 작고 귀여운 코, 윤기가 흐르는 도톰한 입술까지 어느 한 곳 예쁘지 않은 곳이 없었다.

"엄살 피우지 말아요. 내일 결혼식 끝나면 한 달 동안이나 신혼 여행이잖아요."

"나만 원하는 것처럼 말하네?"

지원은 현주의 얼굴을 감싸고 있던 손을 풀며 말했다. 대답해 보 라는 듯 지그시 쳐다보는 그의 눈길은 누구든 간에 긴장시킬 만큼 압도적인 것이었다. 참으로 특출난 재능이었다. 방금 전까지만 해도 다정하고 심지어는 귀엽기까지 했던 그는 숨소리조차 단단하고 묵직하게 바뀌어 있었다.

"응?"

지원은 걸음을 당겨 현주에게 다가갔다. 웃고 있는 그의 얼굴은 없던 욕망도 불러일으킬 만큼 매혹적이었지만 그만큼 위험해 보여 현주는 뒷걸음질 쳤다. 지원은 그 모습에 오히려 자극을 받는지 입꼬리를 말며 웃었다.

"……."

지원은 현주가 스스로 입을 열 때까지 기다릴 작정이었고 현주는 그 속셈을 모르지 않았다.

"아, 정말……."

이윽고 현주의 입술이 열렸다.

"나, 나도…… 보고 싶었어요."

그 말에 지원은 언제 그랬냐는 듯 미소를 지었다.

"뭐라고? 다시 말해 봐."

그리고 또 한 번 짓궂어졌다. 현주는 아랫입술을 내밀며 칭얼거리듯 어깨를 흔들었다.

"내가 그런 말 못하는 거 뻔히 알면서……."

지원은 고개를 푹 숙인 현주의 작은 턱을 감싸며 들어 올렸다. 이러니 놀라지 않을 수 있나. 그녀의 보고 싶었다는 말, 결혼을 고대하고 있다는 말이 듣고 싶었던 것은 사실이었지만 마음을 알고 있으니 짓궂게 굴 마음은 없었다. 하지만 그녀는 그의 말 한마디에 부끄러워하고, 몸짓 하나에 얼굴을 붉히니 자꾸만 장난을 치고 싶었다.

"알아. 아는데도 듣고 싶은데 어떡해."

"치……."

"당신이 너무 좋아서 그래."

현주는 또 한 번 얼굴이 붉어졌다. 어떤 의미에서 지원은 참 대단했다. 얼굴색 하나 안 변하고 예쁘다느니, 사랑스럽다느니, 보고 싶었다느니 하는 말들을 쏟아 내니 말이다.

현주는 어색하게 팔을 들어 그의 등을 껴안았다. 화끈하게 달아오른 얼굴을 들킬 바에야 이렇게 품에 안기는 편이 더 좋다고 생각했다. 그녀의 작은 등을 감싸는 그의 손길이 느껴졌다.

"요즘 당신 여우 같아졌어. 원래는 곰이었는데."

지원은 제 품으로 파고드는 현주를 부서져라 끌어안고는 중얼거렸다. 억울한 마음이 들었다. 그녀는 늘 그에게 자신이 진다고 표현했지만 사실은 그렇지 않았다. 아쉽고 서운한 쪽은 언제나 그의 차지였다. 표현에 서투른 그녀 때문에 아무리 아쉽고 서운한 순간이 와도 이렇듯 품 안에 안겨만 주면, 웃기라도 하면 모든 것은 다 부질없어졌다.

"하……."

그의 짙은 한숨이 그녀의 어깨 위로 쏟아졌다.

"으앗, 지원 씨!"

지원은 안겨 있던 현주를 어깨 위로 들쳐 메고 침실로 향했다. 그녀의 비명은 들리지 않는 듯했다. 그는 침대에 다다르고 나서야 현주를 내려놓았다.

"우리 내일 결혼식인 거 잊었어요?"

그의 들끓는 욕망을 모를 리 없는 현주는 재빨리 예식 일정을 읊었다. 하지만 그는 그런 것은 아무 상관 없다는 듯 고개를 숙여 입을 맞췄다.

"나도 알아."

"······."

지원은 짙어진 눈을 빛내며 그녀의 부드러운 턱 선을 쓸었다.

"당신이 완전히 내 거가 되는 날인데 어떻게 몰라."

"······."

"내일이 결혼식이니까 푹 자자."

현주는 잔뜩 타오르는 눈을 하고는 정상적인 말을 잇는 지원을 의아해하며 작게 고개를 끄덕였다.

"맞아요. 일찍 자야 해요. 내일 부으면 큰일 나."

"응."

지원은 사랑스러운 현주의 입술을 부드럽게 삼켰다. 갑작스럽게 이루어진 키스로 거칠게 맞물려진 입술이 어느 무엇보다도 자극적이었다. 그녀의 입술 사이로 뜨거운 숨이 조금씩 새어 나왔다. 그는 몸을 기울여 현주를 침대 위로 눕혔다.

그럼 그렇지. 현주는 팔을 뻗어 그의 가슴을 힘껏 밀어냈다. 그와의 키스는 언제나 원초적인 본능을 일깨우는 것이었지만 내일은 일생에 한 번뿐인 결혼식이었다. 초췌한 모습이고 싶지는 않았다. 심지어 지원 쪽 하객들은 전부 배우, 모델, 가수였으니 신경 쓰이는 것은 당연했다.

"지, 지원 씨! 참아요. 우리 내일 결혼식이라니까요?"

현주는 최대한 침착한 어투로 그를 달래려 했지만 지원은 가소롭다는 듯 웃을 뿐이었다.

"지금 당장 당신이 내 여자라는 걸 느끼고 싶어."

"……."

"그러니까 아무 말 마. 섹스 후엔 푹 잘 수 있잖아."

지원은 말도 안 되는 논리를 읊조렸다. 하지만 차마 말이 안 된다고는 할 수 없는 목소리와 숨소리를 지닌 그였다. 낮고 부드러운 그의 목소리가 그녀의 귓가를 잡아먹을 듯 위협적으로 굴었다.

지원은 최근 한 달간 데뷔 이래 최고로 바쁜 시간을 보낸 탓에 현주와의 시간을 제대로 갖지 못했다. 품 안에 그녀를 안은 지도 오래였고, 도톰한 입술을 맛본 지도 한참이었다. 지원은 하루의 시간도 견딜 수 없을 만큼 억눌려 있었다.

그는 다급한 고갯짓으로 그녀의 쇄골에 입술을 박았다. 따뜻한 온기와 함께 피어오르는 그녀의 체취가 지원을 아찔하게 만들었다.

"하으…… 지원 씨이."

간지러운지 말끝을 길게 늘이는 그녀의 목소리가 이어졌다. 그는 타는 갈증 끝에 오아시스를 만난 사람처럼 눈을 감고 오로지 촉감에만 의존하기 시작했다. 그의 손이 현주의 허벅지를 농밀하게 쓰다듬기 시작했다.

"하아……."

지원의 손길을 오랜만에 마주한 현주 역시 쏟아져 나오는 신음을 참을 수 없었다. 머리론 그를 진정시키고 쉬어야 한다고 하는데 몸은 조금 더, 더를 원했다. 목에서 시작된 짜릿한 쾌감이 발끝에서 올라오는 전율과 가까워지기 시작했다.

"사랑해."

지원은 이글거리는 눈을 빛내며 말했다. 이제껏 그가 했던 어떠한 사랑 고백보다 직설적이고 분명한 것이었다. 그는 흐트러진 모습으로 누운 현주를 내려다보며 옷을 벗었다. 모든 것이 거추장스럽게 느껴지는 그였다. 어서 빨리 온 살결로 그녀를 느끼고 싶은 욕망이 가득했다.

현주는 전라의 몸이 된 지원을 여전히 부끄러운 눈으로 훔쳐보았다. 넓은 어깨, 탄탄한 가슴근육, 조각 같은 복근에 보기만 해도 침이 넘어가는 허벅지 근육은 감탄할 수밖에 없는 완벽한 것이었다.

지원은 그녀의 생각이 채 끝나기도 전에 달려들어 현주를 탐했다. 그가 가장 좋아하는 그녀의 목에 붉은 자국을 남기고 밑으로 내려와 동그란 가슴에 얼굴을 묻었다. 거칠기만 하던 그가 잠시 숨을 골랐다.

"아, 당신 가슴 너무 좋아."

지원은 벌써 목이 잠긴 것인지 약간 허스키한 소리를 냈고 그것은 그것 나름의 섹시한 분위기를 자아냈다. 그는 현주의 원피스를 아쉬운 듯 지분거리기 시작했다. 평소라면 원피스고 청바지고 홀홀 벗겨 내는 것이 그의 스타일이었다.

"왜요?"

그런 그가 의아한 현주가 묻자 지원은 아이 같은 얼굴로 입술을 깨물며 힘겹게 말을 이었다.

"옷이 좀 야한 것 같아."

"네?"

대체 뭐가 야하다는 것인지 현주는 도통 이해할 수 없었다. 분명 연한 분홍색의 하늘하늘한 원피스였다. 청순하면 청순했지 야하진 않았다.

그런 현주의 생각과 달리 지원은 그 원피스가 무척이나 관능적이라고 생각했다. 조금만 힘주면 찢어질 것 같은 소재와 너무 얇아서 속이 비치는 색감은 그로 하여금 늑대의 본능을 일깨우려 했다. 지원은 짧은 순간 눈썹을 일그러뜨리더니 이윽고 결심한 듯 눈을 빛냈다.

"똑같은 거 다시 사 줄게."

그 말을 끝으로 지원은 원피스를 세로로 찢었다.

"꺄악! 왜 옷을 찢고 그래요!"

조끼처럼 벌어져 맨살을 드러내는 원피스의 몰골은 물론이고 평소보다 거친 것 같은 그의 모습에 현주는 비명을 질렀다.

지원은 한층 더 에로틱해진 현주를 보며 천천히 고개를 움직였다. 흐르는 공기마저 민감하게 느껴졌다. 그는 상체를 숙여 그대로 현주에게 키스했다. 키스만으로도 숨쉬기가 힘든지 그녀는 상체를 들썩였다. 지원이 브라 밑으로 손을 넣어 그녀의 가슴을 움켜쥐었다. 말랑말랑 잡혀 오는 촉감이 야릇했다.

"으음……."

현주는 지원의 입술에 입이 막혀 신음조차 제대로 뱉을 수 없었다. 그녀는 그의 얼굴을 감싸며 고개를 돌리려 애썼다. 아무리 관계가 중요해도 숨은 쉬어야 했다.

"지원 씨! 나 숨 좀……! 하아!"

지원은 현주의 입술에 피라도 내려는 듯 강하게 깨물고 나서야 놓아주었다. 그는 현주의 양손을 제 손으로 결박하고는 거칠게 숨을 내쉬는 그녀를 찬찬히 살폈다.

"내가 너무 잘 가르친 건가."

"하…… 하아……."

현주는 지원의 말에 대답할 정신도, 힘도 없었다.

"당신 숨 쉬는 것도 섹시해. 그런 것까지 가르친 적 없는데."

지원은 진심으로 그녀의 모든 면에 감탄하고 있었다. 땀에 젖은 긴 머리를 자연스럽게 늘어뜨려 놓은 자태도 그렇고 파르르 흔들리는 긴 속눈썹도 마찬가지였다. 지원은 쏙 들어간 현주의 허리 사이로 손을 넣어 브래지어 후크를 풀었다. 흥분으로 부풀어 있던 가슴이 답답한 속옷에서 해방되어 탱글탱글 매력을 뽐냈다. 그는 이미 단단해져 유혹하는 유두를 손에 쥐고 빙빙 돌렸다.

"으흠…… 핫…… 지원 씨."

현주는 몸을 비틀며 지원에게 애원했다. 고작 키스였지만 온몸에 진이 빠져나갈 만큼 황홀했기에 쉴 타임이 필요했다.

"말해."

지원은 여전히 그녀의 가슴을 사랑스럽다는 듯 쥐고 주무르며 그녀의 입가에 귀를 기울였다.

"가, 가슴 그만 만져요……."

그 말에 지원은 아주 웃긴 농담이라도 들은 사람처럼 하하 웃었다.

"뭐라고?"

지원은 직접적으로 제 가슴을 만지지 말라는 현주의 애원이 무척이나 사랑스러웠다. 그는 조금 더 거칠고 노골적으로 그녀의 가슴을 애무했다. 둥글게 원을 그리며 잡아당겼다가 혀를 내밀어 입에 담고 장난을 치기도 했다. 현주는 뇌를 거치지 않고 뱉어 내듯 급하게 말을 이었다.

"너, 너무! 간지럽단 말이에요. 정신없기도 하고…… 지금 너무 흥분해서……!"

지원은 그 말에 모든 행동을 멈추고 현주와 눈을 맞췄다. 그러곤 무언가를 깨달은 듯 탄식을 뱉어 냈다.

"아아."

현주는 그런 지원이 의아한 듯 올려다보았고 그는 악마처럼 씨익 웃어 보였다.

"너무 흥분했어?"

"네?"

"너무 흥분했다며."

그는 현주가 그런 말을 했다는 것 자체에 자극을 받는 것 같았다.

"아, 아니 그게 아니고…… 평소보다 너무 자극적이어서……."

현주는 당황한 듯 중얼중얼 말을 이었고 지원은 그런 그녀를 흥미롭다는 듯 지켜보았다.

"지금 충분히 자극적이란 말이지?"

현주는 고개를 끄덕였다. 지원은 큰 손으로 그녀의 머리를 쓰다듬으며 속삭였다.

"그럼 지금 바로 본 게임 시작하면 되겠네."

악마 같은 속삭임을 끝으로 귀를 핥는 그의 혀는 끈적거리는 타액을 남기고 멀어졌다.

지원은 현주의 허벅지를 잡고 끌어당겨 자신과 밀착하도록 했다. 그녀의 여린 속살은 애액으로 가득해 충분히 젖어 있는 상태였다. 너무 흥분했다는 그녀의 말이 거짓말이 아니었다. 지원은 이미 부풀 대로 부푼 제 남성을 쥐고 그녀의 작은 숲 앞을 문질렀다. 미끈거리는 촉감이 지원을 유혹했다. 그는 예고 없이 그대로 그녀와 몸을 밀착했다.

"흐읍!"

좁은 살결을 비집고 들어오는 그의 몸짓에 현주는 눈을 질끈 감고 거칠게 호흡했다. 지원은 그런 그녀의 탄력 넘치는 허벅지를 움켜쥐고 천천히 허리를 움직였다.

"으읏! 하아……."

지원은 상체를 숙여 팔로 현주의 얼굴을 감쌌다. 자세히 보고 싶었다. 쾌락과 절정, 자극이 아닌 둘의 진정한 교감을, 느낌을 살피고 싶었다.

"현주야."

"네엣…… 하아……."

"사랑해."

"하앗…… 사, 사랑해요."

지원은 천천히 움직이던 허리에 속력을 높였다. 쫄깃한 촉감으로 제 남성을 조이는 그녀의 속살이 아찔한 만큼 황홀했지만 그것보다 황홀한 것은 그녀의 입에서 나오는 사랑 고백이었다.

지원은 제 허리를 감싸고 있는 그녀의 다리부터 잘록한 허리, 부푼 가슴을 차례로 쓰다듬었다. 만져도 만져도 부족한 느낌이었다. 예전엔 닿는 대로 튕겨 오는 그녀의 반응이 좋아서였지만 지금은 그녀의 모든 것이 제 것이라는 것을 느끼고 싶은 마음이 강했다.

"유현주."

"하앗…… 지원 씨."

"당신 이제 완전히 내 거야."

만나는 동안 도망간 적이 있던 것도 아닌데 그는 끊임없이 확인하고 싶었다. 쾌감에 신음만 뱉어 내던 현주도 그 말에 살포시 미소를 지었다.

"알아요."

현주는 팔에 간신히 힘을 주어 그의 목을 끌어안았다.

"하, 더 못 참겠어."

지원은 더 이상 안 되겠다는 듯 고개를 세차게 흔들었다. 한없이 사랑스러운 얼굴로 자신을 지그시 쳐다보는 그녀를 두고 볼 수만은 없었다. 지원은 그녀의 입술에 거친 키스를 퍼부으며 거칠게 움직였다. 살결은 찰싹이며 부딪혔고 그녀의 가슴은 하염없이 흔들렸다.

"으앗, 하앗, 하아!"

자세를 바꿔 가며 해 볼 법도 했지만 그는 그러지 않았다. 오로지 위에서 모든 것을 확인하고 싶었다. 자신이 그녀와 함께 사랑을 나누고 있다는 사실, 그녀가 제 사랑을 받고 있다는 것, 그리고 그것에 온전히 기뻐하는 그녀의 얼굴까지 모두 확인하고 싶었다. 지원은 그녀의 다리를 제 어깨 위로 올리고 또 한 번 속력을 높였다.

"하앗, 지원 씨, 하, 좋아요……."

현주는 이미 자신이 무슨 말을 하고 있는지 인지할 수도 없었다. 그저 본능이 이끄는 대로, 그가 이끄는 대로 움직이고 있을 뿐이었다. 그녀가 명확하게 인지할 수 있는 것은 오직 지금 이 순간이 무척이나 행복하고 황홀하다는 것뿐이었다.

그것은 지원 역시 마찬가지였다. 그녀는 표정을 아끼지 않았고,

신음도 아끼지 않았다. 그런 그녀의 모습에 지원은 기쁘지 않을 수 없었다.

"더, 더 안아 줘요."

현주는 제 목소리가 그의 귓가에 닿기를 바라며 진심을 전했다. 더 안기고 싶었다. 그의 소유가 되는 이 완벽한 순간을 더 깊고 강하게 느끼고 싶었다.

"걱정 마."

지원은 만족스럽다는 듯 웃으며 답했다. 실로 불필요한 걱정이었다. 그는 그녀의 탐스러운 엉덩이를 살짝 쥐었다. 손에 딱 맞게 오동통한 촉감이 귀여워 미칠 지경이었다. 그는 다시 상체를 숙여 그녀의 가슴을 입에 물었다. 현주가 유독 예민해하는 부분이었다. 딱딱해진 그곳을 혀로 이리저리 굴리자 그녀는 또 한 번 몸을 꼬았다.

"지원 씨, 그, 그만······하고······."

"응?"

"들어와요····· 안아 줘요····· 네?"

조금 놀려 줄 작정은 했었지만 이렇듯 쉽게 솔직한 말을 해 줄 줄은 지원도 예상하지 못한 바였다. 그는 조용한 방 안을 울릴 만큼 큰 소리로 숨을 삼켰다.

지원은 양손으로 그녀의 허리를 잡았다. 그녀가 원했으니 도망갈 틈은 주지 않을 작정이었다. 멈춰 있던 허리를 다시 움직이기 시작했다. 움직이는 대로 그녀의 엉덩이도 들썩였다. 지원이 한 손으로 탱탱한 엉덩이를 강하게 움켜쥐었다.

"아앗!"

"예뻐, 당신 엉덩이."

지원은 그 이상 아무 말도 하지 않았다. 허리 밑에서 전해지는, 그녀의 몸이 전하는 완전한 쾌락에만 집중할 뿐이었다. 침대가 흔들렸다. 질척이는 소리가 방 안을 가득 채웠다.

현주는 제 몸이 관통되는 것 같은 새로운 충격을 느꼈다. 여과 없는 그의 욕망과 마주한 기분이었다.

"하앗……! 앗!"

현주는 손톱을 세워 지원의 등을 움켜쥐었지만 지원은 아랑곳하지 않았다. 더 빨라질 수 없을 만큼 그의 움직임은 격렬해지고 있었다.

두 남녀의 숨소리가 한데 섞였다. 누구 하나 참거나 가리는 것 없이 적나라한 모습 그대로였다.

"으아아아……."

지원이 마지막 신음을 토해 내자 현주 역시 절정의 끝에서 터져 나오는 신음을 뱉었다. 그와 함께할 때면 언제나 황홀경을 맛봤지만 오늘은 특별한 느낌이었다. 서로의 밑바닥에 고여 있는 모든 것을 본 느낌이었다. 그 어느 때보다 하나가 된 느낌이었고, 만족스러운 순간이었다.

"후회하지 않을 거야."

지원은 다짐하듯 그녀에게 속삭였다.

"하아…… 사랑해요."

그녀는 그 말 외에는 할 말이 없었다. 그와 함께하는 동안 후회라는 것이 있을 리 만무했다. 지원은 그런 그녀가 사랑스럽다는 듯 이마에 키스를 했다.

"나도 사랑해. 행복하게 해 줄게."

현주는 여전히 덜덜 떨리는 몸에 간신히 힘을 주며 그를 끌어안았다. 그녀의 귓가에 닿는 그의 심장 소리가 거칠게 울려 퍼졌다. 그의 품은 더할 나위 없이 따뜻했다.

결혼식까지 갈 필요도, 혼인 서약도 필요 없었다. 지금 이 순간만으로도 하나가 되었고 의심은 없었다. 새로운 시작의 완벽한 서막이었다.

'아직'이라고 말하는 제게

'지금'이라고 응원을 아끼지 않은

허니빵과 벨, 고마워요.